DROEMER

Über die Autorin:
Tanja Weber, Jahrgang 1966, studierte Kunstgeschichte und Theaterwissenschaft und war im ersten Beruf Theaterdramaturgin, u. a. in Wuppertal, Bochum, Berlin und Hildesheim. Im zweiten Beruf, nach der Geburt zweier Kinder, arbeitete sie als Drehbuchautorin fürs Fernsehen, u. a. für *Verliebt in Berlin* und *Türkisch für Anfänger.* 2011 hat sie den ersten Platz im Literaturwettbewerb ihrer Heimatgemeinde Gauting gewonnen. Ihr erster Kriminalroman *Sommersaat* war für den Glauser-Preis nominiert.

TANJA WEBER

Die Frauen meiner Familie

ROMAN

DROEMER

Das Gedicht »Sechzig Jahre alt ...« ist entnommen aus:
Johannes R. Becher: Gesammelte Werke, 18 Bände (hrsg. vom Johannes-R.-Becher-Archiv der Akademie der Künste der Deutschen Demokratischen Republik); Band 6: Gedichte 1949–1958

Besuchen Sie uns im Internet:
www.droemer.de

Originalausgabe Januar 2016
Droemer Taschenbuch

Ein Imprint der Verlagsgruppe
Droemer Knaur GmbH & Co. KG, München

Covergestaltung: NETWORK! Werbeagentur GmbH
Coverabbildung: plainpicture/Reilika Landen,
images/Elisabeth Schmitt
Satz: Adobe InDesign im Verlag
Druck und Bindung: CPI books GmbH, Leck
ISBN 978-3-426-30461-7

2 4 5 3 1

Die Kunst blüht, die Kunst ist an der Herrschaft, die Kunst streckt ihr rosenumwundenes Zepter über die Stadt hin und lächelt. Eine allseitige, respektvolle Anteilnahme an ihrem Gedeihen, eine allseitige, fleißige und hingebungsvolle Übung und Propaganda in ihrem Dienste, ein treuherziger Kultus der Linie, des Schmuckes, der Form, der Sinne, der Schönheit obwaltet … München leuchtete.

Thomas Mann, Gladius Dei

München-Schwabing im Jahr 1982, eine weiträumige Altbauwohnung am Englischen Garten

Wenn Elsa erwachte, war das Erste, was sie sah, die Frau. Sie musste ihr direkt in die Augen blicken. Ganz gleich ob sie auf der Seite lag oder auf dem Rücken, ihre Augen wurden, kaum hatten sie sich geöffnet, magisch von ihr angezogen.

Manchmal dachte Elsa, dass sie nicht einschlafen konnte, weil sie wusste, dass da die Frau war. Diese bunte, schräge Frau mit den grünen Flecken auf den Wangen und den kohlschwarz umrandeten Augen. Sie dachte, dass die Frau sie beobachtete.

Wie alt mochte die Frau sein? So alt wie Elsas Mutter? Oder eher wie ihre Oma? Sie war seltsam gekleidet, die bunte Frau. Eine weiße Bluse war ihr über beide Schultern gerutscht, und sie versuchte mit einer Hand, jede weitere Entblößung zu verhindern. Dabei lächelte sie. Ihre Haare waren ein schwarzer Haufen, türmten sich dunkel drohend auf dem Kopf. Die Augen saßen nicht wie bei normalen Menschen einfach nebeneinander, sondern schräg und in unterschiedlicher Höhe. Deshalb sah es ein bisschen so aus, als würde die Frau schielen. Eine richtige Nase hatte sie auch nicht, nur zwei Löcher. Und ebendiese bunte Farbe – Flecken im Gesicht.

Elsa fand, dass sie schon besser malen konnte. Sie war sieben, und mit sieben malte man den Leuten keine gelben, roten und grünen Flecken ins Gesicht. Auch eine Nase gelang ihr besser, sie hatte geübt. Meistens zeichnete sie mit dem Bleistift den Schwung der Nase vor, ebenso den Umriss der Augen. Erst wenn sie ganz zufrieden damit war, begann sie, das Gesicht auszumalen. Das hatte der Mensch, der das Bild mit der Frau gemalt hat, wohl nicht getan. Er hatte einfach drauflosgekleckst. Oder ob ein Kind die Frau gemalt hat? Warum hing das Bild dann aber in einem großen Goldrahmen? Ihre Mutter pinnte die Bilder, die Elsa malte, einfach mit Stecknadeln an die Wand, auch die allerschönsten. Nie käme sie auf die Idee, ein Bild von ihr oder ihrem Bruder Arto in einem Goldrahmen an die Wand zu hängen. Obwohl, dachte Elsa, Artos Bilder sind es auch nicht wert. Er war älter als sie, aber er malte Menschen noch immer als Strichmännchen.

Seit Elsa regelmäßig ihre Großeltern besuchte, musste sie mit dem Bild in einem Zimmer schlafen. Am Anfang hatte sie sich vor dem Bild gegruselt, aber jetzt war es besser. Es wurde von Besuch zu Besuch freundlicher, das Bild. Und jetzt, wo sie schon seit zwei Jahren regelmäßig nach München zu Oma und Opa kam, glaubte sie zu erkennen, wie die bunte Frau sie anlächelte. Manchmal jedenfalls.

Elsa begann, die Frau zu mögen.

Leise klopfte es an die Tür. Gleichzeitig wurde die Klinke heruntergedrückt, und ihre Oma Regine kam herein. Wie jeden Morgen mit einem Glas Orangensaft auf einem kleinen Porzellanteller mit bunten Blüten. Auf jeder Blüte lag ein Gummibärchen, farblich sortiert, so wie Elsa es mochte. Erst wenn sie alle Gummibärchen aufgegessen hatte, musste sie aufstehen und zum Frühstück kommen. Dann gab es Toast mit Honig. Der Honig war in einem Plastikbären. Elsa war begeistert von dem Bären, sie aß viel zu viel Toast bei Oma und Opa, weil sie es liebte, den Honig aus dem Bauch des Bären zu drücken. Nach dem ersten Besuch vor zwei Jahren hatte Oma ihr den Honigbären geschenkt. Aber als Elsa ihn zu Hause stolz gezeigt hatte, hatte Ricarda, ihre Mutter, nur die Augen verdreht und gesagt, dass im Plastik Giftstoffe seien. Also aß Elsa nur bei Oma und Opa den Honig aus dem Bären. Außerdem gab es hier Toast, nicht das selbstgebackene Brot wie zu Hause. Und Elsa durfte Oma und Opa sagen, sie musste ihre Großeltern nicht beim Vornamen nennen wie ihre Mutter, die niemals Mama hieß, sondern Ricarda.

»Guten Morgen, mein Goldschatz.« Oma strich ihr über das Haar. Sie stellte den kleinen Porzellanteller auf das Nachttischchen, dann setzte sie sich zu Elsa auf das Bett. »Hast du gut geschlafen?«

Elsa schnappte sich ein Gummibärchen und nickte. »Wer hat das Bild gemalt, Oma?« Sie zeigte auf die bunte Frau.

Oma blickte auf das Bild und lächelte sanft. »Wie der Maler heißt, weiß ich nicht, aber ich weiß, wer das auf dem Bild ist.«

»Die bunte Frau?« Elsa war überrascht. Das sollte eine Frau aus Fleisch und Blut gewesen sein?

»Ja.« Oma guckte noch immer das Bild an. »Das ist deine Uroma Anneli. Die Mutter von deinem Opa.«

Elsa betrachtete die Frau nun genauer. Aber sie stellte keine Ähnlichkeit fest, weder mit ihrem Opa noch mit sich selbst. So sah einfach kein normaler Mensch aus.

»Warum ist sie so hässlich?«

Jetzt lachte ihre Oma und stand auf. Sie ging näher an das Bild heran. »Damals hat man so gemalt. Das nennt man Expressionismus. Deine Uroma war noch ganz jung. Sie kannte den Maler bestimmt. Er hat sie nicht so gemalt, wie sie aussah, wie jedermann sie sah. Sondern so, wie seine Gefühle für sie waren. *Mon amour* heißt das Bild. Meine Liebe.«

Elsa sagte nichts. Sie hatte nicht verstanden, was Oma meinte. Aber sie war völlig fasziniert davon, dass sie mit der Person auf dem Bild verwandt sein sollte.

»Das hier war ihr Zimmer.« Ihre Großmutter drehte sich einmal langsam um die eigene Achse. »Die Wohnung hat ihr gehört. Und als sie ganz alt und krank war, sind Opa und ich hier eingezogen und haben sie gepflegt. In diesem Zimmer hat sie gelebt. Jetzt ist es das Gästezimmer.« Sie lachte wieder. »Aber du bist unser einziger Gast, also ist es ein bisschen dein Zimmer.« Sie ging zur Tür. »Und jetzt schnell, wir wollen doch heute auf die Wiesn.«

Die Wiesn! Elsa beeilte sich, den Saft und die Gummibärchen hinunterzuschlingen, während sie aus dem Nachthemd schlüpfte und sich rasch anzog. Das karierte Sommerkleid sah ein wenig wie ein Dirndl aus, die Großeltern hatten es ihr gestern beim Schlichting gekauft. Dazu die neuen Strümpfe. Weiße Kniestrümpfe mit Lochmuster. Elsa war wahnsinnig stolz auf diese besonderen Strümpfe. Kein Mädchen in der Kommune hatte etwas so Schönes.

Als Elsa fertig angezogen war, stopfte sie die letzten drei Gummibärchen in den Mund und verließ das Zimmer. In der Tür drehte sie sich noch einmal um, sah zu der bunten Frau auf dem Bild.

»Tschüss, Oma«, sagte sie. »Uroma.«

Dann schloss sie die Tür und ging.

München-Schwabing, Giselastraße,
im November 1912

Der junge Maler Rudolf Newjatev war im Schaffensrausch. Seine Wangen glühten, er riss sich das ohnehin dünne Hemd, das ihm am mageren Oberkörper schlackerte, noch weiter auf. Die Farbe spritzte nur so von seiner Palette: karmesinrot, ockergelb, tannengrün. Für die Augen. Ihre Augen.

Darüber ein wenig schwarzer Schatten, die Haare, der lange Hals, die Schultern so rund …

Er warf einen Blick über die Staffelei. Da saß sie und lachte ihn an. Sie.

Haarsträhnen fielen aus dem Knoten auf ihre nackten Schultern herab. Sie trug ihr dünnes Hemdchen wie eine Königin ihre Robe. Stolz streckte sie den Rücken durch, ihre vollen Brüste nach vorne.

Er liebte sie! Newjatev hatte seine Muse gefunden. Im Café Stefanie, drei Monate war es her. Gleich als sie hereingekommen war, hatte er sie bemerkt, durch die Schwaden von Zigaretten und den Dunst der trinkenden, schwitzenden Menschen. Er hatte sie gesehen und sogleich den einen glühenden, den unbedingten Wunsch gehabt: das Mädchen zu malen.

Er konnte seinen Blick nicht von ihr lassen, er sprach sie an, sie war Leidenschaft und Unschuld gleichermaßen. Hier in Schwabing tobte das Leben in den unzähligen Kneipen und Cafés, hier trafen sich die Künstler und Journalisten, Verschwörer und Weltverbesserer. Pläne wurden geschmiedet – für eine bessere Welt, für ein Ende der Monarchie oder aber nur für den Zeitvertreib.

Es wurde geredet und getrunken, die Frauen waren modern, sie tranken Wein und rauchten, wollten das Wahlrecht und trugen Kleider ohne Korsett, Schwabing war ein wildes Pflaster.

Und das Mädchen staunte. Sie war hungrig nach diesem Leben. Als der junge Maler, der obendrein noch gut aussah, sie ansprach, fragte, ob sie ihm Modell stehen wolle, da zögerte sie nicht lange.

Seit dem Abend im Café Stefanie waren sie unzertrennlich. Die junge Frau hatte den Ihren nicht gesagt, dass sie nicht mehr wiederkommen würde. Hatte ihre Habseligkeiten gepackt und war noch am gleichen Abend zu Rudolf in das Dachatelier gezogen. Es war ein wenig kalt und zugig dort oben, aber sie hatten sich, sie wärmten einander.

Er malte sie, sie liebten sich, er sorgte für sie.

Es kamen andere, Kollegen von Rudolf, Maler auch sie. Bereitwillig stand das Mädchen Modell, immer lachte sie, das Leben konnte so leicht sein.

Sie fragte nicht, woher ihr Geliebter das Geld für Essen, Trinken und Zigaretten hatte, für das Holz im Ofen und die Farben, die er so großzügig über die Leinwände verteilte.

Sie waren füreinander geschaffen, sie und Rudolf.

Hier und heute Abend gelang es dem Künstler, seine wilde Liebe auf die Leinwand zu bannen. Seit Wochen kannte er kein anderes Motiv als nur sie: liegend, im Porträt, von hinten, schlafend. In Rötel, Kohle, Aquarell und Öl.

Aber heute, das spürte Rudolf, floss seine Leidenschaft direkt auf die Leinwand. Er entzündete sie, er spürte seine Liebe wie Lava durch die Finger rinnen.

Als er fertig war, setzte er den Schlussakkord und schrieb »Mon amour, 1912« mit Bleistift auf die Rückseite.

Es war die Erfüllung. Sein Opus magnum. Der Höhepunkt ihrer Liebe.

Von nun an ging es abwärts.

München-Maxvorstadt,
ein Büro in der Brienner Straße im Sommer 2014

Elsa starrte auf das Bild. Ihre Augen saugten sich fest an den grüngelben Wangen, dem roten, ach so roten Mund und den schrägen schwarz-grünen Augen ihrer Großmutter. Urgroßmutter. Die Reproduktion war deutlich blasser als das Original, aber dennoch war sie beim Durchscrollen sofort daran hängengeblieben. An *Mon amour.* An ihrer Urgroßmutter. An Anneli Gensheim.

Sie nahm die Lesebrille ab, schloss die Augen, drückte die Fingerspitzen auf die Nasenwurzel. Diesen festsitzenden Schmerz zwischen den Augen wurde sie schon seit Wochen nicht mehr los. Vielleicht kamen die Schmerzen von der Brille. Vielleicht, vielleicht.

Sie setzte die Brille wieder auf, eine dunkelrandige Rodenstock, ein Modell, dessen Anschaffungspreis in keinem Verhältnis zu seiner Bedeutung für sie stand. Elsa hätte sich ebenso gut ein einfaches Nulltarifgestell kaufen können, denn sie wollte nicht wahrhaben, dass sie in einem Alter war, in dem sie auf eine Lesebrille nicht länger verzichten konnte. Ein preisgünstiges, weniger extravagantes Gestell hätte sie herunterspielen können. Nicht so dieses. Es war zu präsent. Aber Hajo war dabei gewesen, er hatte es ihr förmlich aufgezwungen. Er liebte die Strenge, die ihr das Horngestell verlieh.

Elsa hatte nicht widersprochen, sondern sich überreden lassen, und nun verschwand das ungeliebte Brillenmodell häufiger unter den Papierstapeln auf ihrem Schreibtisch, als dass es auf ihrer Nase saß.

Sie kniff die Augen zusammen und schob sich näher an den Bildschirm. *Mon amour, 1912,* ein Gemälde des Malers Rudolf Newjatev war gestohlen worden. Gemeinsam mit zwei anderen Expressionisten aus einer Antwerpener Galerie, in der es gezeigt wurde.

Elsa öffnete das Dossier, das an alle Mitarbeiter ihrer Abteilung gerichtet war. Frau Dr. Elsa Hannapel arbeitete als Kunsthistorikerin in der für bildende Kunst zuständigen Sparte eines großen Versicherungsunternehmens.

Hastig überflog sie die zusammengestellten Informationen. Es waren nicht allzu viele, das Übliche, wenn es sich um Werke handelte, die in ihrem Wert im unteren Bereich lagen: eine knappe Auflistung des Galeristen über die Eckdaten der gestohlenen Werke, ein Bericht der Polizei, die den Raub am nächsten Tag aufgenommen hatte, sowie eine erste Einschätzung der Zweigstelle in Köln, bei der die Meldung zuerst eingegangen war.

Entstehung 1912, das ging bereits aus dem Titel hervor. Der Maler, Rudolf Newjatev, sagte Elsa zunächst nicht viel. In ihrer Familie hatte es stets geheißen, der Maler sei unbekannt, vermutlich ein Verehrer ihrer Urgroßmutter. Jetzt fiel ihr ein, dass Newjatev als Satellit der Gruppe Blauer Reiter vor gut fünfzehn Jahren wiederentdeckt worden war. Sie hatte das, damals in London, nur am Rande mitbekommen. Expressionismus war nicht ihre Epoche. Ihre Spezialität waren die deutschen Maler des frühen 15. Jahrhunderts. Und dass dieser junge Expressionist, der seine Wiederauferstehung feierte, der Schöpfer des vertrauten Bildes war, war ihr noch weniger in den Sinn gekommen.

Besitzer des Werkes war Deinhard Manker, ein Sammler aus Düsseldorf. Elsa kannte Manker, er war es auch, der die gestohlenen Werke, die alle drei aus seinem Besitz stammten, bei ihrem Unternehmen versichert hatte. Ein bedeutender und seriöser Kunstmäzen, dessen Sammlung vorrangig deutsche Werke von der Jahrhundertwende bis zum Ausbruch des Zweiten Weltkrieges umfasste. Beckmann und Kirchner waren seine Spezialgebiete, Elsa hatte bereits mit ihm, beziehungsweise seinem Assistenten, zu tun gehabt.

Dass er der Besitzer eines Werkes war, das ihren Großeltern gehört hatte, überraschte sie.

Noch mehr aber überraschte Elsa, dass sie das Bild, das sie die gesamte Kindheit über begleitet hatte, aus den Augen verloren hatte. Wie konnte es sein, dass sie es vergessen hatte? Die bunte Frau. Allein die Erinnerung daran verursachte bei Elsa einen Druck in der Brust und ein enges Gefühl im Hals. Heimweh. Vielleicht Scham. Die Wohnung ihrer Großeltern – sie war über ihre gesamte Kindheit hinweg der wichtigste Zufluchtsort für sie gewesen: die weichen Teppiche auf dem gebohnerten Parkett. Der weiße Lack, der in dicken Schichten die hohen Altbautüren und Fenster überzog. Er glänzte wie poliert, ebenso wie die ziselierten schweren Messinggriffe. In der Wohnung war es immer warm, Elsa durfte in Strümpfen laufen, nur im Winter bekam sie kleine Pantoffeln. Es roch nach Liebe und Fürsorglichkeit, Elsa erinnerte sich an die warmen, aber trocken-faltigen Hände ihrer Großeltern, wenn diese ihr über die Wange streichelten oder beim Spaziergang ihre Hand nahmen. Alles war dort, in der Mandlstraße, so ganz anders als das Leben, das

Elsa mit ihrer Mutter und ihrem Bruder am Chiemsee führte.

An die ersten vier Jahre in Frankfurt hatte Elsa keine Erinnerung, aber auch da hatten sie in einer Wohngemeinschaft gelebt. In einer Stadtwohnung allerdings, nicht auf dem dunklen, feuchten Bauernhof, den die Sannyasins, zu denen auch Ricarda gehörte, gekauft hatten.

Rückblickend empfand Elsa das Leben dort als eine einzige Entbehrung. Dachte sie zurück, fielen ihr klamme Feuchtigkeit und Frieren ein. Ihr fiel der beißende Geruch der Allesbrenner ein, denen mehr dunkler Rauch als Wärme entwich. Die Arbeit im Gemüsegarten, wenn sie die Schnecken absammeln und mit der Schere zerschneiden musste. Und ja, eigentlich war es auch als kleines Mädchen immer nur das gewesen: ein Gefühl von Mangel, Härte, Kargheit.

Es war kein Leben in Schönheit gewesen.

Wenn Elsa sich heute mit ihrem Bruder Arto über ihre Kindheit unterhielt, war es, als wären sie getrennt voneinander aufgewachsen. Arto, zwei Jahre älter als Elsa, erinnerte sich an die wilde Freiheit auf dem Land. Daran, dass es keinen Zaun und keine Grenze gab, an die vielen Tiere auf dem Hof, daran, dass er nie kontrolliert wurde. Es war Elsa dann, als hätte sie das so nie erlebt. Die schönsten und stärksten ihrer Erinnerungen stammten aus den Ferien und den Wochenenden bei ihren Großeltern.

Regine und Julius Schuster waren die Eltern ihres Vaters Lutz. Er wohnte damals noch in Frankfurt, und sie sah ihn fast nie. Dafür sorgte Ricarda, aber auch Lutz zeigte an seiner Tochter kein Interesse. Umso heftiger hatten seine Eltern ihre Enkelin ins Herz geschlossen. Wann immer Elsa nicht zur Schule gehen musste, durfte sie die Großeltern in Schwabing besuchen. Die Jugendstilvilla, in der sich die weiträumige Wohnung befand, war Elsas Paradies. Sie hatte eines der acht Zimmer ganz für sich allein. Das Bett darin war groß und alt, aus schwerem schwarzem Holz mit kunstvoll geschnitzten Verzierungen, die Elsa mit dem Finger nachzeichnete, wenn sie nicht schlafen konnte. Das Bett stand an der Wand, deren Fenster auf den Englischen Garten hinausging. Nachts hörte sie die Käuzchen schreien, tags sah sie die Eichhörnchen von Baum zu Baum springen. An der Wand, die dem Kopfende gegenüber lag, hing das Bild. Als kleines Kind hatte sie es groß gefunden, je älter sie aber wurde, desto mehr schrumpfte es in ihren Augen. Heute schätzte Elsa das Bild auf fünfzig mal fünfzig Zentimeter, ohne den schweren Goldrahmen, der vielleicht zehn Zentimeter stark war. Sie war mit dem Bild ihrer Urgroßmutter aufgewacht und zu Bett gegangen. Anneli Gensheim, der auch das Bett gehört hatte, in dem Elsa schlief. Kaum ein anderer Gegenstand in der geliebten Wohnung ihrer Großeltern war ihr so vertraut wie dieses Gemälde.

Dennoch hatte sie so viele Jahre nicht mehr daran gedacht.

Elsa schämte sich.

Jetzt flackerte es in Pixeln auf dem Bildschirm vor ihr. Das Bild hatte ohne ihr Wissen eine Reise gemacht, den Besitzer gewechselt, und nun war es verschollen. Elsa fühlte sich, als hätte sie ihre Aufsichtspflicht verletzt.

Sie stand auf und ging hinüber zu Marion.

Marion drehte sich nicht einmal um, als Elsa ihr Büro

betrat. Das tat sie nie. Sie war stets angestrengt beschäftigt, zu beschäftigt, um sich ihren Mitarbeitern zuzuwenden. Stattdessen fragte sie. »Was?«

Elsa antwortete in den Rücken der weißen Bluse hinein, die über dem gebeugten Rücken Marions spannte. »Diese Antwerpen-Sache …«

Ihre Chefin klickte mit der Maus schnell hintereinander verschiedene Fenster auf ihrem Bildschirm durch, bevor sie antwortete. Mit dem Blick am Monitor. »Musst du nicht machen. Kann Frank übernehmen.«

»Nein. Es interessiert mich.«

Marion zuckte mit den Schultern. Elsa lehnte sich an den Türrahmen. Sie überlegte, ob sie etwas hinzufügen sollte. Dass es ihr Bild war. Eigentlich. Und scheinbar doch nicht. Aber während sie im Kopf die Sätze, die sie möglicherweise sagen könnte, zurechtlegte, wusste sie, dass es zu kompliziert war. Zu persönlich. Es würde Marion nicht interessieren.

Diese drehte sich auf dem Stuhl herum, musterte Elsa. Dabei zog sie die kaum vorhandenen Augenbrauen zusammen. »Ist noch was?«

Elsa lächelte. »Nein. Ich mach das dann. Antwerpen.«

Marion nickte, drehte sich aber nicht zurück. Und Elsa stand wie festgenagelt an der Tür.

Obwohl Marion schroff war, schroff, weil sie immer effektiv sein wollte, nicht aus Ignoranz oder Desinteresse, waren sie sich nahe. Sie teilten eine Leidenschaft – die Leidenschaft für Kunstgeschichte. Elsa hatte keine Geheimnisse vor Marion, die Frage hatte sich nie gestellt, sie hätte sich ihr jetzt gerne anvertraut, aber im Moment war sie zu verwirrt. Sie konnte den Vorgang *Mon amour* nicht einordnen. Sie wusste nicht, wie sie damit umgehen sollte.

Seit zehn Jahren arbeitete Elsa bei der Versicherung, seit zehn Jahren mit Marion als Vorgesetzter. Es war ausgemachte Sache, vor allem von Marion aus, dass Elsa einmal ihre Position einnehmen würde. Marion war um einiges älter, aber sie hatte Elsa, die sich damals nach der Promotion beworben hatte, immer als ebenbürtig behandelt. Hatte ihr von Anfang an klargemacht, dass sie Nüchternheit und Akribie schätzte, und das genau war es, was Elsa glaubte mitzubringen.

Ihre Arbeit war rational, systematisch. Sie suchte, sie grub und wühlte, verglich Dokumente, recherchierte in Archiven, ordnete zu. Kataloge, Quittungen, Transportlisten, Zeitungsberichte, Fotografien. Das war Elsas Gebiet. Sie hatte Erfolgserlebnisse, wenn es ihr gelang, ein längst verloren geglaubtes Werk aufzuspüren. Sie war glücklich, wenn sie ein gestohlenes Kunstwerk wieder seinem Besitzer übergeben konnte. Sie bekam Lob und einen Bonus. Sie war mit Feuereifer bei der Sache, sie konnte manchmal nicht aufhören, wenn der Jagdtrieb sie gepackt hatte, saß bis spät in die Nacht, nahm die Arbeit mit nach Hause.

Aber niemals hatte sie sich von Emotionen leiten lassen. Sie war Wissenschaftlerin. Und sie spürte, dass sie jetzt, was das Bild der bunten Frau betraf, aus der Bahn geworfen wurde. Das war ihr Bild. Ganz gleich wer es wann gekauft hatte, wem es auf dem Papier gehörte, *Mon amour* durfte nicht verlorengehen. Es war ihre Aufgabe, das Bild, das ein Teil von ihr war, zu finden.

Marion drehte sich wieder zu ihrem Bildschirm, Elsa trat den Rückzug an. Sie druckte sich im Büro das Dossier aus, fuhr den Computer runter und legte Frank, der immer als Erster Feierabend machte, einen gelben Klebezettel auf den Tisch, dass sie Antwerpen übernehmen würde. Dann steckte sie die Unterlagen in ihre Tasche, klopfte bei Marion an den Türstock zum Zeichen, dass sie ging, und verließ das Büro.

Im Hof sperrte sie ihr Fahrrad ab. Als sie sich vornüberbeugte, spürte sie, dass sich die drückenden Schmerzen hinter der Schädeldecke verstärkt hatten. Sie richtete sich auf, um Luft zu holen, ihr wurde daraufhin kurz schwarz vor den Augen. Elsa blieb einige Sekunden auf ihr Fahrrad gestützt stehen, atmete durch die Nase. Sieben, acht Atemzüge lang versuchte sie, sich zu konzentrieren, erst als sie sich stabil genug fühlte, schob sie ihr Hollandrad aus dem Hof.

Sie lief, das Rad schiebend, bis zum Karolinenplatz, ihre Gedanken kreisten stetig um das Bild. Noch nie zuvor war sie so machtvoll in die eigene Vergangenheit geworfen worden. Alles in ihrem Leben war nach vorne gerichtet. Es war immer vorwärtsgegangen im Leben der Frau Dr. Elsa Hannapel. Aber jetzt war das Bild, ihr Familienbild, das ihr so viel bedeutet hatte, vielleicht in den Händen irgendwelcher osteuropäischer Hehlerbanden, aus dem Rahmen geschnitten und sicher nicht fachgerecht transportiert auf dem Weg durch die Schwarzmärkte der Kunst. Es würde irgendwo, in irgendeiner unbekannten Sammlung verschwinden.

An der Kreuzung Barer Straße fühlte sich Elsa kräftig genug, um aufs Rad zu steigen und sich in den Strom der Fahrradfahrer einzureihen. Sie liebte ihren Arbeitsweg –

jedenfalls sobald sie das von den Nazibauten dominierte Areal hinter sich gelassen hatte – die Kunstroute, die sie zunächst zur Linken am Museum für ägyptische Kunst vorbeiführte, dann der Reihe nach an der Pinakothek der Moderne, dahinter versteckt das Museum Brandhorst, dann folgten die Alte Pinakothek und die Neue. Hier war ihr München ganz nahe, sie hatte sich schon als Studentin in dem Gebiet zwischen Königsplatz, Universität und Englischem Garten am wohlsten gefühlt. Die Stadt öffnete sich ganz weit, das Museumsquartier, die Ludwigstraße, der Hofgarten – es war ihr, als atmete die Stadt an diesen Orten. Weit war sie und groß und ganz Geschichte.

Elsa hatte sich stets wie erhaben gefühlt, wenn sie die Treppen zur Staatsbibliothek erklomm oder am Odeonsplatz im Café in der Sonne saß. Sie hatte nie verstanden, wie Hajo, ihr Lebensgefährte, der in Potsdam lebte, München als eng und provinziell empfinden konnte.

Heute aber hatte Elsa kein Auge für die Schönheit der Architektur, sie verzichtete auch darauf, die Barer Straße zu verlassen und einen Schlenker zum Neubau der Hochschule für Film und Fernsehen zu machen. Sie hielt auch nicht am Supermarkt, um sich für den Abend einzudecken, Elsa dachte gar nicht darüber nach, ob sie zu Hause etwas zu essen hatte. Sie dachte nur daran, dass sie Lutz anrufen musste. Ihren Vater. Er hatte *Mon amour* damals geerbt, als zuerst Julius und später auch Regine gestorben waren.

Elsa hätte bereits im Büro zum Hörer greifen können, das wäre das Naheliegende gewesen. Aber ihr Verhältnis zu ihrem Vater war nicht so. Sie musste sich konzentrieren, wenn sie mit ihm sprach. Das war der Grund, warum sie ihn so selten anrief. Er dagegen, der augenscheinlich kein Problem hatte, mit ihr zu telefonieren, rief sie nie an. Warum auch? Er hatte Freundinnen, die so alt wie seine Tochter waren, nein, mittlerweile jünger als seine Tochter, und mit denen ihn mehr verband.

»Du meine Güte, Elsa«, sagte Lutz eine halbe Stunde später. »Ich hab's vertickt. Mach doch kein Drama draus.«

Kein Drama. Elsa biss sich auf die Lippe, um nicht zu schreien. Diese betonte Lässigkeit im Ton, in der Wortwahl, Lutz schaffte es immer, sie aus der Reserve zu locken. Sie hatte es doch vorher gewusst. Es war richtig gewesen, ihn nicht sofort, als sie das Dossier im Büro erhalten hatte, anzurufen. Elsa hatte sich auf den Anruf vorbereiten müssen, gerade weil sie im Vorhinein gewusst hatte, was er sagen würde. Hatte sich zusätzlich ein Glas Chardonnay eingeschenkt, die Hälfte davon hastig heruntergestürzt, bevor sie seine Nummer in Südfrankreich wählte. Ebenfalls erwartungsgemäß war eines der jungen Dinger an den Apparat gegangen, mit süßlichem »Allo?!«. Als Elsa schroff nach ihrem Vater gefragt hatte, hatte sie hören können, wie die Freundin ihres Vaters, deren Namen sie selbstverständlich nicht kannte, die ohne Zweifel sehr zierliche Hand über den Hörer gelegt und in überraschtem Tonfall »Ta fille« geflüstert hatte.

Ich hab's vertickt. Diese gespielte Sorglosigkeit, dieses »Ich-hänge-nicht-wie-du-an-den-Dingen«, dieses Verbot jeglicher Sentimentalität von Seiten ihres Vaters – Elsa hätte sofort wieder auflegen müssen, um ihr Seelenheil zu wahren. Stattdessen trank sie einen weiteren Schluck Wein.

»Trinkst du?« Lutz klang amüsiert.

»Warum?« Elsa bemühte sich, angriffslustig zu sein, um endlich einmal die Oberhand in einem Gespräch mit ihrem Vater zu behalten. »Warum hast du es verkauft?« Ein weinerlicher Ton schlich sich ein. Verdammt!

»Weil ich das Geld brauchte.« Lutz blieb nüchtern. »Weil ein Freund es haben wollte. Meine Güte, der alte Schinken.«

»Deinhard Manker? Ist ein Freund von dir?«

»Freund. Was ist schon ein Freund?« Wieder dieser belustigte Ton. Lutz war immer darauf bedacht, über den Dingen zu stehen. Vielleicht tat er das auch. »Wir kennen uns. Wir haben uns bei einer dieser Partys getroffen. Er hat ein Haus irgendwo bei Nizza.«

»Und dann habt ihr euch unterhalten, und dir ist eingefallen, ich kann ihm ja das Bild andrehen? War es so?«

Lutz lachte. »So ungefähr.«

Es war Zeit, das Gespräch unverzüglich zu beenden. Aber Elsa konnte einfach nicht aufhören. Sie wollte Lutz verletzen, ihn konfrontieren, ihm ein schlechtes Gewissen machen, obwohl sie wusste, dass nichts, was sie sagte, ihren Vater wirklich traf.

»Es gehört in unsere Familie! Deine Oma ist darauf. Du kannst es doch nicht einfach …!«

»Ich hab sie kaum gekannt«, unterbrach Lutz sie ungehalten.

Elsa spürte, dass ihn die Lust, sich weiterhin mit ihr zu unterhalten, verlassen hatte. Sein Amüsement kippte in Genervtheit.

»Du weißt, ich bin nicht sentimental, und selbst wenn ich es wäre, habe ich eine Summe dafür bekommen, die jegliches nostalgische Gefühl im Keim erstickt hätte.«

Elsa stand auf ihrem Balkon. Sie sah über die Dächer Schwabings, hier aus dem vierten Stock des prächtigen Bürgerhauses in der Agnesstraße. Sie richtete den Blick zum Englischen Garten, ungefähr dahin, wo die Wohnung ihrer Großeltern gewesen war. Ihr Blick war verschwommen, ihr kamen die Tränen. Sie war neununddreißig, doch noch immer konnte ihr Vater sie mit wenigen scharfen Worten zum Weinen bringen.

»Jetzt ist es weg. Gestohlen. Das wollte ich dir sagen.«

Sie legte auf.

Es gab keinen Trost in der Wohnung. Niemand, der sie in den Arm nahm. Nicht einmal ein Tier, das sie streicheln konnte. Ein weiteres Telefonat, und sei es auch nur, um sich von Hajo trösten zu lassen, würde sie jetzt nicht verkraften. Elsa kippte den Rest Weißwein in den Lavendel, der so herrlich auf ihrem Balkon blühte und Gott sei Dank pflegeleicht war. Sie zog sich ihre Sportklamotten über. Sie war aufgewühlt. Noch war es hell, und sie würde eine Runde im Englischen Garten drehen und sich abreagieren. Danach heiß duschen und mit Hajo sprechen. Sie war sicher, sich dadurch wieder in den Griff zu bekommen.

Konzentriert trabte sie durch die sommerstaubigen Straßen Schwabings, bis sie den Rand des Englischen Gartens erreicht hatte. Aber anstatt über den kleinen Seitenarm der Isar ins satte Grün einzutauchen, bog sie links in die

Mandlstraße ab. Nach wenigen Metern erreichte sie den ihr so vertrauten Bau.

Elsa blickte zu der Wohnung im zweiten Stock hoch. Sie sah das Fenster des ehemaligen Gästezimmers, aus dem sie so oft in den Park geschaut hatte. Jetzt hingen dort gemusterte Vorhänge, und an den Scheiben klebten bunte Figuren. Offenbar ein Kinderzimmer. Elsa war erleichtert. Ein anderes Kind würde in diesem Zimmer groß werden, vielleicht ebenso glückliche Tage erleben wie sie damals. Wenigstens war in dieser Wohnung keine Agentur oder Kanzlei untergebracht. Kaum jemand konnte sich noch ein normales Leben in einer dieser Prachtvillen Schwabings leisten.

Sie nahm sich vor, in den nächsten Tagen bei den Leuten, die nun dort wohnten, zu klingeln. Vielleicht konnte sie einen Blick in die Wohnung werfen.

Elsa drehte um, lief weiter in den Park. Sie schlug die nördliche Richtung ein, dorthin, wo der Englische Garten etwas weniger belebt war. Sie erinnerte sich daran, wann sie die Wohnung ihrer Großeltern das letzte Mal gesehen hatte. Julius, der Großvater, war bereits gestorben, und ihre Großmutter Regine wollte nicht mehr allein in den riesigen Räumen wohnen bleiben. Sie hatten sie ins Marienstift gebracht, eine luxuriöse Seniorenwohnanlage mit angeschlossener Pflege.

Mit schlechtem Gewissen dachte Elsa daran, dass sie Regine danach nur wenige Male gesehen hatte. Sie selbst hatte ihren Magister in der Tasche gehabt und war anschließend zum Praktikum nach London gegangen. Sie hatte Regine nur noch drei-, viermal im Altenheim besucht. Zu sehr war Elsa mit sich selbst beschäftigt gewesen.

Lutz hatte damals die Wohnung aufgelöst und Elsa und Arto großzügig eingeladen, sich zu nehmen, was noch in der Wohnung verblieben war. Wenn sie sich heute daran erinnerte, stieg Groll in ihr hoch. Elsa legte ein wenig an Tempo zu, um sich abzureagieren. Selbstverständlich hatte Lutz bereits alles abgegrast, was schön und wertvoll war. Als sie mit Arto in die Wohnung gekommen war, hatte es dort schrecklich ausgesehen. Ein paar abgetretene Teppiche, wenige antike Möbel, die vermutlich nicht wertvoll genug für Lutz waren, und jede Menge Nippes.

Das schwere Bett der Urgroßmutter war noch da gewesen, Elsa hatte es unbedingt haben wollen, aber nicht gewusst, wo sie es unterbringen sollte. Also war es dort geblieben. Was war damit passiert? Arto, der damals bereits als Schreiner selbständig arbeitete, hatte einige wenige Stühle und eine Kommode mitgenommen, sie selbst eine Kiste mit Fotos und Dokumenten, die Taschenuhren von Julius, einen reizenden Gründerzeitspiegel und etwas Rubinschmuck von Regine. Aber es war ihr wie Leichenfledderei vorgekommen.

Das Bild *Mon amour* war nicht mehr in der Wohnung gewesen.

Das Erste, was Elsa am nächsten Tag unternahm, war, das Bild, ihr Bild, und natürlich auch die anderen zwei gestohlenen Werke in ein weltweites Suchregister für verschwundene Kunstwerke zu stellen. Damit war das Gemälde als vermisst registriert, und jeder seriöse Kunsthändler, Auktionator oder Museumsmitarbeiter würde melden, sobald ihm das Werk angeboten wurde. Bei privaten Sammlern würde das nicht helfen. In der Regel – das war auch der Polizei vor Ort, die den Diebstahl aufgenommen hatte, klar – gingen die Diebe nicht sehr sensibel, aber effektiv vor und brachten die Diebesbeute so schnell wie möglich außer Landes, ja außerhalb der Grenzen Europas, um sie dem Zugriff von Interpol zu entziehen. Es gab im internationalen Bereich Task-Forces, die auf den Diebstahl von Kunstwerken spezialisiert waren, zum Beispiel bei Scotland Yard. Kunstraub war nach Waffenhandel und Drogengeschäften eines der lukrativsten Verbrechen. Demgegenüber stand die geringe Aufklärungsquote von zehn Prozent. Kunstraub lohnte sich und war verhältnismäßig simpel.

So war es wohl auch in Antwerpen gewesen. Natürlich gab es Sicherungen sowie eine moderne Alarmanlage, aber die Diebe hatten so rasch gearbeitet, dass sie mit ihrer Beute verschwunden waren, bevor die Polizei eintraf. Die Gemälde wurden mit den Rahmen entwendet, die Bilder noch während der Flucht aus den Rahmen geschnitten, zusammengerollt und dem nächsten Mittelsmann übergeben.

Elsa telefonierte mit dem Galeristen in Antwerpen, aber dessen Verzweiflung hielt sich in Grenzen. Die Bilder waren versichert gewesen, der Diebstahl hätte jeden treffen können, so fürchtete der Mann weder um finanzielle Einbußen noch um seine Reputation. Er bedauerte das Vorgefallene, und Elsa nahm es hin wie die Kondolenz zum Tod eines entfernten Verwandten.

Ihre nächste Anlaufstelle war Deinhard Manker, der Sammler und Besitzer. Nachdem Lutz gestern am Telefon nicht willens gewesen war, genauer über den Verkauf des

Werkes Auskunft zu geben, erhoffte sie sich von dem Mäzen Aufschluss über den Weg des Bildes – bevor es gestohlen wurde.

Ihrem Arbeitgeber gegenüber, der Versicherung, hatte Elsa ihre Pflicht und Schuldigkeit getan. Die Ausgleichszahlung an Deinhard Manker war ein Kollateralschaden, der durch die hohen Prämien, die dieser für eine Menge anderer bei ihnen versicherter Werke zahlte, abgefedert war.

Während Elsa den Vormittag mit Telefonaten und Papierkram verbrachte, wurde sie traurig und bitter. Bilder verschwanden. Das war alltäglich. Hunderte, Tausende Gemälde und Skulpturen standen auf den internationalen Vermisstenlisten. Natürlich hatte sie oft darüber nachgedacht, welche Schicksale mit den Werken verbunden waren. Dass viele Familien während der Naziherrschaft enteignet worden waren und persönliche Sammlungen unwiederbringlich verloren hatten, war überaus tragisch. Weitaus tragischer noch war aber die Auslöschung dieser Familien selbst.

Jetzt aber, da es um ein Bild aus ihrer eigenen Familie ging, ein Bild, auf dem jemand abgebildet war, aus dessen direkter Linie sie stammte, spürte Elsa selbst den großen persönlichen Verlust, der damit einherging. Ein Stück ihrer Vergangenheit war verschwunden, und sie würde alles dransetzen, diese Lücke in ihrer Geschichte zu schließen.

»Selbstverständlich können Sie uns jederzeit besuchen, Herr Manker erwartet Sie.« Die Stimme des persönlichen Assistenten war warm und verbindlich.

»Ich wäre entweder Freitagabend oder Samstag in der Nähe.« Elsa hoffte, dass Marion im Büro nebenan sie nicht hörte. »Passt das?«

Sie hörte, wie der Assistent herumklickte, vermutlich im elektronischen Kalender. »Samstag um zwölf passt hervorragend. Möchten Sie mit Herrn Manker essen?«

»Wunderbar.« Elsa trug sich den Termin in ihrem Smartphone ein und beendete dann das Gespräch. Sie würde also am Wochenende in Richtung Niedersachsen fahren. Dem Assistenten gegenüber hatte sie sich als Mitarbeiterin der Versicherung vorgestellt und behauptet, dass sie als solche einige Dinge mit dem Sammler bezüglich der verschwundenen Werke persönlich klären wollte. Das war weder wahr noch üblich, keine Versicherung der Welt schickte ihre Kunsthistoriker als Detektive los, um verschwundene Kunstwerke zu suchen, das gab es nur in Hollywood. Aber der Assistent schien das nicht zu wissen, und Deinhard Manker selbst war es vermutlich egal. Er würde ihr auf seinem Schloss, das er von einem berühmten deutschen Maler höchstpersönlich übernommen hatte, ein, zwei kostbare Stunden schenken und sich in seiner Sammlung sonnen.

Elsa kannte diese Typen des Kunstbetriebs sehr gut. Manker war Jahrgang 46, ungefähr so alt wie ihr Vater Lutz. Ebenso wie dieser gehörte Manker zur Spezies Ex-Linker, jetzt Toskanafraktion. Nur dass Manker kein studierter Intellektueller war wie Lutz, sondern von ganz unten kam. Daher rührten der hemdsärmelige Umgangston, die fragwürdigen Manieren, die der schwerreiche Mäzen längst hätte ablegen können, aber die er vor sich hertrug wie eine Auszeichnung, und der Hang zum Protz.

Neben Kunstwerken sammelte Deinhard Manker Oldtimer und junge Frauen – auch darin ihrem Vater nicht unähnlich.

Trotzdem war Elsas Laune glänzend, als sie sich tags darauf um sechs Uhr morgens in den Wagen setzte, den sie so kurzfristig noch beim Car-Sharing reservieren konnte. Die Sonne war gerade über der Leopoldstraße aufgegangen, die Stadt befand sich im trägen Dämmerschlaf. Die Luft war frisch, es roch nach der Feuchtigkeit, die von Isar und Englischem Garten herüberwaberte und den frühen Herbst ankündigte. Trotzdem sollte es heute im Lauf des Tages heiß werden.

Elsa stellte den Thermobecher mit ihrem Kaffee in den Getränkehalter, ließ beide Fensterscheiben ganz herunter und legte eine CD ein.

Während sie sich stadtauswärts bewegte und schließlich auf die A9 in Richtung Nürnberg einfädelte, fragte sie sich, wie es sein konnte, dass niemand in ihrer Familie gewusst hatte, wer das Bild ihrer Urgroßmutter gemalt hatte – inklusive ihrer selbst. Es musste doch eine Signatur gegeben haben. Warum hatte niemand jemals das Bild umgedreht und nachgesehen? Wollte ihre Urgroßmutter am Ende nicht, dass jemand von ihr und ihrer Verbindung zu dem Maler wusste? Das Bild war von 1912, Anneli war also neunzehn Jahre alt gewesen, als sie Rudolf Newjatev Modell saß. Das war noch, bevor sie ihren späteren Ehemann und Vater ihrer Kinder kennengelernt hatte. Elsa fand es aufregend, dass ein vielleicht nicht berühmter, aber doch mittlerweile bekannter Maler eine direkte Verwandte porträtiert hatte. Dass die beiden sich gekannt hatten.

Vielleicht eine Affäre gehabt hatten. In München, noch vor dem Ersten Weltkrieg.

Die altmädchenhafte Stimme Inga Humpes sang von Begegnungen, die flüchtig waren, von Momenten, die sich nicht festhalten ließen, und flirrender Hitze in den Straßen Berlins, während Elsas kleiner Wagen durch die Hügel der Holledau rollte. Das war weit entfernt von den Gedanken, die Elsa umtrieben, deshalb schaltete sie die Musik ab. Sie konzentrierte sich auf den Verkehr, während sie überlegte, was sie von Anneli, ihrer Urgroßmutter, wusste. Nichts. Fast nichts. Sie war Reporterin gewesen, eine moderne und emanzipierte Frau. Ihr Mann, ein Sozialdemokrat, war im Lager von Sachsenhausen ermordet worden. Der gemeinsame Sohn Julius war dagegen laut Elsas Vater ein Nazi gewesen. Lutz hatte sich immer von seinen Eltern distanziert, lauthals. In den frühen Siebzigern veröffentlichte er Artikel, in denen er offen und mit vollem Namen über die Nazivergangenheit seines Vaters geschrieben hatte. Das war vor Elsas Geburt gewesen. Danach hatte Lutz einfach nur gerne geerbt.

Elsa hätte ihren Großvater nach Anneli fragen können, als sie alt genug gewesen war, sich dafür zu interessieren. Aber da war Julius' Gehirn nicht mehr in Ordnung gewesen, er war verwirrt gewesen. Regine, die Großmutter, sprach ebenfalls nicht gerne von der Zeit zwischen den Kriegen. Alles, was Elsa über ihre Vorfahren in Erfahrung bringen konnte, musste sie entweder von Lutz erfahren oder selbst herausfinden. Sie entschied sich für das Letztere.

Vor Hildesheim verließ sie die Autobahn nach wenigen Stunden unspektakulärer Fahrt, die sie mit Staumeldungen und einem übersüßen Donut von McCafé verbracht hatte, und fuhr durch das platte Land. Ein Land, das ebenso wenig Charakter hatte wie das dialektfreie Deutsch, das man hier sprach.

Elsa war einmal in Hannover im Theater gewesen. Eine Freundin, die dort Schauspiel studierte, hatte sie eingeladen, die Inszenierung sollte später zum Theatertreffen nach Berlin reisen. Das Spektakulärste an dem Abend aber war gewesen, als Elsa auf dem nächtlichen Bahnhof auf ihren Zug gewartet hatte und zusah, wie sich ein Junkie auf der vermüllten Grünanlage an den Gleisen einen Schuss in den Penis setzte.

Sie war nie wieder nach Hannover zurückgekehrt.

Das Schloss, das Deinhard Manker bewohnte, lag unweit der Bundesstraße auf einem der wenigen Hügel. Eine für den Durchgangsverkehr gesperrte Straße führte zum Anwesen, das einer der Besitzer im Tudorstil hatte umbauen lassen.

An dem postmodernen Metalltor klingelte Elsa, ein rotes Licht leuchtete auf, und eine metallene Stimme fragte nach ihrer Identität. Elsa gab Antwort, und noch bevor sie nach ihrem Personalausweis kramen konnte, um diesen in die Kamera zu halten, öffnete sich das Tor langsam nach beiden Seiten. Sie rollte behutsam hindurch.

Über die Kiesauffahrt kam ihr ein schlaksiger junger Mann mit engen, einen Tick zu kurzen Hosen, ordentlich gestutztem Vollbart und einer schwarzen Brille entgegen.

»Frau Hannapel.« An seiner Stimme erkannte sie den Assistenten, mit dem sie den Termin vereinbart hatte. »Herr Manker hat noch zu tun. Ich nehme mich Ihrer an.«

Natürlich. Auf diese Weise würde sie die umfangreiche Sammlung zu sehen bekommen. Manker selbst musste es nicht auf sich nehmen, sie persönlich zu führen, so sah es nach Understatement aus, nicht nach Protz. Letztendlich kam es auf dasselbe raus.

Elsa nickte höflich und stieg aus dem Auto. Die Sammlung interessierte sie wenig. Sie wusste, was Manker besaß. Und sie war nicht deswegen gekommen.

Eine gute Stunde später, sie saß bestens versorgt mit einem Glas Mineralwasser auf der Terrasse, kam der Sammler höchstpersönlich auf sie zu und gab den Zerknirschten. Er küsste ihr die Hand, hielt das für formvollendet, Elsa jedoch für schmierig. Dann nahm er ihr gegenüber Platz und musterte sie.

Weil es ihr unangenehm war, auf diese Weise taxiert zu werden, nahm sich Elsa heraus, auch Deinhard Manker ungeniert ins Visier zu nehmen.

Er gefiel ihr so wenig wie sie ihm.

Der Sammler war braun gebrannt. Er hatte schütteres Haar, das er in italienischem Stil länger trug, so dass ihm die Haare im Nacken in den Kragen des weißen Hemdes fielen. Er bemerkte ihren Blick auf seine Halbglatze und reagierte instinktiv mit beidhändigem Zurückstreichen seiner wenigen Haare auf dem Oberkopf. Seine Hände waren manikürt, die Fingernägel glänzten. Elsa musste lächeln. Manker war bekannt dafür, dass er sich stets rauh gab und seine Herkunft aus dem Arbeitermilieu unterstrich, die polierten Nägel erzählten jedoch eine andere Geschichte. »Ich musste noch ein paar Telefonate machen.« Er krempelte sich die weiten Ärmel des zerknitterten Baumwollhemds hoch. Seine Unterarme waren dicht behaart, die Haut darunter ebenfalls gebräunt. »Unter anderem mit Stefan Dressler.« Er machte eine Pause und lächelte sie jetzt direkt an. Sehr provokativ.

Dressler war einer der Vorstände ihrer Versicherung. Manker wusste demnach, dass sie nicht im Auftrag ihres Arbeitsgebers hier sein konnte. Aber Elsa ließ sich nicht in die Ecke drängen. Es widerstrebte ihr, dass Manker ihr seine Macht auf diese Weise demonstrierte.

»Ich bin privat hier.«

Überrascht zog er eine Augenbraue nach oben. »Privat?«

»Ich weiß, das hätte ich Ihrem Assistenten sagen können. Aber dann hätten Sie mich vielleicht nicht empfangen.«

Das schien ihn zu amüsieren. Er lächelte wieder, aber dieses Mal lächelten seine Augen mit. Er beugte sich vorneüber. Eine junge Frau kam auf die Terrasse, sie trug zwei Teller, von denen sie einen vor Elsa, einen vor Manker stellte. Sie wünschte guten Appetit und verschwand wieder.

»Nein, ich hätte Sie nicht empfangen.« Manker schien jedoch nicht erbost darüber zu sein, dass Elsa sich den Termin bei ihm unter falschen Bedingungen erschlichen hatte. »Aber jetzt sind Sie mir was schuldig.«

Er stützte sich mit einem Ellbogen auf den Tisch und begann zu essen. Mit der Gabel in der Rechten. Elsa sah ihm zu. In der Regel verdarben ihr schlechte Tischmanieren den Appetit. Aber auf dem Teller lagen mehrere Scheiben gebratene Blutwurst mit einem Apfel-Kartoffel-Püree. Nach dem zuckrigen Donut und zwei großen Kaffee war Elsa ein wenig mulmig, und ihr lief das Wasser im Mund zusammen. Sie würde Mankers schlechte Essmanieren einfach ignorieren.

»Es ist so. Das Bild, *Mon amour,* hat meiner Familie gehört. Sie haben es meinem Vater abgekauft. Lutz Schuster.«

Manker hörte kurz auf zu kauen, nahm einen Schluck Wasser und nickte.

»Verstehe. Ja, okay. Und deshalb sind Sie hier?«

Die Blutwurst war großartig. Elsa musste sich beherrschen, langsam zu essen. Sie sah von der Terrasse hinunter in die niedersächsische Ebene. Unten im Tal floss die Nette. Sie hätte gerne ein kaltes Pils gehabt. Sich nach dem Essen hingelegt und dann den Heimweg angetreten. Im Moment fühlte es sich wie Urlaub an. Nur Manker hätte ein anderer sein dürfen.

»Das Bild gehörte meinen Großeltern. Es hieß, die Mutter meines Großvaters sei darauf abgebildet. Niemand in meiner Familie wusste, dass es von Newjatev war. Oder niemand hat darüber gesprochen.«

Manker schüttelte den Kopf und gestikulierte mit der Gabel. »Lutz wusste sehr wohl, von wem das Bild war. Sonst hätte er es wohl kaum verschachert.«

Verschachert, vertickt. Elsa gefiel nicht, wie die Männer über den Handel mit dem Bild sprachen.

»Wie ist er an Sie herangetreten?«

»Gar nicht. Das war Achenberg.«

»Achenberg sitzt.«

Manker zuckte mit den Schultern. Helmut Achenberg war bekannt in der Düsseldorfer Kunstszene. Er hatte Deals zwischen Sammlern, Künstlern, Museen vermittelt. Er war mit den ganz Großen der Kunstwelt auf Du und

Du. Dann wurde er wegen Steuerhinterziehung verurteilt, und plötzlich wollten sie alle nichts mehr mit ihm zu tun haben.

»Ich wusste nicht, dass mein Vater Achenberg kennt.«

»Sie scheinen überhaupt nicht so viel zu wissen. Sie wissen nicht, von wem das Bild ist, Sie wissen nicht, dass ich es besitze. Sie sind nicht besonders eng mit Lutz?«

Jetzt war es Elsa, die mit den Schultern zuckte. »Achenberg kommt also zu Ihnen und sagt: Da hat jemand einen Newjatev, hast du Interesse?«

»So ungefähr. Das war bei einer Party. In Nizza. Ich war gerade wieder unten.«

Elsa musste an sich halten, nicht mit den Augen zu rollen. Warum hatten Menschen, denen man ihren Status und Vermögen so direkt ansah, es nötig, damit anzugeben?

»Und da sind wir ins Gespräch gekommen. Paar Tage später bin ich mit Achenberg dann zu Ihrem Vater und hab mir das Bild angesehen. Der Preis war okay, also hab ich zugeschlagen.«

»Sie haben meinen Vater über den Tisch gezogen?«

Er lachte einmal laut auf. »Das kann man gar nicht, nein. Aber ich kann aus einem teuren Bild ein noch wertvolleres machen. Einfach, weil ich es besitze. Das adelt ein Kunstwerk. Ihr Vater kann das nicht.«

»Woher wussten Sie, dass es echt ist?« Mit der letzten Scheibe Blutwurst wischte Elsa den Teller leer. Sie hätte noch eine zweite Portion essen können.

»Ich habe ein Gutachten in Auftrag gegeben.«

»Und die Papiere? Gab es Unterlagen, Dokumente, Stempel, irgendwas?«

Manker lehnte sich jetzt zurück, verschränkte die Arme

und schloss die Augen, als würde er nachdenken. Auch sein Teller war leer.

»Nein. Es gab nichts. Deshalb habe ich den Gutachter beauftragt.«

Er öffnete die Augen und sah sie direkt an. Sein Blick war offen, ein bisschen verwundert.

»Ihr Vater hatte nicht einmal eine gute Geschichte auf Lager.«

Elsa begegnete seinem Blick direkt. Sie wusste, was das bedeutete. Kein Bild kam aus dem Nichts. Es sei denn, es hatte eine undurchsichtige Vergangenheit.

An der ersten Raststätte auf dem Rückweg tankte Elsa. Sie kaufte eine Dose Cola aus der Kühltruhe und Mitbringsel für Artos drei Söhne. Die Tankstelle hielt eine reichhaltige Auswahl geschmackloser Stofftiere, Anhänger und grellbunter Plastik-Gimmicks bereit. In solchen Momenten war sie froh, dass sie keine Kinder hatte. Elsa stand so lange ratlos vor dem Angebot, dass der Mann hinter der Kasse begann, sie aus den Augenwinkeln zu beobachten. Schließlich entschied sie sich für drei Donald-Duck-Comics, damit konnte sie nichts falsch machen, denn die las im Zweifelsfall ihr Bruder selbst.

Elsa hatte sich entschieden, nicht wieder nach Hause zu fahren, sondern eine Nacht bei Arto und seiner Familie zu bleiben. Sie besuchte ihren Bruder selten genug, und dieser kam fast nie in die Stadt. Heute wollte sie nicht alleine sein.

Elsa lenkte ihren kleinen Wagen auf den trostlosen Parkplatz hinter der Raststätte. Reflexhaft scannte sie den Platz nach einem ausgesetzten Tier. Als kleines Mädchen hatte sie sich immer danach gesehnt, ein Tier retten zu können. Sie hatte sich vorgestellt, wie sie aus dem Auto stieg und am hölzernen Bein der Raststättensitzgruppe ein einsamer Hund saß, der sie mit großen Augen flehend ansah. Sie würde auf ihn zurennen, ihn in ihre Arme schließen, die Nase in seinem Fell vergraben und ihn mit nach Hause nehmen. Fortan würden sie glücklich bis an ihr Lebensende zusammen sein, Elsa und ihr Hund.

Die Familie machte sich natürlich lustig darüber. Aber Elsa hatte die Hoffnung nie aufgegeben, auch jetzt noch, mit Ende dreißig, konnte sie nicht anders, als ebendiesen Phantasiehund ihrer Kindheit auf jedem Rastplatz zu erwarten. Heute allerdings würde Elsa das Tier im Tierheim abliefern.

Sie lehnte sich an die Kühlerhaube des Kleinwagens und öffnete die Dose Cola. Elsa konnte sich nicht erinnern, wann sie zuletzt ein Getränk aus der Dose getrunken hatte. Hajo und sie tranken ausschließlich Wein. Eine Ausnahme machten sie im Biergarten. Natürlich.

Der Besuch bei Deinhard Manker hatte einen schalen Geschmack bei ihr zurückgelassen. Das Gespreizte des Kunstsammlers, die exquisite Atmosphäre, die Erhabenheit seiner Sammlung konnten Elsa nicht darüber hinwegtäuschen, dass Manker ein Mensch war, dem der Wert eines Bildes über den Inhalt ging. Alles, was ein Werk über seinen Wiederverkaufspreis hinaus erzählte, war zweitrangig. Die geckenhafte Attitüde, mit der er stolz verkündet hatte, ein Bild werde geadelt durch seinen Besitz, hatte Elsa Übelkeit verursacht.

Das und die bittere Erkenntnis, dass die bunte Frau, das Bild ihrer Urgroßmutter, möglicherweise zweifelhafter Herkunft war. Die Frage, wie das Bild in ihre Familie gelangt war, beschäftigte Elsa beinahe noch mehr als sein gegenwärtiger Aufenthaltsort. Das Gemälde würde im Moment durch die Kanäle des Kunstschwarzmarkts geschleust, und es würde kaum möglich sein, es zum jetzigen Zeitpunkt ausfindig zu machen. Das war es fast nie, wie Elsa aus zehnjähriger Erfahrung bei ihrer Versicherung wusste. Bei Kunstraub musste man geduldig sein. Irgendwann würde irgendwer irgendwo *Mon amour* anbieten. Und dann, das war die Hoffnung, würde es der Käufer mit den Registern abgleichen und melden.

Aber dass Manker bedenkenlos ein Bild gekauft hatte, das keinerlei Nachweispapiere besaß, dass Lutz, der zwar von Kunst nicht viel verstand, aber doch so viel wusste, dass zu einem Werk auch ein Herkunftsnachweis gehörte, es ohne selbigen »vertickt« hatte, befremdete Elsa. Andererseits: Wenn Rudolf Newjatev mit ihrer Urgroßmutter Anneli eine persönliche Beziehung verband, vielleicht sogar eine Liebschaft, dann hatte er ihr das Bild wohl einfach geschenkt. Anneli hatte diese Erinnerung an die Wand gehängt und nur mehr als das betrachtet. Nicht als Kunstwerk, das einen gewissen Wert besaß.

Aber das Misstrauen blieb. Und dieses Misstrauen rührte aus dem, was Elsa tagtäglich in ihrem Job begegnete: Lügen.

Wenn es darum ging, Besitz zu verteidigen, etwas wieder zu erlangen oder zu behalten, logen die meisten Menschen. Ganz gleich ob es um ein Spielzeug, ein Kunstwerk, eine Immobilie oder Landbesitz ging – wer einmal etwas in den Händen hielt, was ihm gefiel, gab es selten freiwillig wieder her. Stattdessen wurde die Wahrheit zurechtgebogen, das Begehrte als Eigentum ausgegeben und Tatsachen verdrängt. Elsa erlebte es jeden Tag aufs Neue. Staatliche Museen, die Raubkunst nicht nur in ihren Archiven lagerten, sondern ohne schlechtes Gewissen ausstellten, Sammler und Privatleute, die Kunstwerke aus Enteignungen horteten, aber auf Verjährung pochten. Gerade Menschen, die während des Zweiten Weltkriegs um ihren gesamten Besitz gebracht wurden, Familien, die ausgelöscht wurden und deren Nachfahren verzweifelt versuchten, das eine oder andere Stück aus Familienbesitz wieder zu erlangen, standen unter hohem Beweisdruck. Sie waren gezwungen, den Kauf und Besitz nachzuweisen, durch Belege und Fotos. Aber diese waren größtenteils verbrannt, zerstört, nicht wieder auffindbar.

Wenn die Herkunft eines Kunstwerkes, sei es ein Gemälde oder eine Skulptur, nicht nachweisbar war oder Lücken in der Provenienz aufwies, so rief das bei allen, die mit der Materie befasst waren, größtes Misstrauen hervor.

Obwohl der Besitz des Bildes *Mon amour* in Elsas Familie eine einfache und naheliegende Erklärung hatte, würde sie nicht eher ruhen, bevor ebendies klar bewiesen war. Nur der Hauch eines Verdachts, dass dieses Bild nicht legal in den Besitz der Familie gelangt war, würde Elsa nicht mehr schlafen lassen.

»Ihr hattet einen Newjatev und wusstet es nicht?« Hajo lachte leise.

Elsa hatte ihren Lebensgefährten vom Parkplatz aus angerufen, in der einen Hand das Handy, in der anderen die Dose Cola. Wenn Hajo das sehen könnte! Sie nahm einen weiteren Schluck. Kaltes Etwas mit Metall.

Prof. Dr. Hajo Siebert war seit fünf Jahren ihr Partner. Freund, Geliebter, Lebensgefährte. Sie hatten sich bei einem Seminar über die »Semantik der Backsteingotik im südlichen Lettland« kennengelernt. Hajo war schon damals am Institut für Denkmalpflege in Potsdam angestellt. Als Dozent, wenig später wurde er habilitiert. Elsa hatte seinem Vortrag mit professionellem Interesse gelauscht. Er hatte frei gesprochen, die Fakten der trockenen Materie klar gegliedert und hatte sich nicht in Fußnoten und Abschweifungen verloren. Später hatten sie sich in der Lobby des Seminarhotels, eines ehemaligen FDJ-Heims, getroffen, und sie hatte ihm ein ernst gemeintes Kompliment gemacht. Nach langer Fachsimpelei über Backsteingotik waren sie in die Bar umgezogen und schließlich in ihrem Zimmer gelandet.

Er hatte ihr unmittelbar nach dem Sex, der der Kennenlernphase entsprechend flüchtig war, von seinen zwei Kindern und der gescheiterten Ehe erzählt. Elsa hatte folglich nicht die Absicht gehabt, ihn wieder zu treffen. Aber irgendwie waren sie aneinander hängengeblieben, Hajo hatte sich tatsächlich scheiden lassen, und nun führten sie seit einigen Jahren eine friedvolle Fernbeziehung. Ob er ihr treu war, spielte für Elsa keine Rolle. Sie hatte ihre Freiheit und fühlte sich dennoch geborgen. Nie käme sie auf die Idee, eine weitere Beziehung oder Affäre neben Hajo zu haben. Sie war perfekt eingerichtet in ihrem Leben.

»Meine Oma hat gesagt, sie wisse nicht, wer der Maler sei.« Elsa drückte eine Delle in das weiche Metall der Coladose. »Und ich habe mich als Kind doch nicht dafür interessiert. Vielleicht hätte ich es ahnen können, wenn ich eine Abbildung des Gemäldes irgendwo gesehen hätte. Aber das habe ich nicht.«

»Hm, hm«, machte Hajo, so dass Elsa wusste, dass er nebenher mit etwas anderem beschäftigt war. Dennoch fuhr sie fort. Einen Rat erwartete sie nicht von ihm, aber sie wollte ihre Geschichte erzählen. »Als Newjatev seine Renaissance hatte, war ich in London. Ich hab nicht so viel davon mitgekriegt.«

»Wenn man das Bild googelt, kommt nicht gerade viel. Um genauer zu sein, gar nichts«, sagte Hajo jetzt.

Elsa schwieg. Das war natürlich das Erste gewesen, was sie getan hatte, als der Fall auf ihrem Tisch landete.

»Seltsam, oder?«

»Nicht unbedingt. Spricht eher dafür, dass das Werk deshalb unbekannt ist, weil es immer im Besitz eurer Familie war.«

Danke, Hajo, dachte Elsa. Obwohl sie sich diese Interpretation bereits für sich zurechtgelegt hatte, tat es ihr gut, dass ein anderer diese Vermutung aussprach und sie darin bestätigte.

»Ich hab morgen einen Termin mit Lachmann. Weißt du? Dieser Gutachter.«

Manfred Lachmann hatte im Auftrag von Deinhard Manker das Bild *Mon amour* dem Maler Rudolf Newjatev zugeschrieben und das Gutachten ausgestellt. Er war Kunsthistoriker und angesehener Experte für deutsche Kunst des frühen 20. Jahrhunderts. Lachmanns Urteile waren in Stein gemeißelt.

»Hat der die Expertise ausgestellt?«, fragte Hajo nach. »Dann kannst du doch ziemlich sichergehen, dass mit dem Bild alles okay ist.«

Der in Murnau ansässige Kunsthistoriker war maßgeblich an der Neuentdeckung Rudolf Newjatevs beteiligt. In der bayerischen Stadt am Staffelsee kümmerten sich diverse Stiftungen und Vereine um die Forschung rund um die Künstlergruppe Blauer Reiter, deren Dunstkreis der junge Maler Newjatev angehört hatte. Im Zug ihrer Nachforschungen war Elsa auf einen Ausstellungskatalog gestoßen, den Manfred Lachmann anlässlich einer von ihm kuratierten Ausstellung, »Rudolf Newjatev, verdächtigt, verfolgt, vergessen«, herausgegeben hatte.

Es war Elsa noch nicht gelungen, den Katalog zu besorgen, sie hatte ihn in der Staatsbibliothek für sich im Lesesaal reservieren lassen. Ob das Bild *Mon amour* darin erwähnt worden war, wusste sie demnach nicht. Lachmann durfte also als Experte auch in Bezug auf Newjatev gelten, ein Grund mehr, warum sie ihn noch von Deinhard Manker aus angerufen und um ein Treffen gebeten hatte. Sie wurde kurzfristig zum Sonntagskaffee geladen und würde von Arto aus direkt nach Murnau fahren.

»Gibt es eine Spur, wo sich das Bild jetzt befindet?«, erkundigte sich Hajo.

Elsa nahm den letzten Schluck aus der Dose, presste diese in ihrer Hand zusammen und grinste. Das Kalte-Cola-Gefühl gefiel ihr gut. Jetzt hätte sie die Dose quer über den versifften Parkplatz kicken und sich eine Lucky Strike anstecken müssen.

»Elsa? Ich hab dich was gefragt.«

Der Herr Professor. Der Vater. Ich hab dich was gefragt, sagte man das zu der Frau, die man liebte? Kurz glaubte Elsa, dass die Cola sie aufmüpfig machte.

»Nein, das Bild ist natürlich nicht aufgetaucht«, antwortete sie brav. »Und ja, ich hab dich gehört. Aber ich hab noch einen Rest Cola getrunken.«

Hajo sagte nichts.

»Es ist ein typischer Raub, in dem es nicht um die Bilder ging«, fuhr Elsa fort. »Es war den Dieben egal, sie nahmen, was sie kriegen konnten. Die Galerie war nicht besonders gesichert. Die Polizei hat die Rahmen noch nicht gefunden, aber ich denke, sie werden in ein paar Tagen im Graben irgendeiner Landstraße auftauchen.«

Sie musste ihre Vermutung nicht näher erläutern, Hajo wusste, was sie meinte. Sie hatte sich oft genug über das rabiate Vorgehen von Kunstdieben geäußert.

»Wir hoffen auf das Register. Viel mehr Möglichkeiten bleiben uns nicht.«

»Wann kommst du nach Berlin?«, wechselte Hajo das Thema.

»Wann kommst du nach München?« Die übliche Eröffnung der Partie. Sie glaubte, ihn am anderen Ende der Leitung seufzen zu hören.

»Treffen wir uns in der Mitte«, beeilte Elsa sich zu sagen. So war es immer. Sobald sie spürte, dass es Hajo zu kompliziert wurde, lenkte sie ein. Nur aus diesem Grund, ihrer Kompromissfähigkeit, waren sie noch zusammen. Er sagte es nicht explizit, er musste es nicht aussprechen, aber sie spürte durchaus, dass für Prof. Dr. Siebert die Liebe nicht oberste Priorität hatte. Da waren seine Forschung und seine Reputation. Dann kamen vielleicht die Kinder. Danach lange nichts.

»Weimar?«, fragte Hajo hoffnungsvoll nach.

Das könnte dir so passen, dachte Elsa. Aber heute bin ich nicht so leicht zu haben.

»Wir fahren in den Harz«, beschloss sie. »Ein bisschen Wandern. Ich suche uns ein Hotel.«

Er zögerte. Schließlich sagte er: »Einverstanden.«

»Ich liebe dich.« Elsa gab ihm im Überschwang der Gefühle einen Kuss durch den Hörer. Das musste mal erlaubt sein.

»Ich dich auch.« Es klang wenig begeistert. Bevor sie ein schales Gefühl bekommen konnte, beendete Elsa das Gespräch.

Scheißweimar, dachte sie. Wenn sie nicht nach Potsdam kam und er nicht nach München, trafen sie sich gerne in den Klassikerstädten. Überall dort, wo Hajo auch oft beruflich zu tun hatte, folglich betrat er ausgetretene Pfade. Sie wohnten immer in denselben Hotels, wo man ihn mit »Herr Professor« begrüßte, aßen in den gleichen Restaurants, wo dasselbe passierte, manchmal verband Hajo sogar ihre Wochenenden mit beruflichen Terminen. Einem Empfang der Klassik Stiftung Weimar beispielsweise. Anfangs hatte Elsa es geschmeichelt, in seiner Gesellschaft dort aufzutauchen, mittlerweile hasste sie diesen Pragmatismus Hajos, der so durch und durch unromantisch war. Sie versuchte, ihre Wochenenden dorthin zu verlegen, wo es nichts kunsthistorisch Verdächtiges gab. Sie würden nie durch Rom, Venedig oder Paris schlendern können, ohne einander Baumeister und Jahreszahlen vorzubeten.

Folglich lenkte sie Hajo an die Mecklenburgische Seenplatte, ins österreichische Weinviertel oder in irgendeine beliebige, schöne Landschaft – frei von Kunstwerken aller Art. Mit der Folge, dass ihr Geliebter immer ein wenig muffelig war.

Benjamin ließ den dicken Comic stolz in den Untiefen seines neuen Schulranzens verschwinden und lachte Elsa fröhlich an. »Da passt noch viel mehr nei!«, rief er und genoss die Aufmerksamkeit, die ihm von seiner Tante zuteilwurde.

Er war der jüngste ihrer Neffen, ein Nachzügler, innig geliebt von seinen großen Brüdern. Tom und Jeremias waren vierzehn und sechzehn. Nur der jüngere von beiden war heute Abend zu Hause, er bedankte sich artig für das Donald-Duck-Heft, aber Elsa merkte ihm an, dass er aus dem Alter bereits hinaus war.

»Heimlich liest er es noch«, bemerkte Arto und stellte Elsa eine ordentliche Portion Coq au Vin vor die Nase.

»Tante Elsa«, Benjamin war mit der Ranzendemonstration noch nicht am Ende, »ich hab no a neues Mapperl.«

Der Sechsjährige trat an den Esstisch, an dem Elsa gemeinsam mit Lisa, Artos Frau, und Arto saß. Tom hatte sich nach der Begrüßung schnell wieder in sein Zimmer verzogen. Stolz legte der Jüngste, bereits im Schlafanzug, ein dreistöckiges Federmäppchen auf den Tisch, mit Delphinen verziert. Feierlich zog er den Reißverschluss auf und klappte das Mäppchen auf. Buntstifte in allen Schattierungen, ebensolche Filzstifte, Bleistifte in drei verschiedenen Härtegraden, dick und ergonomisch geformt, damit die unbeholfenen Erstklässlerhände Halt daran fanden, Spitzer und Radiergummis fächerten sich auf. Alles unangetastet, die Spitzen in einer Höhe, wie am Lineal ausgerichtet.

»Toll!«, lobte Elsa, dabei strich sie Benjamin über den Kopf. Der Geruch, der aus dem Federmäppchen aufstieg, war ihr sofort vertraut. Sie erinnerte sich an das feierliche Gefühl, als stünde ihr erster Schultag bevor und läge nicht zweiunddreißig Jahre zurück.

»Ab ins Bett«, mahnte Arto, »du darfst noch ein bisserl Licht anlassen.«

Der Kleine nickte, küsste reihum und verabschiedete sich ins Bett.

Lisa hob ihr Glas. »Auf dich, Elsa, schön, dass du mal bei uns bist.«

Elsa prostete ihrer Schwägerin zu. Schlechtes Gewissen stieg auf, ließ sich aber mit dem Rotwein ebenso schnell wieder hinunterspülen.

Dafür, dass Arto, Lisa und die drei Kinder eine knappe Stunde von München entfernt wohnten, sah Elsa sie viel zu selten. Wann immer sie bei ihnen war, in dem alten Chiemgauer Bauernhaus, fühlte sie sich wohl. Eingehüllt in die familiäre Liebe und den Zusammenhalt, der die Familie ihres Bruders ausmachte. Wenn sie so wie jetzt an dem schweren Holztisch in der Stube zusammensaßen, aßen und tranken, nahm Elsa sich stets vor, öfter hier herauszukommen. Aber wenn sie ihr Auto schließlich nach den Wochenenden vom Hof auf die Landstraße nach Bad Endorf lenkte, hatte sie den Vorsatz schon wieder vergessen. Dann war es ihr wichtiger, sich mit Hajo zu treffen. Ihnen blieben ja nur die Wochenenden. Wenn sie Hajo nicht traf, nahm sie sich wiederholt vor, alles zu erledigen, was so lange schon brachlag in ihrem Leben. Endlich die Holzstühle auf dem Balkon abschleifen und neu lackieren. Mit ihrer Freundin Gudrun auf die Auer Dult gehen. Badminton spielen. Ein Konzert besuchen. Klamotten ausmisten und zur Caritas bringen.

Aber dann sackte Elsa in sich zusammen, ihre sauber notierte To-do-Liste überforderte sie heillos, und anstatt auch nur einen Punkt auf der Agenda zu erledigen und abhaken zu können, war sie davon so gelähmt, dass sie das gesamte Wochenende im Bett verbrachte. Am Sonntagabend konnte sie nach einem solcherart verschwendeten Wochenende vor Selbstekel nicht in den Spiegel schauen, dann raffte sie sich auf, wenigstens ein paar T-Shirts aus dem Kleiderschrank zu ziehen und in eine Plastiktüte zu stopfen. Die Tüte wiederum nervte so lange im Flur, bis sie irgendwann in der Restmülltonne landete.

Ein Grund mehr, die gemeinsamen Wochenenden mit Hajo herbeizusehnen.

Aber Arto nahm seiner Schwester ihr Phlegma nicht übel. Er freute sich, wenn sie kam. Er vermisste sie nicht, wenn sie nichts von sich hören ließ. Elsa hatte niemals einen Menschen getroffen, der selbstloser und ausgeglichener war als ihr Bruder. Sie vermutete, dass dies aus dem Genpool seines Vaters stammte. Arto und sie hatten nicht denselben Vater, ihr Bruder stammte aus einer Sommerliebe Ricardas mit einem Italiener. Ein Ferienflirt auf Sardinien. Ihre Mutter hatte dem Typ nie gesagt, dass sie sein Kind zur Welt gebracht hatte, folglich kannte Arto seinen Vater nicht. Es hatte eine Zeit in seinem Leben gegeben, da hatte er unbedingt Nachforschungen anstellen wollen, aber diese wurden von Ricardas angeblich schlechtem Erinnerungsvermögen im Keim erstickt. Sie konnte oder wollte sich partout nicht an den Namen des Casanovas erinnern. Mal hieß er Ugo, mal Paolo, mal Federico. Vielleicht, so hatten Elsa und Arto manchmal gemutmaßt, war Artos

Vater aber auch gar kein Italiener. Sondern irgendein Schulkamerad aus Frankfurt, wo Ricarda aufgewachsen war.

Allerdings hatte Arto wunderbar olivfarben getönte Haut, braune Augen und dunkle Locken. Er hatte alles, auf das Elsa neidisch gewesen war. Ihre Haare dagegen waren aschblond, weder glatt noch wellig, sondern einfach nur irgendwie. Die Haut war hell und neigte in der Pubertät zu Mitessern. Große schwarze Punkte verunstalteten die Nase. Elsa drückte sie so lange aus, bis ihre ohnehin nicht kleine Nase danach rot angeschwollen war, weshalb Arto sie »Rübezahl« nannte.

Das Temperament hatte sie von Ricarda und ihrem Vater Lutz gleichermaßen. Eine ungünstige Mischung aus aufbrausend und verstockt.

In der gemeinsamen Kindheit und Jugend war ihr Bruder Elsas großes Vorbild gewesen. Er war wild und ungezähmt, konnte schnitzen, auf Bäume klettern, Fische mit bloßer Hand aus dem Bach fangen und Pferden furchtlos die Hufe auskratzen. Elsa konnte nichts von alledem. Sie wurde, kaum bewegte sie sich in der freien Natur, von Mücken zerstochen und flüchtete weinend ins Haus. Arto rauchte heimlich schon mit elf, zwei Jahre später probierte er den ersten Joint, weitere drei Jahre darauf versorgte er die gesamte Gegend um ihren Sannyasin-Hof mit Gras. Sein Fahrrad hatte keine Lichter, stattdessen stellte er Kerzenstummel in die Vorderlampe. Er frisierte mit sechzehn ein altes Mofa, brach die Schule ab und trampte quer durch Europa. Zurück ließ er gebrochene Mädchenherzen.

Und eine trauernde Mutter. Für Ricarda war ihr zugleich wilder und sanftmütiger Sohn das Lieblingskind.

Mit Elsa gab es immer nur Streit. Elsa war nie zufrieden, sie hörte nicht auf zu diskutieren, bis Ricarda schließlich entnervt in ihr Zimmer flüchtete und die Tür zusperrte.

Auch Elsa vermisste Arto, der es stets geschafft hatte, ihren Jähzorn einzudämmen, und sie außerdem gegen alle Unbill in Schutz nahm. Als er ging, war sie vierzehn und in der schwierigsten Phase ihres Lebens. Sie hasste ihre Mutter, sie hasste ihren Vater, den sie kaum sah, sie hasste die Sannyasins und den eisig kalten, unwirtlichen Hof. Das selbstgebackene Brot, das selbstgeschrotete Korn zum Frühstück und die selbstgeernteten Rüben, von denen sie als Selbstversorger den gesamten Winter über lebten.

Elsa wollte sein wie andere Kinder, umso mehr, nachdem Arto sie im Stich gelassen hatte. Sie wollte coole Turnschuhe, neue Jeans und Make-up. Sie weigerte sich, Artos alte Sachen aufzutragen oder, noch schlimmer, die Pumphosen ihrer Mutter. Es verging kein Tag ohne erbitterten Streit mit Ricarda. Kein Tag ohne Tränen, Geschrei und Türenschlagen. Es waren ihre Großeltern, Julius und Regine, die Elsa auffingen. Der schwierige Teenager verbrachte jedes Wochenende in Schwabing und war dort ausgeglichen und anhänglich. »Ich weiß gar nicht, was du hast …«, sagte Regine gerne zu Ricarda, was dem Mutter-Tochter-Verhältnis von Ricarda und Elsa nicht gerade förderlich war.

Als Arto zwei Jahre später wieder vor der Tür stand, einfach so, ohne eine Ankündigung, aber mit einem Lächeln in seinem freundlichen Gesicht, war Elsa ihm unter Tränen um den Hals gefallen und fühlte sich gerettet aus höchster Not.

Dieses innige Gefühl zu ihrem Bruder hatte sie nie verlassen. Wann immer Elsa unglücklich, traurig oder einsam war, rief sie Arto an. Er war ohne Abstriche für sie da, obwohl er eine Frau hatte, die er über alles liebte, und drei Kinder. Aber selbst wenn sie ihn aus dem Schlaf holte, weil sie weit entfernt in London, Boston oder Amsterdam heulend auf ihrem Bett saß, hörte Arto ihr zu, beruhigte sie und brachte sie dazu, dass sie wieder schlafen konnte.

Er war der Mittelpunkt ihres Lebens, auch wenn sie ihn selten sah.

Und manchmal beschlich Elsa das beschämende Gefühl, dass sie deshalb keine enge Beziehung zu einem anderen Mann führte, weil sie ja Arto hatte. Zumindest darin war sie ihrer Mutter ähnlich.

»Ich kann mich schon erinnern«, sagte Arto, während sie gemeinsam den Tisch abräumten. Lisa war nach dem Essen zu Benjamin hinaufgegangen, um ihm eine Gutenachtgeschichte vorzulesen, und dabei vermutlich eingeschlafen. Jedenfalls war sie bis jetzt nicht zurückgekehrt.

»Das scheußliche Bild im Gästezimmer. Dass du da schlafen konntest! Ich hätte es abgehängt.«

Elsa zuckte mit den Schultern. »Seit ich wusste, das ist meine Uroma, mochte ich es irgendwie.« Sie nahm das Geschirrhandtuch, während Arto heißes Wasser in die Emaille-Spüle ließ. Eine Geschirrspülmaschine gab es nicht auf dem Hof, aus Prinzip. Es war fast ein bisschen wie früher.

»Vielleicht gab es ja noch mehr«, spekulierte Arto, während er seine großen Hände in das Spülwasser tauchte und behutsam begann, die Gläser abzuspülen.

»Noch mehr was?«

»Mehr Bilder von diesem …«

»Newjatev?«

»Ja.«

Auf den Gedanken war Elsa noch nicht gekommen. Konzentriert trocknete sie das Glas in ihren Händen ab, polierte es mit dem Tuch und hielt es prüfend gegen das Licht. »Es waren viele Bilder in der Wohnung, stimmt schon. Aber keines sah so aus wie dieses.«

Julius und Regine waren kunstsinnige Menschen gewesen. Häufig hatten sie mit ihrer Enkelin die Pinakotheken besucht, das Lenbachhaus oder das Haus der Kunst. Sie waren mit Künstlern befreundet, hatten neben Gemälden auch Grafiken oder Skulpturen gesammelt. Nichts Aufregendes, wie Elsa heute glaubte, aber jedes Stück hatte eine Geschichte, eine persönliche Beziehung zu ihren Großeltern gehabt. Wie oft hatten diese sich erinnert, wenn Elsa sich nach einem Kunstwerk erkundigte. Meist hatte Regine leicht verklärt geschaut und gesagt: »Ach, das ist von dem und dem, ein wunderbarer Mann, eine großartige Frau, wir haben uns hier und dort kennengelernt …«

Die großzügige Altbauwohnung war durchwoben von einem Gespinst aus Erinnerungen. Jedes Ding hatte seinen Platz und seine Bedeutung. Alles war verbunden – mit einer Reise, einem Freund, einem geliebten Ort. Vielleicht war es dieses Gefühl, dass nichts im Leben verlorenging, das Elsa sich dort geborgen fühlen ließ.

Ganz anders als in dem Dreiseitenhof ihrer Mutter und der Sannyasin. Wo nichts zählte als Transzendenz und

Gegenwart. Der einzige Schmuck bestand aus gelb-orange-roten Tüchern, die vor den Fenstern und an der Wand hingen, über den Tischen und den improvisierten Altären. Keine Bilder, keine Skulpturen, keine Erinnerungen. Der gesamte Hof durchdrungen von schmuckloser Meditation.

Außer Elsas Zimmer. Zum Ärger von Ricarda hortete Elsa alles, was ihr gefiel, was sie von ihren Großeltern geschenkt bekam oder irgendwo fand und mit nach Hause nahm. Sie schmiss nichts weg, sie stellte ihre Kostbarkeiten aus. In vier hölzernen Setzkästen, vollgestopft mit kleinen Figürchen, Parfümflakons, Muscheln, Steinen, Tierskeletten, Schmuck und Fotos. Sie wollte, dass ihr Zimmer so reich war an Erinnerungen wie die Wohnung ihrer Großeltern.

Von dieser aber war nichts geblieben.

»Wenn es mehr Bilder von Newjatev gab, hat Lutz sie«, schob Elsa hinterher.

»Die Drecksau.«

»Arto.« Obwohl Elsa dieses speziell miserable Verhältnis zu ihrem Vater hatte, mochte sie es nicht, wenn Arto sich so abfällig über diesen äußerte.

Ihr Bruder drehte sich nun von der Spüle weg zu ihr. Von seinen Händen tropften Schaum und Spülwasser. »Er hat alles, was in der Wohnung von Wert war, an sich gerafft. Er hat keinen von uns beiden gefragt, ob wir an irgendetwas hängen und es haben wollen. Okay«, er drehte sich wieder zur Spüle und fuhr mit dem Abwasch fort, »bei mir kann ich das noch verstehen, ich war ja nicht mal verwandt mit Oma und Opa. Aber du! Du warst wie ihr Kind.«

Elsa schwieg. Wut und Trauer mischten sich bei dem Gedanken an die Wohnungsauflösung. Je mehr Jahre dazwischenlagen, desto mehr verübelte sie Lutz sein Verhalten. Als sie damals mit Arto in die fast leere Wohnung gekommen war, war sie nur erschrocken darüber gewesen, dass nichts von der Atmosphäre mehr zu spüren war. Die schmutzigweißen Wände, an denen nur noch die Schatten der Bilder zu sehen waren, hatten sie deprimiert. Aber sie war mit dem, was Lutz ihr zugedacht hatte, auch zufrieden gewesen. Vielleicht, weil sie damals in einer Lebensphase war, in der sie ohne Ballast unterwegs sein wollte. Sie war in London, danach sollte ihr die Welt offenstehen, an den Gemälden oder Skulpturen ihrer Großeltern hatte sie, die Kunsthistorikerin, damals noch kein tiefer gehendes Interesse gehabt. Heute empfand sie Lutz' Raffgier als Verrat. Weniger ihr als seinen Eltern gegenüber, für die er, solange sie gelebt hatten, nicht mehr als Verachtung übriggehabt hatte.

Mon amour war ein Symbol dafür, er hatte es verkauft, weil er Geld gebraucht hatte. Das konnte Elsa nicht akzeptieren. Sie wollte, dass dem Bild Gerechtigkeit widerfuhr.

»Zunächst mal hat ja er das meiste geerbt. Insofern ist es rechtens, wenn er die Kunstwerke an sich genommen hat. Und natürlich kann er damit tun und lassen, was er will«, gab sie nun zurück. »Aber er hätte schon die Pflicht gehabt, mit uns zu reden. Moralisch jedenfalls.«

»Seit wann schert sich Lutz um Moral?« Arto lachte und ließ das Wasser aus der Spüle ab.

Die Frage bedurfte keiner Antwort. Moral war Lutz' Lebensthema. Er war Philosoph, und als Linker hatte er in den frühen Siebzigern heiß diskutierte Vorlesungen in Frankfurt abgehalten, in denen es um die moralische Verpflichtung der bundesrepublikanischen Gesellschaft ging – ihre Vergangenheitsaufarbeitung betreffend. Er war mit leuchtendem Beispiel vorangegangen, hatte selbstlos seinen Nazivater an den Pranger gestellt. Dieser Mut war belohnt worden mit hoher Publikationsdichte, Einladungen zu Vorträgen *all over the world* bis hin zu Posten und Positiönchen in Stiftungen und Gremien. Mit Moral kannte Lutz sich aus.

»Was hast du also vor?« Sie saßen wieder an dem Holztisch, jeder ein volles Glas Rotwein vor sich und selbstgebackenes Ciabatta von Lisa.

Elsa riss ein Stück Brot in zwei Teile und stopfte sich eines davon in den Mund. Sie kaute so lange, bis sie eine Antwort auf Artos Frage gefunden hatte.

»Ich hoffe darauf, dass das Bild irgendwo auftaucht. Selber suchen kann ich nicht. Da sind mir die Hände gebunden, und es hat auch keinen Zweck. Ich muss auf die Vernetzung in der Branche hoffen. Wenn es wieder auftaucht, gehört es natürlich Manker. Er hat es rechtmäßig erworben. Und ich habe nicht die Mittel, es ihm abzukaufen. Aber ich möchte, dass es der Allgemeinheit zugänglich gemacht wird. Wieder irgendwo ausgestellt wird.« Elsa spülte den letzten Bissen mit einem großen Schluck Rotwein hinunter. »Für mich aber ist noch wichtiger zu wissen, wieso wir das Bild besessen haben. Wieso Anneli diesem Newjatev Modell gestanden hat. Ich will die Geschichte des Bildes erfahren. Möglichst lückenlos. Und ich hoffe, dass ich morgen dem Ziel ein ganzes Stück näher komme.«

Die Wohnung des Kunsthistorikers Lachmann entsprach jedem Klischee. Eine dunkle Vierzimmerwohnung, bis unter die Decken vollgestopft mit Regalen. Papier, Bücher, Zeitungen und wissenschaftliche Publikationen türmten sich in hohen Stapeln neben dem Schreibtisch, dem Sofa und im Flur auf. Ein altersschwacher Dackel begrüßte Elsa kläffend, bevor er versuchte, in ihren Schuh zu beißen. Dr. Lachmann, ein gebeugter Mann um die siebzig, verscheuchte »Wiggerl« sanft. Er führte Elsa in sein Wohnzimmer, wo eine Frau – die auch seine Haushälterin sein konnte, denn sie wurde Elsa nicht vorgestellt und verschwand rasch wieder in der Küche – den Kaffeetisch gedeckt hatte. Wagenfeld-Porzellan, Zuckerdose, Milchkännchen und ein Schüsselchen mit Florentinern standen für das Gespräch bereit. Klassisches sonntägliches Kaffeegedeck. So war es auch bei ihren Großeltern gewesen, dachte Elsa gerührt und war auf der Stelle für den Wissenschaftler eingenommen.

»Es ist ein Trauerspiel«, begann dieser das Gespräch, während er Elsa Kaffee eingoss. »Dass es gestohlen wurde. Ich habe es nie gesehen.«

Elsa wusste, dass Dr. Lachmann sich auf das Bild *Mon amour* bezog.

»Ich kenne es aus meiner Kindheit«, gab sie zurück. »Es hing im Gästezimmer meiner Großeltern.«

»Das erwähnten Sie bereits am Telefon.« Lachmann sah sie mit unverhohlenem Interesse an. »Das ist interessant, denn es galt als verschollen. Natürlich nahm man an, dass es dem Bildersturm der Nazis zum Opfer gefallen ist.«

»Glücklicherweise befand es sich wohl immer im Besitz meiner Familie«, gab Elsa höflich zurück.

Der Historiker lächelte ebenfalls. Aber sein Blick war hart. »Sie sind sich da ganz sicher?«

»Nein.« Elsa nahm einen Florentiner. Sie spürte deutlich, dass Lachmann etwas über das Bild wusste, das sie überraschen würde. »Sicher bin ich nicht. Ich war ein kleines Kind, als ich das Bild das erste Mal gesehen habe. Aber ich bin einfach davon ausgegangen, dass es schon immer in die Familie gehörte. Schließlich war meine Urgroßmutter …«

Sanft unterbrach Lachmann sie und schob ihr einen blassgrünen Hefter zu. »Ich habe mich gestern, nachdem Sie angerufen haben, noch einmal über meine Aufzeichnungen hergemacht und habe Ihnen zusammengestellt, was ich herausgefunden habe. Ein kleines Dossier, das Sie interessieren dürfte.«

Elsa zog die Kladde auf ihre Seite des Tisches und blickte Lachmann fragend an.

»Die letzte beurkundete Erwähnung stammt aus dem Jahr 1944. Im Nachlass eines Sammlers aus Paris habe ich ein Schreiben gefunden, dieses und andere Bilder Newjatevs betreffend. Ein Kunsthändler aus Deutschland bot dem Sammler die Bilder zum Kauf an. Ursprünglich befanden sich die Werke im Besitz der Familie Newjatev. Bedauerlicherweise musste die Familie ihre Sammlung veräußern. Die Newjatevs mussten Deutschland verlassen. Sie waren jüdischer Abstammung.«

Elsas Hände begannen zu zittern. Eine jüdische Familie. Ohne Zweifel hatten sie ihre Kunstsammlung nicht freiwillig veräußert. Und erst recht nicht zu einem angemessenen Preis. Elsa musste nicht nachfragen. Sie war Kunsthistorikerin. Ein Profi. Sie wusste genau, was das bedeutete.

»Verstehe«, sagte sie, und ihre Stimme wackelte. »Aber ich dachte … es ist ein Porträt meiner Urgroßmutter. Wir, also die ganze Familie, wir waren natürlich davon ausgegangen, dass Rudolf Newjatev ihr das Bild geschenkt oder verkauft hat. Warum sollte jemand anders …?«

Nun war es an Lachmann, überrascht zu sein. Er lehnte sich abrupt nach hinten und nahm die Lesebrille ab, um Elsa besser mustern zu können. »Ihre Großmutter? Rosa, das Dienstmädchen?«

»Nein.« Elsa war verwirrt. »Anneli Schuster. Geborene Gensheim. Anneli Gensheim ist meine Urgroßmutter. Sie war nie … Dienstmädchen. Aber sie ist die Frau auf dem Bild. *Mon amour.*«

Der Wissenschaftler sah sie irritiert an. »Ich glaube kaum. Das Bild entstammt einer ganzen Serie. In der Zeit zwischen August und Dezember 1912 hat Newjatev ausschließlich sie gemalt: Rosa. Nachname unbekannt. Es ist ganz und gar unwahrscheinlich, dass es sich um Ihre Großmutter handelt, denn …« Er blickte nachdenklich auf das Dossier und zeigte schließlich darauf. »Aber lesen Sie selbst.«

Elsa starrte den Mann an. Sie hörte seine Worte, ohne sie glauben zu wollen. Plötzlich bekam sie kaum noch Luft. Sie wollte augenblicklich die Kladde an sich nehmen und die enge staubige Wohnung verlassen.

Sie musste jetzt allein sein. Und sie musste sich mit den Lügen ihrer Familie befassen.

München-Schwabing im August 1912,
Feilitzschstraße

Ich war mir nicht sicher, ob ich ihn richtig verstanden hatte. Oda saß auf meinem Schoß, und ich versuchte ihr gegen ihren erbitterten Widerstand den Löffel mit Karottenbrei in den Mund zu schieben. Oda revanchierte sich mit Gezappel und Geschrei, so dass ich meinen Vater nur stumm ansehen und den Kopf schütteln konnte.

»Wir haben einen Termin mit Müller«, wiederholte er, strahlte und breitete die Arme weit aus.

Meine Ohren hatten die Botschaft vernommen, aber mein Verstand humpelte noch hinterher, damit beschäftigt, sich eine Strategie zum Füttern meiner schreienden Schwester auszudenken.

Ich setzte Oda von meinem Schoß auf den Fußboden, wo sie die Heulerei auch sofort einstellte, und flog meinem Vater in die Arme, kaum dass ich begriffen hatte.

»Ist das wahr?«, rief ich und hoffte, er würde mir die gute Nachricht wieder und wieder sagen – so lange, bis ich auch wirklich glauben konnte, dass sie wahr war.

Papa umarmte mich fest, strich mir übers Haar und nickte.

»Ja. Der Herr Chefredakteur empfängt uns. Morgen am Vormittag um elf Uhr in der Redaktion.«

Nun kam auch meine Mutter aus der Küche, trocknete sich die Hände an einem Geschirrtuch ab und küsste meinen Vater. Sie strich ihm zart über den Kopf und sah uns beide liebevoll an.

»Was dein Vater für Opfer bringt …«, sagte sie und zwinkerte mir zu. »… du weißt das hoffentlich zu würdigen.«

Während Papa, stolz auf sich und glücklich über das Lob seiner Frau, zur Garderobe ging und ablegte, schnappte ich mir die gute alte Rose und tanzte mit ihr einen Walzer bis in den Salon hinein. Rose war weniger begeistert, sie versuchte, mich in die Hand zu beißen, aber ich drückte ihren schnaufenden Mopskopf einfach noch ein wenig fester an mich und drehte mich mit ihr im Viervierteltakt.

Morgen würde ein neues Leben beginnen!

Ich schloss die Augen und stellte mir vor, wie ich, die berühmte Journalistin Anneli Gensheim, zu nächtlicher Stunde in der Redaktion der großen Tageszeitung saß und der Stenotypistin atemlos die gewitztesten Artikel aus der Welt der Mode, der Politik und der Kunst diktierte. Nun, vielleicht nicht in dieser Reihenfolge. Kunst, Mode, Politik? Ob ich mich entscheiden sollte? Ach, was spielte das jetzt, im Moment meines höchsten Glücks, für eine Rolle? Ich würde die spitzeste Feder *der Münchener Post* werden – und ihre erste weibliche obendrein.

Adieu, höhere Tochter! Adieu, Lehrerinnenseminar!

»Anneli! Zu Tisch!«, holte mich die Stimme meines Vaters zurück ins Diesseits. Rasch entließ ich die Mopsdame in die Freiheit, die vor Erleichterung einen unappetitlichen Furz von sich gab, bevor sie sich unter der Chaiselongue versteckte.

Aus dem Esszimmer strömte der Duft von Grießnockerl in Rindsbrühe, mein Lieblingsessen. Magdalena trug auf, Vater, Mutter und Paul, mein Bruder, saßen bereits und ließen sich von der griesgrämigen Köchin die Suppe in die Teller schöpfen.

Schnell setzte ich mich dazu, breitete die Stoffserviette auf dem Schoß aus und forderte meinen Vater auf, mir en detail zu erzählen, wie es nun zu dem lang ersehnten Gesprächstermin mit Dr. Adolf Müller gekommen war.

Aber Papa spannte mich gerne auf die Folter. Er stopfte sich die Serviette umständlich in den Kragen, krempelte seine Ärmel hoch und goss sich das Bier langsam und mit Genuss in sein Glas.

Paul konnte sich das Lachen kaum verkneifen und senkte den Kopf tief über seinen Suppenteller. Sein akkurater Scheitel wackelte leicht auf und ab, es war unschwer zu erkennen, dass er kicherte. Mama, die mein wochenlanges Bitten, Betteln und Beben ertragen hatte und genau wusste, wie gespannt ich im Moment war, legte meinem Vater die Hand auf den Arm und nickte ihm mit leichtem Lächeln zu.

»Also«, hob er darauf an und prostete feierlich in die Runde, »wir trinken darauf, dass meine überaus kluge und nicht minder begabte Tochter sich in Bälde einreiht in das Heer der arbeitenden Bevölkerung und uns ab sofort nicht länger auf der Tasche liegt! Prosit!«

Das war nicht das, was ich hatte hören wollen, aber es war ganz mein Vater. Er suchte immer einen Weg, mich aufzuziehen, und es gelang ihm jedes Mal. Dafür liebte ich ihn, deshalb hob ich jetzt auch mein Wasserglas auf diesen dämlichen Toast und prostete den anderen zu.

Dann endlich, während des Essens, erzählte mein Vater, was er für mich erreicht hatte. Dr. Adolf Müller, seines Zeichens Chefredakteur der *Münchener Post* und Politiker, meinem Vater durch die Partei bekannt, hatte sich, als der Zeitpunkt günstig war, das Ansinnen meines Vaters angehört und – o Wunder! – einverstanden erklärt, mich morgen in den ehrwürdigen Räumen der Tageszeitung zu empfangen.

Ich war neunzehn Jahre alt, hatte drei Jahre das Lehrerinnenseminar absolviert und meinen Eltern seit langem in den Ohren gelegen, dass ich nichts weiter wolle in meinem Leben, als zur Zeitung zu gehen! Ich liebte das Schreiben; ich schrieb seit einigen Jahren nicht nur Tagebuch, wie das alle Backfische machen, nein, ich verfasste stets kleine Glossen über dies und jenes, die ich zunächst im Familienkreis, später auch unter Freunden zum Besten gab. Meist erntete ich Applaus, manches Mal Bewunderung, fast immer wohlwollendes Gelächter, wenn ich vorlas, was ich an Beobachtungen über meine nächste Umgebung zusammensammelte und humoristisch überhöhte.

Vorbild war mir natürlich der *Simplicissimus!* Mein Vater brachte das Blatt regelmäßig nach Hause und las Mama des Abends gerne daraus vor. Ludwig Thoma, Roda Roda oder gar der schmutzige Frank Wedekind – was für eine Sprache! Welch Spitzfindigkeit in der Beobachtung, welch Mut und böser Witz! Meine Lieblingsbeschäftigung war es, mir vorzustellen, wer genau diese Köpfe waren, die ich so heiß bewunderte. Wie sie aussahen, wie sie lebten. Einige allerdings kannte ich vom Sehen, denn sie wohnten gleich in der Nachbarschaft. Man hätte glauben können, in Schwabing gäbe es in jedem zweiten Haus einen Schriftsteller, Journalisten, Musiker oder bildenden Künstler, so häufig begegnete man einem von ihnen auf der Straße.

Auch wenn ich meine Eltern bei gesellschaftlichen Anlässen begleiten durfte, konnte es vorkommen, dass mich meine Mutter zischend auf jemanden aufmerksam machte, dessen Artikel ich gerne las.

Meine Lehrerin in der privaten Mädchenschule, Julie Kerschensteiner, schließlich war es, die meine Gabe zu schreiben früh erkannte und förderte. Im Einverständnis mit meinen Eltern fütterte sie mich mit Lektüre, vornehmlich von Schriftstellerinnen, ja sogar vor dem intimen Roman der verruchten Gräfin zu Reventlow machte sie nicht Halt. Oh, wie oft hatte ich *Ellen Olestjerne* gelesen! Ach was, gelesen! In mich aufgesogen, mir selbst laut vorgesagt, einige Passagen konnte ich noch heute auswendig, so sehr hatte mich die Beichte dieser ganz besonderen Frau in ihren Bann gezogen. Ich war untröstlich, dass die Reventlow vor zwei Jahren unsere Stadt verlassen hatte und nach Italien gezogen war. Wie sehr bedauerte ich es, ihr nun nicht mehr begegnen zu können! Meine Mutter allerdings hatte einmal das Vergnügen gehabt, und wann immer ich sie darum bat, erzählte sie mir von dieser Begegnung.

Ich fand es aufregend, dass meine Eltern mit Menschen zusammenkamen, die so ein buntes Leben führten. Noch kannte ich die Schwabinger Bohème nur vom Hörensagen, aber wie sehr wünschte ich mir, Teil dieser Gesellschaft zu werden!

»Anneli?« Mama sah mich fragend an, während Paul mir den Ellbogen in die Seite stieß. Als ich in Gedanken versunken war, musste mein Vater mich angesprochen haben, aber ich hatte es wohl verpasst.

»Entschuldigung«, sagte ich, »ich war einen Moment abwesend.«

Papa schüttelte den Kopf. »Auf dem Kilimandscharo vermutlich«, sagte er und lächelte mich an. »Und berichtest als erste Reporterin vom Mondkalb, das dort auf dem Gipfel gelandet ist.«

Die ganze Familie lachte wieder, sogar Magdalena, die die Teller abräumte, konnte sich ein beifälliges Grinsen nicht verkneifen.

»Häng deine Träume nicht so hoch.« Mein Vater wurde ernst. »Du bist noch nicht volljährig. Neunzehn Jahre und mit nichts anderem als einer halben Lehrerinnenausbildung im Gepäck. Mich tät's nicht wundern, wenn Dr. Müller dich mir nichts, dir nichts wieder nach Hause schickt.«

Ich senkte den Kopf. Papa kannte mich so gut, und ich wusste, dass er mit dieser Bemerkung nur versuchte, mich vor meinen eigenen hochfliegenden Erwartungen zu schützen. Keinesfalls wollte er mich verletzen. Und er hatte ja recht. Wer war ich schon? Ein junges Mädchen mit großen Träumen. Dass der Termin am nächsten Tag mit dem bedeutenden Chefredakteur der *Münchener Post,* einem sozialdemokratischen Blatt, überhaupt zustande kam, war allein den guten Verbindungen meines Vaters innerhalb der SPD zu verdanken, keinesfalls meinen Fähigkeiten, meinem Fleiß oder meinem brillanten Geist. Noch hatte ich nichts von alledem unter Beweis stellen können, aber ich war fest entschlossen, genau dies zu tun.

Alle meine Freundinnen beneideten mich darum, dass sich meine Eltern bereit erklärt hatten, dass ich das Lehrerinnenseminar vorzeitig verlassen konnte. Und ich war mir sehr wohl bewusst, dass dies etwas Außergewöhnliches war, ja ein Zeichen der tiefen Liebe und des Vertrauens, das mir meine Eltern entgegenbrachten.

Aber was sonst hätte aus mir werden sollen? Eine treusorgende Mutter und Gattin? Damit hätte ich einen Pfad eingeschlagen, den meine eigene Mutter bereits verlassen hatte. Und es entsprach nicht dem Selbstverständnis meiner Mama, dass ihre große Tochter ihre Erfüllung allein in häuslichen Pflichten suchen sollte.

Papa hätte nichts dagegen gehabt, er war kein glühender Anhänger der Frauenbewegung. Obgleich er in seiner Partei die Linie vertrat, dass auch Frauen das Wahlrecht erhalten sollten, war er doch weit weniger als meine Mutter davon überzeugt, dass Frauen die gleichen Rechte wie ihre männlichen Artgenossen erhalten sollten. Aber diese Meinung behielt er besser für sich, sprach sie höchstens aus, wenn er mit seinen Freunden und Genossen im Hofbräuhaus oder gar im Alten Simpl beisammensaß. Zu Hause gab er meiner Mutter, die ganz beseelt war von der Frauenbewegung, immer recht. In unserem Haushalt hatte nämlich Mama die Macht. Sie übte sie sanft und ohne Aufhebens aus, aber sowohl meinem Bruder als auch mir war klar, dass unser geliebter Vater sich ihr mit Freuden unterordnete. Und ich profitierte davon!

Viele Abende saßen Mama und ich auf dem Sofa im Salon, warteten auf die Heimkehr meines Vaters aus der Klinik und unterhielten uns über Frauen, deren Bekanntschaft meine Mutter gemacht hatte. Anita Augspurg, die Gründerin des Fotoateliers Elvira, war eine von ihnen. Sie führte das Geschäft mit dem grünen Drachen über der

Eingangstür zusammen mit ihrer Freundin – ganz ohne den Beistand eines Mannes! Manchmal sah ich die Freundinnen auf dem Fahrrad durch Schwabing fahren, mit wehenden Röcken und lockeren Blusen, ohne Hut, die Haare kurz geschnitten wie ein Mann – die Aufmerksamkeit aller war ihnen sicher! Wie frei sie mir vorkamen, wie glücklich und erfüllt! Mama erzählte von den Zusammenkünften bei Anita Augspurg – und ich hörte die leise Wehmut in ihrer Stimme. Obgleich sie mir glücklich erschien – meine Mutter sang und lachte häufig –, so vermutete ich doch, dass sie für die Liebe meines Vaters auch ein Opfer gebracht hatte, das Opfer der Freiheit. Einmal machte ich diesbezüglich eine Andeutung, doch meine Mama legte mir nur den Zeigefinger auf die Lippen, machte »Schhh« und schüttelte sanft lächelnd den Kopf.

Ich aber hatte mir vorgenommen, weiterzuführen, was meine Mutter begonnen hatte. Ich musste, ich wollte, ich würde einen Beruf ergreifen! Kam ein Mann dazu und eines Tages die Kinder – mir sollte es recht sein. Aber zunächst wollte ich mir beweisen, dass ich in der Lage war, meinen Mann zu stehen. Als Autorin. Journalistin. Reporterin. Am liebsten natürlich bei der *Jugend* oder – höchstes aller Ziele! – eben dem *Simplicissimus.*

Für den Anfang sollte die *Münchener Post* genügen.

Während des Essens erzählte Papa also von seinem Tag und kam vom Hundertsten ins Tausendste. Meine Mutter hörte aufmerksam zu, der Beruf meines Vaters war auch Teil ihres Alltags, aber Paul und ich tuschelten und kicherten leise. Mein kleiner Bruder war drei Jahre jünger als ich und stets sehr darum bemüht, mir nicht zu zeigen, wie sehr er mich bewunderte. Also kritisierte er meine Pläne, eine weltgereiste Journalistin zu werden, und zog mich ständig damit auf, dass ich allein deshalb ein Hosenweib werden wollte, weil sich kein Mann für mich interessierte. Nicht einmal der Franz vom Milchgeschäft gegenüber wüsste, dass ich existierte, und dabei fielen dem doch bei jeder Frau, die vorüberging, die Augen aus dem Gesicht.

Ich konterte damit, dass ich Paul vorerzählte, welche berühmten Persönlichkeiten ich bei meinen Besuchen im Café Luitpold oder gar im Stefanie beobachten durfte. Das ärgerte ihn, denn obwohl er heimlich mit seinen Freunden rauchte und das ein oder andere Bier trank, erlaubten ihm meine Eltern nicht, ohne ihre Begleitung ein Lokal aufzusuchen. Ich dagegen durfte bis zwanzig Uhr mit meinen Freundinnen allein unterwegs sein! Ein Privileg, dessen war ich mir bewusst, und ich wurde nicht müde, mich vor Paul damit zu brüsten.

»Ich wette, dir gelingt es nicht, eine Stelle als Volontärin zu bekommen«, zischte Paul mir zu, während Magdalena uns den Grießflammeri servierte. Ich zerdrückte die sauren Zwetschgen aus dem Kompott am Gaumen und saugte das weichgekochte Fruchtfleisch aus der Schale, die ich schließlich wieder zurück auf den Teller legte. Jedes Mal handelte ich mir dafür einen giftigen Blick von der Köchin ein. Vielleicht machte es mir deswegen so viel Vergnügen.

»Und ob«, gab ich schließlich zurück. »Um wie viel?«

Paul dachte nach. »Um ein Päckchen Salem Gold.«

Ich schlug ein. Die Zigaretten interessierten mich weniger, ich rauchte nicht oder nur, wenn wir im Café beisammensaßen und älter wirken wollten, als wir waren. Paul dagegen war ganz verrückt nach dem Tabakgenuss. Umso mehr, als mein Vater uns täglich mehrmals davor warnte. Als Arzt im Krankenhaus sähe er ständig, was schwerer Tabak- und Alkoholgenuss im menschlichen Körper anrichten. Was ihn aber nicht davon abhielt, allabendlich seine Monte Christo zu paffen. Da er außerdem der Einzige war, der vor Tabakgenuss warnte, während überall zu lesen stand, wie günstig sich Tabak auf den Körper auswirke, schenkten wir seinen Worten keinen Glauben.

Paul jedenfalls war in einem Alter, in dem junge Männer ganz versessen darauf waren, alles zu tun, was verboten war. Mit seinen Freunden, wie er Musterschüler des Wilhelmsgymnasiums, traf sich mein Bruder beinahe täglich zum »Büffeln«. Altgriechisch, Geschichte, Latein, so behaupteten sie ihren Eltern gegenüber, in Wirklichkeit gaben sie sich der Schwärmerei für alle möglichen Laster hin. Mädchen waren natürlich das Hauptziel ihres Begehrens, aber da diese vorerst unerreichbar waren, begnügten sich die Jungen mit Zigaretten und Bier. Abends, wenn wir in unseren Betten lagen, berichtete er mir flüsternd, welchen Unfug er und seine Brüder im Geiste wieder getrieben hatten.

So war es auch heute, einige Stunden nach dem Abendessen. Unsere Eltern saßen noch im Salon beisammen, aber ich hatte mich schon früh verabschiedet. Paul war mir auf dem Fuße gefolgt. Wir waren vorübergehend wieder in ein Zimmer einquartiert worden, denn in meinem Schlafzimmer schlief nun Ludmilla, die Kinderfrau, mit Oda. Meine kleine Schwester war gerade mal ein gutes Jahr alt und machte uns die Nächte zur Hölle. Mein Vater hatte daraufhin beschlossen, sie so weit wie möglich vom elterlichen Schlafzimmer zu entfernen, und mich gebeten, einstweilen wieder in Pauls Zimmer zu schlafen. Ich hatte damals recht empört getan, um den Preis für diese Unbill in die Höhe zu treiben. Das war mir gelungen, am nächsten Tag hatte ein Grammophon auf dem Tisch gestanden, mit zwei Schellackplatten. In Wahrheit aber genoss ich es, das Zimmer für eine kurze Zeit mit meinem Bruder zu teilen. Ich liebte die nächtliche Tuschelei mit ihm.

»Weißt du, wo ich heute war?«, begann er, sobald ich das Licht gelöscht hatte.

»Nein. Aber du wirst es mir ja gleich verraten.« Ich musste grinsen und war froh, dass er es nicht sehen konnte. Für gemeinhin tat ich vollkommen desinteressiert, um keinen Preis wollte ich ihn spüren lassen, dass ich ihn im tiefsten Inneren beneidete. Nicht ums Rauchen und Trinken natürlich, aber darum, dass es ihm als Jungen doch leichter war, zu tun und zu lassen, was er wollte, während wir Mädchen in diesem Alter unter steter Beobachtung gestanden hatten und uns weit weniger herausnehmen durften. Erst jetzt lockerten sich die Zügel, sehr spät, wie ich fand. Das Gefühl, Wesentliches verpasst zu haben, begleitete mich ein Leben lang.

»Wir waren an der Isar. Aufwärts, nach Grünwald.« Stolz schwang in seiner Stimme mit, und ich erkannte gleich, dass Pauls Geschichte hiermit noch nicht zu Ende war. Es war August, ein verregneter zwar, aber dennoch drängte jedermann, sobald die Wolkendecke aufriss, in die Sommerbäder. Paul und Konsorten hatten ihren Stammplatz im Ungererbad, an die Isar zog es die Jugendlichen selten.

»Na und, was habt ihr dort getrieben?«, fragte ich nach.

Paul legte eine dramatische Pause ein. »Die Nackerten beobachtet.«

Ich war sprachlos. Zwar hatte meine Freundin Elli mir schon einmal davon erzählt, dass es da gewisse Anhänger von Freikörperkultur gab, die alle Hüllen fallen ließen und so, wie Gott sie geschaffen hatte, gemeinsam badeten und gymnastische Übungen machten, aber ich hatte das ihrer regen Phantasie zugeschrieben. Ich setzte mich auf und zündete die Nachtlampe wieder an.

»Das ist doch nicht wahr.« Ich wollte meinem Bruder ins Gesicht sehen, um sicherzugehen, dass er mich nicht anlog. Paul grinste mich freudestrahlend und mit geröteten Wangen an. Er hatte meine volle Aufmerksamkeit und genoss dies über die Maßen. Auch er setzte sich in seinem Bett, das dem meinen gegenüberstand, auf.

»Doch. Es ist wahr. Wir haben sie gesehen.«

»Wen? Und wo?«

»Männer und Frauen. Sie schwimmen ohne jegliche Bekleidung im Fluss!« Paul war von seiner Geschichte ganz berauscht, die Augen glänzten, das Haar fiel ihm wirr ins Gesicht. »Wir haben es vom anderen Ufer aus gesehen. Sie lagern irgendwo im Gebüsch. Manchmal kommen einige heraus und baden. Oder sonnen sich sogar auf den Ufersteinen!«

»Frauen? Und Männer?« Ich konnte es nicht fassen. In den Freibädern waren die Geschlechter säuberlich voneinander getrennt, selbstverständlich trug ein jeder Badebekleidung. Dass die Geschlechter gemeinsam nackt badeten und sich obendrein den Blicken anderer aussetzten, erschien mir völlig ungeheuerlich.

»Zwei Männer sind zu einem der Flöße geschwommen

und haben sich einen Krug Bier ins Wasser reichen lassen«, setzte Paul seine abenteuerliche Schilderung fort. »Die Weiber auf dem Floß waren hysterisch, vermutlich wären sie in Ohnmacht gefallen, wenn nicht die Strömung die beiden Nackerten vom Floß fortgerissen hätte.«

»Du meine Güte.«

»Und dann«, Paul war fast außer sich, »sind sie mit dem Krug zum Ufer geschwommen und haben das Bier weitergereicht.« Er machte eine dramatische Pause. »An eine Frau«, hauchte er.

»Ohne …?« Ich konnte es nicht glauben.

Paul nickte, und seine Augen waren handtellergroß.

Ich starrte ihn an. »Und morgen geht ihr wieder hin?«

Mein Bruder nickte erneut und kicherte.

»Bis die Polizei kommt und euch allesamt verhaftet.« Ich bemühte mich, streng zu gucken, löschte das Licht wieder und legte mich hin. Die Decke zog ich bis unters Kinn und schloss die Augen. Ich zwang mich, nicht an das zu denken, was Paul mir soeben geschildert hatte, und doch konnte ich nicht verhindern, dass sündhafte Bilder vor meinem geistigen Auge erschienen. Ich musste an die Gräfin zu Reventlow denken und an die berühmten Münchener Künstlerfeste. An den Fasching der Kunststudenten und an Lola Montez. Ich schlief mit heißen Wangen rasch ein.

Auf dem staubigen Kopfsteinpflaster tanzten goldene Sonnenflecken, als ich am nächsten Vormittag die Tram verließ. Die Redaktion war ein paar Schritte von hier entfernt, am Altheimer Eck, wo ich auf meinen Vater warten sollte, der mit dem Automobil vom Schwabinger Krankenhaus herchauffiert wurde. Ich stellte mich vor den Eingang des Hauses, in dem die Redaktion der *Münchener Post* untergebracht war, und beobachtete nervös das Treiben um mich herum. Vom Karlsplatz über die Sonnenstraße bis hierher war die Tram an unzähligen Baustellen vorbeigefahren. Die Luft war erfüllt vom Dröhnen der Rammen und dampfgetriebenen Maschinen, die tief in den Boden vorstießen. Das helle metallene Klingen der Hämmer, mit denen die Arbeiter hohe Gerüste zimmerten, hallte durch die Straßenschluchten. In München wurde seit Jahren gebaut, an jeder Ecke entstand ein neues Wohn- und Geschäftshaus. Das alte Rathaus am Marienplatz wurde gegenwärtig erweitert, der Verkehr war in der gesamten Altstadt und Maxvorstadt behindert, und mein Vater scherzte, dass die Hälfte aller Beinbrüche, die er im Krankenhaus zu sehen bekäme, den Baustellengruben der Münchener Straßen geschuldet sei.

Auch hier, am Altheimer Eck, waren herrschaftliche mehrstöckige Bauten entstanden. Die Räume der Redaktion lagen im ersten Stockwerk. Hohe Fenster zeigten an, dass sich dort großzügig bemessene Räume befanden. Auf der Straße war ein stetiges Kommen und Gehen, Pferdedroschken mischten sich mit der Tram und Automobilen, Fußgänger eilten geschäftig mit gesenkten Köpfen durch die Straße. Schließlich sah ich den Mercedes meines Vaters kommen. Der Chauffeur stoppte direkt neben mir und öffnete meinem Vater den Schlag. Der dankte und bedeutete dem Mann, dass er ihn in einer halben Stunde an der gleichen Stelle wieder erwarten solle. Dann nahm mein Vater mich am Arm.

»Bereit, junge Dame?«, fragte er und lächelte.

Zu einer Antwort war ich nicht fähig, ich schluckte nur

schwer und nickte. Mama hatte mich beraten, was meine Kleidung und mein Auftreten betraf. Erwachsen sollte ich wirken, aber nicht zu damenhaft. Anständig, aber mutig. Schließlich wollte ich Reporterin werden und nicht Gouvernante. Ich trug das taubenblaue Kostüm mit einer weißen hochgeschlossenen Baumwollbluse, aber weder Handschuhe noch Hut.

Als wir die Türen zur Redaktion durchschritten, kam uns ein Mann entgegen, der meinen Vater freundlich begrüßte. Er zog vor mir seinen Hut und neigte den Kopf leicht. Der Herr trug einen langen Rauschebart, seine Augen war lebhaft und funkelten wach. Ohne Zweifel besaß dieser Mann Autorität, und ich war nicht überrascht, als mein Vater mir sagte, dass es sich um Kurt Eisner handelte, den bedeutenden Journalisten und Parteigenossen meines Vaters. Ich erstarrte vor Ehrfurcht, und angesichts dieses berühmten Mannes wurde mir auf einmal die Größe meines Unternehmens vor Augen geführt. Zum ersten Mal kam mir der Gedanke, dass ich mich vielleicht etwas zu hoch hinausgewagt hatte.

»Rudolf!« In der offenen Tür eines großen Büros, das von dem langen Gang abzweigte, stand ein Mann, der meinen Vater um einen Kopf überragte und mutmaßlich doppelt so viel auf die Waage brachte. Er und mein Vater begrüßten sich herzlich, bevor der imposante Mann, der sich als Martin Anlauf, der für Bayern zuständige Redakteur, vorstellte, mir charmant die Hand küsste und uns in sein Büro bat.

»Müller lässt sich entschuldigen«, sagte er und zuckte bedauernd mit den Schultern, bevor er sich hinter den schweren Schreibtisch uns gegenübersetzte. Wir nahmen auf zwei bequemen Stühlen Platz, die davor arrangiert waren. Ich sah mich fasziniert um. Noch nie hatte ich ein derart übervolles und unordentliches Arbeitszimmer gesehen. Papier quoll aus den Regalen und stapelte sich auf dem riesenhaften Schreibtisch. Dazwischen allerlei Auszeichnungen, Pokale, Andenken, Wappen und Schärpen. Eine Schützenscheibe hing neben einem schweren, goldgerahmten Gemälde einer antiken Schäferszene, kleinere Geweihe, exotische Palmen, ein glänzend polierter Totenschädel, eine Mandoline – wo immer ich hinblickte, lag, stand oder hing etwas. Herr Anlauf musste ein besessener Sammler sein.

»Das ist natürlich bedauerlich«, sagte mein Vater und bezog sich damit auf die Nachricht, dass der Chefredakteur Adolf Müller uns nun doch nicht, wie abgemacht, empfangen konnte. »Aber wir nehmen selbstverständlich auch mit dir vorlieb.«

Anlauf lachte freundlich, sein Bauch, den eine schwere goldene Uhrkette zierte, wackelte. Er stemmte die Unterarme auf den Schreibtisch, der mir nun, da der große und massige Mann daran saß, weniger ausladend vorkam als zuvor.

»Die junge Dame hat Ambitionen, wie ich gehört habe«, sagte er freundlich und blickte mich interessiert an.

Ich lächelte. Wie gerne hätte ich jetzt schlagfertig geantwortet und ihm all das, was ich mir zuvor zurechtgelegt hatte, vorerzählt. Aber ich konnte nur stumm nicken, brachte kein Wort heraus. Auch mein Vater dachte nicht daran, mir hilfreich zur Seite zu stehen. Herr Anlauf sah mich noch immer abwartend an, so dass ich mich überwinden musste.

»Schreiben möcht ich«, brachte ich heraus.

Der Redakteur sah mich unverwandt an und nickte. »Schreiben wollen viele«, gab er zurück. »Haben Sie Qualifikationen, Fräulein Gensheim?«

Keine Frage hatte ich mehr gefürchtet als diese, und ich warf Papa hilfesuchend einen Seitenblick zu. Aber der nickte mir nur wohlwollend zu und blieb stumm.

»Ich muss bedauern. Ich habe das Institut Kerschensteiner abgeschlossen und drei Jahre das Lehrerinnenseminar besucht.« Als ich mir selber zuhörte, kam ich mir plötzlich so naiv und gering vor, dass ich am liebsten im Boden versunken wäre.

Der Miene von Herrn Anlauf war anzusehen, dass er nichts anderes erwartet hatte, er blickte unverändert interessiert, aber ich bildete mir ein, dass sich ein leicht amüsierter Zug um seinen Mund zeigte, und beeilte mich, noch etwas hinzuzufügen.

»Aber ich habe eine rasche Auffassungsgabe und kann sehr gut formulieren«, schob ich nach und spürte, wie mein Selbstvertrauen langsam zurückkehrte.

Martin Anlauf lachte herzlich. »Ja, wenn es nur das wäre, dann könnten wir uns vor Bewerbern nicht retten.« Er beugte sich mir über den Schreibtisch entgegen. »Haben Sie denn schon einmal Erfahrung im Zeitungsgewerbe gemacht? Wissen Sie, wie eine Zeitung entsteht? Jeden Tag aufs Neue? Wie viele Menschen daran arbeiten? Und in welchen Bereichen?«

Da ich auf all diese Fragen keine Antwort wusste, konnte ich nur den Kopf schütteln. Dieses Gespräch verlief ganz und gar nicht in die von mir gewünschte Richtung. Papa muss mein Unwohlsein deutlich gespürt haben, denn er legte seine Hand auf meine.

»Nun denn, Fräulein Gensheim. Ich weiß Ihre Ambitionen zu schätzen und noch viel mehr Ihren Mut, bei uns vorstellig zu werden.« Anlauf sah nun abwechselnd mich und meinen Vater an. »Außerdem bin ich sicher, dass Sie, als Tochter meines geschätzten Genossen, nicht nur über die von Ihnen genannten Qualitäten verfügen, sondern zudem über den nötigen Rückhalt aus dem Elternhaus, dennoch …« Er machte eine Pause, und ich wusste selbstverständlich, dass ich mir eine Abfuhr einhandeln würde. Wie blöd ich mir plötzlich vorkam! Wie hatte ich nur glauben können, ohne jegliche Erfahrung eine Stelle als Volontärin in der Redaktion einer bedeutenden Tageszeitung zu ergattern! Wie lieb wäre es mir gewesen, Anlauf hätte seinen Satz nicht zu Ende geführt, um mir die Schmach zu ersparen.

»… kann ich Ihnen keine Stelle bei uns anbieten. Nicht ohne jegliche berufliche Erfahrung.« Der massige Redakteur zerknautschte sein Gesicht vor Bedauern, und ich glaubte ihm aufs Wort, dass es ihm leidtat. Das minderte die Wucht der Niederlage aber keineswegs.

»Dennoch, weil Sie mir gefallen und weil ich Ihrem Vater gefallen will«, fuhr Anlauf fort, »gebe ich Ihnen gerne die Möglichkeit, unser Gewerbe näher kennenzulernen. Wir haben stets Bedarf an Schreibkräften.«

Ich hielt den Atem an. Sekretärin? War das alles, was ich hier erreichen konnte?

»Die Tätigkeit ist keinesfalls uninteressant.« Anlauf schien mein Unbehagen gespürt zu haben. »Sie nehmen am Fernschreiber die Meldungen aus aller Welt entgegen, oder Sie schreiben ins Reine, was unsere Korrespondenten Ihnen fernmündlich übermitteln. Und Sie lernen das

Gewerbe von der Pike auf kennen. Wenn Sie sich geschickt anstellen ...« Er breitete die Arme weit aus. »... steht Ihnen alles offen.«

Er meinte es gut mit mir und war aufrichtig. Vermutlich war es ein großzügiges Angebot. Mein Vater machte eine frohe Miene und sagte »Wunderbar«. Aber ich musste mich sehr zusammennehmen, um nicht an Ort und Stelle in Tränen auszubrechen. Ich war so enttäuscht, vor allem aber wütend auf mich selbst. Warum war ich so vermessen gewesen und hatte nicht einen Augenblick darüber nachgedacht, dass ich mich in hochfliegende Tagträumereien verstieg, die weder Hand noch Fuß hatten?

Der kluge Martin Anlauf schien zu ahnen, wie ich fühlte, denn er lächelte mich sehr sanft an und bot mir an, einmal darüber zu schlafen und das Angebot zu überdenken, bevor ich ihm eine Antwort gab.

»Nicht nötig«, gab ich zurück und nahm mich zusammen. »Ich weiß Ihr Angebot durchaus zu schätzen und nehme es mit Freude an.« Abrupt stand ich auf. Um das Gesicht zu wahren, musste ich die Redaktionsräume schleunigst verlassen, ich merkte schon, wie mir die Tränen in die Augen stiegen.

Die Männer erhoben sich ebenfalls. Anlauf hielt mir seine mächtige Pranke hin. »Am nächsten Ersten erwarte ich Sie hier. Anfängergehalt nach Liste. Ich freue mich, Sie dann als neues Mitglied der *Münchener Post* empfangen zu dürfen.«

Ich schüttelte die Hand, rang mir mit zusammengepressten Lippen ein Lächeln ab und rauschte aus dem Zimmer. Mein Vater blieb noch zurück, besprach mit dem Parteifreund die Modalitäten, aber ich wollte nicht auf ihn warten, lief den langen Gang entlang, die Treppe hinab und blieb erst stehen, als ich auf der Straße war. Ich rang nach Luft und ließ den Tränen freien Lauf. Von wegen Kilimandscharo. Es fühlte sich eher nach Kohlenkeller an.

Das Café Luitpold war wie immer um die Kaffeezeit brechend voll. Elli, Clara und ich fanden dennoch einen Platz im Säulensaal am Fenster. Eigentlich waren wir verabredet gewesen, um meinen Erfolg und meine Stelle als Volontärin zu feiern, nun hatte ich gute Lust, den heutigen Tag in Deinhard Kabinett zu ersäufen.

»Ich beneide dich.« Elli seufzte und drückte meine Hand. »Du arbeitest! Verdienst Geld, bist erwachsen, und vor allem – du verbringst deine Tage nicht nur mit schnatternden Hennen.« Sie stöhnte theatralisch und hob ihr üppiges Dekolleté schwer atmend auf und nieder. Elli besuchte ebenso wie Clara das Lehrerinnenseminar an der Corneliusbrücke, auf dem auch ich bis vor kurzem eingeschrieben gewesen war. Selbstverständlich war es das Ziel der wenigsten Mädchen, die dort unterrichtet wurden, tatsächlich Lehrerin zu werden, schließlich galt für diesen Beruf die Zölibatspflicht, und wer wollte das schon? Es handelte sich vielmehr um eine willkommene Zwischenstation, bevor die Töchter aus gutem und besserem Hause in den Hafen der Ehe einschipperten. Viele von uns allerdings hatten andere, hochfliegendere Träume, als einfach nur unter die Haube gebracht zu werden. Wir wollten in die Welt hinaus, etwas erleben, Forscherinnen, Schauspielerinnen, Sängerinnen oder, ja, eben Reporterin werden. Sechs Jahre dauerte die Ausbildung auf dem Seminar gemeinhin, manch ein Mädchen wurde schon vorher herausgeheiratet, die wenigsten aber verließen, so wie ich, vorzeitig die Schule. Der Neid aller war mir gewiss gewesen. Und nun versank ich vor Scham im Boden, weil ich es nur bis zur Schreibkraft brachte.

Resigniert stach ich in die Prinzregententorte. Der Appetit war mir für heute gründlich vergangen. Ellis muntere Begeisterung half mir nur wenig über die Niederlage. Denn Elli war eigentlich immer von allem und jedem begeistert. In einem Punkt allerdings hatte sie den Nagel durchaus auf den Kopf getroffen: Ich war heilfroh, nicht mehr zu den Hühnern ins Seminar zu müssen!

»Schreibkraft?« Clara rümpfte die Nase. »Ich könnte das nicht. Gottlob muss ich auch nicht. Heinrich …«

»Mein Fiancé …«, fielen Elli und ich unisono ein und brachten Clara so zum Verstummen. Sie setzte ein beleidigtes Gesicht auf. Clara von Hohenstein war ebenso adelig wie verarmt, was sie nicht davon abhielt, uns beständig unter die Nase zu reiben, dass sie in exquisiten Kreisen verkehrte. Und dass es ihrem Vater nun gelungen war, eine Verlobung mit dem Sohn eines Industriellen zu arrangieren, machte es nicht besser. Clara träumte sich an die Spitze der Münchener Gesellschaft, denn dank dieses geschickten Arrangements würden sie und ihr Verlobter Heinrich bald gemeinsam reich und adelig – eine Situation, die beiden Familien zupasskam. Deshalb wurde Clara auch nicht müde, uns Heinrich bei jeder passenden und unpassenden Gelegenheit als ihren »Fiancé« vorzuführen. Dass dieser Mensch grob und ungeschlacht war und sie vermutlich schon bald zur unglücklichsten aller Bräute machen würde, kam ihr nicht in den Sinn. Elli und ich, obschon fest davon überzeugt, wollten sie ungern vorzeitig auf den Boden der Realität holen, war Claras Schicksal doch unausweichlich.

Dennoch liebte ich Clara von ganzem Herzen. Ebenso wie mit Elli war ich auch mit ihr seit den frühen Schultagen bekannt und befreundet. Alle drei hatten wir das private Institut für höhere Töchter der Julie Kerschensteiner besucht. Wir hatten alles gemeinsam erlebt: die ungestüme Kindheit, die Frauwerdung und Reife der mittleren Jahre und schließlich den Abschluss der Schule, der uns erste romantische Begegnungen mit dem anderen Geschlecht und weniger romantische mit dem Alkohol beschert hatte. Wir hatten gemeinsam geschwärmt, geträumt, getrauert und uns schließlich ewiger Treue bis in den Tod versichert.

Ich würde nun als Erste aus diesem Bund ausscheren, und langsam beschlich mich die Ahnung, dass mit dem Schritt, den ich heute getan hatte, nichts mehr so sein würde wie bisher. Vielleicht auch nicht unsere Freundschaft.

Im Moment allerdings waren Elli, die üppige Frohnatur, und Clara, das adelige Nachtgespenst, die zwei einzigen Wesen, die ich heute zum Trost treffen wollte. Jetzt merkte ich aber, dass mich die plüschige Atmosphäre des Luitpold und die süße Prinzregententorte nicht glücklich machten. Ich ließ die Gabel auf den Kuchenteller fallen, so dass Clara von dem Geräusch zusammenfuhr.

»Kommt«, sagte ich, »wechseln wir ins Stefanie. Ich muss mich amüsieren. Ich will Absinth trinken!«

Clara guckte entsetzt. »Um diese Zeit? Himmel, Anneli, mach dich nicht unglücklich.«

»Ich *bin* unglücklich«, entgegnete ich. »Und ihr müsst

mir zur Seite stehen, damit ich mich nicht in der Isar ertränke.«

Elli schüttelte den Kopf, bemühte sich, streng zu gucken, und schnalzte mit der Zunge. »Dieser Hang zur Theatralik, mein liebes Fräulein Gensheim, wird Ihnen einmal wirklich und wahrhaftig das Genick brechen«, sagte sie. Aber ihre Augen glänzten vor Aufregung, und in ihren Mundwinkeln zeigten sich die hübschen Grübchen, die ein untrügliches Zeichen dafür waren, dass Elli für jedes Abenteuer zu haben war.

»Also dann«, rief ich und machte der Kellnerin ein Zeichen, »lasst uns losziehen und unser Unglück im grünen Gift versenken.«

»Ich komme mit«, sagte Clara nun, »aber nur, damit ihr eine Gouvernante dabeihabt.«

Das Stefanie lag unweit des Luitpold, an der Ecke Amalien- und Theresienstraße. Unsere Eltern sahen es nicht so gerne, dass wir Mädchen dieses Etablissement besuchten, Clara war es gar verboten. Aber da es höchst unwahrscheinlich war, dass das Fräulein von Hohenstein dort jemanden aus ihren Kreisen antreffen würde, begleitete sie Elli und mich immer wieder dorthin.

Das Stefanie war stets gut besucht, wie ich gehört hatte, sogar bis in die frühen Morgenstunden. Hier war die Sperrstunde erst um drei Uhr nachts, die Nachtschwärmer zogen dorthin, wenn woanders die Stühle hochgestellt wurden.

Öffnete man die Tür, so schlug einem eine Luft entgegen, die man glaubte mit Händen fassen zu können. Rauchschwaden wie dichter Nebel, der beißende Geruch des Absinths, säuerliches Bier und aromatischer Kaffee vermischten sich mit dem schweren Parfüm der weiblichen Gäste. Das Café bestand aus zwei Räumen, einem großen mit zwei Billardtischen und einem kleineren, in dem die Schachspieler residierten. Stoisch saßen sie am Fenster, vor dem sich Beobachter der Partie auf der Straße drängelten, und starrten, an schweren Zigarren paffend, unbeeindruckt auf ihre Bretter. Diese Männer hatten kein Auge für das Leben, das um sie herum tobte.

Wir jungen Mädchen dafür umso mehr. Saßen wir im Luitpold, dessen ebenfalls prominentes Publikum von uns aufgeregt betuschelt wurde, benahmen wir uns unserem Alter gemäß sehr zurückhaltend. Besuchten wir jedoch das Stefanie, ließen wir, Elli und ich jedenfalls, unsere Schüchternheit fahren. Wir spießten die jungen Männer mit unseren Blicken auf, schürzten die Lippen und lachten laut, anstatt, wie es sich gehört hätte, hinter vorgehaltener Hand zu flüstern. Ich betete ein jedes Mal, dass niemand, der meine Eltern kannte, mich dort jemals sehen würde und ihnen berichtete, wie ich mich benahm.

Den anderen Gästen freilich fielen wir dort nicht als ungebührlich ins Auge. Es ging meist hoch her, es wurde debattiert und rege dem Alkohol zugesprochen, manches Mal gab es Streit, es wurde geküsst und laut gelacht, die drei kleinen Mädchen, die dort große Welt schnuppern wollten, blieben gänzlich unbemerkt.

Es war gegen fünf, als wir dort eintrafen, und ich öffnete resolut die Tür, als mir von drinnen ein junger Mann entgegentaumelte. Ich hatte die Tür so fest aufgezogen, dass ich sie ihm wohl aus der Hand gerissen und ihn aus dem Gleichgewicht gebracht hatte. Wir stießen mit den

Schultern aneinander, und der Mann, sehr groß und sehr schlank, mit offenem Kragen unter seinem schwarzen Anzug, entschuldigte sich flüchtig bei mir.

»Pardon«, sagte er, ohne mir in die Augen zu blicken, und stürmte an uns vorbei auf die Straße. Ich sah ihm perplex hinterher. Er überquerte die Amalienstraße, ohne sich zu vergewissern, ob eine Droschke oder ein Automobil kam. Die schwarzen, etwas zu langen Haare umrahmten sein schmales weißes Gesicht und unterstrichen den ungesunden Ausdruck. Es war ein schönes Gesicht, volle Lippen und stechend blaue Augen unter dunklen, fein gewölbten Augenbrauen, aber sein Ausdruck war wild und, ja, furchteinflößend.

Elli griff sich an die Brust. »Newjatev«, hauchte sie theatralisch.

Ich wusste nicht, wovon sie redete. »Wer?«

»Rudolf Newjatev«, erklärte sie uns beim Hineingehen. »Ein Absolvent der Akademie. Er ist so wunderbar begabt!«

»Woher kennst du ihn?«, erkundigte ich mich belustigt. Elli hatte die Gabe, für beinahe jeden jungen Mann, der nicht hässlich wie die Nacht war, auf der Stelle zu entflammen.

»Ich kenne ihn gar nicht«, erwiderte sie, während sie sich einen Weg durch die Gäste des Cafés bahnte. »Leider, leider.« Elli steuerte einen Tisch an, von dem gerade eine Gesellschaft aufstand und den Platz freigab. Mit einem Seufzer ließ sie sich auf einem Stuhl nieder, als hätte sie soeben eine anstrengende Saharadurchquerung hinter sich gebracht. Ihre Wangen waren erhitzt und errötet, und sie fächelte sich Luft zu. »Aber er gehört zu diesen Künstlern«, setzte sie fort, kaum dass Clara und ich neben ihr Platz genommen hatten, »Ihr wisst schon, der Blaue Reiter.«

Sie musste nichts weiter sagen. Der Blaue Reiter, das war eines der Hauptgesprächsthemen des zurückliegenden Jahres gewesen. Ich selbst hätte mich vermutlich nicht so sehr für das Skandalöse dieser Gruppierung interessiert, aber meine Mutter nahm regen Anteil an allem, was sich in den Münchener Galerien tat. Sie malte selbst, nicht etwa professionell oder mit Ambition auf eine Ausstellung, aber sie hatte Anschluss an einige Gleichgesinnte gefunden. Eine lockere Gruppe von acht bis zehn Frauen, die sich regelmäßig traf, um in die Landschaft zu ziehen und zu aquarellieren, oder gelegentlich in der Akademie dem Aktstudium beiwohnte. Eine unter ihnen, Regula Fahrenholz, hatte Kontakte in die Künstlerszene, sie nahm Unterricht und machte manchmal Atelierbesuche bei Künstlern möglich.

Meine Mutter war nach den Treffen mit ihren »Malweibern«, wie mein Vater sie nannte, ganz außer sich, sie sprach von nichts anderem. Dann malte sie tagelang, zeichnete, skizzierte, bis sie, enttäuscht von den Grenzen ihres Talents, die Ergebnisse ihres Schaffens im Kamin verfeuerte.

Ich bewunderte ihre Studien. Ich fand, dass meine Mutter durchaus ein künstlerisches Auge hatte, ihre Studien nach der Natur waren glaubhaft und geschmackvoll, aber wenn ich mich dahin gehend äußerte, wurde Mama, ansonsten die Sanftmut in Person, recht wütend. Sie meinte, dass es ebendies wäre, was verhinderte, dass sie zu höheren künstlerischen Weihen gelange. Sie sei wohl in der

Lage, nach der Natur zu gestalten, aber ihr mangele es an dem Quentchen Kunstsinn, das darüber hinausweise. Sie genügte ihren eigenen Ansprüchen nicht.

Aber das hinderte sie nicht daran, sich immer wieder künstlerisch zu versuchen und sich, das vor allen Dingen, von anderen inspirieren zu lassen. Wann immer eine Kunstausstellung annonciert wurde, lief meine Mutter hin, oft genug mit mir und Paul im Schlepptau. Uns gruselte davor. Nicht nur, weil wir uns tödlich langweilten, wenn meine Mama ihre Freundinnen traf und sie stundenlang über die ausgestellten Werke debattierten, nein, uns gruselte es oft genug auch vor den Werken der modernen Malerei selbst. Mit Schaudern erinnerte ich mich an die Ausstellung ebendieses Blauen Reiter in der Galerie Thannhauser vergangenen Dezember, in die meine Mutter mich geschleift hatte. Grelle wilde Werke, die mich erschreckten, weil sie gar nicht das abbildeten, was unsere Welt ausmachte. Ich erinnere mich an eine liegende gelbe Kuh oder meinetwegen einen Esel, dessen aufgedunsener Bauch sich dem Betrachter obszön entgegenreckte.

Es war dies eine Kunst, der ich nichts abgewinnen konnte. Am Abend nach unserer Heimkehr schwärmte meine Mama beim Essen von der bahnbrechenden Abstraktion der ausgestellten Bilder und prophezeite, dass danach die Kunst nie mehr so sein würde wie zuvor.

Ich erinnerte mich genau, wie mein Vater meiner Mutter interessiert zuhörte, sie mit Zwischenbemerkungen wie »Tatsächlich?«, »Ach ja?! Ist das die Möglichkeit?« oder »Delikat!« anstachelte. Als sie aber kurz den Tisch verließ, zwinkerte er mir zu und flüsterte: »Am Samstag Pinakothek.« Wie liebte ich ihn dafür! Während Paul für Kunst nicht mehr übrighatte als für eine Mücke im Genick, genossen mein Vater und ich unsere Besuche in der Pinakothek. Ich konnte stundenlang in den hochherrschaftlichen Räumen wandeln und unter den riesenhaften Gemälden eines Peter Paul Rubens sitzen, ich genoss die kleinformatigen Niederländer oder altertümlichen Gemälde eines Lucas Cranach. Im Anschluss speisten wir meistens in einem edlen Restaurant. Mein Vater teilte meinen Kunstgeschmack, in den Augen meiner Mutter waren wir reaktionär und borniert, aber das scherte uns keineswegs.

Ich wusste also genau, wovon Elli redete, als sie die Künstlergruppe Blauer Reiter erwähnte.

»Seit wann interessierst du dich für Kunst?«, fragte Clara unsere Freundin.

Elli winkte ab. »Gar nicht. Aber ich interessiere mich unter Umständen für die Künstler.«

»Unter Umständen?«, feixte ich. »Wohl nur, wenn sie jung und gutaussehend sind.«

Elli lachte und warf dabei den Kopf in den Nacken. Ich bemerkte, wie zwei junge Männer auf uns aufmerksam wurden, ganz so, wie meine Freundin es beabsichtigte.

»Es war ein Zufall«, sagte sie nun. »Es mag ein paar Wochen her sein, kurz vor den großen Ferien, da lief ich mit Josefa nach Hause. Wir überquerten die Brücke, als wir unten, am Ufer, einen Hund bemerkten, der im Wasser schwamm. Nicht ganz freiwillig, wie uns schien, und so fingen wir oben auf der Brücke an, nach unten zu rufen, damit sich jemand erbarme. Und tatsächlich standen dort drei Männer am Ufer, mit Staffeleien. Einer von ihnen zog sich die Jacke aus und sprang dem Hund hinterher.«

An dieser Stelle machte unsere Freundin eine dramatische Pause, reckte ihren Hals und drückte die Brust nach vorne. Die Herren starrten sie schon gierig an, am liebsten hätte ich Elli einen Schal über das Dekolleté geworfen. Aber Elli genoss die Aufmerksamkeit und fuhr mit ihrer unglaublichen Erzählung erst fort, als wir bei der Kellnerin unsere Bestellung aufgegeben hatten.

»Na und? Was war nun mit dem Hündchen?« Clara trommelte ungeduldig mit den Fingern auf den Tisch.

»Gerettet!«, gab Elli zur Antwort. »Josefa und ich, wir waren schon hinuntergerannt und stießen gerade zu den Herren, als der Retter mit dem süßen kleinen Hündchen im Arm ankam. Und ebenso von der anderen Seite eine bemitleidenswerte alte Dame, die …«

»Und was hat das mit dem Newjatev zu tun?«, unterbrach ich ungeduldig.

Elli zuckte beleidigt mit den Schultern. »Er war einer der Herren. Punktum. Jetzt seid ihr im Bilde.«

Diese haarsträubende Geschichte glaubte ich ihr kein bisschen, aber der Name und das Aussehen des jungen Malers hatten sich mir eingebrannt, und obwohl wir an diesem Tag das Thema rasch wechselten und uns mit anderem beschäftigten, musste ich doch immer wieder an ihn zurückdenken.

In den folgenden zwei Wochen arrangierte ich mich mehr und mehr mit der Aussicht, als Schreibkraft zur Zeitung zu gehen. Das lag auch daran, dass ich mehr als zwei Wochen freie Zeit hatte, bevor ich meine Stelle antreten musste. Leider war nur selten Badewetter, es war ein vollkommen verregneter Sommer, aber ich nutzte die Tage, um zu tun, wofür mir sonst nie ausreichend Zeit blieb. Mit Oda im Kinderwagen fuhr ich hinaus an den Starnberger See, um eine Dampferfahrt zu unternehmen. Das weiche grüne Strahlen aus der Tiefe des Sees, das hügelige Ufer, an dem sich hinter dichten Wäldern die weißen Mauern oder dunklen Schieferdächer der großen Villen zeigten, die graue Alpenkette mit den weiß hingetupften Schneefeldern, all das überwölbt vom wunderbar blauen Himmel – unter diesem Eindruck konnte ich viele Stunden auf dem Deck sitzen und genießen.

Ich besuchte auch die große Gewerbeschau in den modernen Hallen auf der Theresienhöhe und begleitete meine Mutter und ihre Freundinnen zu einem Malausflug in die Berge bei Garmisch.

Vor allem aber flanierte ich ausgiebig durch die Straßen Schwabings, der Maxvorstadt und der Altstadt. Ich hatte gar nicht gewusst, wie viele Geschäfte und Cafés sich in unserer schönen Stadt dicht an dicht aneinanderreihten. Denn obwohl ich hier geboren wurde und mich immer viel in der Stadt bewegt hatte, hatte ich bislang nie meine ausgetretenen Pfade verlassen. Außerdem veränderte sich München in diesen Tagen unglaublich schnell. Täglich entstand Neues. An der Ecke Kaufinger- und Rosenstraße eröffnete ein großes Kaufhaus, und ich stöberte stundenlang durch die Abteilungen, bis ich mir im vornehmen Erfrischungsraum eine Limonade gönnte.

In dieser Zeit zwischen Mitte und Ende August lernte ich meine Stadt so gut kennen wie nie zuvor. Auch die Bekanntschaft einiger Bewohner, die mir früher nicht aufgefallen waren, machte ich. So besuchte ich regelmäßig ein Tabakgeschäft in der Occamstraße, um Papa seine Monte

Christo zu kaufen, jeden Tag eine frische Zigarre. Die Besitzerin, eine muntere Witwe um die fünfzig, ließ mich nicht gehen, ohne mir eine ihrer unzähligen Lebensweisheiten hinter die Ohren zu schreiben. Sie hatte für jede Gelegenheit den passenden Spruch parat.

Oder der Leierkastenmann mit dem possierlichen Äffchen, der an einem Weg im Englischen Garten stand und schauerliche Moritaten von sich gab. Fasziniert stand ich vor ihm und seinem kleinen Freund, lauschte und ließ schließlich ein paar Münzen in den Hut fallen, mit dem das Äffchen herumging. Nicht nur der Mann, auch der Affe schien mich irgendwann als vertrautes Gesicht zu erkennen, denn er sprang mir einmal unvermittelt auf den Arm. Zuerst war ich begeistert, dann bemerkte ich den beißenden Uringeruch, der von dem kleinen Kerl ausging, und schüttelte ihn rasch ab.

Zu den Menschen, denen ich auf meinen Streifzügen regelmäßig begegnete, gehörte aber auch der junge Kunstmaler Rudolf Newjatev. Es war erstaunlich: Obwohl ich ihm vor meinem Zusammenstoß im Café Stefanie niemals begegnet war, traf ich ihn nun mehrmals die Woche irgendwo. Bald stellte ich fest, warum dies so war. Die Familie Newjatev, so wusste meine in Künstlerkreisen stets gut unterrichtete Mutter, wohnte in der gleichen Straße wie wir, einige Häuser weiter auf der anderen Seite. Laut Mama war die Familie erst jüngst umgezogen, das erklärte, warum mir der junge Mann vorher nicht, nun aber ständig begegnete.

Ich konnte nicht an mich halten und starrte ihn immer neugierig an, während er mir nie einen Blick des Erkennens schenkte. Newjatev war eine seltsame Erscheinung.

Seine lange und dürre Figur erinnerte mich an den bei uns gerade recht populären Komiker Karl Valentin, im Unterschied zu jenem allerdings hatte der Maler ein ausgesprochen schön geschnittenes Gesicht. Er mochte nicht viel älter sein als ich, vielleicht Anfang, Mitte zwanzig. Rudolf Newjatev entsprach nicht dem Idealbild eines Mannes, dazu war seine Brust zu eingefallen, seine Gliedmaßen schlackerten um ihn herum, er machte nicht den kräftigsten Eindruck auf mich. Dennoch war er ein attraktiver Mann, und ich beobachtete, wie ihm Frauen und Mädchen schmachtende Blicke zuwarfen. Mich faszinierte dieses Schauspiel, denn ich erlag seinem Reiz nicht. Er hatte einen Ausdruck in seinem Gesicht, der mir Angst machte und den ich treffender als mit »wahnhaft« nicht beschreiben konnte.

Rudolf Newjatev also faszinierte mich im gleichen Maße, wie er mich abstieß. Dadurch, dass ich ihm des Öfteren begegnete und ihn beobachtete, als wäre er ein exotischer Schmetterling, den ich für meine Sammlung aufspießen wollte, lernte ich aber nach und nach auch die anderen Mitglieder der berühmten Künstlerformation Blauer Reiter kennen.

Sie trafen sich regelmäßig im Café Luitpold, zu einer Zeit am Vormittag, meistens an den gleichen Tischen. Der Voyeurismus verführte mich dazu, nun plötzlich zu ebendieser Zeit dort aufzutauchen, und ich ertappte mich dabei, dass ich mir selber vorlog, rein zufällig in der Nähe zu sein. Ja, ich legte mir unbewusst meine Besorgungen so, dass ich ausgerechnet zu dieser Zeit die Brienner Straße hinabspazierte und dringend das Bedürfnis nach einer Stärkung verspürte.

Es war ein nicht zu erklärender Sog, der mich die Künstler insgeheim beobachten ließ. Natürlich schämte ich mich für diesen niederen Charakterzug und machte mir vor, dass mein Interesse rein beruflicher Natur sei. Als angehende Journalistin war es doch nur natürlich, die umstrittensten Künstler unserer Stadt zu studieren – oder etwa nicht? Wieder und wieder sah ich mir den Katalog der Ausstellung an, die ich mit meiner Mutter besucht hatte, und seltsamerweise berührten mich die Werke der Münter, Kandinskys, der Werefkin oder von Franz Marc nun mehr als damals, als ich sie in der Galerie betrachtet hatte.

Diese Künstler stellten den festen und berühmten Kern der Gruppe dar, aber in ihrem Dunstkreis gab es weit mehr, zumeist Studenten der Akademie, wie auch Newjatev einer war. Diese Gruppe setzte sich aus Adepten und Bewunderern zusammen, es waren Männer und Frauen, die die großen Maler und Malerinnen umschwirrten, damit ein Hauch ihres Glanzes auf sie fallen möge. Ich unterstellte, dass nicht alle, die zu diesem Kreis gehörten, auch tatsächlich bildende Künstler waren, vielmehr schienen mir einige der Weiber eher der Kategorie »Muse« zuzurechnen zu sein. Im Stefanie jedenfalls, das von den jüngeren Künstlern regelmäßig aufgesucht wurde, ging es oft ziemlich zwanglos zu. Da meine Ausgangszeit begrenzt war, mutmaßte ich, dass ich das Ausmaß des Ausgelassenseins nicht einmal annähernd zu sehen bekam, denn wenn ich das verruchte Café verlassen musste, schien die Stimmung noch nicht den Höhepunkt erreicht zu haben …

In der Nacht zum ersten September schließlich tat ich kein Auge zu. Schon um fünf Uhr in der Frühe stand ich auf, machte mich zurecht und ließ mir von Magdalena ein ausgiebiges Frühstück zubereiten. Außerdem nötigte ich sie, mir eine schöne Brotzeit zuzubereiten, denn ich wusste wohl, dass man einen ausgedehnten Arbeitstag nur mit der ausreichenden Nahrungszufuhr überstand. Unsere Köchin schüttelte missbilligend den Kopf, machte sich aber nichtsdestotrotz ans Werk. Sie wollte und konnte sich nicht daran gewöhnen, dass die minderjährige Tochter ihrer Herrschaft plötzlich loszog und in einem unehrenhaften Gewerbe ihr eigenes Geld verdiente. Unserer Köchin wäre es lieber gewesen, mich verheiratet zu sehen, und sie ließ keine Gelegenheit aus, mir ein böses Ende zu prophezeien.

Magdalena stammte aus Niederbayern, stand seit vielen Jahren bei der Familie meines Vaters in Diensten und war ihm schließlich in seinen eigenen jungen Haushalt gefolgt. Was sie, daraus machte sie keinen Hehl, jeden Tag aufs Neue bereute. Nicht nur, dass sie den neumodischen Flausen meiner Mutter bezüglich Frauenemanzipation ablehnend gegenüberstand, es verletzte sie zutiefst, dass meine Mutter die Küche, Magdalenas angestammtes Reich, betrat, wann immer sie wollte, und sich dort nützlich machte! Ein jeder auf seinen Platz – das war die Devise unserer Köchin, und die Herrschaft gehörte nun mal nicht in die Küche, es sei denn, sie schaffte an. Aber manchmal bekam meine Mama Lust zu backen – ihre Madeleines waren himmlisch! –, oder sie bereitete sich selbst eine kleine Jause zu. Die dicke schwarze Wolke über dem Kopf ihrer Köchin ignorierte sie geflissentlich und heiter. Auch dass mein Vater beim Abendessen die lose Sitte der Arbeiterschaft eingeführt hatte, Bier zu trinken, widerstrebte der guten Magdalena aufs höchste. Überhaupt war ihr unser Haushalt in jeder Hinsicht zu modern und sozialdemokratisch. Die Erziehung der Kinder, also uns, ließ jegliche Disziplin vermissen, und über den Umgang der Eheleute untereinander breitete Magdalena den Mantel des Schweigens, ihre sauertöpfische Miene allerdings sprach Bände.

Dennoch hatte ich manches Mal gehört, wie sie uns gegen die Anwürfe anderer Dienstmädchen verteidigte. Wenn diese auf dem Trockenboden beisammenstanden und Wäsche aufhängten, hatten wir Kinder uns oftmals dort oben versteckt, um die Gespräche der Mädchen zu belauschen. Mich kränkte es immer, wenn eine von ihnen, die hochherrschaftlich angestellt war, sich abfällig über die Kleidung meiner Mutter oder die Lockerheit meines Vaters, der nach Meinung aller vollkommen unter der Knute seiner Frau stand, äußerte. Aber dann war es immer Magdalena, die wie eine Löwin über die anderen herfiel und nur gute Worte für uns fand.

Magdalena teilte sich die Pflege des Haushaltes mit Ludmilla, dem Kindermädchen. Während Magdalenas Reich die Küche war, kümmerte sich Ludmilla ausschließlich um unsere Belange, also eigentlich um Klein Oda. Den Haushalt allerdings, Putzen, Waschen, Einkaufen, erledigten die beiden gemeinsam, beziehungsweise abwechselnd. So unterschiedlich sie waren, so gut verstanden sie sich. Während Magdalena auf die sechzig zuging, war Ludmilla ein Mädchen in meinem Alter. Dennoch sah sie älter aus. Das kam von ihrem schweren Leben, hatte mein Vater uns erklärt, als er sie eines Abends von der Arbeit mit nach Hause gebracht hatte. Was genau er damit meinte, hatte er nicht weiter erläutern wollen, aber ich hatte meiner Mutter einiges aus der Nase ziehen können, und ein wenig hatte Ludmilla in ihrem schlechten Deutsch selbst beigesteuert.

Sie stammte aus dem Gebiet um Danzig und war eines Tages von Soldaten von dem Bauernhof ihrer Eltern verschleppt worden. Zu welchem Behufe, wusste ich nicht genau, konnte es mir aber lebhaft ausmalen. Eines Tages jedenfalls bemerkte sie, dass sie schwanger war, und floh vor den Männern, die sie peinigten. Durch glückliche Umstände gelangte sie schließlich irgendwie bis kurz vor die Tore Münchens, wo sie unter einer Brücke mit einem kleinen Jungen niederkam. Ein guter Mann hatte sie gefunden und mitsamt dem Neugeborenen in das Krankenhaus gebracht. Dort war sie, unterernährt, erschöpft und von Krankheit und Misshandlung gezeichnet, in die Behandlung meines Vaters gekommen. Er hatte es geschafft, sie von den äußeren Blessuren zu heilen, für ihr Kind aber kam jede Hilfe zu spät. Da Ludmilla die Behandlung nicht bezahlen konnte und es sich zu dieser Zeit so traf, dass meine Mutter gerade Oda geboren hatte, unser kleines Nesthäkchen, hatte mein Vater Ludmilla ins Haus geholt. Anfangs hatte diese sich noch benommen wie ein geprügelter Hund, aber nach und nach war sie selbstbewusster geworden und zu einer recht ansehnlichen Frau erblüht. Sie liebte meine Eltern von ganzem Herzen und wurde nicht müde zu versichern, sie hätten ihr das Leben gerettet. Die kritische Haltung Magdalenas teilte Ludmilla kein Stück weit, sie war von allem und jedem in unserem Haushalt restlos begeistert, was oftmals zu einem Schlagabtausch mit der Köchin führte, der uns andere sehr erheiterte. Trotzdem waren die beiden im Lauf eines Jahres unzertrennlich geworden.

Während ich mich also unter den schlecht gelaunten Blicken Magdalenas für meinen ersten Arbeitstag fertig machte, richtete mir Ludmilla die Haare und schwärmte radebrechend davon, wie stolz sie auf mich sei. Bestimmt würde ich berühmt werden, und alle Welt würde lesen, was ich schrieb. Dass sie selbst nicht lesen konnte, tat Ludmillas Euphorie keinen Abbruch. Sie glaubte, dass ich eine große Zukunft vor mir hatte, und ich widersprach nicht. Denn das war es ja, was mich über die Anfänge als Schreibkraft trösten würde: dass ich mein Ziel nicht aus den Augen verlöre. Mittlerweile hatte ich mir sowieso die These zurechtgelegt, dass eine große Karriere umso glanzvoller erschien, wenn sie ganz unten begonnen hatte.

Durch Ludmillas Reden gestärkt und motiviert, machte ich mich auf den Weg in die Altstadt. Pünktlich um sieben Uhr stand ich vor der Tür der Redaktion. Martin Anlauf nahm mich höchstpersönlich in Empfang und geleitete mich in ein Büro, wo bereits eine Dame mittleren Alters saß. Ihrem verwunderten Blick entnahm ich, dass es nicht üblich war, dass sich der Redakteur höchstpersönlich einer Stenotypistin widmete.

Er stellte mich meiner neuen Kollegin, die mich anlernen sollte, vor und verließ dann das Zimmerchen. Kaum hatte er die Tür hinter sich geschlossen, stöhnte die Frau.

»Ich weiß gar nicht, wie er sich das vorstellt!«, sagte sie und sah nicht so aus, als sei sie besonders froh über meine Unterstützung. »Einen Klotz am Bein kann ich nun gar nicht gebrauchen.«

Ein Klotz am Bein aber war das Letzte, was ich sein wollte, ich beschloss also, die Beleidigung hinunterzuschlucken.

»Kümmern Sie sich bloß nicht um mich.« Ich zwang mich zu einem Lächeln. »Ich sehe Ihnen vorerst nur zu.«

Sie guckte skeptisch, nickte dann und wandte sich wieder ihrer Arbeit zu.

Nachdem ich etwa eine Stunde lang gebannt verfolgt hatte, was die Frau, die mir als Liesl Schanninger vorgestellt worden war, alles tat, schwirrte mir der Kopf. Aber obwohl ich tausend Fragen hatte, schaffte ich es, nicht einen Mucks zu machen.

In dem kleinen Raum standen mehrere Apparate. Ein Fernschreiber, ein Morseapparat und eine Telefonanlage. Die arme Frau Schanninger musste alle gleichzeitig bedienen. Selbst wenn sie ein Oktopus gewesen wäre, hätte sie der Aufgabe nicht vollkommen gerecht werden können. Sie brauchte mich also als Unterstützung, und sobald ich das erkannt hatte, wartete ich darauf, dass sie sich mir früher oder später schon zuwenden würde. Tatsächlich brauchte sie nach einer Stunde eine Zigarettenpause und erklärte mir notdürftig, was ich mit den eingehenden Nachrichten tun solle. Telefonate musste ich weiterverbinden, da ich aber niemanden in der Redaktion kannte, sei es besser, vorerst die Finger davon zu lassen. Ich sollte mir aber im Lauf des Tages gut merken, wer welchen Telefonapparat zur Verfügung hatte, damit ich wichtige Anrufe in der nächsten Zeit auch selbst weiterleiten könnte.

Just als die Schanninger das Kabuff verlassen hatte, riss ein mir unbekannter Mann die Tür auf und forderte mich auf, ihm zu folgen, er habe ein wichtiges Gespräch in der

Leitung, das ich umgehend mitschreiben müsse. Ich packte meinen Block, den mir die Kollegin schon bereit gelegt hatte, und folgte dem Mann in ein größeres Zimmer, in dem zwei weitere Männer saßen, die konzentriert in ihre Adler-Schreibmaschinen hackten. Der Redakteur, der mich geholt hatte, drückte mir einen kleinen Trichter in die Hand, mit dem ich das Gespräch, das er führte, mitverfolgen konnte. Mit der Linken presste ich mir den Hörer ans Ohr, mit der Rechten kritzelte ich so schnell ich konnte, was ich von dem Gespräch mitbekam. Die Leitung rauschte, und mit Mühe schlussfolgerte ich, dass am anderen Ende der Leitung ein Korrespondent aus Togoland sprach, der von irgendeinem Gesandtentreffen berichtete.

Dass ich mit Afrika telefonierte, versetzte mich in eine solche Aufregung, dass ich auf der Stelle alles vergaß, was ich jemals an Kurzschrift gelernt hatte. Ich kritzelte auf dem Block herum und hoffte inständig, dass der Reporter, der mir gegenübersaß, nicht merkte, dass ich nur Bruchteile verstand und noch weniger aufzeichnete. Immer wieder war die Leitung unterbrochen, und als das Gespräch endlich beendet war, hatte ich fast acht Seiten mit unlesbaren Kürzeln bekritzelt.

Der Reporter legte auf und sah mich kurz nachdenklich an.

»Ich glaube, das können wir uns sparen«, sagte er schließlich.

Ich war perplex und wusste nicht, ob er mich und meine Aufzeichnungen meinte oder das Gespräch.

»Angesichts der Lage in Europa interessiert sich doch wohl kaum jemand für ein Galadiner der Gesandten in

Togo«, stellte er fest und grinste mich freundlich an. »Aber danke, Fräulein …«

»Gensheim«, antworte ich höflich und stand auf, um das Zimmer schnell zu verlassen. Draußen riss ich die acht Seiten Schreibmüll vom Block und machte drei Kreuze, dass ich so glimpflich davongekommen war. Immerhin wusste ich nun, worauf es ankam: Nerven behalten und Kurzschrift üben.

Als ich am Abend nach zehn Stunden Arbeit zu Hause eintraf, wollte ich auf der Stelle umkippen. Aber zuerst musste ich Rapport erstatten und beim Essen ausführlich von meinem ersten Arbeitstag erzählen. Darüber geriet ich in regelrechte Hochstimmung. Denn erst bei der Nacherzählung zu Hause merkte ich, wie abwechslungsreich der Tag bei der Zeitung verlaufen war. In der Redaktion selbst war ich zu aufgeregt gewesen, um das, was um mich herum geschah, wirklich und wahrhaftig zu begreifen. Aber kaum begann ich der versammelten Familie – samt dem Dienstpersonal und Mopsdame Rose – von dem aufgeregten Treiben zu erzählen, ergriff mich Euphorie. Die Reporter, die wie besessen tippten und notierten, die sich darum zankten, wo welche Meldung, welcher Artikel positioniert werden sollte, das ständige Kommen und Gehen von allen möglichen Leuten, die strengen Anweisungen der Redakteure, das Klappern der Setzer mit ihren hölzernen Setzschubladen, das Klingeln der Telefone und Fernschreiber – kurz, es hatte nicht eine ruhige Minute am Tag gegeben. Wenn ich ehrlich war, mochte mir die Tätigkeit an der Schreibmaschine und den Morsestreifen eintönig erscheinen, aber die gesamte Atmosphäre bei der

Münchener Post sagte mir absolut zu. Es war neu, es war aufregend, und ich fühlte mich am Puls der Zeit.

Meine Familie hatte mit freundlicher Anteilnahme zugehört, im Gesicht meines Vaters sah ich großen Stolz.

»Schau her, Anneli«, sagte er, »wie gut es manchmal sein kann, über seinen Schatten zu springen. Ich weiß, dass du nicht begeistert warst, als Stenotypistin anzufangen. Aber ich bin überzeugt davon, nur wer den steinigen Weg kennt ...«

»... weiß den goldenen zu schätzen«, unterbrach meine Mutter, »jaja, die alte Sozi-Leier!« Sie wandte sich mir zu, strich mir liebevoll eine Strähne aus der aufgelösten Frisur und küsste mich auf die Backe. »Weißt du, was erst aufregend wird, mein Liebchen? Die erste Lohntüte! Die haust du mit den Freundinnen richtig auf den Kopf!«

Mein Vater stöhnte und tat ärgerlich darüber, dass meine Mama so profan war, ließ dann aber doch eine Flasche Sekt zur Feier meines ersten Arbeitstages köpfen.

Am Ende war ich so berauscht von meiner eigenen Erzählung und dem Glas Sekt, dass ich trotz der bleiernen Müdigkeit, die mich noch eine gute Stunde zuvor befallen hatte, unsere Ludmilla in die Laube begleitete.

Die Laube war eigentlich keine Laube im gärtnerischen Sinn, sondern ein Verschlag im zweiten Hinterhof des Nachbarhauses. Der Hof dort war sehr groß, zu einer Seite offen und begrünt. Unter zwei Kastanienbäumen fand sich ein Bretterverschlag, ebenjene Laube, in welcher sich Gartengeräte und anderes Werkzeug fanden. Davor hatte jemand ein paar einfache Bänke und Stühle wie aus dem Biergarten aufgestellt, und es hatte sich ergeben, dass dies der allabendliche Treffpunkt des Dienstpersonals der umliegenden Häuser war, wenn es das Wetter zuließ.

Schon als Kind hatte ich Magdalena gerne hierher begleitet, weil es immer sehr lustig und derb zuging. Meist fand sich jemand, der Musik machte, Bier ging herum, und es wurden Geschichten aus den Haushalten der Herrschaft ausgetauscht. Genau wie auf dem Wäscheboden, mit dem nicht unerheblichen Unterschied, dass hier weibliche und männliche Dienstboten zusammentrafen, was den besonderen Reiz der Laube ausmachte.

In meinem Alter war ich dort nicht mehr so gerne gesehen. Die Kinder der Herrschaften wurden akzeptiert, als fast Erwachsene jedoch behandelte man mich zwar mit dem gebührenden Respekt, betrachtete mich aber als der falschen Seite zugehörig.

Heute ließ ich mich davon nicht abschrecken, ich hatte das Bedürfnis nach Unterhaltung.

Sie fiel mir sofort auf. Vielleicht, weil sie aussah wie eine der Putten in der Asamkirche. Vielleicht, weil sie etwas abseits stand. Vielleicht aber auch, weil ein helles Strahlen von ihr ausging.

Rosa.

Sie stand unter den Kastanienbäumen, das flirrende Licht, das durch die Blätter fiel, umtanzte sie. Blondes Haar in sattem Gold war in dicken Zöpfen um ihren Kopf gewunden. Ihre Haut war für ein Mädchen ihres Standes erstaunlich hell, einige zarte Sommersprossen rahmten Augen und Nase ein. Ihre Augen strahlten wassergrün, die Wimpern und Augenbrauen aber waren nicht hell und blond wie das Haupthaar, sondern dunkel und dicht. Sie war von mittlerer Größe und reichte mir, die ich groß gewachsen war, bis zum Kinn. Ihre Figur war üppig, dennoch wirkte sie zart. Das mochte an ihrer sehr feinen weißen Haut liegen. Dieses Mädchen strahlte Frische und Unberührtheit aus.

Sie stand abseits von den anderen, schien neu zu sein und noch keine nähere Bekanntschaft gemacht zu haben. Da auch ich ein Fremdkörper in der Gesellschaft der Dienstboten war, gesellte ich mich zu ihr und sprach sie an.

»Bist du neu hier?«, erkundigte ich mich.

Das Mädchen schlug die Augen nieder und schluckte stumm. Die Hände vergrub sie unter der Schürze.

»Anneli Gensheim«, sagte ich und streckte ihr die Hand hin. Sie sah mich schüchtern an und machte einen Knicks. Sie hatte wohl sofort gemerkt, dass ich keines von den Dienstmädchen war.

»Rosa«, gab sie zurück und rollte das R so stark, dass ich gleich ahnte, dass sie vom Land herstammen musste.

Ich erkundigte mich danach, woher sie kam, und nach anfänglichem Stocken brachten wir tatsächlich ein Gespräch zustande. Eigentlich war es weniger ein Gespräch, in dem sich beide Seiten austauschen, vielmehr unterzog ich die Arme einem peinlichen Verhör, aber mir waren von jeher eine große Neugier und Interesse für meine Mitmenschen zu eigen. Mein Berufswunsch kam also nicht von ungefähr und rührte nicht allein aus meinem Schreibtalent.

Ich erfuhr, dass sie Rosa hieß und aus einer Bauersfamilie in Neuhaus am Schliersee stammte. Sie war das mittlere von acht Kindern und ihre Familie so arm, dass ihre Eltern nicht in der Lage waren, alle Mäuler zu stopfen. Sie hatten lediglich einen kleinen Hof zur Pacht, weniges Milchvieh und kaum Felder zu bewirtschaften. Rosa hatten sie in die Stadt geschickt, zu einer Verwandten in der Au. Diese hatte sich rasch darum gekümmert, das Mädchen anderweitig unterzubringen, und ihr eine Stelle bei einer gut situierten Familie verschafft. Dort war Rosa nun seit einer knappen Woche. Sie war für die Wäsche zuständig, was ich als sehr passend empfand, denn sie wirkte selbst wie frisch geschrubbt und gestärkt.

Sechzehn Jahre war sie alt, und auf die Frage, ob ihr das Leben in der Stadt zusagte, kicherte sie und wurde rot. Es war der erste Abend, den sie in Gesellschaft verbrachte, sie hatte sich noch nicht hinausgetraut, und obendrein ließen die anderen Angestellten sie links liegen.

Ich war von der ersten Sekunde eingenommen von diesem Mädchen. Wenn sie mit dem ausgeprägten Dialekt ihrer Region sprach, blickte sie zwar meist nach unten und sah mir nur flüchtig ins Gesicht, trotzdem spürte ich, welche Kraft sich in ihr verbarg. Sie war eine starke Person, sie würde sich noch durchsetzen und zu einer festen Persönlichkeit heranreifen, da war ich mir sicher. Es war ein Feuer, das in ihr brannte, sich aber noch unter der Fassade des schüchternen Bauernmädels verbarg.

Nachdem ich mich lange und reizend mit ihr unterhalten hatte, verließ ich mit Ludmilla die Gesellschaft, nicht ohne Rosa zu versprechen, dass ich sie gerne einmal in eines der vielen Lichtspielhäuser mitnehmen wolle. Sie hatte noch nie bewegte Bilder gesehen, und ich wollte die Erste sein, die sie mit diesem Vergnügen bekannt machte.

Wenige Tage später musste ich Rosa schon aus den Klauen zweier zudringlicher Männer retten. Der eine von ihnen war nämlicher Franz aus dem Milchgeschäft, ein Tunichtgut und Aufreißer, wie er im Buche steht.

Der andere war mein eigener Bruder.

An diesem Tag kam ich schon früh von der Arbeit, es war gegen vier am Nachmittag, als ich sah, wie Rosa vor dem Milchgeschäft eingekeilt zwischen Franz und Paul stand. Franz hatte besitzergreifend seinen Arm um ihre Hüfte gelegt, und ich konnte schon von weitem sehen, dass ihr das nicht angenehm war. Sie versuchte, sich vorsichtig aus seinem Griff zu winden, aber Franz schien noch ärger zuzupacken. Er war ein riesenhafter Lackl mit kräftigen Gliedmaßen. Seine Haut war rötlich weiß und über und über mit Sommersprossen besprenkelt, und sein volles Haar war feuerrot. Mein Vater nannte ihn nur den »Ochs von der Milch«. Dieser Ochs schien lebhaft mit seinem Gegenüber zu diskutieren, als welchen ich unschwer meinen Bruder identifizierte. Auch mein Bruder fasste nach Rosa, aber Franz riss das Mädchen immer wieder zurück. Sein Gesicht wurde rot, und als ich näher kam, hörte ich, dass er meinem Bruder Prügel androhte.

»Was ist hier los?«, rief ich resolut und versuchte, mir den Anschein einer Respektsperson zu geben. Rosa sah mich hilfesuchend an, von den anderen Passanten hatte sich niemand für den Zwist interessiert.

Franz grinste mich nur frech an. »Schaug her, da kimmt no oane«, sagte er zu Paul. »Die kannst du nehma. Die wui i ned, des Gerippe.«

Paul sah sich zu mir um und verdrehte die Augen. Er ignorierte Franz' Vorschlag geflissentlich und zeigte stattdessen auf Rosa. »Der belästigt das Mädchen«, sagte er, und ich konnte ihm anmerken, dass er aufgebracht war. »Und ich bin da, um sie vor den Zudringlichkeiten in Schutz zu nehmen.«

Der Franz-Ochs lachte und machte keine Anstalten, Rosa, der die Situation sichtlich unangenehm war, loszulassen.

»Schmarrn«, gab er zurück, »eine Packung Salem hat er mir geboten, dass ich sie ihm überlass. Aber ich hab ned wolln, da is er damisch worn.«

Meinem Bruder schoss das Blut in den Kopf, und ich wusste sofort, dass Franz' Behauptung der Wahrheit entsprach.

»Rosa, komm«, sagte ich mutig und hakte sie an der freien Seite unter. Franz war perplex, außerdem wollte er auf der Straße keinen Streit mit der Tochter von besseren Leuten riskieren, also ließ er das Mädchen los.

»Und mit dir rede ich noch ein Wörtchen, wenn wir zu Hause sind.« Ich drehte mich über die Schulter nach meinem Bruder um. »Wenn Papa das erfährt!«

Nun standen sie beide wie begossene Pudel nebeneinander, Franz und Paul, und sahen uns hinterher. Ihre Beute waren sie los – vorerst.

Ich zog Rosa mit mir um die nächste Straßenecke.

»Halt dich bloß fern von dem«, sagte ich und meinte selbstverständlich den Ochsen Franz.

Rosa sah schuldbewusst zu Boden.

»Du musst dich doch nicht schämen, sondern die zwei Deppen. Mach in der Zukunft einen Bogen um die Herren«, gab ich ihr den lebensklugen Ratschlag und fühlte mich sehr erwachsen.

Das Mädchen zuckte nur mit den Schultern, ohne mich anzublicken. »Danke, Fräulein Anneli«, brachte sie hervor. »Aber es is ja nix passiert.«

Ahnungsvoll fragte ich nach. »Das war nicht das erste Mal, gell?«

Sie nickte.

»Und nicht nur beim Franz?«, hakte ich nach.

»So sind sie halt, die Mannsbilder.« Eine feine Röte stieg ihr ins Gesicht.

Ich betrachtete sie aufmerksam. Rosa war kaum mehr ein Mädchen, sie stand an der Schwelle, eine richtige Frau zu werden. So etwas reizte die Männer, ganz gleich welchen Standes. Obwohl ich weit weniger Reize aufzuweisen hatte als das junge Dienstmädchen, waren mir die Pfiffe und Blicke, die einem manchmal hinterhergeworfen wurden, nicht fremd. Und Rosa war ein willkommenes Opfer. Sie gehörte als Dienstmädchen quasi zum Freiwild. Außerdem schien sie nicht über die nötige Widerstandskraft zu verfügen, die man brauchte, um sich derlei Avancen zu erwehren.

Ich nahm ihren Arm und schüttelte sie sanft. »Lass dir nichts gefallen, Rosa!«

Jetzt sah sie mich mit ihren leuchtend grünen Augen direkt an. »Wenn's so einfach wäre, Fräulein Anneli.«

Das wollte ich nicht gelten lassen. »Es liegt auch ein bisschen an dir, Rosa. Tu nichts, was du nicht willst. Versprich's mir.«

Sie schüttelte den Kopf, aber lachte dabei.

»Na gut«, lenkte ich ein, »versprechen musst du es nicht. Aber nimm dir meinen Rat zu Herzen. Und ich passe ein wenig auf dich auf. Morgen Abend gehen wir ins

Gabriel, da spielen sie im Hauptprogramm einen tragischen Film.«

Rosa machte große Augen und lächelte freudig wie ein kleines Kind. »Abgemacht!«

Dann machte sie kehrt und lief zurück in das Haus, in dem ihre Herrschaft wohnte.

Ich sah ihr nach und fragte mich, warum ich mich so sehr verantwortlich für sie fühlte. Sie war wie ein kleines Tierkind und weckte in mir den Beschützerinstinkt.

Der Besuch im Filmtheater wird mir unvergessen bleiben. Wir sahen nach einigen kurzen Trickfilmen und einer Detektivgeschichte *Die arme Jenny* mit der unvergleichlichen Asta Nielsen. Ein Film, der davon handelt, wie eine junge Frau in der Großstadt durch die Liebe zum falschen Mann ins Elend gerät und schließlich stirbt.

Noch nie hatte Rosa bewegte Bilder gesehen. Sie rutschte unruhig auf ihrem Stuhl hin und her und kommentierte schließlich leise flüsternd das Geschehen auf der Leinwand. Sie gab der Hauptfigur beständig Ratschläge, »Tu dies nicht und tu das«, und als das arme Mädchen schließlich zu gutem Schluss tot im Schnee lag, konnte sich Rosa kaum beherrschen und weinte hemmungslos. Den ganzen Weg bis nach Hause schluchzte sie und schniefte in mein Taschentuch. Obgleich ich eigentlich auch sehr berührt von dem Drama war, musste ich schließlich auch lachen, dass Rosa die Geschichte für bare Münze nahm und einfach nicht begreifen wollte, dass sich jemand die Geschichte bloß ausgedacht hatte und Asta Nielsen keineswegs das bemitleidenswerte Mädchen aus dem Film, sondern eine berühmte Schauspielerin war.

Es sollte nicht der letzte gemeinsame Filmtheaterbesuch sein. Rosa war ganz versessen darauf und wollte beinahe jeden freien Abend in den Lichtspielen verbringen.

Dieses Vergnügen schien gerade für die unteren Schichten wie geschaffen, mein Vater konnte stundenlang über diese Art der »Volksverblödung« schimpfen. Er hielt nur Theater und Oper für geeignet, die Menschen zu bilden, aber als überzeugter Sozialdemokrat sah er selbstverständlich auch, dass sich ein Dienstmädchen wie unsere Ludmilla oder eben Rosa derartige Vergnügungen nicht leisten konnte. Die wenigen Pfennige für einen Besuch im Kino dagegen rissen kein so großes Loch ins Portemonnaie.

Meine Freundinnen Elli und Clara vernachlässigte ich in diesen Wochen arg. Vielleicht lag das auch daran, dass ich mich jetzt der arbeitenden Bevölkerung zugehörig fühlte und mich eher mit den Dienstmädeln solidarisierte. Ich glaubte, einem Mädchen wie Rosa näher zu sein als den höheren Töchtern Elli und besonders der adeligen Clara. Dieses sozialromantische Empfinden war vermutlich die Frucht meines aufgeklärt liberalen Elternhauses. Andere Väter und Mütter hätten ihrer Tochter diese Flausen schnell aus dem Kopf getrieben und sie ermahnt, dass ein sechzehnjähriges Dienstmädchen nicht der geeignete Umgang sei. Nicht so meine Eltern, die von jeher »einen Hang zum Personal« hatten, wie es meine Mutter gerne ausdrückte.

Clara von Hohenstein rümpfte auch nur die Nase, wenn ich wiederholt ein Treffen absagte, weil ich mich um Rosa

»kümmerte«. Elli dagegen machte aus ihrer Eifersucht keinen Hehl.

»Was willst du mit der?«, fragte sie mich bissig, als wir bei einem unserer selten gewordenen Treffen durch den Hofgarten flanierten.

»Sie ist reizend«, gab ich zurück, »Du machst dir ja keine Vorstellung.«

»Sie nutzt dich aus«, stellte Elli fest. »Glaub doch bitte bloß nicht, dass sie die Unschuld vom Lande ist, das spielt sie dir nur vor.«

Empört blieb ich stehen. »Warum sollte sie das tun? Und obendrein: Du kennst sie doch gar nicht!«

»Ein Blick genügt«, gab Elli zurück. »Sie gibt vor dir das arme Mädel, damit du sie in andere Kreise einführst. Was sonst sollte sie wollen? Sie will höher hinaus! Das kann nicht gutgehen, Anneli. Ein jeder sollte auf seinem angestammten Platz bleiben.«

»Hörst du dir eigentlich zu?« Ich war ziemlich entsetzt über Ellis Gerede. »Soll das heißen, einmal Arbeiter, immer Arbeiter? Wo kommen wir da hin, wenn keiner das Recht hat, über sich hinauszuwachsen? Wofür haben die Menschen denn gekämpft in der Revolution? Du kannst doch nicht ernsthaft dafür sein, dass wir wieder eine Ständegesellschaft bekommen ...«

Ich war richtig in Fahrt, Gleichberechtigung und Klassenkampf, das war das Thema, was mich in diesen jungen Jahren am meisten umtrieb, und dass meine beste Freundin plötzlich mit reaktionären Parolen daherkam, brachte mich regelrecht auf die Palme. Aber Elli nutzte meine Atempause, um geschickt einzulenken.

»Du wirst immer gleich so politisch«, sagte sie und fasste mich sanft am Arm. »So meinte ich es doch gar nicht. Aber ich bin ein bisserl traurig, weil wir uns plötzlich gar so selten sehen.«

»Ja, stimmt schon.« Meine Wut verrauchte etwas, denn ich hatte durchaus ein schlechtes Gewissen, weil ich meine beiden engsten Freundinnen so vernachlässigte. Versöhnlich hakte ich Elli unter. »Als Erstes spendiere ich dir ein Eis im Tambosi. Und am Freitag, da gehn wir ins Stefanie!«

Ellis Worte blieben nicht ohne Nachhall, sosehr ich mich auch darüber geärgert hatte. Ohne es zu wollen, betrachtete ich Rosa mit anderen Augen. Zwar konnte ich Ellis Unterstellung, das Mädchen spiele mir die arme Naive nur vor, nicht beipflichten. Rosa war genau so, wie sie sich gab, aber mir fiel nun plötzlich auf, welche Wirkung sie auf andere hatte. Nicht jeder empfand so wie ich und war von ihrer Unschuld angerührt. So reagierten Frauen in der Regel eher ablehnend auf das junge Ding, vermutlich aus Eifersucht auf ihre starke Wirkung, die sie auf jedermann ausübte. Außer mir war höchstens noch meine liebe Mutter angerührt von Rosa, aber unsere Dienstmädchen Magdalena und Ludmilla betrachteten die Kleine skeptisch und mit Abstand. Ob Rosa merkte, dass sie so polarisierte? Sie gab sich stets unbekümmert, als merke sie nicht, wenn ihr jemand mit Antipathie begegnete. Das war genau das, was meinen Beschützerinstinkt hervorgerufen hatte: dass ich glaubte, Rosa würde einfach nicht sehen, wenn ihr jemand Böses wollte.

Vielleicht täuschte ich mich auch, vielleicht setzte sie sich darüber einfach hinweg.

So hatte ich auch stets geglaubt, Rosa, ganz die Unschuld vom Lande, wüsste nicht, welche Wirkung sie auf das andere Geschlecht hatte. Diese Meinung musste ich aber, nachdem Elli mich ein wenig aufgehetzt hatte, revidieren. Rosa merkte es sehr wohl, wenn ein Mann ein Auge auf sie geworfen hatte, und sie wusste geschickt damit zu spielen.

Das beste Beispiel dafür hatte ich im eigenen Haushalt. Mein kleiner Bruder Paul war seit dem Tag, als ich ihn im Scharmützel mit Franz angetroffen hatte, nicht mehr Herr seiner Sinne. Dauernd löcherte er mich, wann ich wieder mit Rosa verabredet sei, wo wir hingingen und ob er uns ins Kino begleiten dürfe. Stets richtete er es dann so ein, dass er uns »ganz zufällig« über den Weg lief. Trafen Rosa und ich ihn, dann gab er sich lässig und versuchte, Rosa ja nicht anzusehen, denn wenn er ihr auch nur einen Blick schenkte, wurde er feuerrot bis zum Haaransatz.

Außerdem machte er es mir unmöglich, weiterhin ein Zimmer mit ihm zu teilen. Zwar gab er sich große Mühe, mich nicht hören zu lassen, was er unter der Bettdecke trieb, aber das war verlorene Liebesmüh, und ich drängte darauf, dass ich endlich wieder mein Zimmer zurückbekam.

Aber Paul tat mir in seinem Liebeswahn auch leid. Denn ich bemerkte durchaus, dass Rosa, die immer sehr verschämt tat, ihm neckische Blicke zuwarf. Einmal sah ich, wie sie sich ihre Bluse ein Stück über die runde Schulter zog, nur um Paul einen tieferen Einblick in ihre Reize zu geben. Als ich sie darauf ansprach, war sie empört und gekränkt und versicherte mir hoch und heilig, dass sie niemals die Absicht gehabt hätte, meinem Bruder den Mund wässrig zu machen.

Ich wusste nicht, ob ich ihr das glauben konnte, und meinte zu sehen, dass sie ihre Unberührtheit ganz gezielt einsetzte, um Männern den Kopf zu verdrehen. Zwar glaubte ich nicht, dass sie sich jemals auf etwas einließ, aber es gefiel ihr durchaus, dass die Kerle sich nach ihr verzehrten.

Das fand ich banal, und es ärgerte mich, dass ich Elli insgeheim recht geben musste. Daraufhin beschloss ich, ein wenig mehr Abstand zu Rosa zu wahren.

Diesen Vorsatz wollte ich an einem Freitag in die Tat umsetzen. An diesem Tag war ich eigentlich mit Rosa ins Filmtheater verabredet, aber Elli hatte mich nach dem Seminar in der Redaktion besucht. Sie wollte mich überreden, abends mit ihr ins Café Stefanie zu gehen. Einer der Reporter in unserer Redaktion hatte ihr den Kopf verdreht, und Elli ließ in seiner Gegenwart laut fallen, dass wir uns im Stefanie treffen würden, in der Hoffnung, dass er vielleicht auch dorthin käme. Ich konnte sie also nicht versetzen, denn für den Fall, er würde wirklich dort auftauchen – seiner Miene nach zu urteilen hatte er genau das vor –, musste ich an der Seite meiner besten Freundin bleiben. Also nahm ich mir vor, Rosa unsere Verabredung abzusagen, sie würde sicher eine andere Begleitung finden.

In der Tat war das Mädchen daraufhin so niedergeschlagen, dass es mir furchtbar leidtat, sie so zu versetzen. Schließlich ahnte sie nicht, warum ich plötzlich auf Distanz ging, denn von ihrer Seite aus hatte sich an unserer Freundschaft nichts verändert. Ich glaubte zu wissen, dass sie mir unverändert herzlich zugetan war und meine neue Zurückhaltung nicht verstand.

»Meine Freundin feiert heute ein wenig, Rosa«, versuchte ich, ihr zu erklären. »Wir können doch jederzeit wieder ins Filmtheater gehen.«

»Aber i hab mi so g'freut«, gab sie traurig zurück, um mich gleich darauf anzustrahlen. »Nehmen S' mich doch mit!«

Das wiederum war unmöglich. Ich konnte und wollte nicht mit einer Dienstperson im Künstlercafé ankommen, Freiheit, Gleichheit, Brüderlichkeit hin oder her, alles hatte seine Grenzen. Davon abgesehen, hätte ich es Elli nicht antun können.

»Das geht wirklich nicht, liebe Rosa«, versuchte ich zu beschwichtigen und griff zu einer Notlüge. »Meine Freundin … hat Geburtstag.«

Dagegen gab es nun kein Argument. So ließ ich Rosa schmollend stehen, nachdem ich ihr hoch und heilig einen Kinobesuch für die nächste Woche zugesagt hatte.

Seit ich arbeitete, durfte ich etwas länger ausbleiben, zumindest an den Wochenenden. Elli hatte sich ebenfalls eine weitere Stunde bei ihren Eltern ausgehandelt, allerdings mit Hilfe der kleinen Schwindelei, bei uns zum Essen eingeladen zu sein – kein Wort davon, dass wir uns den Abend im Stefanie um die Ohren schlugen.

Wir hatten uns recht herausgeputzt, Rouge und Lippenstift aufgelegt und kicherten aufgedreht ob der Aussicht auf ein möglicherweise bevorstehendes Rendezvous. Als wir gegen neunzehn Uhr im Stefanie eintrafen, war es bereits proppenvoll, kein Platz weit und breit. Wir kämpften uns bis in den hinteren Raum vor, doch auch hier hatten wir Pech. Enttäuscht drehten wir um. An einem der größeren Tische in der Nähe der Tür bemerkte ich die Künstlergruppe, die ich eine Zeitlang so neugierig studiert hatte. Auch Rudolf Newjatev war mit von der Partie. Dazu vier oder fünf andere junge Männer, die sich um eine einzige Frau scharten. Ich machte Elli darauf aufmerksam, die sofort versuchte, sich in die Nähe der Künstler zu schieben.

»Ich dachte, du erwartest den Journalisten?«, wunderte ich mich.

»Und wenn er nicht kommt? Es ist immer besser, zwei Asse im Ärmel zu haben«, antwortete sie mir.

Ich gab ihr recht, obwohl ich wusste, dass Elli, ebenso wie ich, noch nie auch nur ein Ass im Ärmel gehabt hatte, wir waren beide noch ungeküsst.

Nachdem wir ein paar Minuten unschlüssig im Gedrängel herumgestanden hatten, bot uns schließlich ein charmanter Herr seinen Platz und den seiner Begleitung an, er zahlte und wollte das Lokal verlassen.

Wir hatten uns gerade erleichtert hingesetzt und schickten uns an, eine Bestellung aufzugeben, als sich die Tür des Lokals erneut öffnete.

Es war Rosa, die hereinkam. Sie war allein, und ihre Augen schweiften suchend durch das volle Café. Ich ging instinktiv hinter Elli in Deckung und betete, dass sie mich nicht sehen würde.

Elli sah mich ärgerlich an. »Hast du sie herbestellt?«

Ich schüttelte den Kopf. Rosa stand noch immer hilflos in der Nähe der Tür und suchte mich. Man sah sofort, dass sie ein Fremdkörper unter der Klientel des Stefanie war.

Obwohl sie sich schön herausgeputzt hatte – das Haar war nicht in dicken Zöpfen um den Kopf gewunden, sondern in einem lockeren Knoten nach oben gebunden, um die Schultern hatte sie ein wunderschön besticktes Seidentuch gelegt, das sie, wie ich wusste, von ihrer Großmutter geerbt hatte, und zu der weißen Baumwollbluse trug sie einen langen dunkelblauen Rock, den sie sich ausgeliehen haben musste –, sah sie trotzdem aus, als käme sie frisch vom Land. Rosa wirkte dabei so unbedarft und rein, dass ich auf der Stelle ein schlechtes Gewissen hatte. Ich hatte sie heute versetzt, dann hatte ich sie angelogen, und nun versteckte ich mich vor ihr! Das war ein unwürdiges Verhalten für eine Frau wie mich, also beschloss ich, dem ein Ende zu setzen und Rosa zu uns an den Tisch zu winken. Doch gerade als ich mich aus meiner Deckung hervorwagte, musste ich beobachten, wie sich Rudolf Newjatev aus der Runde der Künstler löste und zu Rosa trat. Er schien sie anzusprechen, denn sie sah dankbar zu ihm, der sie weit überragte, auf und lächelte.

Ich konnte sehen, wie die Zeit den Atem anhielt.

Elli schimpfte mich später, dass ich mir das nur eingebildet habe der besseren Geschichte wegen, aber das stimmte nicht. Wer wollte, konnte es deutlich sehen. Es war, als strahlte ein helles Licht um diese beiden Menschen. Rudolf und Rosa – inmitten der Menschenmenge, die sich lachend, schreiend, rauchend und saufend im Café zusammenrottete, wirkten die beiden, als erreichte sie all das gar nicht. Als gäbe es nur sie und niemanden sonst in dem Lokal. Rosas Gesicht öffnete sich vollkommen, als sie etwas zu Newjatev sagte, was ich aus der Entfernung nicht verstehen konnte, und plötzlich sah er, den ich stets mit zusammengekniffenen Brauen und mürrischer Miene wahrgenommen hatte, aus, als glätte sich seine Stirn und strahlten seine Augen. Er warf das schwarze Haar lachend aus dem Gesicht und zog Rosa, die fortan nur noch ihn ansah, hinter sich her an den Künstlertisch.

Verdutzt nahm ich meine Hand herunter.

»Hast du das gesehen?«, fragte ich meine Freundin.

Elli nickte. »Zum Glück, dann müssen wir uns nicht um den Trampel kümmern.«

»Elli!« Ich nahm einen großen Schluck von meinem Absinth, um mich zu beruhigen. Nicht allein, dass Rosa es gewagt hatte, hier aufzutauchen, sie hatte sich auch mir nichts, dir nichts von einem fremden Mann ansprechen lassen. Alle meine Befürchtungen hinsichtlich Rosas Naivität waren soeben aufs schönste bestätigt worden. Ich blickte zu dem Künstlertisch. Augenscheinlich war die Kleine gerade allen vorgestellt worden, einer der Männer hatte sogar seinen Platz für sie frei gemacht. Sie sah selig und entspannt von einem zum anderen und schien sich in der Gesellschaft durchaus wohl zu fühlen.

Ich war hin- und hergerissen. War es meine Aufgabe, sie vor sich selbst zu retten und mit ihr unverzüglich das Lokal, für das sie ohnehin einige Jahre zu jung war, zu verlassen? Elli würde ich damit entsetzlich verärgern, zumal gerade der junge Reporter aus meiner Zeitung unseren Tisch ansteuerte. Er hatte noch einen weiteren jungen Herrn im Schlepptau, das hätte also durchaus noch ein vergnüglicher Abend werden können.

Ich zögerte einen Moment zu lange.

Der Reporter erreichte unseren Tisch, man stellte sich vor, und es entspann sich schnell ein heiteres Gespräch.

An dem ich allerdings nicht oder nur sehr einsilbig teilnahm. Elli dagegen war in Fahrt und flirtete, was das Zeug hielt, aber ich konnte nicht anders und starrte ohne Unterlass zu Rosa und den Künstlern hinüber in der irren Hoffnung, dass das Mädchen sofort aufstehen und den Tisch verlassen würde, wenn sie nur meine strafenden Blicke bemerkte. Rosa dagegen sah mich entweder gar nicht, oder sie übersah mich geflissentlich. Jedenfalls schien sie dort drüben alle Schüchternheit abgelegt zu haben. Kein verschämtes Nach-unten-Starren mehr, keine Hände, die sich unter der Schürze versteckten, kein mädchenhaftes Schweigen, das ich sonst so gut von ihr kannte. Sie gestikulierte, ihre Augen funkelten, die vollen Lippen waren aufgeworfen, und sie schien sich bestens zu unterhalten. Beim Lachen warf sie den Kopf zurück und zeigte Rudolf Newjatev, der seinerseits nur Augen für sie zu haben schien, den nackten Hals.

An diesem Abend war ich Elli eine schlechte Unterstützung, und der junge Mann, der den Reporter begleitet hatte, verfluchte sicherlich, dass er sich auf dieses Treffen eingelassen hatte. Ich war abwesend und verstockt, schon nach der wechselseitigen Vorstellung erinnerte ich mich nicht mehr an die Namen der beiden Männer. Meine Gedanken waren bei Rosa und wie ich sie dem verführerischen Künstlerkreis entreißen und wieder auf den Pfad der Tugend zurückführen könnte.

Ich grübelte zu lange. Irgendwann, ich hatte gerade mein zweites Glas grünes Gift geleert und war nicht mehr ganz Herr meiner Gedanken, verließ Rosa in Begleitung von Rudolf Newjatev das Lokal. Nur diese beiden!

»Elli, lass uns zahlen, schnell!« Hastig winkte ich der

Kellnerin. Aber Elli, ins Gespräch mit ihrem Verehrer vertieft, dachte nicht daran. Von dem Freund des Reporters kam auch keine Unterstützung, er starrte schlecht gelaunt in sein Bierglas, seinen glasigen Augen nach zu urteilen war es nicht sein erstes. Ich stand auf und wollte Rosa und dem Kunstmaler hinterherstürmen, aber mir wurde aufgrund der schnellen Bewegung so schwindelig, dass ich mich gleich wieder hinsetzte.

Der Reporter, der ja auch mein Kollege war, schien meinen desolaten Zustand zu bemerken und flüsterte Elli etwas zu. Seufzend warf diese einen Seitenblick auf mich und dann einen Blick auf die Uhr. Daraufhin guckte sie entsetzt und mahnte jetzt selbst zum Aufbruch. Unsere beiden Begleiter übernahmen galant die Rechnung und geleiteten uns nach Hause. Das hieß, der reizende Reporter nahm sich Ellis an, die im Lehel wohnte, und der bierdimpfelige Stiesel ging neben mir her durch die Straßen Schwabings. Wir wechselten kein Wort miteinander, ein jeder stumm mit seinem Rausch beschäftigt, und als wir schließlich mein Wohnhaus erreicht hatten, nickte er mir nur wortlos zu und zog weiter seines Wegs.

Ich schlich mich in unsere Wohnung hinein bis zu meinem Zimmer und hoffte, dass niemand bemerken würde, dass ich erstens verspätet und zweitens mit einem Schwips nach Hause kam. Vergebliche Liebesmüh, meine Mutter stand in ihren Kimono gehüllt vor der Badezimmertür und wartete auf mich. Sie sah mich strafend an, und anstelle einer Begrüßung sagte sie nur: »Hauch mich an!« Ich tat wie mir geheißen, woraufhin Mama die Augen verdrehte, »Ojeoje« murmelte und mir im Badezimmer weißes Pulver in einem Wasserglas auflöste.

Mein erster Gedanke galt am nächsten Morgen Rosa. Inständig hoffte ich, dass ihr nichts zugestoßen sein möge und sie sich ihre Unschuld bewahrt hatte. Ich nahm mir vor, sie noch im Lauf des Tages zur Rede zu stellen.

Aber ich sollte sie über eine Woche lang nicht mehr sehen.

Es wäre falsch zu behaupten, dass ich in der nächsten Zeit an nichts anderes dachte als an Rosa. Tatsächlich forderte die Arbeit meine vollste Aufmerksamkeit. Die Kollegin, Liesl Schanninger, war weniger motiviert, als sie sollte, und schon nach kürzester Zeit blieb ein Großteil der Arbeit an mir hängen. Auch wenn die Reporter jemanden brauchten, der stenografierte, riefen sie lieber mich als die Schanninger. Die war froh drum, und ich drängte mich geradezu auf, denn so bekam ich aus erster Hand mit, was in den Redaktionsräumen gesprochen wurde, und lernte viel über die Arbeit der Reporter. Außerdem hatte ich jeden Abend zu Hause so fleißig geübt, dass ich mittlerweile blind und in rasender Geschwindigkeit mitschreiben konnte. Zur großen Freude meines Förderers Martin Anlauf hatte ich mich unentbehrlich gemacht.

Die Schanninger ging rauchen und schwatzen, ich machte die Arbeit.

Dabei verlor ich nicht aus dem Blick, dass ich mehr wollte als Schreibkraft sein. Bei jeder möglichen Gelegenheit zeigte ich mich interessiert und ließ fallen, dass ich auch gerne einmal Reporterin werden wollte. Das verhallte einstweilen ungehört, aber ich war sicher, dass meine Stunde noch kommen sollte.

Nach einiger Zeit begann ich zum Beispiel, unbedeutende kleinere Nachrichten, die bei uns eingingen, vor allem wenn sie kriminelle Delikte in München betrafen, erst weiterzureichen, wenn ich sie als fertige Meldungen ausformuliert hatte. Die Redakteure waren dankbar, das sparte ihnen lästige Kleinarbeit, und ich konnte mich ein wenig ausprobieren. Oftmals wurden diese »Lückenfüller« Wort für Wort so abgedruckt, wie ich sie geschrieben hatte. Obwohl kein Kürzel unter den Kurznachrichten stand, war ich trotzdem wahnsinnig stolz auf mich, wenn ich sie schwarz auf weiß in der *Münchener Post* lesen konnte. Heimlich schnitt ich die Meldungen aus und klebte sie in ein eigens dafür angelegtes Album.

So ging beinahe eine Woche ins Land, bis ich mich wieder mit Rosa beschäftigen sollte. Ich kam durch ein Gespräch, dem ich zufällig beiwohnte, wieder auf das Thema.

Ludmilla machte mir in meinem Zimmer die Haare, während Magdalena die Betten aufschüttelte. Die beiden unterhielten sich ungeniert über Klatsch und Tratsch aus der Nachbarschaft – wohl wissend, dass ich ganz begierig darauf war, alles mitzuhören.

Dieses Mal ging es um eine wohlhabende Familie aus unserer Straße, der ein Dienstmädchen durchgebrannt war.

»Über Nacht, einfach auf und davon!«, berichtete Magdalena bebend vor Empörung.

Ludmilla schüttelte nur den Kopf. »Kann nicht glauben. Warum macht so etwas?«

Unsere dicke Köchin ließ sich auf einem Stuhl nieder. Wenn man so beleibt war wie Magdalena und nicht mehr die Jüngste, schien es unmöglich zu sein, mehr als drei Sätze im Stehen aneinanderzureihen.

»Sie ist mit einem Mann durchgebrannt«, berichtete sie. »Einem Kunstmaler! Mei, des wenn ihre arme Familie wüsste!«

Ludmilla seufzte. Vermutlich dachte sie an ihre eigene unglückliche Biografie. Bei der Erwähnung des Wortes Kunstmaler hatte ich aber ganz große Ohren bekommen. Ich glaubte zu wissen, von welchem Dienstmädchen hier die Rede war.

»Sie ist an einem Abend ausgegangen und am nächsten Tag einfach nicht mehr zur Arbeit gekommen. Zuerst haben alle gedacht, ihr ist etwas zugestoßen, aber dann haben sie gemerkt, dass ihre Sachen weg sind. Alle!« Magdalena hob beide Arme, als könne sie der an und für sich schon spannenden Geschichte damit noch mehr Dramatik verleihen. »Ja, und dann hat die Anni sie gesehen. Gleich am nächsten Tag. Wie sie Hand in Hand mit dem Burschen in unserer Straß spaziert, als wie wenn nichts gewesen wär.«

»Sprichst du von Rosa?«, erkundigte ich mich und versuchte, möglichst gleichgültig zu wirken. Ich wollte auf keinen Fall, dass jemand erfuhr, dass ich Rosa indirekt ins Stefanie gelockt hatte.

Unsere Köchin erhob sich schnaufend. »Das arme Mädel. Hat sich selbst ins Unglück gebracht. So jung und schon verloren!«

Sie rang noch einmal dramatisch die Hände und verließ dann mein Zimmer. Ich wusste, dass Magdalena mit großer Hingabe die *Gartenlaube* las und sich insbesondere an den Liebesschmonzetten darin erfreute. Deshalb war ich sicher, dass sie insgeheim große Genugtuung darüber empfand, dass ihr der Zufall eine abgründige Liebesgeschichte in die Nachbarschaft gespielt hatte.

»Glaubst du, das ist wahr?«, erkundigte ich mich bei Ludmilla, die sehr viel nüchterner war und aus Erfahrung nicht an die große romantische Liebe glaubte. Sie zuckte nur mit den Schultern.

»Bestimmt glaube ich«, erwiderte sie mit ihrem starken polnischen Akzent. »Aber wissen Sie, Frollein Anneli, jeder macht selber Glück. Mädchen ist nicht dumm, weiß schon, was sie tut.«

Das hoffte ich. War Rosa wirklich nicht dumm? War ihr bewusst, was sie tat, als sie ihre Anstellung aufgegeben hatte? Es gab schließlich kein Zurück, sie hatte keine Zeugnisse, war minderjährig und ganz auf sich gestellt. War sie wirklich mit Newjatev mitgegangen an jenem Abend und nicht mehr zu ihrer Herrschaft zurückgekehrt?

Mir war sehr unwohl, und ich nahm mir fest vor, Rosa bei der nächsten Gelegenheit ins Gewissen zu reden. Ich dachte daran zurück, wie sie mit der jungen Frau in *Die arme Jenny* gelitten hatte, die wegen der Liebe zu einem Mann in der Gosse gelandet war. Ob Rosa klar war, dass ihr das gleiche Schicksal blühte?

Doch zu einem Gespräch mit Rosa hatte ich zunächst keine Gelegenheit. Ich sah sie regelmäßig in unserer Straße oder im Viertel, stets Hand in Hand mit Rudolf Newjatev. Sie grüßte mich freundlich, aber sobald ich Anstalten machte, ihr zuliebe die Straßenseite zu wechseln oder zu einem Gespräch stehen zu bleiben, wich sie aus. Außerdem bekam ich sie nicht allein zu fassen, und in Gegenwart des Malers wollte ich keinesfalls mit ihr sprechen. Hilflos guckte ich jedes Mal streng und versuchte ihr irgendwie zu signalisieren, dass ich gerne unter vier Augen mit ihr gesprochen hätte, aber darauf reagierte sie nicht. Warum auch?

Also blieb mir nichts weiter übrig, als das ungleiche Paar im Auge zu behalten. Ich fühlte mich schrecklich schuldig und gleichzeitig verantwortlich. Als hätte ich das Unheil irgendwie aufhalten können.

In den ersten Wochen nach ihrer folgenschweren Begegnung im Stefanie wirkten Rosa und der junge Rudolf allerdings nicht so, als schwebe ein böser Fluch über ihrer Liebe oder als sei diese schon vom Scheitern gekennzeichnet. Ganz im Gegenteil, die beiden – und das machte mich noch missmutiger – wirkten durchgehend glücklich und sehr verliebt. Sogar er, der lange düstere Kerl, strahlte, seine Augen leuchteten, und er hatte ein wenig Farbe auf den bleichen Wangen. Ich traf die zwei nicht nur auf der Straße, nein, auch im Stefanie musste ich ihnen begegnen und zu allem Überfluss sogar im eleganten Café Luitpold. Newjatev schreckte nicht davor zurück, seine Geliebte – denn dass sie das geworden war, daran blieb kein Zweifel – in die Kreise der Künstler des Blauen Reiter einzuführen. Ein Bauernmädel vom Schliersee, man stelle sich das vor!

Aber niemand schien sich daran zu stören. Rosa war immer dabei und mittendrin. Sie trug ihr dickes goldenes Haar jetzt modern, auch ihre Kleidung wirkte städtisch, für meinen Geschmack allerdings etwas zu leger und aufreizend. Aus ihrer Liebe zu Newjatev machte sie keinen

Hehl, in aller Öffentlichkeit setzte sie sich auf seinen Schoß, er schlang seine langen Arme um ihren Körper, sie fuhr ihm liebevoll durchs Haar und küsste ihn leidenschaftlich. Ich war hin- und hergerissen zwischen Abscheu und Neid. Rosa benahm sich so frei, so ungezwungen, sie tat das, was jeder Mensch tun sollte und was auch ich mir wünschte: sich ganz nach seinen Leidenschaften geben, ohne das Korsett der gesellschaftlichen Zwänge. Andererseits erschien es mir liederlich, dass eine so junge Frau in wilder Ehe mit einem Mann zusammenlebte, und ich fand es äußerst verderbt, dass die beiden sich derart in der Öffentlichkeit produzierten. Ebenso wie Magdalena neigte ich zu der Auffassung, dass diese Liebe weder von Dauer noch von Glückseligkeit gekrönt sein würde.

Der Geruch von gebrannten Mandeln und kandierten Früchten mischte sich mit dem der schwarz verkohlten Fische, die auf langen Stecken über dem offenen Feuer geräuchert wurden. Der erste Weg meines Vaters auf dem Oktoberfest führte stets zur Fischer-Vroni. Dort durften wir nicht ins Zelt, mein Vater hatte für uns im Biergarten einen Tisch reserviert. Wir Kinder wurden gleich am Eingang der Wiesn mit Süßigkeiten zufriedengestellt, meiner Mutter schenkte er, jedes Jahr aufs Neue, ein Lebkuchenherz, bis er schließlich glücklich vor seinem Keferloher saß und selig in die Runde prostete. Es war der zweite Wiesnsonntag, und die Familie des Arztes und Medizinalrats Dr. Gensheim wurde von ihm zur Vergnügung ausgeführt.

In der ersten Woche war das Wetter so schlecht gewesen, dass wir uns nicht einmal den traditionellen Festzug der Brauereirösser angesehen hatten, so sehr hatte es geschüttet. Aber heute war der Himmel so bayerisch, wie er schöner nicht sein konnte: hellblau mit wenigen vereinzelten, wie hingetupft weißen Schäfchenwolken.

Das Gebimmel der Karussells und anderen Fahrgeschäfte, das Rufen der Schausteller, die das Publikum in ihre Varietés, Labyrinthe und Spiegelkabinette locken wollten, machten sogar Oda stumm wie ein Fisch. Sie saß in ihrem Kinderwagen, in den fetten Händchen ein Stück Brezel, und guckte mit runden Augen umher.

Paul bettelte darum, auch eine Maß Bier bekommen zu dürfen, aber mein Vater weigerte sich, obwohl rund um uns herum einige andere Minderjährige, ja sogar Kinder, das kräftige Oktoberfestbier tranken. Als versöhnliche Geste bot mein Vater aber an, dass Paul und ich uns für eine Stunde alleine vergnügen durften. Nichts lieber als das! Wir bekamen mehr als ausreichend Geld in die Hand gedrückt und stürmten aus dem Gastgarten. Draußen diskutierten wir hitzig, welche der Attraktionen wir zuerst aufsuchen sollten. Natürlich hatte Paul nichts anderes im Sinn, als mit dem Gewehr auf die Scheiben zu schießen, ich dagegen drängte zum Kettenkarussell. Uns zu trennen, wagten wir nicht. Das Verbot unseres Vaters war deutlich gewesen, kein Kind sollte sich alleine auf der Festwiese herumtreiben, es waren zu viele Menschen unterwegs, die entweder durch das Bier nicht mehr Herr ihrer selbst waren oder aber Gauner, die nichts Gutes im Sinn hatten.

Weil Paul der Jüngere und ich also die Vernünftigere war, gab ich nach. Zur Belohnung schoss Paul mir einen ganzen Strauß buntseidener Rosen, und anschließend drehte ich eine himmelhoch jauchzende Runde im Kettenkarussell.

Damit war eine halbe Stunde unserer kostbaren Zeit verbraucht, und wir mussten uns gut überlegen, was wir mit der zweiten Hälfte anfangen sollten. Die aufregende Hinrichtung beim Schichtl ließ sich meine Mutter nie entgehen, ebenso wie das Riesenrad und den Besuch beim Flohzirkus. Überall dorthin würden wir also gleich mit unseren Eltern, Oda und Ludmilla gehen. Zur Auswahl standen für Paul und mich folglich der Toboggan mit seiner langen Holzrutsche, das Teufelsrad, das mein Vater als zu primitiv erachtete, oder eine Varietévorstellung mit Feuerschluckern.

Die Entscheidung fiel nicht schwer.

Das Teufelsrad war eine neue Attraktion auf dem Oktoberfest, und ich kannte niemanden, der es schon einmal besucht hatte. Anständige Menschen machten einen Bogen um das Fahrgeschäft, hieß es. Dafür rankten sich die wildesten Gerüchte darum. Es war die Rede von blutigen Boxkämpfen, von Seilen, mit denen die Teilnehmer gefesselt wurden, und davon – und das lockte Paul vor allem dorthin –, dass man Frauen dabei unter die Röcke blicken konnte.

Ich hatte nur eine vage Vorstellung davon, was mich erwartete, und die Spannung stieg, als wir auf den hölzernen Stufen vor dem Kassenhäuschen anstanden und aus dem Zelt juchzende Schreie und ausgelassenes Gelächter hörten. Ein Einlasser winkte uns zur rechten Seite hinein, und wir wurden von den Leuten hinter uns sogleich in eine Reihe stehender Zuschauer gedrängt. Auf einer schrägen Empore kamen wir schließlich zum Stehen, eingezwängt in einen Haufen Zuschauer, die wild in die Mitte des Zeltes starrten. Es war laut hier drinnen und die Luft stickig.

Neugierig sah ich mich um. Wir standen in einer Art kleinem Zirkuszelt, nur dass es für die Zuschauer keine Bänke, lediglich Stehplätze auf abgeschrägten Holzpodesten gab. In der Mitte des Zeltes befand sich eine hölzerne Scheibe. Diese drehte sich mal schnell, mal langsam, mal in die eine, mal in die andere Richtung. Auf der Scheibe saßen Leute, Frauen wie Männer, aber niemals gemischt. Wie sich herausstellte, forderte der Rekommandeur immer andere Gruppen auf, sich darauf zu beweisen. Er rief die Weiber über vierzig ebenso auf wie alle Burschen unter zwanzig oder anders herum. Natürlich war das Weibsvolk, das sich für derlei Gaudi hergab, aus der einfachsten Gesellschaftsschicht. Wie Papa schon vergangenes Jahr gemutmaßt hatte, gab sich eine anständige Frau dafür nicht her.

Sobald sich das Teufelsrad drehte, wurden die Menschen darauf durch die Fliehkraft nach außen geschleudert, es galt, möglichst lange in der Mitte der glatten Scheibe Halt zu finden. Wenn sich einer oder zwei der geschicktesten zum guten Schluss gar nicht von der Scheibe bewegen wollten, kamen die Seile und ein großer Strohsack zum Einsatz, der von der Decke baumelte und von Helfern des Rekommandeurs immer wieder auf die sich verzweifelt Festklammernden geschleudert wurde. Das Publikum feuerte diejenigen, die das Wagnis eingegangen waren, nach Kräften an, während der Rekommandeur sie nach allen Regeln der bayerischen Mundart verspottete. Es war ein Riesenspaß, nur mit Mühe konnte ich meinen Bruder davon abhalten, sich auf die Scheibe zu begeben, als alle jungen Burschen im Zelt dazu aufgefordert wurden.

Runde um Runde fieberten wir mit, unter meinen Rippen schmerzte schon das Zwerchfell, so großen Spaß hatte ich an dem Schauspiel. Aber wir mussten uns dennoch losreißen, unsere Stunde war abgelaufen, und unser Vater verstand keinen Spaß, wenn es um Pünktlichkeit und Verabredungen ging. Wir waren schon halb aus dem Zelt, als Paul mich anstieß und auf die Scheibe zeigte. Inmitten anderer Mädchen, die sich in einem Haufen auf dem Teufelsrad zusammengerottet hatten, sah ich Rosa. Glänzende Augen, rote Wangen, aufgelöstes Haar und eine tief aufgeknöpfte Bluse, saß sie dort, heiter und unbefangen. Sie winkte in die Menge, und ich versuchte, Rudolf Newjatev auszumachen, was mir nicht gelang. Das Teufelsrad hatte sich erst wenige Male gedreht, als der erste Schwung junger Frauen, Rosa unter ihnen, in einer Traube herunterrutschte. Die Beine voran, die Röcke gelüftet, Paul war ordentlich auf seine Kosten gekommen. Lachend stand Rosa auf, strich den Rock manierlich nach unten und ging wieder zurück in die Zuschauertribüne. Ein Mann empfing sie dort, er zog sie an der Hand zu sich, umarmte und küsste sie. Es war nicht der junge Kunstmaler, sondern einer seiner Kollegen aus der Akademie, dessen Name ich nicht kannte.

Nichtsdestoweniger sah ich Rosa in den darauffolgenden Wochen weiterhin an der Seite Newjatevs. Unverändert verliebt, aber Rosa war in meinen Augen eine andere geworden. Ihr Leuchten, ihre Naivität, das Heilige ihrer Erscheinung hatten gelitten. Zumindest bildete ich mir das ein, vielleicht trübte auch das, was ich auf dem Oktoberfest gesehen hatte, meinen Blick. Elli, die schließlich an dem Abend, an dem Rosas Schicksal seinen tragischen

Lauf genommen hatte, dabei gewesen war, fand, dass Rosa wie der Bauerntrampel aussah, der sie schon immer gewesen war, aber das wollte ich so nicht stehenlassen. Noch immer sorgte ich mich um Rosas Seelenheil, aber ich kam nicht an sie heran.

Einen glücklichen Verlauf dagegen nahm meine Anstellung bei der Zeitung. Nach zwei Monaten, die ich dort gearbeitet hatte, nahm mich der Redakteur Martin Anlauf beiseite. Er habe mich aufmerksam beobachtet, auch sei ihm von allen Angestellten berichtet worden, was auch sein eigener Eindruck war, nämlich dass ich nicht nur überaus tüchtig und schnell von Begriff sei, sondern tatsächlich über ein gewisses Talent verfüge. Er habe vor, mich als Schreibkraft etwas zu entlasten und ein weiteres Mädchen einzustellen, damit ich meine Anfänge als Reporterin peu à peu ausbauen könne. Natürlich sei ich als Stenotypistin weiterhin unverzichtbar, aber er erlaubte mir, dass ich, wenn es sich ergab, einen Reporter bei der Arbeit außerhalb begleiten dürfe. Ohne Lohnzuschlag, versteht sich. Wenn es ums Geld ging, war die Zeitung für meinen Geschmack etwas zu sozialdemokratisch.

Obwohl ich glücklich und stolz war, konnte ich nicht an mich halten, und anstatt mich nur zu bedanken, stellte ich gleich noch eine Forderung. Ich wollte weiterhin die kleinen Münchener Meldungen bearbeiten und mich gerne einmal an einem größeren Stück versuchen. So wollte ich eine Meldung über ein Kind, welches im Auer Mühlbach ertrunken war, zum Anlass nehmen, einen kleinen Bericht über die Lebensbedingungen der armen Menschen in der Au verfassen.

Anlauf musterte mich lange, und ich konnte sehen, dass er meine Frechheit nicht nur charmant fand. Aber er stimmte zu – nicht ohne mir einen guten Rat mit auf den Weg zu geben. Er sagte mir, ein Journalist sei nur dann gut, wenn er sich aus der Deckung wage, aber zu viel Neugier könne auch ungesund ein. Ich nickte, tat das aber als Altmännergeschwätz ab und nahm mir vor, ihm und allen anderen Reportern in der Zeitung zu beweisen, was in mir steckte.

Es mochte Mitte November gewesen sein, ein eiskalter Wind pfiff durch unsere Straße, es wurde am Tag nicht mehr richtig hell, und wenn man durch die Nase einatmete, konnte man riechen, dass sich früher Schnee ankündigte. Auf dem Weg zu meiner Arbeit passierte ich das Milchgeschäft. Ich war schon fast ganz daran vorbei, als ich aus den Augenwinkeln das unverkennbare goldene Leuchten ihres Haars wahrnahm. Ich drehte mich um und spähte durch die Scheibe. Es war tatsächlich Rosa, die bei Franz einkaufte. Ein dicker Schal verdeckte die Hälfte ihres Gesichts, sie trug einen langen Wintermantel, und die Hände steckten in einem Muff. Ich musste fast lachen, als ich erkannte, wie devot Franz sie bediente und mit welch herrischen Gesten sie bald auf diese, bald auf jene Ware zeigte. Noch vor wenigen Wochen hatte sie sich nicht gegen die Übergriffe dieses Primitiven wehren können, und nun stand sie hier mit neuem Selbstbewusstsein. Keine Frage, Rosa war jetzt eine Frau, kein Mädchen mehr. Ob ich meine Meinung zu ihrem Lebenswandel überdenken sollte? Ich beschloss, vor dem Laden auf sie zu warten.

Als Rosa auf die Straße trat, war sie kurz überrascht, mich zu sehen, begrüßte mich dann aber freundlich.

»Guten Morgen, Fräulein Anneli«, sagte sie und wollte rasch an mir vorbei. Aber ich lief einfach neben ihr her.

»Rosa. Ich freu mich, dich einmal zu sehen.«

Sie nickte nur, ohne mich anzusehen. Es war offensichtlich, dass sie keine Lust hatte, sich mit mir zu unterhalten. Aber ich würde nicht lockerlassen.

»Wie geht es dir?«, erkundigte ich mich.

»Wunderbar.« Sie steckte die Nase tief in ihren Schal.

»Das freut mich. Ich habe gehört, dass du nicht mehr bei deiner Familie bist.«

Jetzt blieb sie abrupt stehen. »Bei welcher Familie? Bei meiner leiblichen? Da bin ich schon lang nimmer. Und wenn Sie wen anders meinen, das war nicht meine Familie. Das waren Sklaventreiber.« Ihre Augen funkelten mich angriffslustig an.

Obacht, dachte ich, hielt mich aber nicht daran.

»Du lebst jetzt mit einem Mann zusammen, wie man hört.« Gleich mit der Tür ins Haus.

Rosa zog den Schal nun ein wenig herunter. Ihr Mund hatte einen spöttischen Zug. »Warum fragen S', wenn Sie es eh wissen? Wollen Sie sich auch das Maul zerreißen? Wie alle anderen?«

Ich war von dieser Direktheit so perplex, fühlte mich unangenehm ertappt, so dass mir die Worte fehlten.

»Nur dass Sie's wissen, Fräulein Anneli. Wir lieben uns, der Rudolf und ich. Und vorschreiben, wie ich zu leben hab, des lass ich mir von niemandem mehr.« Mit diesen Worten zog sie den Schal wieder hoch, wandte sich von mir ab und ging raschen Schrittes die Feilitzschstraße hinunter, bis sie abbog und meinen Blicken entzogen war.

Ich starrte ihr hinterher, die Schamesröte im Gesicht.

Am 12. Dezember starb der Kronprinz Luitpold von Bayern. Dieses Ereignis bestimmte in München fortan jedes Gespräch, und auch bei der *Münchener Post* waren die Reporter ausschließlich damit beschäftigt – sogar der Balkankrieg und der fragile Waffenstillstand gerieten in den Hintergrund. Ganz Bayern trauerte, auf der Straße weinten die Menschen, und selbst ich, die ich keine Monarchistin war, verspürte leise Trauer und Wehmut im Herzen. Der Prinzregent war außerordentlich beliebt gewesen, er war volksnah, kunstinteressiert und gütig gewesen – nicht zuletzt hatte er das Frauenstudium eingeführt! Es gab also allen Grund, traurig zu sein, zumal in den schwierigen Zeiten, in denen viele kluge Männer einen bevorstehenden Krieg prophezeiten. Was würde auf den Prinzregenten folgen? Teile der Wittelsbacher, die vor ihm regiert hatten, hatten an geistiger Labilität gelitten, es war also durchaus berechtigt zu befürchten, dass die Zeiten nach ihm für München nicht besser würden.

Als ich an dem Abend erschöpft von der Arbeit heimkam – ich hatte alle Meldungen, die nicht den Kronprinzen betrafen, schreiben dürfen und fühlte mich vollkommen leer im Kopf –, wunderte ich mich also kein bisschen, Ludmilla in Tränen aufgelöst zu finden. Unser Kindermädchen hatte ein ganz und gar empfindsames Naturell.

Während sie Oda zum Schlafen brachte, schluchzte sie immerzu, so dass die Kleine, die sonst nur unter heftigem Gebrüll ins Bett verfrachtet werden konnte, ganz verdutzt über die Tränen ihrer Kinderfrau war und sich widerspruchslos hinlegte.

»Ludmilla«, versuchte ich zu trösten, als das Geheule kein Ende nehmen wollte, »der Prinzregent war schon alt, es war nur eine Frage der Zeit, und er hat nicht lange leiden müssen.«

Die Polin sah mich erstaunt an. »Was interessiert mich Luitpold?«, fragte sie empört und wischte sich die Tränen aus den Augen. »Ich weine weil dem armen Mädchen.«

»Welches Mädchen?«

Ludmilla schluchzte erneut laut auf. »Rosa. Ist tot. Ermordet.«

Nur langsam sickerte die Nachricht in mein Bewusstsein. Rosa. Tot. Ermordet. Jetzt erinnerte ich mich an eine Polizeimeldung, die ich heute bearbeitet hatte. Die Leiche eines jungen Mädchens war in den Isarauen gefunden worden, unweit des Tierparks. Sie hatte nur teilweise bekleidet, geschändet und mit durchtrennter Kehle in einem Gebüsch gelegen. Ich erinnerte mich, dass ich beim Schreiben der Meldung einen kalten Schauer verspürt hatte, aber jetzt, da ich erfuhr, dass es sich um »meine« Rosa handelte, erfasste mich nacktes Grauen.

Ich konnte nicht anders, als zu schreien, ich fiel zu Boden und konnte nicht mehr aufhören. Vom weiteren Verlauf des Abends weiß ich kaum noch etwas, ich erinnere mich nur noch daran, dass mein Vater mir eine Spritze zur Beruhigung gab, von einem Schock sprach und meine Mutter lange an meinem Bett saß, meine Hand streichelte und beruhigend auf mich einredete. Schreckliche Träume begleiteten mich, und am Morgen wachte ich schweißgebadet und mit wirrem Haar auf. Ich dachte sofort an sie,

Rosa, und ich konnte nicht anders als mich schrecklich schuldig fühlen. Ich war es gewesen, die sie mit ins Kino genommen hatte, ich hatte auf sie eingeredet, dass es da draußen mehr gab als ein Dienstbotenleben, ich hatte sie an jenem Abend ins Stefanie getrieben, und letztlich gab ich mir, jung und pathetisch, wie ich war, die Schuld an ihrem Tod.

Obschon ich nicht gläubig war, fühlte ich eine große Sünde auf mir lasten und nahm mir fest vor, dafür Buße zu tun. Was immer ich jetzt noch für das junge Mädchen tun konnte, würde ich auf mich nehmen. Und wenn ich ihren Mörder höchstpersönlich bei der Polizei abliefern musste.

»Ein früherer Klassenkamerad schreibt mir aus Afrika, wenn man sich in Afrika unglücklich fühle, dann fühle man sich noch zehnmal glücklicher, als wenn man sich in München glücklich fühle.«

Frank Wedekind,
Der Marquis von Keith

Wernigerode im Harz,
September 2014

Sie hätten genauso gut nach Weimar fahren können. Der Harz war eine Katastrophe.

Durch den Streik der Lokführer war Elsa mit dem ICE knappe zwei Stunden verspätet in Wernigerode angekommen. Es regnete. Nicht in Strömen, aber beharrlich. Obwohl es erst Anfang September war, war die Temperatur empfindlich gefallen. Als Elsa die Tür zum Wartesaal des kleinen Bahnhofs aufstieß, empfing sie der geliebte Prof. Dr. Hajo Siebert in niedrig temperierter Laune. Sein Harris-Tweed-Jackett dampfte Feuchtigkeit aus, seine Wange, der Elsa einen betont innigen Kuss aufdrückte, war kalt.

Hajo zeigte auf den Mülleimer neben der hölzernen Bank, auf der er die gesamte Wartezeit über gesessen haben musste.

»Das ist die *Zeit* von dieser Woche. Ich habe praktisch alles gelesen.«

Unterdrückte Wut lag in seiner Stimme. Aus dem Abfallbehälter ragte ein dickes, ungeduldig hineingestopftes Paket Zeitungspapier.

Elsa war drauf und dran, sich zu entschuldigen, aber dann lächelte sie ihn nur an. Sie war nicht schuld an der Verspätung. Sie hatte Hajo beständig mit SMS auf dem Laufenden gehalten. Es war kleinlich, sie dafür büßen zu lassen, dass er in der unwirtlichen Halle hatte herumsitzen müssen.

»Hier gibt es kein Café?«

Elsa sah sich um.

Hajo verzichtete auf eine Antwort, zog stattdessen missbilligend die Augenbrauen hoch. Warum sonst sollte er auf der Holzbank in der Kälte ausgeharrt haben?

Nirgendwo ein Taxistand, stattdessen klebte die Nummer eines Taxiunternehmers an der Wand neben den Fahrradständern. Nach weiteren zwanzig Minuten Wartezeit kam ein cremefarbener Opel älteren Baujahrs, am Steuer eine zackige Thüringerin mit kurzem, grau gelocktem Haar. Im Taxi roch es nach Zigaretten, trotz des Duftbäumchens, das am Rückspiegel baumelte. Mit kehliger Stimme versuchte die Fahrerin, ein Gespräch zu führen, aber nachdem Elsa höflich, aber kurz angebunden antwortete, gab sie es auf.

Elsa sah zu Hajo. Der blickte zum Fenster hinaus. Es war grau, ein Tag wie im November. Die Fahrt zum Hotel führte auf der Bundesstraße an einem Industriegelände vorbei, die üblichen Supermärkte versammelten sich hier neben einem Teppichbodenhersteller und einem Outlet. Nichts ließ vermuten, dass hier der Ausgangspunkt eines Wanderwochenendes durch den Harz sein könnte. Eines romantischen Wochenendes. Und wieder war es an Elsa, sich schuldig zu fühlen. Hatte sie den falschen Ort ausgesucht, das falsche Hotel? Obwohl: Die Bewertungen auf dem Internetportal waren in Ordnung gewesen. Sie hatte darauf verzichtet, Halbpension zu buchen, und stattdessen zwei Restaurants in der Nähe ausgewählt, die sich vielversprechend angehört hatten. Keine Soljanka. Keine Tellerdeko mit Paprika aus dem Glas.

Trotzdem. Die Aussicht aus dem Taxifenster war deprimierend. Elsa spürte, wie sich der Körper von Hajo neben ihr versteifte. Sie wusste, dass er sich fragte, warum er sich mit Weimar nicht hatte durchsetzen können. Warum er nicht gleich zu Hause geblieben war bei seinen Pflichten und Büchern. Ob er sich auch fragte, mit Elsa die richtige Wahl getroffen zu haben?

Sie nahm seine Hand. Er erwiderte ihren Druck. Warm. Hajo löste den Blick vom Fenster und sah zu ihr hinüber. Als sei dies das Signal, dass doch alles gut werden würde, wechselte die Landschaft draußen vom Industriegebiet zu dichtem Wald. Es wurde kurvig, ging bergab, das Taxi stieß in sanften Windungen in ein schattiges Tal hinunter. Wanderparkplätze, Fachwerkhäuser, neue Radwege, ein Wasserfall. Elsa entspannte sich. Dann dachte sie an das Dossier in ihrer Tasche. Seit einer Woche besaß sie es. Hatte es, zusammen mit dem Ausstellungskatalog, den ihr der Historiker Lachmann noch zum Schluss gegeben hatte, immer und immer wieder durchgelesen. Es hatte sie deprimiert. Verängstigt. Ratlos gemacht. Sie musste mit Hajo am Wochenende darüber sprechen. Aber der Zeitpunkt wollte gut gewählt sein, sie durfte nicht mit der Tür ins Haus fallen.

Das Hotel war so wie erwartet. Gemütlich, ländlich, vollendeter Service, hochpreisig. Das Zimmer groß, das Bad neu und geräumig. Sie stellten ihr Gepäck ab, Elsa einfach da, wo sie stand, Hajo schob seinen Metallkoffer ordentlich vor den Schrank. Dann entledigte er sich seines feuchten Sakkos. Elsa streifte ihre Schuhe ab und stellte sich hinter ihn. Sie legte ihre Wange an seinen Rücken und schlang die Arme um ihn. Ein Mann wie ein Baum, dachte sie dankbar. In diesem Moment, die Stirn an seine harte

Wirbelsäule gepresst, spürte sie den Schmerz der Einsamkeit. Es war nicht der Sex, weniger die Gespräche, es waren diese einfachen Berührungen, die sie in ihrem Leben als Single so vermisste.

Sich anlehnen. Wärme spüren. Geborgenheit. Eine feste Umarmung, einfach so. Eine flüchtige, aber innige Berührung. Das fehlte ihr unendlich.

Hajo drehte sich zu Elsa um, erwiderte die Umarmung und legte seinen Kopf auf ihren Scheitel. Elsa war fast einen Meter fünfundsiebzig, aber Hajo noch gut einen halben Kopf größer.

»Ich hatte eine Scheißwoche.« Er drückte sein Gesicht in ihr Haar. »Tut mir leid, wenn ich so blöd bin.«

Elsa sagte nichts. Stattdessen verstärkte sie den Druck ihrer Arme. Es war okay.

Hajo schob sie zum Bett, und sie ließen sich darauf fallen, ohne ihre Umarmung zu lösen. Elsa schlang nun auch ihre Beine um seine, und so blieben sie liegen. Auf der Tagesdecke. Spürten den Atem des anderen und seinen Körper. Es war schön für Elsa, sie dachte keine Sekunde an Sex, sie schloss die Augen und streichelte mit einer Hand seinen Rücken.

Sie wachten auf, als draußen die Sonne unterging. Hajo sah verschlafen auf die Uhr.

»Halb zehn. Da kriegen wir kein Essen mehr. Nicht im Osten.«

»Nanana.«

Elsa wusste, dass Hajo diese Art Spott nicht ernst meinte, schließlich lebte er schon seit vielen Jahren in Potsdam. Er war zu einer Zeit an das Institut gegangen, als die Stadt noch nicht die vergoldete Klassizismusperle von heute war. Die meisten Mitarbeiter an seinem Institut für Denkmalpflege stammten aus den neuen Bundesländern, umso mehr Spaß machte es ihrem Boss, sich darüber lustig zu machen.

Für das Restaurant, das Elsa ausgewählt hatte, war es zu spät, aber sie hatten beide Hunger und beschlossen, noch irgendwo einen Laden zu suchen, in dem es etwas Warmes gab.

An der Rezeption bot man ihnen an, ein Souper aufs Zimmer zu bringen, aber draußen hatte es aufgehört zu regnen, und Elsa hatte Lust, mit Hajo einfach loszuziehen. Sich nicht umziehen und zu einer bestimmten Zeit in einem Restaurant einlaufen zu müssen, in dem einem der Ober den Stuhl ein wenig vom Tisch abrückte, damit man bequem Platz nehmen konnte, die Speisekarte formvollendet von der richtigen Seite reichte, um sogleich die Empfehlung des Küchenchefs vorzubeten und wenig später ein Amuse-Gueule als »Gruß aus der Küche« zu servieren. Nein, sie würde sich mit Hajo treibenlassen und zusehen, wo sie in Wernigerode um zehn Uhr abends noch etwas zu essen auftreiben würden.

Es war ein vietnamesischer Imbiss. Die Speisekarte lag laminiert als Platzdeckchen vor ihnen, die Stäbchen konnte man sich in Papier verpackt an der Theke holen, und Helene Fischer sang. Aber niemals hatte Elsa bessere Sommerrollen gegessen. Sie tranken kaltes Bier dazu, und sogar Hajo schien zufrieden. Sie bestellten kreuz und quer, aßen mehr, als sie wollten, und als sie sich schließlich mit einem ernst gemeinten Lob verabschiedeten, standen alle fünf Angestellten hinter dem Tresen und bedankten sich artig.

Der Regen hatte wieder eingesetzt, und bis sie im Hotel ankamen, waren sie nass bis auf die Knochen. Sie hatten Sex unter der heißen Dusche, ein Novum in ihrer Beziehung, und Elsa glaubte, dass nichts mehr dieses Wochenende im Harz verderben könne, als sie gegen halb zwei sehr glücklich einschlief. Sogar das Dossier hatte sie vergessen können.

Aber sie hatte sich geirrt. Mit dem Regen hätte sie leben können, nicht aber mit Hajos Laune. Er hatte noch in der Nacht einen Anruf von seiner Ex bekommen. Der gemeinsame Sohn war mit 2,2 Promille ins Krankenhaus eingeliefert worden. Man hatte ihm den Magen ausgepumpt und dann mit der Mutter nach Hause geschickt, inklusive Ermahnungen und Belehrungen. Der Junge war vierzehn und hatte sich mit Freunden ein Tequila-Saufduell geliefert.

Hajo hatte sich schrecklich aufgeregt. Die Sorge um seinen Sohn verschwand fast gänzlich hinter dem Ärger über dessen Blödheit. Noch schlimmer aber kam seine Ex-Frau weg, bei der die Kinder zum größten Teil lebten. Direkt nach dem Anruf war Hajo aus dem Bett gesprungen und hatte sich angezogen, wollte in hektischem Aktionismus sofort zurück nach Potsdam. Dann wieder hatte er es sich anders überlegt, war zurück ins Bett gekrochen. Sollte die Frau doch selbst die Suppe auslöffeln. Er war in Erziehungsfragen ja übergangen worden, also bitte, hier war das Resultat, so sein bitteres Resümee.

Elsa wollte ihm helfen, konnte aber nicht. Alles, was sie sagte, war falsch. Hajo schimpfte, Hajo lamentierte, Hajo spottete. Elsas Meinung zählte nicht, sie hatte keine Kinder. Wumm, das Totschlagargument. Elsa war es so satt.

Wann immer sie über seine Kinder gesprochen hatten, irgendwann gab es einen Punkt, an dem sie gegen die Wand gefahren waren, denn: Elsa hatte keine Kinder.

In den frühen Morgenstunden waren sie beide wie gerädert. Die Dämmerung setzte sich wie Schimmel auf den Wänden ab, sie lagen, einander die Rücken zugewandt, stumm und schlaflos in den Betten.

Beim Frühstück war das Ei zu hart, die Brötchen zu weiß und der Tee zu schlapp, der Kaffee dagegen zu bitter. Hajo und Elsa schwiegen sich an. Hajo hatte seinen Ärger auf seine familiären Verhältnisse zur Gänze auf sie übertragen, und Elsa fühlte sich elend, innerlich zerbrochen.

»Ich fahre nachher.«

Elsa hatte nicht darüber nachgedacht, der Satz war aus ihrem Mund gefallen, und sie wusste in dem Moment nicht, ob sie ihn ernst meinte. Aber Hajo hatte nicht vor, sie aufzuhalten. Stattdessen nickte er stumm und knispelte kleine Eierschalenstückchen von dem Eiweiß auf seinem Löffel.

»Es hat ja keinen Sinn bei dem Regen.«

Er meinte wohl die geplante Wanderung auf den Brocken. Doch Elsa kam es vor, als meine er ihre Beziehung. Hajo musterte das Stückchen Ei auf seinem Löffel kritisch, konnte aber keine weiteren Schalenreste entdecken. Vielleicht, dachte Elsa, hatte es wirklich keinen Sinn. Vielleicht war es vorbei. Trotz der Innigkeit, die sie beide am Tag zuvor gefühlt hatten. Sie konnte nichts dazu sagen. Sie hatte noch kein Wort über sich verloren, seit sie in Wernigerode angekommen waren. Hatte nicht darüber gesprochen, was sie gerade umtrieb. Vielleicht war es besser so, dachte sie und spürte Trotz in sich hochsteigen. Sie hatte gerade eine andere Baustelle zu bearbeiten. Das Dossier in ihrer Tasche hatte ihr klargemacht, dass sie sich damit auseinandersetzen musste, mit dem schrecklich traurigen Leben des Malers Rudolf Newjatev, mit der Tatsache, dass die Frau auf dem Bild nicht ihre Urgroßmutter sein konnte, und mit der verstörenden Nachricht, dass das Bild bis 1938 Eigentum der Familie des Malers gewesen war und erst nach 1944 in ihre Familie gekommen sein konnte.

Aber Hajo hatte keinen Platz in seinem Leben für Dinge wie diese. Elsa musste das erkennen und anders damit fertig werden. Arto, dachte sie in dem Moment am Frühstückstisch. Wie immer, wenn ich mein Leben in eine beschissene Sackgasse manövriert habe, gibt es nur einen, der mir da wieder heraushelfen kann. Mein Bruder.

Am Bahnhof verabschiedeten sie sich mit einem lauen Kuss. Der ICE von Hajo kam zuerst, er rannte zur ersten Klasse mit seinem metallenen Rollkoffer, ohne sich nach ihr umzublicken. Elsa sah ihm ohne Wehmut nach.

Im Zug fand sie nur mit Mühe einen Platz. Im Rücken hatte sie die Tür, die sich bei jeder Bewegung mit einem Zischen öffnete. Es war kalt und zog. Elsa behielt ihre warme Jacke an und holte aus dem Gepäck einen Wollschal, den sie sich mehrfach um Hals und Schultern schlang. Erst wollte sie das Dossier herausholen, aber dann ließ sie es sein und sah einfach nur aus dem Fenster. Regen peitschte daran und zog kleine Wasserbahnen, von der Geschwindigkeit des Zuges getrieben.

In Hannover musste sie umsteigen, ausgerechnet Hannover. Wie schon auf der Hinreise konnte Elsa nicht mehr sagen, wo die Junkie-Wiese war, die ihr Hannover auf immer und ewig verleidet hatte. Die Bebauung war anders als damals, und sie war dankbar dafür.

Der Zug nach München war komplett leer, sie konnte sich einen Lieblingsplatz suchen und bestellte sich das Chili con Carne aus dem Zugrestaurant sowie einen kleinen Rotwein. Dabei dachte sie darüber nach, was sie erfahren hatte.

Im Ausstellungskatalog über Rudolf Newjatev waren mehrere Porträts einer Frau abgebildet, die man als »Rosa« identifiziert hatte. Wie der Historiker Lachmann bereits sagte, stammten sie allesamt aus dem Zeitraum von August bis Dezember 1912. Sie waren Variationen ein und desselben Themas. Es war eindeutig dieselbe junge Frau auf allen Bildern. Zwar hatte sie mal schwarze, mal gelbe Haare, mal rote, aber das war dem expressionistischen Stil geschuldet. Trotzdem war es eine Frau, über die man mit Sicherheit eines sagen konnte, wenn man die Bilder nebeneinander betrachtete: Sie war jung, sie war schön, sie hatte eine erotische Beziehung zu dem Maler, und sie wirkte glücklich.

Dass die Reihe im Dezember so abrupt endete, hatte einen Grund. Das Modell war gestorben. Ermordet. Und das schloss aus, dass es sich bei der Porträtierten um Elsas Urgroßmutter Anneli handeln konnte.

Aus den Quellen, die Manfred Lachmann und seine Assistenten ausgewertet hatten, ging hervor, dass Newjatev sogar verdächtigt wurde, der Mörder seiner Geliebten zu sein, allerdings, so eine Fußnote im Katalog, existierten über den Prozess keinerlei Unterlagen.

Ob er der Täter war oder nicht, war heute wohl nicht mehr ohne weiteres zu klären, aber Rudolf Newjatev hatte büßen müssen, so oder so. Wie es aussah, waren die drei Monate vor Rosas Tod die glücklichsten seines Lebens gewesen. Danach gab es nur noch Schrecken und Entsetzen.

Elsa musste sich also fragen, warum in ihrer Familie stets kolportiert wurde, dass es sich bei der bunten Frau um Anneli handelte. Vielleicht war es nur ein Irrtum? Aber woher kam dann das Bild? Die einfachste Antwort darauf war: Jemand hatte es gekauft. Vielleicht Anneli selbst. Warum aber hatte sie gelogen und behauptet, dass sie das Mädchen auf dem Bild war?

Allerdings, wenn *Mon amour* 1944 von einem zwielichtigen Kunsthändler, der mit den Nazis kollaborierte, einem Sammler in Paris angeboten worden war – wie war das Werk dann an die Gästezimmerwand in der Mandlstraße gekommen? Es sah leider alles danach aus, dass dieses Bild nicht unbedingt auf rechtmäßigem Weg in den Besitz von Elsas Familie kam.

Dass ihre Urgroßmutter näher mit dem Maler oder gar mit Rosa, dem Modell, bekannt war, schloss Elsa jetzt auch aus. Wenn irgendjemand aus ihrer Familie das Bild erst nach 1944 »bekommen« hatte, war es unwahrscheinlich, dass er die bereits 1912 verstorbene Rosa gekannt hatte.

Es war Elsas Pflicht und Aufgabe, herauszufinden, wie Anneli und das Bild zusammenhingen, dessen war sie sich wohl bewusst, aber gleichzeitig fürchtete sie sich vor dem Ergebnis.

Als sie die Tür zu ihrer Wohnung in der Agnesstraße aufschloss, war sie dankbar und erleichtert. Dieses Gefühl hatte sie sonst nicht, wenn sie nach einem Wochenende mit Hajo nach Hause kam. Meistens fühlte sie sich dann noch einsamer, weil sie sich nach seiner Gegenwart sehnte. Nicht so heute. Ihr bevorzugter Raumduft hing schwach in der Luft, White Tea Lotus Blossom, der Anrufbeantworter blinkte, und durch das Wohnzimmer sah sie auf den Balkon, der hell und einladend in der Nachmittagssonne lag. Der Föhn hatte in München die Schlechtwetterfront, die über ganz Deutschland hing, weggedrückt, und es herrschte mildes Biergartenwetter.

Elsa holte sich eine Flasche Wasser aus der Küche, und während sie die Hälfte davon fast in einem Zug austrank, hörte sie die eingegangenen Telefonate ab. Gudrun hatte Karten für eine Premiere im Volkstheater und fragte, ob sie mitkommen wollte. Elsa wollte. Der zweite Anruf kam von Manfred Lachmann, der sie um einen Rückruf bat.

Elsa war neugierig und wählte sofort die Nummer des Historikers.

»Schön, dass Sie mich zurückrufen, Frau Hannapel.« Lachmann war bereits nach dem zweiten Klingeln an den Apparat gegangen. »Haben Sie mal einen Blick in das Dossier geworfen?«

»Ja. Vielen Dank nochmals. Es hilft mir wirklich sehr weiter.«

»Das freut mich.« Lachmann hörte sich aufrichtig an. »Und zu welchem Schluss sind Sie gekommen?«

»Haben Sie mich deshalb um Rückruf gebeten?«

»Nein.« Er wurde verlegen. »Nein, ich habe noch etwas anderes auf dem Herzen.«

Er machte eine Pause, und Elsa unterbrach diese. »Sie haben recht. Es kann nicht meine Urgroßmutter sein. Auf dem Porträt. Aber ich weiß auch nicht … Ich bin gerade etwas überfordert.«

»Ich verstehe das.« Lachmann räusperte sich. »Ich wollte Sie bitten, mich auf dem Laufenden zu halten. Wenn Sie etwas darüber herausfinden, über den Weg des Bildes.«

»Natürlich. Ich werde bestimmt noch die eine oder andere Frage haben und Sie damit belästigen.« Elsa war auf den Balkon hinausgetreten und blickte nach Süden. Sie sah die Dächer Schwabings und weit entfernt am Horizont die Alpenkette.

»Beschäftigen Sie sich mit Siegfried Schuster, dem Kunsthändler«, hörte sie Lachmann nun sagen. »Er ist kein unbeschriebenes Blatt. Allerdings steckt die Forschung noch mittendrin, man kennt bislang nicht alle seine Aktivitäten.«

Siegfried Schuster, das hatte Elsa schon gewusst, bevor sie das Dossier von Lachmann bekommen hatte, war ein Kunsthändler, der sowohl beauftragt gewesen war, mit Hilfe von Bildverkäufen im Ausland Devisen zu beschaffen, als auch Werke anzukaufen, die für Hitlers Führermuseum in Linz geeignet waren. Eine von vielen zwielichtigen Gestalten, die im Dritten Reich Geld mit dem Elend anderer gemacht hatten.

»Danke für den Hinweis.« Das war aufrichtig gemeint. Elsa war dankbar für alles, was sie bei der Aufklärung des Bilderrätsels unterstützen konnte.

»Ich habe noch eine weitere Bitte«, fuhr Lachmann fort. »Ich habe Ihnen ja erzählt, dass wir *Mon amour* auf einer Transportliste gefunden haben und dass dieses Bild ursprünglich aus dem Besitz der Newjatevs stammt.«

»Ja?!«

»Nun …« Es fiel dem Historiker offensichtlich schwer, auf den Punkt zu kommen. »… als ich damals vor zwölf Jahren die Expertise für Deinhard Manker ausgestellt habe, dass das Werk eindeutig Newjatev zuzuschreiben ist, wusste ich das noch nicht. Um genauer zu sein: Ich wusste damals noch nicht, dass die Familie die Sammlung mit den Werken ihres Sohnes unter Druck verkauft hat. Dass sie fliehen mussten.« Er schwieg.

Jetzt war Elsa klar, um was es ging. Lachmann fürchtete um seinen Ruf. Wenn bekannt wurde, dass er gewusst hatte, das Bild *Mon amour* stamme möglicherweise aus einer Enteignung durch die Nationalsozialisten, hätte er dem Sammler keine Expertise ausstellen dürfen, sondern das Werk sofort melden müssen. Es wäre unter allen Umständen zu prüfen gewesen, ob Restitutionsansprüche bestanden und das Werk eventuell an die ursprünglichen Eigentümer zurückgegeben werden musste.

»Und seit wann wissen Sie es?« Elsa war neugierig. Wenn der Forscher über alles informiert war, dann durfte er es Manker nicht verschweigen.

Der Historiker schien zu zögern, bevor er antwortete. »Seit knapp zwei Jahren. Und ich habe Deinhard Manker selbstverständlich sofort informiert.«

Aber der hatte nichts unternommen, dachte Elsa. Typisch. Aber von Wertsteigerung reden. Offensichtlich hatte Manker gar kein Schuldbewusstsein. Er hatte bestimmt niemals darüber nachgedacht, ob irgendjemand Anspruch auf Rückübertragung gestellt hatte. Es interessierte ihn einfach nicht.

Elsa verabschiedete sich von Lachmann. Sie wusste, sollte sie erfolgreich sein und herausfinden, wann und wie das Bild in den Besitz ihrer Familie gekommen war, dann würde sie auch wissen, wie die Newjatevs das Bild verloren hatten. Und wenn es auch nur den Hauch eines Zweifels an der Rechtmäßigkeit gab, dann würde sie alles dafür tun, dass *Mon amour* Deinhard Manker weggenommen würde.

Der Katzenjammer kam mit der Nacht. Elsa lag hellwach im Bett, sie dachte daran, wie sie und Hajo sich verabschiedet hatten. An den Rücken des davonhastenden Geliebten, der seinen holprigen Rollkoffer hinter sich auf dem Bahnsteig zog, um den Erste-Klasse-Wagen zu erreichen, und sich nicht einmal nach ihr umgedreht hatte.

Es war erbärmlich und ihrer beider nicht würdig, dass ihre Beziehung, die vielleicht auch Liebe genannt werden konnte, so ein Ende nahm. Immer wieder nahm Elsa das Handy vom Nachttisch und sah nach, ob sie nicht doch eine Nachricht von ihm erhalten hatte. Sie hatte nicht. Selbst traute sie sich nicht, ihm zu schreiben. Es war zu komplex für SMS, zu privat für Mail. Sie wollte seine Stimme hören, aber sie wusste, dass Hajo sich bedrängt fühlen würde, wenn sie ihn jetzt, kurz vor Mitternacht, anriefe.

Also stand sie fröstelnd auf und machte sich ein Glas Tee. Irgendetwas mit Ingwer und Zitrone. Sie hatte eine große Auswahl ayurvedischer und biodynamischer Wohlfühltees, die in einem Durcheinander bunter Schachteln in einer Küchenschublade lagerten. Wie oft hoffte Elsa beim Einkauf, sich damit etwas Gutes zu tun, sie würde zum Beispiel den Entspannungstee »Goldener Morgen« trinken und sich gleich besser, achtsamer und bewusster fühlen. Aber dann machte sie sich morgens stattdessen hastig einen Kaffee – wenn sie überhaupt dazu kam und sich nicht unterwegs einen »to go« holte. Brühte sie aber doch mal einen der Teebeutel auf, schmeckte es nach Wasser mit Kräuterstaub. Bestenfalls. Schlimmstenfalls nach dem sauren Hibiskustee aus dem Landschulheim.

Elsa setzte sich mit dem Tee in Jogginghose vor ihr Laptop und begann, alles zu googeln, was ihr in den Sinn kam. Alles über ihre Urgroßmutter, über Siegfried Schuster, über die Familie Newjatev. Außer über den zwielichtigen Kunsthändler fand sie kaum neue Resultate. Die Ablenkung tat ihr aber gut, und sie hatte das Gefühl, etwas zu unternehmen. Es war schließlich Wochenende, was sollte sie sonst mit sich anfangen?

In einer der Schriften über Kunsthandel in der Nazizeit entdeckte Elsa schließlich eine biografische Notiz, die sie elektrisierte. Der Kunsthändler Siegfried Schuster hatte einen Bruder gehabt. Kurt Schuster. Und Kurt Schuster hieß ihr Urgroßvater. Der Mann, den Anneli 1913 geheiratet hatte.

Morgens um kurz vor halb vier hatte Elsa das Missing Link gefunden: Anneli Gensheim, verheiratete Schuster, war die Schwägerin des Kunsthändlers Siegfried Schuster. Und dieser war, zumindest kurzzeitig, im Besitz des Bildes *Mon amour* gewesen.

Elsa war sicher, dass hier der Schlüssel für ihre Fragen lag.

Im Eifer der Nachforschungen war Elsa von Ingwertee auf Chardonnay umgestiegen, jetzt goss sie sich den letzten Rest aus der Flasche ins Glas. Ihr war leicht schwindelig, ob von dem Wein oder der Erkenntnis, dass es zwischen Anneli, dem Kunsthändler und dem Bild eine Verbindung gab, ließ sich nicht unterscheiden. Auch wenn Elsa sicher war, dass diese Verbindung nichts Gutes verhieß – hier musste sie ansetzen, weiterbohren.

Im Moment jedoch waren ihr ohnehin die Hände gebunden. Es war Wochenende, die Archive und Bibliotheken geschlossen, am Montag musste sie zur Arbeit, es würde also dauern, bis sie sich wieder intensiv mit dem Thema auseinandersetzen konnte. Elsa machte sich eine Liste, auf der sie Punkt für Punkt notierte, welche Fragen sie nun klären und wie sie weiter vorgehen musste.

Eine Sache allerdings konnte sie schon in Angriff nehmen. Als sie seinerzeit die Kiste mit Erinnerungen aus der Wohnung ihrer Großeltern getragen hatte, hatte sie sie Arto mitgegeben, weil auf seinem Bauernhof mehr Platz dafür war als in ihrer kleinen Londoner Wohnung. Nur den Rubinschmuck hatte sie herausgenommen und in einem Bankschließfach deponiert. Die Kiste müsste noch bei Arto sein, gleich morgen würde sie ihn bitten, sie zu suchen.

Der Weißwein im Glas war lauwarm geworden, und Elsa kippte den letzten großen Schluck herunter. Dann schrieb sie mit benebeltem Kopf eine lange Mail an Hajo, drückte auf »Senden« und taumelte ins Bett. Es war vier Uhr früh, bald würde die Sonne über Schwabing aufgehen.

Elsas Schlafzimmer war komplett abgedunkelt. Sie war empfindlich, wachte beim geringsten Lichtschein auf. Deshalb schlief sie nur mit geschlossenen Rollos, vorgezogenen Vorhängen und einer Schlafmaske. Am Wochenende, wenn Elsa sich keinen Wecker gestellt hatte, wachte sie manchmal in der totalen Finsternis auf und war erst einmal orientierungslos. Sie wusste dann nicht, wie spät es war oder wo sie sich befand. Vor allem wenn sie, wie gestern, eine Flasche Wein alleine geleert hatte.

Mit pelzigem Mund und einem dumpfen Gefühl hinter der Stirn zog Elsa sich die Schlafmaske von den Augen, tastete nach ihrem Handy. Fünf nach elf. Den halben Tag hatte sie also schon einmal hinter sich gebracht. Was sollte sie mit dem Rest anfangen? Elsa war schon demotiviert, bevor sie überhaupt aufgestanden war. Wider besseres Wissen checkte sie noch schnell die Mails. Natürlich war keine Antwort von Hajo gekommen. Elsa nahm sich vor, ihre eigene Mail an ihn keinesfalls noch einmal zu lesen, um sich nicht schämen zu müssen.

Das Telefon klingelte, und Elsa sprang aus dem Bett, in der Hoffnung, dass Hajo anrief. Gerade noch rechtzeitig warf sie einen Blick auf das Display und zuckte zurück. Es war ihre Mutter.

»Hallo, Schätzlein, Ricarda hier«, hörte sie die enttäuschte Stimme. »Bestimmt liegst du noch im Bett.« Pause. »Ruf mich mal zurück. Du hast doch heute frei. Tschüss.«

»Du hast doch heute frei« hieß bei Ricarda »Du hast bestimmt nichts Besseres vor. Deshalb kannst du auch bis mittags in den Federn liegen«.

In jeder Äußerung ihrer Mutter schwangen latente Vorwürfe mit. Oder Elsa empfand es so, was aufs Gleiche hinauslief. Trotzdem fühlte sie sich schlecht, sie hatte fast zwei Wochen nicht mehr mit ihrer Mutter gesprochen. Obwohl Ricarda nach wie vor auf dem Hof lebte, kam

Elsa nur selten und dann widerwillig zu Besuch. Das Verhältnis zu ihrer Mutter war ebenso schlecht wie das zu ihrem Vater.

Von Lutz war Elsa einfach irgendwann enttäuscht gewesen, als sie alt genug war, um zu begreifen, was für ein Egozentriker ihr Vater war. Als Kind und als junges Mädchen hatte sie ihn vergöttert. Er war der intellektuelle und etablierte Gegenentwurf zu ihrer anstrengenden Sannyasin-Mutter. Ricarda, mit der Elsa im Clinch lag, seit sie denken konnte, schien in den letzten Jahren plötzlich so etwas wie ein sentimentales Interesse an ihrer Tochter entwickelt zu haben, aber da Elsa glaubte, es handele sich dabei nicht um wahre Herzensliebe, sehnte sie sich die bitteren Streite mit ihrer Mutter fast zurück.

Jedenfalls rief Ricarda nun immer am Sonntag bei Elsa an, dann tauschten sie Belanglosigkeiten aus. Ricarda eröffnete jedes dieser Telefonate damit, dass sie sich bei Elsa erkundigte, wie die Woche gewesen war und ob es ihr gutging. Wenn Elsa antwortete, dass alles okay, aber ohne nennenswerte Auffälligkeiten sei, schien Ricarda zutiefst befriedigt und in ihrer Annahme bestätigt, Elsa führe das langweiligste Leben der Welt. Daraufhin konnte sie selbst auftrumpfen, indem sie ihrer Tochter von dem spektakulären Verlauf IHRER Woche erzählte. Als da wären spirituelle Reinkarnationssitzungen, bei denen Ricarda beinahe jedes Mal eine neue »alte Seele« von sich entdeckte. Sie war wahlweise die Geliebte von Hernán Cortés, eine verfolgte Hexe oder die Heilerin eines ägyptischen Pharaos gewesen, um nur die Identitäten herauszugreifen, die Elsa im Gedächtnis geblieben waren. Niemals jedoch war Ricarda in ihrer Vergangenheit als Bäuerin, Dienstmagd oder einfach nur Mutter aufgewacht. Vermutlich gab es so etwas Profanes im Katalog der alten Seelen gar nicht, sonst hätten die Reinkarnationstherapeuten dieser Welt reihenweise dichtmachen können.

Außerdem erzählte Ricarda mit Hingabe von ihren Tantra-Therapien, die sie seit einigen Jahren auf ihrem Hof anbot. Die Sannyasin-Kommune hatte sich irgendwann, als Elsa längst ausgezogen war, aufgelöst. Nur Ricarda und Jörg, genannt Swami Abhay, der Furchtlose, waren geblieben. Sie hatten laut Elsas Mutter keine Liebesbeziehung, sie waren niemals ein Paar gewesen, aber natürlich waren sie Seelenverwandte. Dieser Seelenverwandtschaft schienen sich Ricarda und der Furchtlose allerdings sehr häufig in nächtlichen Sitzungen vergewissern zu müssen, jedenfalls hatte Elsa schon damals die beiden durch die dünne Wand in ihrem Kinderzimmer hören können.

Ricarda und Jörg also hatten aus dem Hof ein Therapiezentrum für seelisch-geistige Erleuchtung gemacht und boten dort Tantra-Massagen, Reinkarnationstherapie, Meditationswochenenden und Klangschalen-Workshops an. Damit hatten sie einen Nerv getroffen, sie waren ständig ausgebucht, Firmen mieteten Seminarräume, und seit einigen Jahren heilte Jörg auch noch Manager mit Burn-out. Diese Sitzungen kosteten ein Vermögen, und Elsa war zu der Erkenntnis gekommen, dass die Manager sich umso befreiter fühlten, je leerer ihr Konto war. Der Furchtlose gönnte sich dafür einen weißen Porsche.

Arto hatte damals den Hof um- und ausgebaut und sich dabei beinahe mit Ricarda überworfen, die der Meinung war, dass diese »Hilfe« von Arto eine Art Liebesdienst an seiner Mutter sein müsse. Dass Arto mit seinen Angestellten ein halbes Jahr mehr oder weniger eine Großbaustelle auf dem Hof unterhielt und damit nicht nur seine Familie als auch die seiner Mitarbeiter durchbringen musste, war ein unerhebliches Detail für ihre erleuchtete Mutter.

Jetzt war der Hof ein richtiges Prachtstück, das musste sogar Elsa zugeben. Arto hatte alle Holzbalken freigelegt, Wände herausgerissen und die bestehenden neu verputzt.

Elsa hatte Hajo einmal mit hinausgenommen, ihm den Hof ihrer Kindheit gezeigt, der nun bar jeden Schreckens war, und ihn ihrer Mutter vorgestellt.

Ricarda hatte Hajo an der Hand genommen und ihm alle Seminarräume gezeigt, einschließlich einer kleinen Einführung ihrer »healing touch«-Fähigkeiten. Hajo, der Esoterik und alles, was damit zusammenhing, nicht ernst nahm, war beeindruckt. Ihm gefiel der Hof, und ihm gefiel Ricarda, was auf Gegenseitigkeit beruhte.

Die Rückfahrt auf der Autobahn nach München verlief schweigsam. Elsa erwähnte Hajo gegenüber nie wieder ihre Mutter.

Während die Sonne langsam dem Zenit entgegenstieg und bereits einen weichen goldenen Streifen auf den Balkon zeichnete, beschloss Elsa, sich einen Tag Auszeit zu gönnen. Der Harz und die Missstimmung mit Hajo steckten ihr in den Knochen, die Tatsache, dass ihre Urgroßmutter Anneli mit Siegfried Schuster verschwägert war, und der vom Chardonnay verursachte kleine Kater ließen in

Elsa das Bedürfnis nach absoluter Ruhe und Nichtstun wachsen.

Sie schob ein tiefgefrorenes Croissant in den Ofen, kochte sich eine Kanne Kaffee mit heißer Milch und kippte einen Bircher-Müsli-Joghurt in eine Glasschale. Dann trug sie alles auf einem Tablett auf den Balkon und lümmelte sich, ungewaschen und im Pyjama, auf die bequeme Sonnenliege. Ihre Mails hatte sie in zehnminütigem Abstand gecheckt, ergebnislos.

Elsa wollte nicht an Hajo denken, aber ihre Gedanken kehrten immer wieder zu ihm zurück. Sie war neununddreißig und hatte sich seit fünf Jahren in der Beziehung bequem eingerichtet. Ohne darüber nachzudenken, war sie davon ausgegangen, dass ihr weiteres Leben genauso verlaufen würde: Sie ging zur Arbeit, die sie liebte, und traf ab und zu ihren Lebensgefährten, den sie vielleicht noch ein wenig mehr liebte. Das waren die großen Konstanten in ihrem Leben, neben diversen Freundschaften. Aber seit einer Woche stand ihr Leben auf dem Kopf.

Elsa griff zum Telefon und rief Arto an. Er versprach, ihr die Kiste mit den Dokumenten der Großeltern Mitte der Woche zu bringen. Er müsse ohnehin zu einem Kunden in München, dann würde er vorbeikommen. Der zweite Anruf galt Ricarda.

»Natürlich erinnere ich mich an deine Urgroßmutter.« Ricarda lachte. »Dieses Ungeheuer!«

Sie hatten es geschafft, zehn Minuten miteinander zu telefonieren, ohne sich in die Haare zu geraten, wunderte sich Elsa. Vermutlich lag es daran, dass sie auf die übliche Frage ihrer Mutter, wie die Woche gewesen war, nicht mit »Ganz okay« geantwortet hatte, sondern Ricarda die komplette Geschichte, die mit dem Diebstahl von *Mon amour* begonnen hatte, erzählte. Ricarda war begeistert. Auch sie erinnerte sich an das Bild im Gästezimmer. Sie erinnerte sich aber auch an Anneli Schuster, geborene Gensheim. Die alte Dame hatte noch gelebt, als Ricarda Lutz kennengelernt hatte. Sie waren, Ricarda hochschwanger mit Elsa, nach München gekommen und hatten ein Wochenende in der Mandlstraße bei Julius und Regine verbracht. Laut Ricarda hatte es nur Streit und schlechte Laune gegeben, denn Lutz hatte gerade seine Anklageschrift über seinen angeblichen Nazivater veröffentlicht, und das Buch war ein Bestseller geworden. Entsprechend verletzt und empört waren Lutz' Eltern gewesen.

»Sie war ein ruppiges altes Biest«, erinnerte sich Ricarda jetzt. »Natürlich war sie schon steinalt, sie konnte kaum noch laufen, und ich glaube, sie ist auch bald nach unserem Besuch gestorben. Aber ich habe sie nicht vergessen.«

»Habt ihr euch unterhalten?«

»Nein! Ach i wo, für die Alte war ich Luft. Irgend so ein Hippiemädchen mit dickem Bauch. Ich erinnere mich aber daran, dass sie Lutz mit ihrem Stock in den Rücken geschlagen hat.«

»Sie hat was?«

»Ja. Er und sein Vater haben wieder gestritten. Lutz wollte, dass Julius endlich zu seiner Nazivergangenheit steht. Er hat wohl irgendwas zu Anneli gesagt, von wegen, dass sie einen Nazisohn aufgezogen hat oder so. Da hat sie ihm mit ihrem Gehstock eins übergebrezelt. Und gesagt, dass er sich nicht anmaßen dürfe zu urteilen. Er habe die Zeiten nicht erlebt. Na ja, so ungefähr. Ein Horrorwochenende! Ich war froh, als wir wieder nach Frankfurt gefahren sind.«

»Von ihrem Schwager, diesem Kunsthändler, hat nie jemand gesprochen? Lutz zum Beispiel?«

»Nein. Bei dem ging es immer nur um seinen Vater. Meine Güte, zum Kotzen, er hatte wirklich keinen anderen Lebensinhalt. Lutz und seine Nabelschau.«

Elsa meinte durchs Telefon zu hören, wie Ricarda den Kopf schüttelte. »Da hat sich nicht viel dran geändert.«

»Ja, ich weiß.«

Elsa war überrascht. »Ihr habt Kontakt?«

»Immer, wenn ihn eine seiner kleinen Gespielinnen verlassen hat, ruft er mich an und heult sich aus.«

»Das wusste ich nicht.«

»Du willst es nicht wissen, mein Liebling.« Ricarda lachte wieder. Leise und beinahe zärtlich. »Du bestehst ja auch darauf, eine dysfunktionale Familie zu haben. Da kommst du ganz nach deinem Vater.«

»Das ist nicht ...«

»O doch«, unterbrach ihre Mutter sie. »Aber das ist okay. Jeder gibt, was er kann. Und ich nehme nur, was mir gegeben wird.«

Das ist ja ganz neu, dachte Elsa bei sich, verkniff sich aber den Kommentar zugunsten des bis hierher außergewöhnlich harmonisch verlaufenden Gesprächs.

»Dabei waren wir auch nicht anders als die anderen«, fuhr Ricarda fort, »nur dass so ein Lebensentwurf heute ein Etikett hat. Patchworkfamilie.«

»Wir waren immer anders als die anderen, Mama. Und wir waren nicht mal eine Patchworkfamilie.«

»Hm. Na ja, wenn du meinst. Aber ist doch alles gut

ausgegangen, oder nicht?! Und wo du recht hast, hast du recht: Diese ständige Rübenfresserei im Winter war schrecklich.«

Obwohl sie es nicht wollte, musste Elsa grinsen. Ricarda war gut darin, sich die Welt so zusammenzuzimmern, wie es ihr passte. Elsa hatte weder Lust noch Energie, sie eines Besseren zu belehren.

Als sie schließlich auflegte, stand die Sonne hoch am Horizont, und es wurde richtig heiß. Elsa zog sich das Schlafanzugshirt über den Kopf und genoss die brennende Hitze auf ihrem Oberkörper. Sie dachte an ihre Urgroßmutter, von der sie fast gar nichts wusste. Was hatte Anneli gemacht, bevor sie geheiratet und ein Kind geboren hatte? Wer waren ihre Eltern? Wo hatten sie gewohnt? Vielleicht verrieten ihr die Dokumente, die Arto bringen würde, mehr. Mit diesen Gedanken im Kopf dämmerte Elsa dahin.

Eine Dreiviertelstunde war vergangen, als sie merkte, wie heiß ihr Oberkörper geworden war. Sie blickte an sich herab, ihre Brüste waren krebsrot.

Die Sonne schien auch am Montag warm und sommerlich, es versprach, wieder ein goldener Herbst zu werden, wie so häufig in den letzten Jahren. Elsa erinnerte sich daran, dass ihre Großmutter Regine immer gesagt hatte, solange das Oktoberfest dauere, scheine die Sonne, und der Himmel sei weiß-blau. Aber danach beginne der Herbst. Das Oktoberfest hatte am Wochenende angefangen, und Regines Prophezeiung schien noch immer gültig zu sein.

Trotz der Wärme trug Elsa einen hochgeschlossenen Pulli, sie hatte sich den gesamten Oberkörper schlimm verbrannt, die Haut juckte und schälte sich, obwohl sie sie dick mit einer fettigen Nachtcreme bedeckt hatte.

Im Büro warteten Neuigkeiten auf sie. Die belgische Polizei hatte nicht nur, wie von Elsa erwartet, die Rahmen der gestohlenen Bilder im Müllcontainer einer Autobahnraststätte entdeckt, sondern beklagte zwei weitere Galerieeinbrüche, die vermutlich ebenfalls auf das Konto der Diebe von *Mon amour* gingen. Man ging von einer professionellen Bande aus, allerdings gab es bei einem der jüngsten Raubzüge Fingerabdrücke. Mit internationaler Hilfe hofften die Belgier nun, den Bilderdieben rasch auf die Spur zu kommen.

Marion, Elsas Vorgesetzte und Freundin, bestand schließlich auf einer gemeinsamen Mittagspause, die sie in einem der vielen Lokale in der Nähe des Büros verbrachten. Sie saßen auf der Straße unter dem Schatten eines ausladenden Schirms. Marion, die lustlos an ihrem Salat herumgepickt hatte, sog an der vierten Zigarette. Elsas Chefin war dünn wie ein Strich, was kein Wunder war, denn sie ernährte sich beinahe ausschließlich von Nikotin. Marion hatte vier Katzen. Bei dem ersten Besuch in ihrer Wohnung hatte Elsa erstaunt bemerkt, dass die Katzen allesamt übergewichtig waren. Obwohl Marion sich mittlerweile vegan ernährte, hatte Elsa in den Fressnäpfen der Tiere Reste von rohem Fleisch und Eigelb entdeckt. Diese Inkonsequenz hatte Marion in den Augen von Elsa noch sympathischer gemacht, denn im Beruf war ihre Chefin absolute Perfektionistin, und Elsa hatte sie in all den Jahren nicht ein einziges Mal bei einem Fehler, einer Schlamperei oder Unachtsamkeit ertappt. Was überaus deprimierend war. Elsa bewunderte Marion rückhaltlos, deshalb hatte sie ihr während des Essens die Geschichte des Bildes von Rudolf Newjatev erzählt. Sie wollte sie nicht belügen oder ihr etwas verschweigen. Jetzt fühlte sie sich besser.

Die hohlen Wangen von Marion wurden ganz nach innen gesogen, als sie den Rauch der Zigarette inhalierte, sie sah für einen Moment aus wie die Figur auf dem Bild *Der Schrei* von Edvard Munch. Die großen dunklen Augen ruhten auf Elsa, während Marion den Rauch nach einer Zeit sanft und lang anhaltend ausstieß.

»Elsa, das ist keineswegs dein Privatvergnügen.«

»Wie meinst du das?« Elsa hatte Tagliatelle mit Pfifferlingen bestellt und schob sich gerade den letzten Bissen in den Mund.

»Deine Nachforschungen. Ich weiß nicht, was du dir dabei gedacht hast, mir das zu verschweigen, aber egal. Jetzt weiß ich es ja, und das ist auch gut so.«

»Warum?«

»Weil das nicht nur dich und deine Familie angeht, Frau Doktor Hannapel. Was ist nur los mit dir? Hat Hajo Schluss gemacht?«

Das war typisch für Marion. Sie sprang ansatzlos von einem Thema zum nächsten, ohne aber je eines aus den Augen zu verlieren.

»So gut wie. Aber ich will nicht darüber reden.«

Zwischen Marions dünnen Augenbrauen erschien eine senkrechte Falte. Sie drückte ihre Zigarette aus, lehnte sich in ihrem Stuhl zurück und sah nach oben in den hellblauen Himmel.

»Fassen wir zusammen. Deinhard Manker wird ein Bild gestohlen. Er hat es von deinem Vater gekauft. Dein Vater hat behauptet, vielleicht in gutem Glauben, vielleicht auch nicht, dass dieses Bild aus Familienbesitz stammt, deswegen gibt es auch keine Kaufurkunde etc. Dr. Manfred Lachmann stellt eine Expertise aus, dass das Bild ein Original des Malers Rudolf Newjatev ist. Aufgrund all dieser Angaben versichern wir das Werk.«

Sie richtete ihre Augen wieder auf Elsa. Diese nickte und tupfte sich den Mund mit der Serviette ab. Sie war satt, aber durstig. Am liebsten hätte sie jetzt ein Glas sehr kalten Weißwein getrunken, doch dann hätte sie den Rest des Tages freinehmen müssen.

»Nun taucht aber der Verdacht auf, dass das Gemälde mitnichten deiner Familie, sondern der des Malers gehört hat, einer Familie mit jüdischen Wurzeln. Danach hat das Bild eine Odyssee erlebt, seine Spuren finden sich in der Ausstellung ›Entartete Kunst‹ und auf der Transportliste eines zwielichtigen Kunsthändlers. Vermutlich war das Bild auch in den Händen der Nazis, falls der Kunsthändler es der Regierung überlassen hat.«

»Ja, genau so.«

Das mit der Ausstellung »Entartete Kunst« hatte Elsa bereits dem Dossier und Katalog von Lachmann entnommen, es aber am Vormittag im Büro mit Hilfe von Datenbanken für sich verifiziert. Es war bis ins Detail dokumentiert, welche Bilder die Nazis im Münchener Haus der Kunst als »entartet« ausgestellt hatten. Beinahe die gesamte Crème de la Crème der expressionistischen deutschen Künstler fand sich da. Und auch Newjatevs *Mon amour*. Ein weiterer Beweis dafür, dass das Werk damals mitnichten im Besitz von Elsas Familie gewesen sein konnte.

Jetzt beugte sich Marion weit über den Tisch und griff nach Elsas Handgelenk. Marions Hände waren kühl, die Haut fühlte sich an wie Pergament, darunter nur Sehnen und Knochen. Aber sie hatte Kraft. Marion nahm Elsa förmlich in die Zange.

»Und jetzt sag mir, warum das deine Privatangelegenheit sein sollte? Du bist doch ein kluger Kopf.«

»Ich verstehe.« Es war Elsa fast peinlich, dass sie es nicht selbst gesehen hatte. Die Bedingungen, zu denen ihre Versicherung das Bild aufgenommen hatte, hatten sich grundlegend geändert. Der Versicherungsschutz war in Frage gestellt. Deinhard Manker hatte unter Umständen keinen Anspruch auf die Ausgleichszahlung, wenn sich herausstellte, dass sich das Bild nicht rechtmäßig im Besitz von Lutz Schuster befunden hatte.

»Es ist dein Job, nicht deine Familienangelegenheit.« Marion holte eine neue Zigarette aus ihrem flachen goldenen Etui. »Du musst herausfinden, ob dein Vater gelogen hat oder ob er es nicht besser wusste. Du musst herausfinden, ob es Nachfahren der Familie Newjatev gibt, die Ansprüche auf Rückübertragung stellen. Ob die überhaupt wissen, dass ihnen das Bild mal gehört hat. Du solltest unbedingt alles ans Tageslicht befördern, was Siegfried Schuster betrifft. Und am besten beginnst du bei deiner Großmutter. Pardon, Urgroßmutter.«

Das erste Aspirin nahm Elsa kurz vor sechs am Abend. Frank, ihr Kollege, hatte sich bereits in den Feierabend verabschiedet, sogar Marion fuhr jetzt ihren Computer herunter. Elsa nahm die Lesebrille ab und rieb sich die Nasenwurzel. Seit dem Mittagessen hatte sie nonstop auf den

Bildschirm gestarrt, sich durch unzählige Websites, Datenbanken, Zeitungsartikel geklickt. Ihr Kiefer war völlig verkrampft, hinter der Stirn pochte dumpfer Schmerz. Als Marion ging, stellte sie Elsa noch einen Roll-on-Stift mit japanischem Pfefferminzöl auf den Schreibtisch, den Elsa sogleich dankbar und inflationär benutzte.

Das zweite Aspirin nahm sie kurz vor halb zehn, als sie einen Teil ihrer Recherche beendet hatte. Zwei leere Literflaschen stilles Wasser standen unter ihrem Schreibtisch, das kleine Büro roch nach Pfefferminz, als Elsa den Computer schließlich ausschaltete. Im Drucker stapelte sich Papier, Elsa legte sich den Packen auf den Schreibtisch, um am nächsten Tag alles noch einmal durchzugehen. Das leere Glas mit dem weißen Pulverrest stellte sie in die Spülmaschine. Dann löschte sie das Licht und schloss hinter sich ab.

Unten in der dämmrigen Halle mit den Spiegeltüren und dem hellen Marmor saß der Wachmann hinter dem Empfangstresen. Er guckte teilnahmslos auf einen Monitor. Tagsüber arbeiteten hier smarte junge Frauen, die aussahen wie Messehostessen oder das Bodenpersonal einer Fluggesellschaft. Elsa hatte aufgehört, sich ihre Namen einzuprägen, es stand jeden Monat ein neues Mädchen am Empfang.

Sie verabschiedete sich von dem müden alten Mann, der ihr desinteressiert zunickte. Draußen hatte es deutlich abgekühlt, es roch schon nach Herbst, und der Wind, der Elsa nun auf dem Fahrrad um den Kopf wehte, vertrieb schnell das Druckgefühl hinter der Stirn. Obwohl sie größtes Verlangen danach hatte, zwang sich Elsa, keinen Wein mehr auf dem Balkon zu trinken. Stattdessen stellte sie sich unter die Dusche. Sie musste sich vornüberbeugen, damit ihr das heiße Wasser nicht auf die verbrannte Brust prasselte, aber sie genoss das Massagegefühl auf Nacken, Schultern und Rücken umso mehr. Mit nassen Haaren legte sie sich ins Bett und ordnete ihre Gedanken.

Die Suche nach der Familie Newjatev war unkompliziert gewesen, führte sie aber keineswegs weiter. Ezequiel Newjatev war 1881 nach dem Attentat auf Zar Alexander vor Pogromen aus Kiew geflüchtet, er stammte aus einer wohlhabenden Familie von Kaufleuten. Schnell machte er in München Karriere, wurde Regierungsrat unter Kronprinz Luitpold und ehelichte Marianne, eine junge Frau aus gutem Haus. Ezequiel Newjatev hatte fünf Kinder, darunter als mittleres den Sohn Rudolf. Als Einziger schlug Rudolf einen künstlerischen Weg ein, vom Vater offenbar geduldet, wenn auch nicht gefördert. Ezequiel musste sehr ehrgeizig und streng gewesen sein, er war außerdem ausgesprochen gut vernetzt in der Politik und ein in der Münchener Gesellschaft bedeutender Mann. Das hatte ihn offenbar auch zu der Annahme verleitet, er sei, zum Zeitpunkt der Machtergreifung durch die Nazis schon hochbetagt, vor jedweder Verfolgung geschützt. Außerdem hatte er eine Arierin geheiratet, was sollte ihm schon passieren? Weder er noch eines seiner Kinder emigrierten rechtzeitig. 1938 schließlich, nach zahlreichen Schikanen durch Hitlers braune Horden und der Pogromnacht, wollte Ezequiel auf Anraten von Freunden München verlassen. Einen großen Teil seines Besitzes musste er »zurücklassen«, wie es in dem Katalog des Historikers Manfred Lachmann über die Familie Newjatev geheißen hatte. Er veräußerte alles, was er hatte. Wem genau Ezequiel Newjatev was zu welchen Bedingungen verkauft oder geschenkt hatte, würde Elsa noch herausfinden müssen.

Ezequiel und Marianne Newjatev kamen bis Wien. Dort wurden sie noch auf dem Bahnhof verhaftet und ins Lager Theresienstadt gebracht, wo sich ihre Spur verlor.

Eine Tochter, Raquel, war auf Umwegen über London und Paris schließlich in Florida gelandet. Sie hatte nie geheiratet und war in den späten Neunzigern in einem Altenheim friedlich eingeschlafen. Das Vermögen war an einen Fonds der Jewish Claims Conference gegangen. Raquel Newjatev war vermutlich die einzige Überlebende ihrer Familie. Alle anderen, Eltern, Geschwister, Cousins und Cousinen, Neffen und Nichten, waren umgekommen oder verschollen. Entweder in den Lagern der Nazis, auf der Flucht oder direkt nach dem Krieg an den Folgen gestorben. Es hatte nur noch sie gegeben.

Über das Schicksal der Newjatevs hatte Elsa viel gefunden, sie waren zu ihrer Zeit bedeutend im politischen Leben Münchens gewesen, und ihr Sohn Rudolf hatte zumindest post mortem einen Ruf als wichtiger Künstler erlangt. Sein Leben, das so glanzvoll in den Kreisen der großen Künstler des Blauen Reiter seinen Anfang genommen und dann so traurig und schicksalhaft geendet hatte, war dank des Historikers Manfred Lachmann gut dokumentiert. Bis auf diesen blinden Fleck. Der Anklage wegen Mordes an seiner Geliebten Rosa.

Von der Familie Newjatev gab es einige Fotos, die Elsa mit großem Interesse betrachtet hatte. Ezequiel und Marianne, überraschend klein gewachsen. Er trug einen imposanten Backenbart, sie wirkte überaus zierlich und zerbrechlich trotz der fünf Kinder, die sie geboren hatte. Marianne Newjatev hatte ein schmales Gesicht mit Augen, in denen man, lange vor dem Krieg, schon die Tragödie erahnen konnte. Sie alle sahen so still aus auf den alten Bildern. Still und stumm und ahnungsvoll, so hatte Elsa es für sich interpretiert. Natürlich mit dem Wissen von heute. In der Gegenwart konnte man die Fotos aus der Vergangenheit nicht mehr ansehen, ohne an Tod, Verfolgung und unendliches Leid zu denken. Nie dachte man sich Lieder, ausgelassenes Lachen oder Feiern hinzu. War das ungerecht? Sprach man den Menschen auf den Fotos einfach ab, dass auch sie ein schönes, heiteres Leben gelebt hatten, bevor das Leid über sie gekommen war?

Die Kunstsammlung des Paares, die nicht nur die Bilder ihres Sohnes, sondern auch Werke von Gabriele Münter, Paul Klee, Franz Marc und anderen Künstlern der Zeit, die heute vergessen waren, umfasste, war über die Jahre in alle Winde verstreut worden.

Elsa schloss die Augen und streifte sich die Schlafmaske über. Der Gedanke daran, dass es niemanden gab, der übrig blieb, niemanden, der sich erinnern konnte, niemanden, der den Gedanken an Ezequiel, Marianne, Rudolf, Raquel und die anderen Geschwister weitertrug, machte sie traurig.

Elsa dachte an ihre eigene Familie. Was würde von ihr bleiben? Ihre Urgroßmutter Anneli hatte Geschwister gehabt. Elsa wusste nicht, was aus ihnen geworden war, aber sie würde es herausfinden. Vielleicht gab es irgendwo Verwandtschaft, von der sie nichts wusste. Anneli hatte nur ein Kind gehabt, ihren Großvater Julius, der mit seiner Frau Regine ebenfalls nur ein Kind bekommen hatte: Lutz. Und dieser wiederum hatte lediglich ein uneheliches Kind, Elsa. Mit ihr lief die Linie aus. Keine Schusters mehr aus der Sippe. Falls Lutz nicht eine seiner jungen Freundinnen schwängerte, aber davon war nicht auszugehen. Die Verpflichtung für ein Kind, der er ohnehin nie nachgekommen war, hatte ihm gereicht.

Elsa hatte einen Kloß im Hals und spürte große Dankbarkeit, dass Arto und seine Frau Lisa drei Kinder bekommen hatten. Drei Jungen. Es würde weitergehen. Wenigstens lebte Ricardas Linie weiter, die Hannapels. Der Gedanke an Kinder führte Elsa zwangsläufig zu Hajo. Der hatte auch Kinder, und das war der Grund, warum es zwischen ihnen beiden nie ein Thema gewesen war, noch ein Kind in die Welt zu setzen. Hajo hatte dafür gesorgt, dass Elsa nie ernsthaft darüber nachgedacht hatte. Sie fragte sich jetzt, ob es tatsächlich ihr ureigenster Wunsch war, keine Kinder zu bekommen, oder ob sie sich den Gedanken daran verboten hatte, weil Hajo das Thema so kategorisch ausgeschlossen hatte.

Sie fragte sich, warum wohl die Schwester von Rudolf, Raquel Newjatev, keine Nachfahren hatte. Was hatte sie für ein Leben geführt, dort drüben in Florida? Mit der Bürde, die Letzte einer großen Sippe zu sein. War das eine zu große Last für ein Leben? Hatte sie der Mut, die Genealogie der Newjatevs von neuem zu beginnen, verlassen?

Mit dem Bild der traurigen Familie Newjatev vor Augen schlief Elsa schließlich ein.

»Wow!« Arto nahm Elsa die Fotografie aus der Hand und drehte sie um. »Weihnachten 1912« stand in feiner Schrift darauf. Die Tinte war verblasst, die Buchstaben, Sütterlin, standen akkurat und zart nebeneinander und neigten sich vollkommen parallel zur rechten Seite.

»Das muss sie sein. Anneli.« Elsa tippte wieder auf die Vorderseite der Fotografie. Es war das Porträt einer Familie, von der geschickten Hand des Fotografen arrangiert. Ganz links stand im Gehrock, mit Uhrkette, Schnauzer und ernstem Blick der Patriarch. Die Haare exakt gescheitelt, die Hand auf der Schulter seiner Frau. Diese saß auf einem Stuhl, ein kleines Kind auf dem Schoß. Im Stehen musste sie ihren Mann überragt haben, das mochte der Grund sein, warum der Fotograf sie auf dem Stuhl sitzen, ihren Mann aber stehen ließ. Die Frau – Elsa glaubte, dass es Annelis Mutter sein musste – war eine Schönheit. Mit klarem Blick sah sie direkt in die Kamera. Herzenswärme, wache Intelligenz und Gewitztheit sprachen aus ihren Augen. Sie hatte ein ebenmäßiges und edles Gesicht, eine lange, schmale Nase, die Lippen voll über einem stolz gereckten Kinn. Hinter dem Stuhl der Mutter stand die junge Anneli. Ihr Gesicht war verschlossen, die Hände hatte sie seltsamerweise zu Fäusten geballt. Elsa hatte ausgerechnet, dass ihre Urgroßmutter zu dem Zeitpunkt neunzehn Jahre alt gewesen sein musste, aber das Mädchen auf dem Bild sah beinahe etwas jünger aus. Vielleicht waren es die schlechte Laune und Bockigkeit, die sie ausstrahlte. Vor allem im Gegensatz zu dem Vater, der mit stolzgeschwellter Brust selbstsicher seine Familie präsentierte, und der Mutter, die sofort den Blick des Betrachters auf sich zog, wirkte das junge Mädchen etwas verloren.

Rechts neben ihr stand ein junger Mann, fast so groß wie Anneli, ebenso schlaksig, das blonde Haar zu einer weichen Tolle gekämmt, die ihm keck ins Gesicht fiel. Der Nacken war hoch ausrasiert, was ihn recht bubenhaft wirken ließ.

Auf dem Schoß der Mutter saß ein dickes Kleinkind im weißen Kleidchen, die wenigen Haare auf dem Oberkopf zu einer winzigen Rolle aufgedreht, die Miene grimmig und verheult.

Elsa sah genauer hin. »Ich finde, keiner von ihnen sieht uns ähnlich. Also mir nicht.« Sie vergaß immer, dass Arto nur ihr Halbbruder war. »Weder mir noch Lutz. Und Julius … keine Ahnung. Er ist so lange tot.«

Arto strich mit dem Finger über das Bild. Es war aus dickem Karton, das Schwarz nur noch grau, das Weiß vergilbt. »Aber die Kinder kommen nach der Mutter. Anneli und wie heißt er? Paul. Alle beide. Von dem dicken Ding da kann man das noch nicht sagen.« Sie lachten.

Arto tippte auf das große Mädchen. »Und du hast was von ihr. Dieses Trotzige.« Arto stieß Elsa den Ellbogen in die Seite. »Du hast auch nie gelacht auf Fotos. Immer nur grimmig geguckt.«

Sie saßen nebeneinander auf Elsas Sofa. Arto hatte eigentlich nicht bleiben wollen. Er hatte geklingelt und seiner Schwester die Kiste entgegengestreckt. Dann wollte er sofort wieder verschwinden. Aber Elsa hatte ihn gezwungen, noch hereinzukommen, er hatte nicht gut ausgesehen, blass, mit Augenringen.

Elsa war es nicht gewohnt, dass es Arto nicht gutging. Wenn das mal der Fall war, redete er nicht darüber. Er wollte sie nicht belasten. Sie war und blieb die kleine

Schwester, für die Arto irgendwann Verantwortung übernommen hatte. Wenn es ihr nicht gutging, war er für sie da. Wenn es ihm nicht gutging, bekam sie es nicht mit.

Aber heute hatte sie ihm angesehen, dass ihn etwas belastete, und ihn gezwungen zu bleiben. Sie hatte sogar für ihn gekocht. Ein schnelles Omelett mit Tomate, Mozzarella und Basilikum. Arto hatte es gegessen, aber er hielt es für ein Kindergericht. So etwas würde Ricarda für ihre Enkel kochen, wenn sie kochen könnte. Elsa verschwieg, dass sie dieses Kindergericht mindestens zwei Mal die Woche aß, weil sie weder Zeit noch Nerven hatte, sich ausgiebig zu verwöhnen.

Schließlich hatten sie gemeinsam angefangen, die Kiste auszupacken. Und dabei hatte Arto endlich erzählt. Ein großer Auftraggeber war insolvent. Er würde sein Geld wohl nie wiedersehen. Es ging um beinahe hunderttausend Euro, auf denen Artos Betrieb sitzenbleiben würde. Er hatte seine Angestellten bezahlt, Materialkosten gehabt et cetera. Je mehr Arto erzählte, desto schneller wurde er. Er schwitzte und fuhr sich ständig über das Gesicht.

Elsa machte sich Sorgen. Sie wusste, dass es bei Arto und Lisa immer wieder finanziell eng wurde. Lisa arbeitete manchmal als Hebamme, freiberuflich. Aber seit die Versicherung so teuer geworden war, konnte sie es sich genau genommen nicht mehr leisten, in ihrem Beruf tätig zu sein. Der Hof, den die beiden vor vielen Jahren gekauft hatten, war auch noch nicht abbezahlt.

»Ich habe immer gedacht, dein Geschäft läuft gut. Du bist doch ziemlich beschäftigt?«

Arto rieb sich die Augen. Er hatte große Hände. Arbeiterhände. Es hatte etwas Verletzliches, wie diese großen

Hände, die dazu gemacht waren, anzupacken, so nutzlos über Artos Gesicht fuhren.

»Es läuft auch gut. Aber es darf eben nichts passieren. Nicht so was. Dass mal jemand die Rechnung nicht gleich bezahlen kann – geschenkt. Aber Insolvenz?«

Arto rieb sich über die Beine seiner Jeans. Er war nicht gewohnt, über sich zu reden, er wusste nicht, wohin mit sich. Elsa hätte ihm gerne aus der Klemme geholfen.

»Ich kann euch was leihen. Das weißt du.«

Er nahm ihre Hände und drückte sie. »Ich weiß, danke. Aber ich werde jemanden entlassen müssen. Anders geht es nicht.«

Elsa schenkte sich Wein ein und schob ihrem Bruder die Karaffe mit dem Leitungswasser hin. Sie hatte keine Ahnung von seinen Sorgen. Sie hatte immer gut verdient. Hatte einen festen Job, festes Gehalt jeden Monat. Spesen wurden erstattet, Weihnachts- und Urlaubsgeld bezahlt. War sie krank, kam das Gehalt trotzdem. Sie hatte gespart und sich vor drei Jahren eine kleine Wohnung gekauft. Fürs Alter. Jetzt wohnte ein Student darin. Ihr war es immer wichtig gewesen, abgesichert zu sein. Aber Elsa hatte auch nicht für andere sorgen müssen. Plötzlich schämte sie sich. Dafür, dass sie ihren Bruder ständig belastete. Hatte sie Liebeskummer, rief sie ihn an. Ärger im Job, Arto bekam eine SMS. Und jetzt die Sache mit dem Bild. Es war ihre Familie, nicht seine.

Arto griff in die Kiste. »Zeig her.«

Die Unterlagen waren allesamt ungeordnet. Jemand hatte Erinnerungen und Dokumente in der Kiste aufbewahrt, aber zufällig, vielleicht lieblos, auf alle Fälle jedoch wahllos in die Kiste geschmissen. Geburtsurkunden, Sterbeurkunden, Ariernachweis. Eine Ernennungsurkunde zum Medizinalrat für Dr. Gensheim, offensichtlich Annelis Vater, und ein »Entnazifizierungsschreiben« von den Amerikanern für Anneli. Eine sehr alte Kladde mit Zeitungsausschnitten. Elsa hatte hineingesehen: eine Sammlung kleiner, bedeutungsloser Meldungen aus dem Münchener Alltag. Außerdem waren in der Kiste viele Fotos. Keine Fotos aus den Jahren nach dem Zweiten Weltkrieg. Arto erinnerte sich daran, dass es Fotoalben gab, in die Regine, Elsas Großmutter, sorgsam alles eingeklebt hatte, was die Zeit ihrer Ehe mit Julius betraf. Diese Alben musste Lutz entweder mitgenommen oder vernichtet haben. Die Kiste, die sie hier vor sich hatten, waren die Erinnerungen von jemand anderem, vermutlich von Anneli. Es waren weit über hundert alte Fotografien, angefangen in der Zeit um die Jahrhundertwende, mit ernst dreinblickenden, schwarz gekleideten Männern und Frauen. Niemand lachte oder lächelte auf diesen alten Bildern. Fotografie muss ein beängstigendes Geschäft gewesen sein, die Leute sahen aus, als ob der Beelzebub persönlich sie aus dem großen dunklen Kasten anspringen würde.

Elsa und Arto kannten niemanden auf den Bildern, auch auf den jüngeren nicht, sie mussten sich mühsam zusammensetzen, wer die Abgebildeten wohl waren. Nicht immer konnten sie die Gesichter zuordnen, es gab allein fünf verschiedene Brautpaare, und nur auf einem der Bilder konnten sie Anneli identifizieren. Klassenfotos waren darunter, manchmal über vierzig kleine Kinder, entweder Jungen oder Mädchen. Diese alle mit riesigen Schleifen auf dem Kopf, die man so heute nur noch auf italienischen Ostereiern sah. Manchmal gab es Jahreszahlen oder einen

Namen auf der Rückseite, manchmal war der Anlass notiert. »Weihnachten« stand auf einem Bild, »Heimkehr« auf einem anderen. Auf letzterem war ein junger Mann in Uniform abgebildet, auf dem Rücken einen Tornister, in der einen Hand ein Gewehr, mit der anderen griff er um die Taille einer jungen Frau. Erster Weltkrieg, ohne Zweifel, aber wer die Abgebildeten waren, blieb für Elsa und Arto im Dunklen.

Eine Fotografie aber gab es, auf der Anneli Gensheim, spätere verheiratete Schuster, porträtiert war, auf der Rückseite stand ihr Name mit Datum. Anneli Gensheim, Reporterin, Juni 1913. Eine kecke junge Frau, die mittelblonden Haare kinnlang in Wasserwellen gelegt. Der Blick erwartungsvoll in die Zukunft gerichtet. Sie lächelte nicht, aber sie wirkte gelassen und kraftvoll.

Lange blickte Elsa auf die Fotografie in ihrer Hand. Diese Frau war mit ihr verwandt. Was verband sie beide miteinander? Welche Eigenschaften hatte sie von ihrer Urgroßmutter möglicherweise übernommen? Waren sie sich ähnlich? Was für ein Leben hatte diese Frau geführt vor hundert Jahren? Eines, das mit ihrem nicht vergleichbar war, so viel war Elsa klar. Nicht nur, weil Anneli verheiratet gewesen war und zwei Kinder gehabt, sondern weil sie zwei große Kriege erlebt hatte. Beim Ausbruch des Ersten Weltkriegs war Anneli einundzwanzig Jahre alt, beim Zweiten dagegen sechsundvierzig gewesen. Sie war erwachsen, sie erlebte die Zeiten des Jubels, aber auch des Elends, das Hungern während der Kriege, die Weimarer Republik, die Machtergreifung Hitlers und die Schikanen der Nationalsozialisten. Sie konnte sich der Verantwortung nicht entziehen, konnte nicht sagen, sie sei noch ein Kind gewesen oder eine spät Geborene. Sie musste sich zu allem, was passierte, verhalten, musste ihre Kinder durch diese Zeiten bringen, sie schützen und überleben.

Ganz gleich was Elsa über Anneli und *Mon amour* herausfinden würde, durfte sie darüber richten? Sich ein Urteil anmaßen? Sie blickte auf das Bild, in die erwartungsvollen Augen der jungen Frau, und fragte sich, ob sie jemals verstehen würde, wie Anneli gedacht und gefühlt hatte.

Die Antwortmail von Hajo kam in der Nacht zum Freitag. Kurz vor halb zwei. Elsa konnte nicht schlafen, sie lag noch wach und las, ein Buch über den Kunsthandel in der Nazizeit, das sie sich in der StaBi ausgeliehen hatte. In den letzten Tagen hatte sie sich gezwungen, nachts nur noch stündlich ihre Mails zu checken, aber selten konnte sie ihre Vorsätze in die Tat umsetzen.

Obwohl Hajo sich um einen neutralen Ton bemühte, las Elsa seine unterdrückte Wut in jeder Zeile mit. Nein, keine Wut, berichtigte sie sich, er war ungehalten. Er war genervt darüber, dass sie ihm Probleme machte. Dass sie ihm neben allem anderen, was ihn beschäftigte, beschäftigen musste, seine Studenten, seine Forschungsarbeit, sein Tequila saufender Sohn, seine unmäßige Forderungen stellende Ex-Frau, dass sie, Elsa, die bequeme Geliebte, die in sicherer Entfernung lebte, dass sie ihm Ungemach bereitete.

Und antwortete klipp und klar mit »Scheißarsch«. Sie hatte rasch, ohne lange zu überlegen, auf »Senden« gedrückt. Jetzt war das Wort unterwegs, und Hajo würde es morgen, wenn er in seinem festgefahrenen Leben aufwachte, lesen und sich bestätigt fühlen: Elsa machte Ärger.

Sie wurde nie ausfällig, sie hatte in Hajos Gegenwart niemals Schimpfwörter benutzt, »Scheiße« war das schlimmste, aber Elsa hatte plötzlich ein unbändiges Verlangen danach, ihm zu zeigen, dass sie eine andere war. Es war ein bisschen wie das Coladosengefühl, das sie schon auf der Raststätte gehabt hatte. Sie wollte sich schlecht benehmen, aus ihrer Rolle ausbrechen. Zugleich wusste sie, dass es ungerecht war, ihm einen Vorwurf daraus zu machen, dass er sie nicht verstand. Sie hatte selbst nicht gewusst, dass eine andere Elsa zum Vorschein kommen könnte. Aber dass von ihm kein Wort der Entschuldigung gekommen war, keine Reue, kein Ausdruck der Sehnsucht oder der Erinnerung daran, was sie miteinander gehabt hatten, an das Schöne, das machte sie wütend.

Von dem einen Schimpfwort plötzlich ermattet, legte Elsa das Buch beiseite, zog die Schlafmaske über die Augen und war binnen weniger Minuten tief eingeschlafen.

Feilitzschstraße. Elsa stolperte über das Wort, ohne einordnen zu können, warum sie dieser Straßenname so elektrisierte. Sie blieb daran hängen und las ihn immer und immer wieder. Elsa saß im Münchener Stadtarchiv und war bei der biografischen Suche tatsächlich fündig geworden. Der Vater von Anneli, der Medizinalrat Dr. Hermann Gensheim, war zu seiner Zeit eine bekannte Persönlichkeit gewesen. Er war am Klinikum Schwabing beschäftigt, hatte die chirurgische Abteilung geleitet und war außerdem sehr engagiert in seiner Partei, der SPD. Es gab ein kleines Dossier über ihn, persönliche Daten waren festgehalten, darunter auch, dass er mit seiner Familie in der Feilitzschstraße in Schwabing gelebt hatte.

Bevor sie weiterlas, versuchte Elsa, sich daran zu erinnern, warum sie ausgerechnet an dem Straßennamen hängenblieb. Ihr war, als wäre ihr just diese Straße gerade irgendwo begegnet. Oder verknüpfte sie Vergangenheit und Gegenwart miteinander? Die Feilitzschstraße war schließlich nicht so weit von ihrem eigenen Wohnort entfernt. Sie war außerdem sicher, dass sie nicht zum ersten Mal darauf stieß, wo ihre Verwandten gewohnt hatten. Schon als sie mit Arto die Dokumente ihrer Urgroßmutter durchforstet hatte, musste sie immer wieder über die Straße gestolpert sein. Aber Elsa glaubte, dass es noch einen anderen Zusammenhang gab, der ihr im Moment bloß nicht einfallen wollte.

Auch zu ihrer Urgroßmutter fand Elsa einige Angaben. Nicht nur Persönliches, es war auch vermerkt, dass Anneli Schuster, geborene Gensheim, als Gerichtsreporterin gearbeitet hatte. Das war Elsa neu. Journalistin, ja, das wusste sie. Elsa hatte das so hingenommen, ohne darüber nachzudenken, was Anneli geschrieben und wo sie veröffentlicht hatte. Aber nun war ihre Neugier angestachelt, und sie begann, sich tiefer im Archiv durchzuwühlen. Eine Viertelstunde später hatte sie einige Fakten zusammengetragen. Ihre Vorfahrin war als feste Mitarbeiterin bei der sozialdemokratischen Tageszeitung *Münchener Post* angestellt gewesen. In welchem Alter und in welcher Position sie zu der Zeitung gekommen war, ging aus den Unterlagen nicht hervor, aber irgendwann hatte sie Gerichtsreportagen geschrieben. Das war zu der Zeit ausgesprochen ungewöhnlich, und Anneli schien die erste Frau gewesen zu sein, die sich damit einen Namen gemacht hatte. Das allerdings konnte Elsa nur vermuten, denn es gab keine Aufsätze über ihre Urgroßmutter, lediglich Erwähnungen in anderen Zusammenhängen. Elsa würde sich durch einige Jahrgänge der *Münchener Post* wühlen müssen.

Auf dem Weg vom Stadtarchiv nach Hause holte sich Elsa in der Feinkostabteilung von Kaufhof am Marienplatz alles, was sie für ein gelungenes Wochenende brauchte. Serranoschinken, Entenleberpastete, mit Mandeln gefüllte Oliven, eingelegten Schafskäse, französischen Rohmilchkäse, der schon selber laufen konnte, Salzbutter und zwei Baguettes. Weil sie sich nicht zwischen Panna cotta mit Cassis und Toblerone-Brownies entscheiden konnte, nahm sie beides. Dazu leistete sie sich zwei teure Flaschen Sancerre.

Mit der U-Bahn fuhr sie schließlich nach Hause. An der Münchner Freiheit stieg Elsa aus und zögerte. Sollte sie einen Schlenker durch die Feilitzschstraße machen? Ob es das Haus noch gab, in dem ihre Familie vor hundert Jahren gewohnt hatte? Sie entschied sich trotz der schweren Plastiktüten dafür und kam mit der Rolltreppe an dem futuristischen Bahnhof an die Oberfläche. Elsa bog rechts ab und suchte die Nummer 10. Kaum etwas erinnerte an die damalige Zeit, es gab mondän renovierte Altbauten, aber auch viel Neues, angefangen mit bunkerähnlichen Klötzen, die nach dem Krieg aus dem Boden gestampft worden waren. Neonreklame, die für den besten Döner warb, oder hippe Modegeschäfte wechselten sich mit verspiegelten Architektenträumen ab, in deren Eingangsbereich es weder Klingeln noch Namensschilder oder Briefkästen gab. Die Nummer 10 existierte nicht mehr, jedenfalls nicht als Altbau. Heute stand dort ein gesichtsloser Neubau.

Vor dem Haus verweilte Elsa ein bisschen und versuchte, die Straße auf sich wirken zu lassen. Sie sah nach links, nach rechts, in die Occamstraße hinein, dann schloss sie die Augen und versuchte, sich vorzustellen, wie es hier vor dem Ersten Weltkrieg ausgesehen haben musste. Durch ihren Job und diverse Recherchen kannte sie Bilder der Stadt aus der Jahrhundertwende. Schon in der Mitte des neunzehnten Jahrhunderts war die Bautätigkeit in München gewaltig gewesen. Gerade noch war Schwabing ein Dorf, plötzlich gab es Prachtstraßen wie die Ludwigstraße. Breite Boulevards, bebaut mit mehrstöckigen repräsentativen Bauten. Universität, Siegestor, die Feldherrnhalle. Später Mietskasernen in der Türkenstraße und angrenzenden Straßen.

Diese Ecke allerdings, in der sie sich jetzt befand, das sogenannte Altschwabing, war individueller, hier standen die Seidlvilla, das Schlösschen Suresnes, in dem Paul Klee gelebt und gearbeitet hatte, das Gohrenschloss oder das Schlösschen Biederstein. Das Gebiet nahe dem Englischen Garten – und dazu hatte auch die Mandlstraße gehört, in der ihre Großeltern Julius und Regine zu Hause waren – war immer schon mondän gewesen. Das Viertel der Intellektuellen, der Politiker und jener, die es im Vorkriegsmünchen zu etwas gebracht hatten. Maler, Dichter, Kurtisanen und Denker hatten das von der Gräfin Fanny zu Reventlow so betitelte »Wahnmoching« bevölkert. In nördlicher Richtung allerdings, hinter dem Artur-Kutscherplatz, entstanden in der Zeit der Industrialisierung jede Menge Arbeiterwohnungen, dicht gedrängt lebten die Menschen hier im »Sackzipfel« in kleinen, dunklen und feuchten Quartieren.

Die Plastiktüten schnitten in ihre Handgelenke, so dass Elsa beschloss, nach Hause zu gehen. Auf ihrem Weg durch die Straßen Schwabings kam der Schmerz. Mit einer Woche Verspätung. Sie sah die Menschen, die sich an dem lauen Septemberabend durch ihr Viertel bewegten. Lachende Gruppen junger Leute vor ihren Hugos oder Aperol Spritz. Kulturell interessierte ältere Paare, die Hände haltend zu einer Lesung in der Buchhandlung Lehmkuhl schlenderten. Teenager, die im Schneidersitz auf dem Gehsteig saßen und die Augustinerflaschen herumgehen ließen.

Elsa kam sich armselig vor mit den schweren Delikatesstüten, deren Inhalt ihr das Wochenende erträglich machen sollte. Eine einsame Frau mittleren Alters auf dem Weg in ihre Wohnung, in der niemand auf sie warten würde. Elsa fühlte sich allein und elend. Sie hatte sich eine Woche lang an die Wut über Hajo festgeklammert, so dass sie gar nicht gemerkt hatte, wie sehr er ihr fehlte. Seine warmen Hände, seine Zärtlichkeit, sein Sinn für Humor. Dass sie manchmal einen Satz sagte, den er zu Ende führen konnte. Sie vermisste die kratzigen Bartstoppeln an dem Hals, der schon ein bisschen weich und faltig war. Den Haarkranz um den tiefen Bauchnabel. Den Geruch seiner Stirn, der so ganz besonders war und an Vater erinnerte, aber ganz bestimmt nicht an sie.

Elsa schaffte es kaum bis in den vierten Stock. Die Einsamkeit zwang sie in die Knie. Mit letzter Kraft sperrte sie die Tür auf, ließ alles fallen und sank bäuchlings auf ihrem Sofa nieder. Sie weinte aus dem Stand so heftig und lange, dass ihr die Kehle weh tat. Sie brüllte in die hellen Kissen, geschüttelt von Wut, Trauer und Fassungslosigkeit. Dann schloss sie die Augen und schlief erschöpft ein.

Als sie aufwachte, war es dunkel. Elsa stand mit brennenden Augen auf und räumte ihre Tüten aus. Den Weißwein legte sie ins Eisfach, damit sie ihn gleich nach der Dusche würde öffnen können.

Als sie eine Viertelstunde später mit nassen Haaren auf der Couch saß und nach draußen in die Lichter der Stadt blickte, wusste sie, dass sie so nicht weitermachen wollte. Sie musste sich aus einer Beziehung, in die sie mehr hineinprojiziert hatte, als diese aushielt, befreien. Sie würde einen letzten, vernünftigen Versuch machen, sich mit Hajo zu verständigen, sobald sie sich stark genug fühlte. Entweder würden sie danach zusammenziehen, oder es war aus. Aber den Schwebezustand der vergangenen fünf Jahre, der ihr so ideal erschienen war, wollte sie nicht länger hinnehmen.

Zudem war ihr klargeworden, dass die Erkenntnis über die monströse Lüge in ihrer Familie sie tiefer erschütterte, als ihr bewusst gewesen war.

Die Geschichte von *Mon amour* war auch ihre Geschichte. Es war im Moment ihre dringlichste Aufgabe, diesen gordischen Knoten zu zerschlagen.

Dann allerdings würde sie sich fragen müssen, wer sie wirklich war und was sie von ihrem Leben noch erwartete. Als sie sich mit den Biografien von Anneli, den Newjatevs, aber auch dem Kunsthändler Siegfried Schuster beschäftigt hatte, war ihr diese Zeit spannend, gefährlich, grausam, aber auch anregend erschienen. Ihr Leben dagegen verlor an Farbe. Als agierte *sie* in einem Schwarzweißfilm und nicht die anderen, deren Geschichte sie im Moment erforschte.

Als sie die Datenbanken durchgegangen war, auf der Suche nach weiblichen Reporterinnen oder Journalistinnen, hatte sie ein Foto gesehen, das sie beeindruckt hatte. Es war die Aufnahme einer jungen Frau in einem eleganten schwarzen Kostüm mit großem Hut, die auf einem Metallgerüst hoch über Berlin stand und eine unförmige große Kamera in der Hand hielt. Über den Dächern Berlins, der Dom im Hintergrund, der neugebaute Turm des Roten Rathauses. Ein Bild von 1910! Wie viel Mut und Pioniergeist lag in dieser Fotografie! Später würde sie versuchen, das Foto im Internet zu finden. Dann wollte sie es ausdrucken und sich auf ihren Schreibtisch legen. Als Mahnung. Als Motivation.

Elsa knabberte an einem trockenen Ende Baguette, sie war zu faul, um sich ein richtiges Sandwich zu machen, und dann dachte sie daran, dass Anneli bei der Zeitung gearbeitet hatte. Ob es schwer gewesen war, sich gegen die männlichen Kollegen zu behaupten? Wie hatte sie ihren Eltern klargemacht, dass sie, ein Mädchen aus gutem Haus, einen Beruf ergreifen wollte, der üblicherweise nicht von Frauen ausgeübt wurde?

Elsa dachte, dass Anneli bei der *Münchener Post* ziemlich fortschrittliche Vorgesetzte gehabt haben musste, wenn sie ihr diese Chance gegeben hatten. Die Tageszeitung galt damals als sehr progressiv. Schon früh hatte die *Post* gegen Hitler angeschrieben, der berühmte Kurt Eisner hatte der Redaktion angehört, und später, nach der

Machtergreifung, waren die Horden der SS über die Redaktion hergefallen. Hatten Räume und Inventar zerstört, die Redakteure verhaftet, einige waren im KZ gestorben.

Elsa sah in den dunklen Nachthimmel, trank einen Schluck Wein, lutschte an einer Olive. Dann fiel ihr die Kladde ein. Die alte Kladde mit den Zeitungsausschnitten, die sie für belanglos gehalten hatte.

Morgens um drei tat ihr der Rücken weh. Sie saß noch immer auf dem Boden, an das Sofa gelehnt, und las die Ausschnitte in der Kladde. Anneli hatte hier alle Artikel gesammelt, die sie für die Zeitung verfasst hatte. Jedenfalls die, die bis zum Ausbruch des Ersten Weltkriegs veröffentlicht worden waren. Es fing mit kleinen, unbedeutenden Meldungen an, die, deretwegen Elsa die Kladde als uninteressant eingestuft hatte.

Schnell schien Anneli aber mehr und mehr schreiben zu dürfen. Nicht nur die Anzahl der Artikel wuchs, auch die Zeilen. Vom Januar 1913 schließlich stammte der erste große Artikel, mit dem Kürzel AnGe gekennzeichnet. »Erster Erfolg im Berwanger-Mord« lautete die Schlagzeile. Wie im Fieber überflog Elsa die Meldung und dann jeden Artikel, der sich mit dem Mordfall beschäftigte. Die Puzzleteile fügten sich vor ihren Augen wie von selbst zusammen.

Rudolf Newjatev wurde als mutmaßlicher Mörder seiner Muse Rosa verhaftet.

Rosa war siebzehn Jahre alt gewesen, stammte aus einer Bauersfamilie vom Schliersee und hatte einen vollständigen Namen: Rosa Berwanger.

Das Mädchen hatte den Maler im August 1912 kennengelernt, als sie bei einer Familie in Schwabing in Diensten stand.

Rudolf Newjatev hatte ein Atelier in der Giselastraße gehabt, wohin er mit seiner neuen Liebe und seinem künftigen Modell gezogen war. Vorher hatte er bei seinen Eltern in der Feilitzschstraße gelebt.

Feilitzschstraße.

Sie waren Nachbarn gewesen.

Sie mussten sich gekannt haben, Anneli und Rudolf. Vielleicht auch Anneli und Rosa.

Lange bevor der Schwager von Anneli, Siegfried Schuster, das Bild von Paris nach München transportiert hatte.

Elsa war sicher, sie war felsenfest davon überzeugt, dass in dieser Bekanntschaft des Rätsels Lösung lag. Anneli, Rudolf, Rosa und das Bild.

Mon amour.

München, Marstallplatz,
am Nachmittag des 14. Dezember 1912

Sie standen in dichten Reihen nebeneinander, zu viert, zu fünft oder gar noch mehr. Die Schlange schwarz Gekleideter zog sich über die Marstallstraße bis in die Salpeter-, über die Wurzer- in die Herzog-Rudolf-Straße. Ob der unüberschaubaren Menge Trauernder war es erstaunlich, wie ruhig es war. Mucksmäuschenstill. Totenstill. Ab und an ein vereinzelter Schluchzer. In kleinen ruckartigen Stößen bewegte sich die Masse der Menschen langsam vorwärts. Kein Drängeln, kein Schieben oder Schubsen. Manchmal reckte jemand den Hals, um zu sehen, wie es vorwärtsging, die meisten aber blickten stumm zu Boden. Der Himmel war grau und trüb an diesem Dezembertag, keine Schneeflocke tanzte am Himmel, kein Sonnenstrahl bahnte sich seinen Weg durch die dichte Wolkendecke. Als habe sich eine Glocke über die Innenstadt gestülpt, als seien die Geräusche gedämpft worden und als würden die Menschen einfach innehalten in ihrer Trauer. Kein Gespräch, das sich nicht darum drehte: um den toten Kronprinzen Luitpold.

Der Sarg mit dem Leichnam lag in der Allerheiligen-Hofkirche aufgebahrt, und alle wollten Abschied nehmen. Die Flaggen in der Stadt waren auf halbmast gehisst. Wer nicht die Zeit hatte, sich in die Schlange der Trauernden einzureihen und zu kondolieren, trug eine schwarze Armbinde, in den Auslagen der Geschäfte standen gerahmte Bilder des Regenten mit schwarzen Banderolen. Kerzen flackerten. Menschen weinten auf offener Straße.

Die Stadt trug Trauer und ebenso ich. Aber im Gegensatz zu allen anderen erfasste mich Abscheu, wenn ich die Menschen betrachtete, die einen ihnen gänzlich fremden Mann betrauerten. Denn ich dachte an das junge Mädchen, das ich gekannt hatte und das jetzt irgendwo in einer Kühlkammer lag, nackt und bloß, entstellt und entwürdigt. Wer weinte eine Träne um sie? Wer würde sie begraben?

Ich war auf dem Weg zu meiner Arbeit, heute ging ich zu Fuß, die Straßenbahnen fuhren zu unregelmäßig, da der Verkehr in der Stadt durch die Begräbnisfeierlichkeiten behindert war. In der Nacht hatte ich kein Auge zugemacht, hatte mich im Bett gewälzt, weinend, so lange, bis meine Augen trocken waren und brannten. Viele Gedanken waren mir durch den Kopf gegangen. Ich sah Rosa vor mir, wie ich sie durch die Scheibe des Milchgeschäftes betrachtet hatte. Mit dem dicken Schal vor dem Gesicht, das goldene Haar hochgesteckt, einzelne Strähnen waren ihr ins Gesicht gefallen. Ihre resoluten Gesten, ihr selbstbewusstes Auftreten, als sie mir entgegengeschleudert hatte, dass sie nun frei und glücklich war.

Wie viele Tage hatte sie noch frei und glücklich sein können, bevor sie ihren Mörder traf?

Die Vorstellung, dass sich dieses junge Mädchen kurz nach seinem siebzehnten Geburtstag allein in den Isarauen herumtrieb, des Nachts, im Dunklen, jagte mir Schauder über den Rücken. Warum war sie dort gewesen? War sie jemandem gefolgt, und wenn ja, wem?

Ludmilla, die mir die Nachricht von Rosas Tod überbracht hatte, erzählte mir, dass Newjatev Rosa identifiziert hatte. Er war am frühen Morgen, bevor sie gefunden wurde, gänzlich aufgelöst auf einer Polizeiwache erschienen und hatte sich Sorgen um seine Geliebte gemacht. Da er konfus und außerdem betrunken gewesen war, hatten die Beamten ihn kurzerhand auf die Straße gesetzt. Als man die Leiche von Rosa gefunden hatte, erinnerte sich einer der Polizisten an den verwirrten Kunstmaler. Er wurde geholt, um die zu diesem Zeitpunkt noch Unbekannte in Augenschein zu nehmen. Laut Ludmilla – diese hatte es von einem Chauffeur der Newjatevs aus erster Hand – war er theatralisch über der Leiche der Geliebten zusammengebrochen.

In den frühen Morgenstunden, als der fahle Schein der Dämmerung durch die Vorhänge kroch, lag ich noch immer mit offenen Augen in meinem Bett. Mir war eine Szene eingefallen, die ich, kurz bevor Rosa ermordet worden war, auf offener Straße beobachtet hatte.

Es war schon dunkel gewesen, als ich mit Paul von der Trambahnhaltestelle nach Hause gelaufen war. Wir waren noch gemeinsam im Kaufhaus gewesen, um nach Weihnachtsgeschenken für die Familie zu suchen, da sahen wir auf der gegenüberliegenden Seite ein streitendes Pärchen unter einer Gaslaterne. Sie gestikulierten heftig, und ich erkannte sofort, dass es sich um Rosa und Rudolf handelte. Sie, klein und rund, er hoch aufgeschossen und dürr wie eine Zaunlatte. Paul lachte zuerst über das ungleiche Paar und meinte, dass sie ihn an den Komiker Karl Valentin und seine Bühnenpartnerin Liesl Karlstadt erinnerten. Ich pflichtete ihm bei, machte ihn aber darauf aufmerksam, dass es sich bei der Frau um Rosa handelte, das

Mädchen, dem er jüngst mit Haut und Haar verfallen war. Daraufhin blieb er stehen und sah misstrauisch zu dem Paar hinüber. In diesem Moment eskalierte der Streit auf der anderen Straßenseite. Sie schrie ihn an, er versuchte, sie zu ergreifen, aber sie riss sich von ihm los, rief etwas wie »Nie, nie, nie« und rannte, ohne auf den Verkehr zu achten, quer über die Straße.

Betroffen sahen Paul und ich Rosa hinterher, aber sie verschwand schnell in der abendlichen Dunkelheit. Rudolf Newjatev dagegen stand noch immer unter der Laterne, die schmalen Schultern hängend, der Kopf mit den langen schwarzen Haaren gesenkt. Das gelbliche Gaslicht entzog seinem Gesicht jegliche Farbe, und er sah aus wie eine traurige Marionette, an deren Fäden niemand zog. Paul und ich beeilten uns, nach Hause zu kommen, es war uns peinlich, dieser unschönen Szene beiwohnen zu müssen.

Nun überlegte ich, ob der Streit an dem Abend stattgefunden hatte, an dem Rosa getötet wurde. Oder war es einige Tage davor gewesen? Hatte sie sich mit ihrem Liebhaber wieder versöhnt? Ob der Streit damit zusammenhing, dass Rosa vielleicht nicht gar so treu war, wie er geglaubt hatte? Dabei rief ich mir die Beobachtung auf dem Oktoberfest in Erinnerung.

Mit zerschlagenen Gliedern und einem Kopf voller Watte war ich aufgestanden und hatte mich zur Arbeit geschleppt.

Gerade ließ ich die Gegend um die Allerheiligen-Hofkirche und die Trauergemeinde hinter mir, lief quer über den Marienhof und erreichte wenig später meine Redaktion am Altheimer Eck.

Dort herrschte, im Gegensatz zu der gedämpften Stimmung auf der Straße, ein wildes Durcheinander. Reporter und Fotografen gaben sich die Klinke in die Hand, der Bayernredakteur Martin Anlauf stand mit gerötetem Gesicht und offenem Hemdkragen im Flur, gestikulierte und brüllte Anweisungen. Der Tod des Kronprinzen hielt die Presse in Atem. Gewiss ging es nicht nur bei der *Münchener Post* zu wie im Taubenschlag, sondern bei allen anderen Zeitungen ebenso. Kaum war ich durch die Tür getreten, winkte Anlauf mich zu sich und gab mir eine elend lange Liste von Arbeiten in Auftrag, die ich mir hastig in meinen Notizblock schrieb. Mittlerweile beherrschte ich die Stenografie aus dem Effeff, ich hatte so lange und intensiv geübt, dass ich sogar in der Lage war, mit verbundenen Augen lesbare Kürzel zu notieren.

Eigentlich hatte ich mir vorgenommen, meinen Redakteur und Mentor auf den Mordfall Rosa Berwanger anzusprechen, denn die Polizei hatte uns wissen lassen, dass zum heutigen Tage geplant sei, die Presse zu informieren. Doch hier brannte die Luft, und ich sah schnell ein, dass es keineswegs angebracht war, jetzt mit einem Thema anzukommen, das nicht den Tod des Regenten beinhaltete.

Was ich aber tat, war, dass ich in der Mordkommission anrief und mich nach einigem Hin und Her mit dem ermittelnden Inspektor verbinden ließ. Ich gab mich als Reporterin der *Post* aus und fragte, ob ich nicht ausnahmsweise Informationen von ihm aus erster Hand bekommen könne, denn aus nachvollziehbaren Gründen sei ich heute nicht in der Lage, dem Termin im Präsidium beizuwohnen.

Zu meiner Erleichterung beschied mir der Mann, ein Herr Eppler, dass dieser Termin ohnehin abgesagt worden war, denn wegen der Feierlichkeiten um den Kronprinzen seien alle Kräfte der Polizei vorerst gebunden. Zunächst gab ich mich damit zufrieden, denn ich glaubte daran, dass der Termin nur verschoben, nicht aber gänzlich abgesagt worden war.

An diesem Tag und auch am nächsten kam ich erst spät nach Hause. Noch immer beschäftigte der Tod des Regenten die gesamte Stadt, ja das Land. Bei uns zu Hause allerdings rückte das Thema schnell in den Hintergrund. Meine Eltern waren beide keine Monarchisten. Obwohl mein Vater dem Kronprinzen durchaus großen Respekt gezollt hatte, war er als Sozialdemokrat regelrecht empört über den Aufwand, der tagelang um den verstorbenen Regenten getrieben wurde. Er rechnete uns vor, was man mit dem Geld, das in seinen Augen zum Fenster hinausgeworfen wurde, hätte anstellen können: das Waisenhaus in der Antonienstraße unterstützen, die Baracken der Armen in der Au an die Kanalisation anschließen, eine weitere Armenspeisung einrichten. Er redete sich so in Rage, dass unsere Köchin Magdalena, die sich fortwährend bekreuzigte, in der Küche weinend zusammenbrach und mit ihrer Kündigung drohte. Sie war eine glühende Anhängerin der Monarchie und ließ sich von Mutter überreden, nur bei uns zu bleiben, wenn mein Vater seine defätistischen Reden augenblicklich einstellen würde. Papa ließ sich natürlich nur ungern den Mund in seinem eigenen Haushalt verbieten, aber er hielt sich daran – zumindest wenn Magdalena in Hörweite war. Die beiden sprachen in den folgenden Wochen kein Wort miteinander.

In Ludmilla jedoch fand ich eine Verbündete in der Trauer um Rosa. Zwar hatte unser Kindermädchen die

Verstorbene zu Lebzeiten nicht geschätzt, aber das bittere Schicksal des jungen Mädchens ergriff sie nun umso heftiger. Schließlich hätte Ludmilla gut Gleiches widerfahren können, nur mit Glück hatte sie ihr Martyrium überlebt.

Wir trafen uns oben auf dem Wäscheboden, wo wir gemeinsam eine Zigarette rauchten. Bis dato hatte ich keinen Tabak angerührt, nun aber hatte ich das Gefühl, dass das Rauchen meine angespannten Nerven beruhigen würde.

Ludmilla stieß den Rauch ruckweise aus. Sie versuchte sich an Kringeln, die aber nicht gelingen wollten, und reichte mir dann die Zigarette. »Manfred sagt, war liebe Mädchen. Aber immer Ärger in Haus.«

»Wer ist Manfred?«

Ludmilla wurde rot. »Der Chauffeur.«

»Von den Newjatevs?« Ich konnte mir ein Grinsen nicht verkneifen.

Ludmilla nickte und lächelte. Ich musste nicht weiter fragen, ich wusste auch so, dass sich da etwas abspielte zwischen ihr und »Manfred«.

»Was heißt ›Ärger‹?« Ich öffnete das kleine ovale Fenster, das nach vorne zur Straße ging. Man konnte von ihm aus über die Dächer Schwabings bis zum Siegestor gucken. Ich wedelte den Rauch hinaus und gab die Zigarette wieder an Ludmilla zurück.

»Ärger wegen Rosa. Vater von Maler geschimpft. Mit Sohn.«

»Der Vater von Rudolf hat mit ihm wegen Rosa geschimpft?« Es war besser, noch einmal nachzufragen, denn bei Ludmillas schlechtem Deutsch waren Missverständnisse nicht ausgeschlossen. Aber sie nickte.

»Kennst du ihn? Also den Vater?«

Ludmilla schüttelte den Kopf und zog die Mundwinkel nach unten. »Nein.« Sie nahm einen letzten tiefen Zug von der Zigarette, wobei die Glut sich so tief durch den Tabak fraß, dass sie sich beinahe die Finger verbrannt hätte. »Aber Manfred sagt, ist streng.«

»Manfred sagt« sollte für die nächsten Monate die übliche Eröffnung eines jeden Gesprächs mit Ludmilla werden. Bis die beiden heirateten.

Jetzt zog sie die schmalen Augenbrauen zusammen. »Immer Streit. Vater gesagt, kein Geld mehr für Rudolf.« Sie rollte das R ganz reizend.

»Aber hat Rosa denn mit Rudolf bei seiner Familie gewohnt?«

»Nix da!« Ludmilla zog sich ihre Strickstola fröstelnd über die Schultern. »Haben gewohnt in Atelier. Manfred sagt, Mädchen nicht in Familie, niemals.«

Das deckte sich mit meinen Beobachtungen. Rudolf Newjatev hatte ein Atelier in der Giselastraße, ich wusste auch genau, wo. In den vergangenen Wochen hatte meine Neugier, das Pärchen betreffend, nicht nachgelassen. Auch wenn Rosa behauptet hatte, sie sei frei und glücklich, war ich skeptisch geblieben. Das war kein Leben für ein junges Mädchen. Malermuse und Geliebte. Zumal ich immer öfter den Verdacht hatte, dass Rudolf seine Rosa zwar als Besitz betrachtete, diese sich aber durchaus auch anderweitig aushalten ließ. Nachdem ich sie auf dem Oktoberfest mit einem Fremden beobachtet hatte, konnte ich die Zeichen für eine mögliche Untreue ihrerseits besser lesen. Wenn ich die jungen Künstler im Stefanie traf, benahm sich Rosa alles andere als züchtig. Neckisch setzte sie sich bald bei diesem, bald bei jenem auf den Schoß. Sie provozierte Rudolf, der rasend vor Eifersucht zu sein schien. Oberflächlich betrachtet, war es ein Spiel, aber ich glaubte, dass Rosa auch Ernst machte, wenn sie nicht unter Rudolfs Beobachtung stand.

Ich schloss das Dachgeschossfenster, nicht ohne einen Blick über die dampfenden Schornsteine zu werfen, die grauen dichten Rauch in den Winterhimmel über der Stadt pusteten, und dachte an Rosas Familie am Schliersee. Wussten sie, was ihrer Tochter widerfahren war? Oder die Tante in der Au, die das Mädchen an die Familie in unserer Nachbarschaft vermittelt hatte, hatte sie geahnt, dass es so ein böses Ende mit ihr nehmen würde?

Wie hatte Rosas ehemalige Dienstherrschaft es aufgenommen, dass die Wäscherin, die ihnen davongelaufen war, so ein grauenvolles Ende genommen hatte? All das war Stoff für eine große Geschichte, und ich nahm mir vor, Martin Anlauf in den nächsten Tagen, nach der Beisetzung des Kronprinzen, darauf anzusprechen. In der Zwischenzeit konnte es nicht schaden, wenn ich mich auf eigene Faust ein wenig umhörte.

Der Blick, mit dem mich Herr Kriminalinspektor Eppler betrachtete, war mehr als skeptisch. Ich war nicht angemeldet und hatte mich in der Ettstraße frech durchgefragt. Das Polizeipräsidium war ein imposanter Bau, der gleich um die Ecke von der Frauenkirche in einem ehemaligen Kloster untergebracht war und von den Münchnern nach der anderen angrenzenden Straße nur »Löwengrube« genannt wurde. Ich war zum ersten Mal dort und hatte mir vorgenommen, mich von nichts und niemandem ins Bockshorn jagen zu lassen und nicht eher Ruhe zu geben, bis ich zu Eppler persönlich durchgedrungen war. Aber es schien mir, als sei der Zusatz »Reporterin von der *Münchener Post*«, den ich stets bei der Vorstellung meines Namens anfügte, ein wahres Sesam-öffne-dich. Überall wurde ich vorgelassen, jeder Mann – und es waren nur Männer, denen ich auf den endlosen Fluren des Präsidiums begegnete – wies mir freundlich den Weg. Schließlich stand ich vor dem Büro mit der Nummer 108 und dem Schild »Reinhard Eppler, Kriminalinspektor, Gewalt- und Sittendelikte«. Auf mein zaghaftes Klopfen öffnete mir ein blutjunger Mensch in Polizeiuniform die Tür. Verdattert sah ich ihn an. Das konnte er unmöglich sein.

»Sie wünschen?«, fragte der Junge höflich.

Ich stellte mich vor, sagte das Sprüchlein auf, das ich brav eingeübt und nun schon so oft vorgetragen hatte. Daraufhin öffnete mir der Junge galant die Tür, und ich durfte eintreten. Ein schmuckloses Büro empfing mich. Die Wände waren in lindgrüner Ölfarbe gestrichen, die den Raum zwar hell wirken ließ, den Teint aber fahl. Inmitten des Raumes stand lediglich ein Schreibtisch, darauf eine der Adler-Maschinen, die auch bei uns in der Redaktion das wichtigste Arbeitsgerät darstellten, und zwei Stühle. Einer vor, einer hinter dem Tisch. Ein Papierkorb, eine Schreibtischlampe, ein kleiner Stapel Papier. Das war alles. Nüchtern und funktional.

Der Polizist bemerkte wohl meine fortgesetzte Irritation, denn er bot mir rasch einen Platz an und sagte zu meiner großen Erleichterung, er werde Herrn Eppler umgehend von meinem Besuch unterrichten.

Der Mann, der dann durch eine Seitentür ins Büro trat, entsprach schon mehr meiner Vorstellung von einem Inspektor. Er war groß, breitschultrig, vollschlank, Mitte dreißig, und er rauchte Pfeife.

Nun sah er mich also mit diesem skeptischen Blick an, stieß eine imposante Qualmwolke aus, bat mich dann aber doch in sein Büro. Dieses war geheizt, im Gegensatz zum Vorzimmer mit Regalen und Aktenschränken vollgestellt und roch herrlich nach Kaffee. Nachdem ich mich erneut vorgestellt und mein Anliegen zur Sprache gebracht hatte, bot mir Eppler freundlich eine Tasse davon an. Er setzte sich mir gegenüber. Dichte Augenbrauen wölbten sich schwer über seine braunen Augen. Er hatte eine vertrauenerweckende und väterliche Ausstrahlung. Sofort dachte ich, dass Rosas Fall bei ihm in den besten Händen sei.

»Sie interessieren sich also für die junge Frau aus den Isarauen?« Er schob mir eine Tasse Kaffee mit Milch und Zucker herüber.

»Ja. Ich möchte einen Artikel darüber verfassen und wollte mich nach dem Stand der Ermittlungen erkundigen.«

»Das ist, mit Verlaub, in diesen Tagen etwas ungewöhnlich. Wo doch der bedauerliche Tod unseres Regenten ...«

»Eben darum«, fiel ich ihm ins Wort. »Wie Sie wissen, ist die *Post* eine sozialdemokratische Zeitung, und gerade deshalb ist der Tod des bedauernswerten Mädchens uns eine Berichterstattung wert.«

Seine Augenbrauen zogen sich pfeilschnell zusammen und bildeten auf seiner Stirn ein haariges V. »Das glaub ich jetzt weniger.«

Tapfer versuchte ich, seinem prüfenden Blick standzuhalten, aber ich verlor den ungleichen Kampf und blickte nach unten auf meinen Block.

»Ich nehme viel eher an, dass Sie noch neu sind bei der Zeitung und sich profilieren wollen. Vermutlich haben Sie sich gedacht, wenn alle über den Kronprinzen schreiben, mach ich schlau etwas ganz anderes.« Eppler rührte bedächtig in seinem Kaffee, sah mich dabei aber unverwandt an. »Glauben Sie, das funktioniert, Fräulein?«

Ich entschied mich, die Wahrheit zu sagen. Der Inspektor war offensichtlich nicht nur ein kluger Mann, er erschien mir auch vertrauenswürdig. Also erzählte ich, dass ich Rosa persönlich kannte. Dass ich sie aus den Augen verloren hatte, seit sie mit dem Maler durchgebrannt war. Dass ich mir Sorgen gemacht hatte, die sich leider auf das schlimmste bestätigt hatten. Davon, dass ich bei der *Post* nur Stenotypistin war, sagte ich kein Wort.

Der Kriminalkommissar hörte zu. Er sah mich aufmerksam an. Als ich mit meiner Erzählung am Ende war, trank er seinen Kaffee in einem Zug aus. »Ich kann Ihnen leider nichts sagen, Fräulein Gensheim.«

»Aus Gründen der Geheimhaltung?«

»Nein. Weil es nichts zu sagen gibt.«

Ich verstand nicht.

»So bedauerlich es ist«, fuhr Eppler fort, »das ist ein Mord im Milieu. Die junge Frau, Rosa Berwanger, hat offensichtlich einen lockeren Lebenswandel gehabt. Sie ist nicht die erste Prostituierte, die ihr Leben lassen muss.«

Sein Zynismus machte mich sprachlos. Rosa war keine Prostituierte! Und selbst wenn die Polizei sie für eine hielte – müsste man ihren Mörder dann nicht ebenso suchen und zur Strecke bringen wie den eines ehrbaren Mannes? Genau so äußerte ich mich und ließ meiner Empörung freien Lauf.

Eppler hob beschwichtigend die Hände. »Selbstverständlich machen wir keinen Unterschied«, versuchte er mich zu beruhigen. »Aber es ist nun einmal so, dass es bei Gewalttaten in diesem Milieu weit mehr Verdächtige gibt als, sagen wir mal, wenn ein Geschäftsmann in seinem Haus getötet wird. In der Welt, in der sich eine Siebzehnjährige ohne festen Wohnsitz, ohne Arbeitsstelle und ohne Familie bewegt, ist es gefährlich. Da begegnet man üblen Gestalten.« Eppler sah mir streng ins Gesicht. »Sie kommen offensichtlich aus gutem Haus, Fräulein Gensheim. Sie haben Bildung, sind intelligent und wollen es zu etwas bringen. Aber Sie machen sich keine Vorstellung, wie es da aussieht, wo sich die junge Frau herumgetrieben hat.«

Ich schwieg, weil ich wusste, dass sich alles, was ich zu Rosas Verteidigung sagen konnte, für einen erfahrenen Kriminaler naiv anhören musste.

Der Inspektor stand auf und ging in seinem beengten Büro hin und her. Bei seiner Körpergröße waren das zwei Schritte vor und zwei zur Seite. »Es gibt keine Zeugen für den Mord an Fräulein Berwanger. Niemand hat sie gesehen. Sie hat am frühen Abend das Atelier ihres Geliebten im Streit verlassen, danach findet sich keine Spur von ihr. Dort, wo man sie gefunden hat, gibt es Fußspuren, nicht mehr. Der Mörder hat nichts hinterlassen, auch keine Waffe. Wie wollen Sie da in einer Großstadt wie München den Täter finden? Zwischen der Giselastraße und dem Fundort der Leiche sind es acht Kilometer. Soll ich zwanzig Mann losschicken und alle befragen, die dazwischen wohnen? Und das bei dem gegenwärtigen Ausnahmezustand?«

Er blieb vor seinem Schreibtisch stehen, ganz nah bei mir, ich roch den Tabak an seinem Anzug. »Ich kann nichts tun. So sieht es aus. Nur auf den Zufall warten. Darauf, dass irgendwer etwas gesehen hat. Dass der Mörder seine Tat jemandem gesteht. Damit prahlt oder weil er seiner Seele Luft machen muss. Oder er begeht eine weitere Tat, und wir ertappen ihn.«

Unfähig, zu widersprechen, umklammerte ich mit beiden Händen meinen leeren Notizblock. Um keinen Preis wollte ich jetzt weinen. Also nickte ich. »Gut.« Mit wackligen Knien erhob ich mich und streckte Kriminalinspektor Eppler meine Hand hin. »Das verstehe ich. Aber ich werde die Augen offen halten.«

Der große Mann nahm meine kleine Frauenhand und drückte sie. »Das werde ich wohl nicht verhindern können.« Er öffnete mir die Tür seines Büros und entließ mich ins Vorzimmer. Der junge Polizist saß am Schreibtisch und blickte auf. Ihm nickte ich ebenfalls zu und schickte mich an, das Büro zu verlassen.

»Fräulein Gensheim«, hielt mich die Stimme Epplers auf, »wenn ich etwas erfahre, sind Sie die Erste, die ich informiere.« Daraufhin drehte ich mich noch einmal um, lächelte dankbar und eilte dann rasch den Gang hinunter.

Ellis Augen wurden rund über dem Becher mit heißem Apfelwein, aus dem sie gerade trank. »Das hätte er aber nicht machen müssen!« Sie meinte Eppler und sein Versprechen, mich auf dem Laufenden zu halten.

Wir standen auf dem Christkindlmarkt an einer hölzernen Bude nahe dem Maximiliansplatz. Es war bereits dunkel, obschon es erst fünf Uhr am Nachmittag war. Es roch herrlich nach gebrannten Nüssen, heißen Maroni und kandierten Früchten. Die kleinen Buden mit ihren bunten

Lichtern verströmten vorweihnachtliche Stimmung und Geborgenheit.

Heute aber war ich für diese heimelige und fröhliche Stimmung nicht empfänglich. Als ich die »Löwengrube« verlassen hatte, war ich sogleich in die Tram gestiegen und zur Corneliusbrücke gefahren, um meine Freundinnen Elli und Clara nach Schulschluss dort abzupassen. Ich war so aufgewühlt von dem Gespräch mit Eppler, dass ich um keinen Preis in die Redaktion zurückkehren wollte. Es würde ohnehin niemand merken, dass ich nicht am Platz war, ich hatte meiner neuen Kollegin, die eingestellt wurde, um mich zu entlasten, gesagt, dass ich einen Reporter begleitete, der über die Beisetzung des Kronprinzen berichtete. Mittlerweile war Feierabend, niemand würde erwarten, dass ich in die *Post* zurückkehrte.

Elli sah mich sofort, als sie aus dem Lehrerinnenseminar herauskam, sie hakte mich unternehmungslustig unter und war sofort bereit, mich zum Christkindlmarkt zu begleiten.

Nun aber sah sie mich betroffen über den Rand ihres Bechers an. Ich hatte ihr detailliert vom Gespräch mit Reinhard Eppler berichtet.

»Ich weiß schon. Er hätte mich hochkant aus dem Präsidium werfen lassen können, ohne mir auch nur ein Sterbenswörtchen zu sagen.« Das gab ich nur ungerne zu. Der Schock darüber, dass nichts getan wurde, um den Mord an Rosa aufzuklären, saß zu tief.

»Also bitte. Dann hör auf, dich zu beschweren. Du bist die undankbarste Person, die ich kenne.« Elli stellte den Becher ab und schob ihre Hände in den Muff. Sie sah mich an, und ihr Blick wurde weich. »Ich weiß, dass du dich um sie gesorgt hast, Anneli. Aber du konntest sie nicht beschützen.«

Sofort stiegen mir wieder Tränen in die Augen, und ich nahm einen Schluck von dem heißen Getränk, um das zu verhindern. Der gewürzte Apfelwein fuhr mir in Kopf und Beine, ich spürte die Wirkung des Alkohols, aber seine Süße und Wärme beruhigten mich.

»Ich weiß ja, dass der Inspektor recht hat. Wo soll man da beginnen?« Mit einem Arm wies ich über den Platz, über das Getümmel, die Menschen, die sich auf dem Platz drängten. »Aber dennoch: Stell dir vor! Da fällt eine Bestie über die kleine Rosa her, schlitzt ihr die Kehle auf und kommt ungeschoren davon!«

Mich schauderte wieder, und ich sah, dass es Elli ebenso ging. Sie öffnete den Mund, klappte ihn aber gleich darauf wieder zu. Was sollte sie auch sagen? Es war zu traurig.

Wir bummelten noch ein wenig über den Markt bis hinunter zur Residenz. Für Paul kaufte ich ein Zwetschgenmanderl, als Schornsteinfeger verkleidet, und meiner kleinen Schwester Oda ein Marzipanbrot, dann trennten sich Ellis und meine Wege.

Von der Trambahnhaltestelle hatte ich noch ein Stück zu laufen, bis ich dann endlich in unsere Straße einbiegen konnte. In der Dunkelheit sah ich, dass mir jemand entgegenkam, dessen Gestalt mir ziemlich vertraut war. Vom Schein einer Gaslaterne plötzlich erhellt, bestätigte sich meine Vermutung: Es war Rudolf Newjatev, der Maler. Kurz hatte ich den Impuls, die Straßenseite zu wechseln, er war mir unheimlich mit seinen langen, gegen die Kälte gekrümmten Gliedern. Er hielt sein Jackett mit beiden Händen vorne zusammen und hatte den Blick nach unten gerichtet. Der junge Maler schritt heftig aus, er war gänzlich in sich versunken und würde, wenn ich nicht zur Seite spränge, genau in mich hineinlaufen. Doch kurz bevor wir zusammenstoßen konnten, sah er jäh nach oben, mir direkt in die Augen. Ob er mich erkannte, vermag ich nicht zu sagen, ich aber sah seinen irren Blick, die glühenden schwarzen Augen, das wirre Haar, die weißen Wangen. Und ich sah noch etwas. Unter seiner dünnen Jacke blitzte am Kragen ein Tuch hervor. Ein hellgrünes, besticktes Seidentuch. Obgleich ich in dem Bruchteil einer Sekunde nur wenig sah, wusste ich augenblicklich, um was es sich handelte: Es war das Seidentuch, das Rosa stets getragen hatte. Das von ihrer Großmutter. Nie hatte sie es abgelegt seit dem Tag, da sie im Stefanie aufgetaucht war. Ich war wie elektrisiert. Warum trug Rudolf das Tuch? Als Andenken an die tote Geliebte natürlich. Hatte sie es bei ihm liegen lassen? Sollte Rosa das Tuch ausgerechnet an diesem Tag nicht getragen haben? Das war natürlich die naheliegende und auch logische Erklärung. Aber ich war jung, empfindsam, und die Phantasie ging allzu schnell mit mir durch. Was wäre wenn … Ich traute mich nicht, den bösen Gedanken zu Ende zu denken, aber fortan nagte der Verdacht gegen Rudolf Newjatev an mir.

Zu Hause herrschte die übliche vorweihnachtliche Aufregung. Magdalena war rund um die Uhr mit den Planungen für das Menü an den Feiertagen beschäftigt. Tag für Tag steckte sie mit meiner Mutter die Köpfe zusammen. Mal standen die Zeichen auf Karpfen, mal auf Gans. Rinderconsommée davor oder doch eine Spargelcrème? Russische Charlotte zum Dessert oder exotischen Fruchtsalat? Die beiden planten und verwarfen, ich zog mich nur angewidert zurück. Nie kam mir die Vorweihnachtszeit scheinheiliger vor als in diesem Jahr. Der Kerzenschein, die blitzenden Christbaumkugeln, der Geruch nach Zimt und Anis, die süßen Spezereien auf den Tellern – alles verursachte mir Übelkeit, weil ich stets nur einen Gedanken im Kopf hatte: den an Rosa. An ihren geschändeten Körper, der gänzlich nackt und schutzlos in der Dunkelheit im Gestrüpp gelegen hatte. Dieses Bild wollte mich nicht mehr loslassen, hielt mich im Klammergriff und beherrschte mich so sehr, dass ich davon krank an Körper und Seele wurde. Ich konnte nichts mehr essen, musste mich übergeben, und schließlich bekam ich auch noch Fieber. Mein Vater befahl mir, mich ins Bett zu begeben, eine Woche Bettruhe bei bester Pflege einzuhalten und zur Ruhe zu kommen. Er entschuldigte mich bei Martin Anlauf in der Redaktion der *Post*.

Und so lag ich in meinem Zimmer, streng bewacht von den drei Frauen im Haushalt: meiner Mutter, die mich mit Lektüre versorgte, das Grammophon in mein Zimmer stellte und jeden Tag eine neue Schellackplatte hervorzauberte, Ludmilla, die mir den neuesten Klatsch der Dienstboten weitertratschte, und schließlich Magdalena, die mir Tag für Tag Haferschleim, Grießbrei und schließlich Hühnerbrühe aufzwang. Löffel für Löffel musste ich unter ihren strafenden Blicken alles zu mir nehmen, was sie mir hinstellte. Sie blieb so lange neben meinem Bett stehen, bis ich mir mindestens die Hälfte der Speisen hineingezwängt hatte.

Es war zwei Tage vor Heiligabend, als ich mit wackligen Knien und Mopsdame Rose an der Leine die ersten Schritte auf die Straße wagte. Es hatte ein wenig geschneit, nicht viel, es sah aus, als habe eine wohlmeinende Plätzchenbäckerin die Stadt mit einem Hauch Puderzucker bestäubt.

Vor dem Milchgeschäft stand Franz, der »Ochs«, und rauchte. Als er mich und Rose kommen sah, zog er linkisch seine Kappe und neigte den Kopf. Dazu grinste er frech. Seit damals, als ich Rosa aus seinen Pranken befreit hatte, wusste er, wer ich war, und zollte mir ein klein wenig Respekt.

»Fräulein Gensheim. Frohen Advent wünsche ich gehabt zu haben.«

Gleichgültig zuckte ich mit den Schultern. »Danke.« Zwar war ich offiziell genesen, doch meine Seele trug noch immer Trauer.

»So trübsinnig? Zwei Tag vor Heiligabend?« Franz zertrat seine Zigarette auf der Straße, direkt vor Roses Schnauze. Der Mops wich angewidert zurück. »Schaun S', da hab ich was für Sie. Das versüßt Ihnen den Tag.«

Er verschwand in seinem Laden und kam mit einem kleinen, hübsch eingepackten Gläschen wieder zurück, das er mir in die Hand drückte. Offensichtlich handelte es sich um ein vorweihnachtliches Kundengeschenk zu Werbezwecken. Eine rote Schleife war um das Glas gebunden, zusammen mit einem winzigen goldenen Glöckchen.

»Danke sehr.« Ich begutachtete das Glas. Eine weiße Masse war darin. »Was ist das?«

»Gezuckerte Milchcreme.« Stolz schwang in Franzens Stimme mit, ich musste fast lachen, wie er sich in die Brust warf. »Ihre Freundin war ganz versessen drauf.«

Erschrocken sah ich ihn an. »Meine Freundin?«

Er zwinkerte mir zu und machte eine anzügliche Geste vor seinem Brustkorb. »Die Blonde mit dem Holz vor der Hütt'n. Rosa. Die hab i lang scho nimmer g'sehn.«

Mir wurde auf der Stelle schwindlig, und ich griff Halt suchend nach dem Türrahmen des Geschäfts. Franz sprang mir sofort zur Seite.

»Hab ich was Falsches g'sagt?«

»Weißt du denn gar nichts?« Ich ließ mich von ihm in den Laden führen und setzte mich auf ein kleines Bänkchen vor dem Fenster.

Der große Ochse sah mich so verständnislos an, dass ich ihm sofort glaubte. Er hatte keine Ahnung!

»Sie ist tot!« Fast schrie ich es ihm ins Gesicht.

Franz war verdattert. »Die Rosa?«, fragte er blöde nach. »Des kann doch gar net sein.«

Alles erzählte ich ihm. Kein Detail ließ ich aus. Fast kam ich mir vor wie der Moritatensänger, dem ich im Sommer im Englischen Garten zugehört hatte, solch eine kranke Lust ergriff mich bei der Schilderung von Rosas Martyrium. Franz, der sich neben mich auf die kleine Bank gehockt hatte, wurde blass. Er schüttelte immer nur leicht den Kopf, während er mir zuhörte. Als ich geendet hatte, nahm er überraschend sanft meine Hand in seine Pranken und drückte sie.

»Des tut mir leid«, sagte er und schwieg dann. So saßen wir vielleicht eine Minute und hingen unseren Gedanken an Rosa nach, bevor der Ochs tief Luft holte.

»Sie verzeihen schon, Fräulein Gensheim, aber recht wundern tut's mich auch nicht.« Er ließ meine Hand los und ging hinter seine Ladentheke, wo er verlegen herumwischte und Sachen von links nach rechts stellte. »Aber die Rosa war schon … ein Flitscherl.«

Eigentlich wollte ich sofort hochfahren und protestieren, aber dann hielt ich mich in letzter Sekunde zurück. Wer weiß, wie der Franz zu seinem (falschen!) Urteil kam, vielleicht wusste er etwas, was mir unbekannt war. »Wie meinst du das?«

Verlegen druckste der große Kerl herum. »Nehmen S' mir's nicht krumm, Fräulein. Aber die Rosa hat sich schon verändert. Nachdem sie von der Herrschaft abg'haut ist.«

Ich schwieg und ließ ihn reden.

»Zum Herbst hin, irgendwann, haben die Leut angefangen, über sie zu reden. Hier im Laden … ich hör so einiges.«

Deshalb wunderte es mich umso mehr, dass er von Rosas Tod nichts erfahren hatte. Denn wann immer ich Magdalena bei uns im Viertel zum Einkaufen begleitet hatte, ganz gleich ob ins Geschäft oder auf den Markt, wurde getratscht. Und zwar nicht nur unter den Dienstboten. Dass dem Franz einiges zu Ohren kam, glaubte ich aufs Wort. Man sollte als Reporter ein Geschäft unterhalten, schoss es mir durch den Kopf, dann hat man mehr Geschichten zu erzählen als einer, der an der Schreibmaschine hockt.

»Der Maler, der war nicht der Einzige, so scheint's«, hörte ich nun dem Franz wieder zu. »Sie hat sich auch mit anderen Herren vergnügt.«

Alles Freche und Kraftmeiernde war verflogen. Der Franz wirkte echt betroffen und sogar ein wenig traurig.

»Weißt du auch, mit wem?«

Er schüttelte den Kopf. »Mit mir leider nicht.«

»Glaubst du, der Newjatev hat davon gewusst?«

»Sicher! Die haben ja nur noch gestritten.« Dabei haute er mit der flachen Hand auf den Tresen. »Das war eine ewige Hakelei zwischen den beiden. Sogar hier im Laden!«

Das deckte sich mit der Beobachtung, die Paul und ich kurz vor Rosas Tod gemacht hatten.

»Eifersüchtig war er wie kein Zweiter«, fuhr der Franz jetzt fort. »Einmal wär ihm beinahe die Hand ausgerutscht, der hat sich nur wegen mir z'amgenommen.«

Eine Kundin kam in den Laden, und der Junge war nun anderweitig beschäftigt. Ich hing noch kurz meinen Gedanken nach, dann verabschiedete ich mich, nicht ohne mich für die Milchcreme zu bedanken, und ging trübsinnig nach Hause. Eifersucht, die Streitereien, das Seidentuch und nun auch noch die Aussage vom Franz, dass der junge Kunstmaler gegen Rosa die Hand erhob – war das ausreichend, um jemanden des Mordes zu verdächtigen?

Über die Weihnachtsfeiertage wurde ich fast gänzlich gesund. Durch den Trubel und die Heiterkeit der anderen war es mir manchmal sogar möglich, die traurigen Gedanken an Rosa abzuschütteln. Zum traditionellen Gänseessen am zweiten Feiertag ging es bei uns hoch her, meine Mutter hatte Verwandtschaft und Freunde eingeladen, es waren wohl an die dreißig Mann bei uns zu Gast. Fünf Gänse wurden geliefert; Knödel, Rotkraut und Schwarzwurzeln, Maronenmus, die Suppe zuvor, die Zwischengänge und die Charlotte russe zum Dessert hatte Magdalena fast im Alleingang zubereitet. Meine Mutter hatte ihr lediglich eine Küchenhilfe organisiert, ein blutjunges

Mädchen, das unserer Köchin bei den einfachen Arbeiten zur Hand ging. Als ich sie das erste Mal in der Küche stehen sah und ihren ländlichen Dialekt hörte, musste ich sofort wieder an Rosa denken, daran, dass sie jetzt hier hätte stehen können mit ihren roten Wangen und den lebenshungrig glänzenden Augen. Ich wurde trübsinnig, bis meine Cousins und Cousinen bei uns einfielen und mich auf andere Gedanken brachten.

Am 27. Dezember aber war die lange Arbeitspause endlich für mich vorbei. Ich brach morgens zeitig auf, verließ mit meinem Vater, der im Krankenhaus unentbehrlich war, gemeinsam das Haus und fuhr zur Redaktion. Beim Betreten der Räumlichkeiten verspürte ich eine jähe Freude, es war wie nach Hause zurückkehren! Der Geruch nach Zigaretten und Druckerschwärze, Papier und Kaffee, die Symphonie aus Telefonklingeln, den Rufen der Reporter und dem Klappern der Schreibmaschine umfingen mich wie eine wohlige Decke, in die ich mich einkuscheln konnte. Hier war ich zu Hause. Und geborgen. Anstatt in unser Stenotypistenkabuff zu gehen, klopfte ich bei Martin Anlauf. Der Bayernredakteur schien mir noch rotbackiger und dickbäuchiger zu sein, seit ich ihn das letzte Mal gesehen hatte. Erfreut begrüßte er mich, erkundigte sich nach meinem Gesundheitszustand und drohte mir freundlich an, dass sich die Arbeit in der Redaktion bereits staple, ich hätte alle Hände voll zu tun. Wahrheitsgemäß versprach ich, dass ich nichts lieber täte als das.

Es war eine Tatsache, dass ich in der Redaktion mehr abgelenkt war als zu Hause. Hier hatte ich keine freie Minute. Ich musste ständig meinen Kopf benutzen, was gut für ihn und mich war, denn mein Kopf neigte zu dummen

Gedanken, wenn er unterbeschäftigt wurde. Wenn ich nicht in dem kleinen Raum zusammen mit Liesl Schanninger und meiner Aushilfe saß, dann saugte ich jede Information, die ich bekommen konnte, begierig auf. Die Redakteure und Reporter diskutierten sich oftmals die Köpfe heiß, Hauptthema waren die Kriegsgefahr und die Lage auf dem Balkan. Aber auch wenn es um die Börse ging, um Forschung, um die Entwicklung in den Kolonien oder um die Frauenbewegung. Alles, einfach alles wirkte in mir nach, brannte, loderte und führte zu Kettenreaktionen in meinem Gehirn.

Es wurde ein langer Tag in der Redaktion. Die *Münchener Post* war in der Zeit zwischen den Jahren nicht voll besetzt, viele Kollegen befanden sich im Urlaub oder durften die Feiertage mit ihren Familien ausklingen lassen. Dadurch hatten wir wenigen, die wir die Stellung hielten, mehr zu tun als üblich. Gegen acht Uhr am Abend scheuchte mich der Nachtredakteur nach Hause, ich war zwölf Stunden in der Redaktion gewesen. Als ich unten auf die Straße trat, hatte es endlich richtig zu schneien begonnen. Dicke, weiche Flocken fielen vom schwarzen Münchener Nachthimmel, die Glocken des Alten Peter schlugen zur vollen Stunde, und ich atmete die kalte Luft so tief ein, dass mir die Lungen brannten. Heute würde ich den Weg vom Altheimer Eck zu Fuß nach Hause gehen, anstatt die Tram zu benutzen. Es war eine wunderschöne Strecke, vorbei an den herrlichsten Bauten unserer an monumentaler Architektur nicht eben armen Stadt. Über den Marienplatz mit seinem neugotischen Rathaus, an Theatinerkirche, Feldherrnhalle, Odeonsplatz vorbei, durch den Hofgarten und die breite Achse der Ludwigstraße hinunter durchs Siegestor in mein verwinkeltes kleines Schwabing.

Es war nicht mehr viel Verkehr an diesem Abend, vereinzelte Passanten kamen mir gemächlich entgegen, sie bummelten und bewunderten die festlich geschmückten und hell erleuchteten Schaufenster. Während ich rasch durch den Schnee lief, der nicht nur kühle Helligkeit in die Stadt brachte, sondern gleichzeitig alle Geräusche aufs wunderbarste dämpfte, spürte ich, dass sich Ruhe und Frieden in mir ausbreiteten.

1912 war ein furchtbar anstrengendes Jahr für mich gewesen. Der Abbruch des Lehrerinnenseminars, von mir unbedingt gewollt, aber trotzdem nicht reiflich überlegt. Ein Berufseinstieg, den ich so nicht geplant hatte und von dem ich noch nicht wusste, auf welches Gleis er mich in Zukunft führen würde. Ich hatte mich dadurch innerlich von meinem Elternhaus, das mich neunzehn Jahre behütet und in einen Kokon der friedlichen Unkenntnis eingesponnen hatte, weit entfernt. Durch meine Arbeit bei der Zeitung hatte ich mich der Welt geöffnet, oder, nein, die Welt war in mein Leben eingebrochen. Erstmals nahm ich nun etwas außerhalb meines engen Horizonts wahr.

Ja, nicht zuletzt hatte mich die Realität eines Lebens, das weniger behütet war, als ich es kannte, mit aller Macht eingeholt: durch den gewaltsamen Tod der Rosa Berwanger. Ich hatte mich in dieses schreckliche Ereignis hineingesteigert, hatte zugelassen, dass mein Denken und Fühlen ganz davon bestimmt war, dass ich schließlich zusammenbrach.

Aber nun war ich gesund. Ich musste mich bemühen, das Ereignis nüchtern als das zu betrachten, was es war: eine Gewalttat, wie sie in einer Großstadt wie München eben geschah. Zumal, da hatten sowohl der Kriminalinspektor Eppler als auch Franz recht, in diesem Milieu, in dem Rosa sich zuletzt offenbar bewegt hatte. Sie hatte die Gefahr gesucht – und sie hatte sie gefunden.

Nach wie vor hatte ich Mitleid.

Nach wie vor fühlte ich mich schuldig.

Nach wie vor trachtete ich danach, dass der Mörder gefunden und seiner gerechten Strafe zugeführt wurde.

Aber mit Hysterie würde ich das nicht erreichen und Rosa posthum keine Hilfe sein.

Während ich die Universität und Staatsbibliothek hinter mir ließ und nun die neuen Mietshäuser in den kleineren Straßen an die Stelle der Prachtbauten längs der Ludwigstraße traten, sah ich ganz klar. Ich würde aktiv werden müssen. Wenn ich der Polizei jetzt nicht mitteilte, was ich wusste oder vermutete, würde der Fall der Mädchenleiche aus den Isarauen in den Akten verschwinden und in Vergessenheit geraten.

Drei Tage später, einen Tag vor Silvester, kam ich mit Liesl Schanninger aus der Mittagspause zurück. Im Flur stand breitbeinig Martin Anlauf, sein Gesicht war ernst.

»Fräulein Gensheim, die Polizei wartet auf Sie.« Er wies mit einer Hand zu dem Besprechungsraum.

Augenblicklich zitterten meine Knie, und der Schweiß brach mir aus. Die Polizei. Natürlich wusste ich, warum sie hier waren. Mit feuchten Händen drückte ich die Klinke hinunter und öffnete die Tür. Reinhard Eppler und sein Adjutant erhoben sich augenblicklich von ihren Stühlen. Der Kriminalinspektor sah nicht glücklich aus. Ich mühte mir ein Lächeln ab. »Herr Eppler. So eine Überraschung.«

»Wohl kaum.« Eppler setzte sich und schob mir einen Stuhl hin, direkt ihm gegenüber. Brav setzte ich mich, sehr darum bemüht, mir meine Furcht und Aufregung nicht anmerken zu lassen.

»Ich habe Ihnen versprochen, dass ich Sie in Kenntnis setze, wenn sich etwas tut im Mordfall Rosa Berwanger.« Er sah mir prüfend ins Gesicht. »Nun, das ist der Fall. Wir haben Rudolf Newjatev festgesetzt. Er wird dem Haftrichter vorgeführt.«

Ich holte tief Luft. Damit hatte ich nicht gerechnet. Nicht so schnell. Nicht mit einer Verhaftung. Ich hatte gedacht ...

»Ich habe ein anonymes Schreiben erhalten.« Der Kriminalinspektor trommelte mit den Fingern seiner rechten Hand auf den Tisch. Er hatte schlechte Laune, das konnte ich sehr deutlich spüren. Das machte mir Angst. Der junge Polizist starrte mich undurchdringlich an. Eppler sah erst zu mir, dann aus dem Fenster, schließlich wanderte sein Blick wieder zu mir. Ich schwieg. Die Luft fühlte sich wie Klebstoff an, zäh und dickflüssig. Ich hörte das Ticken der Uhr an der Wand, es dröhnte in meinen Ohren, der Schweiß brach mir aus allen Poren.

»Wurde er aufgrund des Schreibens verhaftet?«, brach ich schließlich die beklemmende Stille zwischen uns.

»Nein. Er wurde aufgrund der Denunziation – und nichts anderes ist solch ein anonymer Hinweis – lediglich erneut befragt.«

»Aha.« Das Sprechen fiel mir schwer. Der Adjutant notierte jedes Wort, das gesprochen wurde, was mich zusätzlich irritierte. Handelte es sich hier um ein Verhör?

»Bei dieser neuerlichen Vernehmung zeigte sich, dass

die Angaben darüber, wo sich Herr Newjatev an dem besagten Abend aufgehalten hat, nicht der Wahrheit entsprachen. Mit einem Wort: Er hat gelogen.« Eppler sah mir jetzt direkt in die Augen, und ich bemühte mich, seinem Blick standzuhalten. »Und damit ist er verdächtig.«

»Haben Sie ihn vernommen?«

»Mehrmals. Er ist labil, aber er ist nicht geständig. Noch ist es nicht klar, ob es zur Anklage kommt. Ich möchte Sie deshalb bitten, seinen Namen nicht in der Zeitung zu nennen.«

Ich nickte und glaubte, hiermit sei die Unterredung beendet. Aber ich hatte mich getäuscht.

»Danzer, das Folgende nehmen wir nicht ins Protokoll.« Der so angesprochene Adjutant sah überrascht zu seinem Chef, ließ dann aber den Stift sinken. Eppler nahm wieder mich ins Visier. »Ich gehe davon aus, dass Sie den Brief geschrieben haben, Fräulein Gensheim. Sie werden es nicht zugeben, aber ich weiß, was ich weiß. Sie sind noch sehr jung, deshalb möchte ich Ihnen einen Rat mit auf den Weg geben.«

Mir sackte das Herz in die Hose. Ich hatte lange überlegt, ob ich mit meinen Anschuldigungen und dem Verdacht gegen Rudolf Newjatev direkt zur Polizei gehen sollte. Aber dann hatte ich mich dagegen entschieden, weil ich Angst hatte, dass ich hineingezogen würde. Dass Verhöre auf mich zukamen, dass ich erzählen musste, wie ich Rosa erst unter meine Fittiche genommen und dann versetzt hatte. Meinen Eltern traute ich mich nicht davon zu erzählen. Letzten Endes hatte ich einfach geglaubt, mit meinem Brief nur einen kleinen Hinweis zu geben. Nichts Schlimmes. Ich wollte lediglich den Untersuchungen im

Fall Berwanger ein wenig auf die Sprünge helfen. Und nun saß mir der Kriminalinspektor gegenüber und hatte mich durchschaut. Das gefiel weder ihm noch mir.

»Überlegen Sie in Zukunft vorher, was Sie tun. Lernen Sie, Konsequenzen Ihres Tuns ernsthaft zu bedenken. Und schließlich: Stehen Sie für Ihre Taten gerade.« Damit erhob sich der große Mann, griff in seine Jacketttasche, holte eine Pfeife hervor und verließ grußlos mit seinem milchgesichtigen Jungpolizisten den Raum.

Ich war unfähig, mich zu erheben. Die Worte des Kommissars hatten mich schwer getroffen, aber nach einigen Minuten fiel mir ein, was viel wichtiger für mich war. Newjatev hatte gelogen! Er hatte kein Alibi. Er konnte der Mörder sein.

Was, wenn sich nun herausstellte, dass er der Täter war? Wenn das die Wahrheit war, heiligte der Zweck dann nicht die Mittel?

Es war mein erster größerer Artikel. Sogar ein Kürzel durfte ich darunterschreiben: AnGe. Die erste Woche des neuen Jahres war noch nicht zu Ende gegangen, da war Rudolf Newjatev bereits offiziell verhaftet worden. Sogar ein Prozessbeginn wurde schon festgesetzt: der 3. Februar 1913. Newjatev besaß einigen Ruhm als Kunstmaler, dass er dem erweiterten Kreis des Blauen Reiter angehörte, tat ein Übriges, um den Fall für die Presse interessant zu machen. Beim Verfassen der ersten Meldung hatte ich mich noch daran gehalten und den Namen des im Fall Berwanger Verhafteten aus dem Bericht herausgelassen. Aber schnell war der prominente Name in der Presse durchgesickert, also brachte auch ich ihn.

Kaum hatten Eppler und sein Adjutant Danzer vor ein paar Tagen unsere Redaktion verlassen, hatte ich bei Anlauf vorgesprochen und darum gebettelt, über den Fall berichten zu dürfen. Der Redakteur war skeptisch gewesen. Er selbst interessierte sich nicht sonderlich für Kriminalfälle und dachte auch nicht daran, diesen in der Zeitung Platz einzuräumen, aber weil er mich mochte und mich als sein Ziehkind betrachtete, willigte er ein.

Ich war fest entschlossen, diese Chance zu ergreifen und mich als Reporterin zu profilieren! Der erste Artikel krankte noch an mangelnden Informationen und war entsprechend klein sowie schlecht plaziert. Ich informierte lediglich darüber, dass man einen Verdächtigen festgesetzt habe, und rekapitulierte den Fall der »Leiche aus den Isarauen«. Ganze fünfzehn Zeilen bekam ich! Ich brannte vor Stolz, als ich am nächsten Tag den gedruckten Artikel in meinen Händen hielt. Sofort schnitt ich ihn aus und räumte ihm einen Ehrenplatz in meinem Album ein. Bislang tummelten sich darin lediglich die gesammelten Meldungen über Belanglosigkeiten. Marktfrau bei Schäferstündchen erwischt. Baugerüst am alten Rathaus verletzt Passanten. Funkenflug setzt Wohnung in Brand.

Aber nun, mit dem Beginn des Jahres 1913, trat ich in einen neuen, spannenden Abschnitt meines Lebens ein: Ich reüssierte als Reporterin.

»Hm, hm.« Mein Vater wiegte bedenklich den Kopf. »Es ist nicht das, was ich seriöse Berichterstattung nennen würde.« Er schob die Zeitung zu meiner Mutter hinüber, die einen Blick auf den Artikel warf. Das war typisch. Sobald ich mir überschäumende Freude erlaubte, bremste mein Vater mich aus. Er war der Meinung, dass es besser war, uns Kinder stets auf den Boden der Tatsachen zu holen, aber ich empfand ihn nur als Miesmacher und war tief enttäuscht.

»Papa, das ist doch nur der Anfang! Meine große Chance!«

»Das ist sehr gut geschrieben, mein Schatz.« Meine Mutter versuchte zu vermitteln, doch tatsächlich kränkte mich ihr gut gemeinter Kommentar mehr, als dass er mich tröstete. Von »gut geschrieben« konnte bei den fünfzehn Zeilen nüchterner Fakten keine Rede sein. Ich hatte mir erhofft, dass meine Eltern ebenso wie ich erkannten, welches Potenzial in der Geschichte steckte. Ein Mordprozess! Ich hoffte inständig, dass Martin Anlauf mir erlaubte, dem Prozess, der im Februar eröffnet würde, beizuwohnen und exklusiv darüber zu berichten. Bis dahin, so hatte ich mit ihm vereinbart, blieb ich in Sachen »Fall Berwanger« zwar auf dem Laufenden, würde aber meine Arbeit als Stenotypistin nicht vernachlässigen. Was ich mir von meinen Eltern mit dem Vorlegen des kleinen Artikels erhofft hatte, war lediglich eine Bestätigung, dass der Weg, den ich in Zukunft einschlagen würde, ein vielversprechender war. Stattdessen kam von meinem Vater nur Kritik und von meiner Mutter Unterstützung aus Mitleid.

»Solange ich zu Hause wohne, werde ich immer die kleine Tochter sein. Das muss ein Ende haben.« Ich blies auf meine kalten Finger. Paul und ich waren nach dem gemeinsamen Diner auf den Wäscheboden hochgegangen, um zu rauchen und unserem Ärger über die ewige Bevormundung Luft zu machen. »Mama packt mich in Watte, dabei werde ich in wenigen Tagen zwanzig. Zum Verhätscheln hat sie doch Oda. Ich bin erwachsen!«

»Willst du ausziehen?« Paul reichte mir die Zigarette und vergrub seine Hände in den Hosentaschen.

Auf diesen Gedanken war ich noch nicht gekommen. Dass die Möglichkeit bestünde, mir ein kleines Zimmer irgendwo zu nehmen, das ich von meinem Gehalt selbst bezahlen konnte ... »Warum nicht? Ich denke drüber nach.«

Das gefiel Paul nun ganz und gar nicht. Solange ich zu Hause wohnte, machte ich den Weg frei. Was mir erlaubt wurde, stand kurz darauf auch ihm zu, daran hatte er sich gewöhnt. Außerdem waren wir Verbündete, wenn es darum ging, sich über unsere Eltern zu mokieren.

»Aber dann musst du alles selber machen«, wandte er ein. »Kochen, putzen, Betten machen – einfach alles.«

»Na und?« Schulterzuckend gaukelte ich Gleichgültigkeit vor. Tatsächlich reizte mich der Gedanke, mein eigener Herr zu sein, ebenso, wie es mich abschreckte, für alles selbst verantwortlich zu sein. Aber der Stachel war von Paul gesetzt, und ich würde in der nächsten Zeit ernsthaft darüber nachdenken müssen.

Es war eiskalt auf dem Wäscheboden. Tagsüber heizte hier oben ein kleiner Holzofen, damit die Wäsche nicht steif fror, während sie trocknen sollte, aber am Abend ließ man ihn wegen der Brandgefahr ausgehen. Dies war unser bevorzugter Aufenthaltsort. An den Genuss von Zigaretten hatte ich mich mittlerweile so gewöhnt, dass ich nicht mehr davon lassen wollte. Paul hatte mir zu Weihnachten eine schöne Spitze geschenkt, Silber mit Ziselierungen, und ich kam mir unfassbar mondän vor, wenn ich damit rauchte.

In die Laube der Dienstboten war ich seit Wochen nicht mehr gegangen. Nicht mehr, seit Rosa ihre Dienstherrschaft im Stich gelassen hatte. Insgeheim hegte ich die Befürchtung, das Personal, das sich in der Laube versammelte, würde mir die Schuld daran geben.

Die Tür zum Wäscheboden öffnete sich, und ich versteckte sofort die Zigarette hinter meinem Rücken. Aber es war nur Ludmilla, die Gesellschaft suchte. Sie hatte Oda erfolgreich ins Bett gebracht. Auch sie zündete sich eine Zigarette an, und eine Weile rauchten wir stumm. Das ovale Fenster war vollkommen zugefroren, Eiskristalle hatten sich darauf gebildet. Ich hauchte gegen die Scheibe, so oft, bis ein kleiner Kreis auftaute und ich durch ihn hindurch nach draußen blicken konnte. Die Nacht war rabenschwarz. Noch vor wenigen Tagen war der Nachthimmel vom Silvesterfeuerwerk erhellt gewesen, nun aber sah ich nur vereinzelte gelbe Lichter. Erleuchtete Fenster, hinter jedem ein Mensch, eine Familie, ein Schicksal. Ich stellte mir vor, wie ich durch ein Fernrohr spähte, einen Blick in die Wohnungen, die Zimmer, in das Leben der Menschen warf, ohne dass sie es bemerkten. Was würde ich entdecken? Belanglosigkeiten? Menschen, die beieinandersaßen und sich unterhielten, Kinder, die spielten, jemand las, eine andere brachte ihre Kinder zu Bett. Oder würde sich mir Geheimes offenbaren? Dinge, die niemand hinter der Fassade vermutete? Es schien mir ein passendes Bild für meine nicht zu stillende Neugier zu sein, für mein stetes Bedürfnis, etwas zu enthüllen, was niemand auch nur geahnt hatte. Während ich so meinen Gedanken nachhing, war der kleine Kreis auf der Fensterscheibe schon wieder zugefroren.

Dann musste ich an Danzer denken, den Adjutanten des Kriminalinspektors Eppler – der im Übrigen nicht mehr persönlich mit mir sprach – und wie er mich sowie weitere Kollegen von der Presse darüber aufgeklärt hatte, dass die Leiche von Rosa von der Familie abgeholt und in Neuhaus am Schliersee beigesetzt worden war. Lange hatte sie zur Begutachtung im Leichenhaus gelegen. Der junge Polizist hatte mit so sonderbarer Gleichgültigkeit die vom Mediziner festgestellten Verletzungen am Körper der jungen Frau referiert, dass er mir beinahe mitleidslos erschien. Oder mehr noch. Dieses Milchgesicht machte mir den Eindruck, als empfände er eine gewisse Befriedigung darüber, dass Rosa, die er nur als »Prostituierte« bezeichnete, solche Qualen erleiden musste. Dieser Danzer war ein durch und durch unangenehmer Zeitgenosse, ganz im Gegensatz zu seinem Chef, und ich bedauerte, dass ich nun nur mit jenem zu tun hatte. Aber das hatte ich mir wohl selbst zuzuschreiben.

»Wie geht es mit deinem Manfred?« Um mich von dem Gedanken an die gemarterte Tote abzulenken, begann ich ein Gespräch mit Ludmilla.

Sie strahlte. »Gut, gut. Wenn er hat frei, wir machen Ausflug.«

Seit Ludmilla mit Manfred zusammen war, hatte sie sich sehr verändert. Sie war etwas voller geworden, laut unserer Köchin hatte sie endlich guten Appetit. Außerdem machte sie etwas mehr aus ihrem Äußeren, bisher hatte Ludmilla alles vermieden, um auch nur ein bisschen attraktiv zu sein. Das rührte aus den schrecklichen Erlebnissen her, sie hatte eine sehr verständliche Skepsis gegenüber Männern im Allgemeinen und ihren Avancen im Speziellen entwickelt. Aber mit dem Chauffeur der Newjatevs hatte sich alles verändert. Musste ein guter Kerl sein.

»Aber traurig bei Newjatev.« Ludmilla warf ihre glühende Zigarette einfach aus dem Fenster. »Mutter weint, Vater weint, Geschwister weinen auch.«

Obwohl ich für übertrieben hielt, dass der Haushalt des Kunstmalers ein einziges Tränenmeer sein sollte, war ich doch einen Moment lang betroffen. Daran, wie sich die Verhaftung des Sohnes auf die Familie auswirkte, hatte ich noch keinen Gedanken verschwendet. Ich war gedanklich immer nur bei der Familie des Opfers.

»Und wenn sich herausstellt, dass ihr lieber Sohn Rudolf ein Mörder ist?« Mein Tonfall war ein wenig zu schroff, sowohl Ludmilla als auch Paul sahen mich irritiert an.

»Ist schrecklich. So oder so.«

Das mochte wohl sein. Aber ich verschloss mich jedweder Sentimentalität. Es galt nun, den Prozess abzuwarten.

»Manfred sagt, er war nicht.« Ludmilla zog aus ihrer Schürze eine kleine Tüte mit Sonnenblumenkernen und bot sie reihum an.

»Woher will er das denn wissen? Man sieht es so einem ja nicht unbedingt an der Nasenspitze an. Außerdem hast du vor ein paar Tagen noch um Rosa geweint.« Ich hatte nicht vor, Ludmilla anzugreifen, aber mir ging es gegen den Strich, dass sie, nur weil sie nun plötzlich mit der Malerfamilie irgendwie näher verbunden war, die Seiten wechselte.

»Du weißt aber doch genau so wenig, ob Rudolf der Mörder war«, sprang Paul nun in die Bresche. »Das sieht man ihm ja nicht an der Nasenspitze an, hast du selbst gesagt. Warum willst du so unbedingt, dass er es war?«

»Mit euch kann man darüber nicht diskutieren. Ich werde euch aber gerne auf dem Laufenden halten. Weil ich nämlich als Reporterin den Prozess beobachten werde.« Damit ließ ich die zwei, von denen ich mich ungerecht behandelt fühlte, auf dem Dachboden zurück. Ich war fest von der Schuld des Malers überzeugt, aber ich verstand, dass sie mir nicht glauben wollten. Nun, sollten die Fakten vor Gericht für sich sprechen.

Justizpalast München,
Prielmayerstraße, Montag, 3. Februar 1913

Seit mehr als einem Monat hatte ich auf den Beginn des Prozesses hingefiebert, nun war der Moment da, und mir war speiübel. Morgens konnte ich den Haferbrei nicht hinunterbringen, den Magdalena uns auf Anweisung meines Vaters vorsetzte. Oda ging es wohl ähnlich, denn sie patschte schreiend mit beiden Händchen in den Teller, so dass sich nicht nur dessen Inhalt, eine graumilchige zähe Masse, über den Tisch ergoss, sondern auch der gute Teller zu Boden ging und in viele Teile zerbrach. Ludmilla verlor die Nerven und schlug Oda strafend auf die Hände, woraufhin meine Mutter über der Kinderfrau eine Tirade von Ermahnungen zur gewaltfreien Erziehung herunterprasseln ließ.

Mein Vater schmiss die Serviette hin, packte wortlos seine Tasche und verschwand, Paul folgte ihm auf dem Fuß. Ich hätte es den beiden Männern am liebsten gleichgetan, aber mein Rock hatte Spritzer vom Brei abbekommen, so dass ich meine Garderobe wechseln musste. Das hob meine Laune nicht gerade. Irgendwann brach ich mit grummelndem Magen und einer schwarzen Wolke über meinem Kopf auf und machte mich durch den Schneematsch in den Straßen auf den Weg zum Justizpalast. Am Landgericht I, Schwurgericht, wurde heute der Prozess gegen Rudolf Newjatev eröffnet.

Der Justizpalast an der Prielmayerstraße war ein verwirrend labyrinthischer Bau, schon die Treppen in der

Eingangshalle überforderten meinen Orientierungssinn. Außerdem ging es zu wie im Bienenstock. Menschen eilten alleine oder in Grüppchen von links nach rechts, von unten nach oben, ins Gespräch oder in ihre Gedanken vertieft. Gerichtsdiener schoben Wägelchen mit Akten durchs Foyer, Richter in Robe rauschten durch die Gänge. An einer Säule stand jemand, der mir so etwas wie ein wachhabender Justizbeamter zu sein schien. Ihn fragte ich, wo der Prozess gegen den Kunstmaler stattfand, und wies mich als Reporterin aus. Er gab mir detaillierte Auskunft darüber, wo der Verhandlungssaal zu finden war, mahnte mich aber zur Eile. Der Prozess sei gut besucht.

Tatsächlich waren außer mir bereits viele Zuhörer anwesend, der Saal war zu zwei Dritteln gut gefüllt. Ich beeilte mich, in einer Bankreihe Platz zu nehmen, wo ich ein paar Kollegen erkannte, und legte meinen Notizblock zurecht. Den vergangenen Monat hatte ich intensiv zur Vorbereitung auf den Prozess genutzt. Sooft es ging, hatte ich mich an die Fersen von Kollegen geheftet, wenn diese zur Berichterstattung unterwegs waren. Häufig hatten mich die Wege dann in die »Löwengrube« geführt, und schon nach zwei Wochen erkannte ich immer die gleichen Gesichter: Reporter und Fotografen, alles Männer. Ich kannte auch die Polizisten, die über die diversen Vergehen referierten, über die wir, die Journalistenmeute, berichten wollten. Zwei Mal hatte ich sogar Reinhard Eppler wiedergesehen. Ich hatte ihm zugelächelt in der Hoffnung, er würde mich wiedererkennen, was mir vor den männlichen Kollegen vielleicht mehr Respekt verschafft hätte. Aber der Kriminalkommissar hatte über mich hinweggeblickt. Es schmerzte mich, dass ich es mir mit ihm so gründlich verdorben hatte. Sein Adjutant Danzer aber, der ihm nicht von der Seite wich, grüßte mich jedes Mal. Er meinte es wohl höflich, ich empfand ihn jedoch als schmierig. Dennoch grüßte ich stets zurück, denn mir war durchaus klar, dass jemand aus dem Polizeipräsidium, der mir wohlgesintt war, ein wichtiger Kontakt war. Bei den Kollegen ging es immer nur darum, wer welche Informationsquelle hatte, die er anzapfen konnte. Gute Kontakte zu Internen wurden geheim gehalten und wohl gepflegt. Ich sollte also froh sein, dass ich als Neuling überhaupt jemanden kannte, der mit mir redete, und also darüber hinwegsehen, dass Danzer ein unsympathischer Zeitgenosse war.

Der große Saal füllte sich, es herrschte reges Interesse. Ich sah mir genauer an, wer alles hier war. In der ersten Zuschauerreihe, hinter der Bank, an welcher der Verteidiger Newjatevs Platz nehmen würde, erkannte ich die Eltern des Malers. Ezequiel und Marianne Newjatev. Meine Mutter hatte mich einst bei einem Besuch in der Oper auf sie aufmerksam gemacht. Im Gegensatz zu Rudolf, der schmal und hochgewachsen war, waren sie beide eher von kleiner Statur. Die Mutter war eine dunkle Schönheit; ihr Alter konnte man lediglich an den vereinzelten silbernen Strähnen in ihrem schwarzen Haar erahnen. Sie presste ein Taschentuch an ihre Augen, sogar von meinem entfernten Platz aus konnte ich sehen, wie mitgenommen sie war. Ganz im Gegensatz zu ihrem Gatten. Stocksteif saß er da, mit durchgedrücktem Kreuz. Ich wusste, dass Ezequiel Newjatev in einem Ministerium der Landesregierung tätig war. Er war ein einflussreicher Mann. Jeder Zoll an ihm strahlte Autorität und Strenge aus. Unerbittlichkeit. Dieses Verfahren musste für ihn eine schreckliche

Schmach sein. Alle vier Geschwister von Rudolf hatten anständige Berufe ergriffen, nur der mittlere Sohn war Künstler geworden. Vielleicht hätte sich der Vater noch damit zufriedengeben können, wäre das vielversprechende Entree in die Welt der bildenden Künstler nicht jäh mit einer Mordanklage abgerissen. Dass sich dieser Sohn ein damals sechzehnjähriges Dienstmädchen als Geliebte genommen hatte, war an sich nicht unbedingt skandalös gewesen. Aber dass Rudolf es nicht heimlich, sondern in aller Öffentlichkeit getan hatte, dass er mit dem Mädchen von niederstem Stande in wilder Ehe zusammengelebt, sich überall stolz mit ihr gezeigt, sie namhaften Persönlichkeiten vorgestellt hatte – das musste jemanden von der Position Ezequiel Newjatevs empfindlich gekränkt haben. Ludmillas Freund Manfred hatte ihr berichtet, dass es deshalb unablässig Streit zwischen Vater und Sohn gegeben habe.

Ich stellte Spekulationen an. Was, wenn der Vater seine Zahlungen einstellen wollte und zur Bedingung machte, dass Rudolf sich seiner Geliebten entledigte? Vielleicht wollte Rosa aber nicht gehen, vielleicht war sie schwanger? Und der Maler hatte keinen anderen Ausweg gewusst als …

Das Auditorium erhob sich, und ich unterbrach meine Gedanken, die schon wieder mit mir durchgegangen waren, um ebenfalls aufzustehen. Die Richter hatten den Verhandlungssaal betreten, ebenso der Staatsanwalt, die Verteidiger und zwei Polizeibeamte, die den Angeklagten in ihrer Mitte führten. Rudolf Newjatev sah erbärmlich aus, ich erschrak bei seinem Anblick. War es möglich, dass er noch blasser, noch magerer, noch hohlwangiger aussah als ohnehin schon? Er ließ sich von den Polizeibeamten widerstandslos zur Anklagebank führen und blickte dabei teilnahmslos zu Boden. Seine Mutter schluchzte auf, als er hereinkam, aber er schenkte ihr keinen Blick. Sein Vater zeigte keinerlei Regung.

Jemand sagte etwas, was ich nicht verstand, und dann nahmen alle wieder Platz. Der vorsitzende Richter eröffnete den Prozess, und wie auf ein geheimes Kommando begannen alle Kollegen links und rechts von mir ihre Notizen zu machen. Ich tat es ihnen gleich, obwohl ich am liebsten nur zugehört und zugeschaut hätte. Es stellte sich heraus, dass ich an diesem ersten Tag vollkommen überfordert war. Ich schrieb fast jedes Wort mit, hörte also genau zu, aber der Sinn des Gehörten erschloss sich mir peu à peu erst am Nachmittag, als ich, vor meiner Adler-Maschine sitzend, einen Artikel verfassen musste. Ja, die Feinheiten und Nuancen hatte ich fast gar nicht wahrgenommen, zu sehr war ich mit dem Stenografieren beschäftigt gewesen. Zu einer guten Berichterstattung aber, das wurde mir beim Verfassen meines Artikels schmerzhaft bewusst, gehörte mehr. Die Zwischentöne, die Gesichtsausdrücke, das Zögern, die veränderten Nuancen der Stimme. Hier erst offenbarten sich Wahrheit und Lüge. Aber es würde noch vieler Prozesse bedürfen, bis ich so weit wäre, diese kleinen Zeichen zu lesen.

Im Moment also saß ich im Gerichtssaal, mit schwitzenden Händen hielt ich einen Bleistift, den ich andauernd spitzen musste. Da ich blind stenografieren konnte, verfolgte ich manchmal auch mit den Augen das Geschehen, aber es reichte bei weitem nicht aus, um mir ein umfassendes Bild zu machen.

Einer der ersten Zeugen war Reinhard Eppler, der Kriminalinspektor. Er war einer der Ersten am Tatort gewesen, ebenso der Staatsanwalt Kurt Schuster.

Eppler schilderte ruhig und sachlich, wie er die Leiche vorgefunden hatte und welche Maßnahmen ergriffen worden waren, um Spuren zu sichern. Schon nach wenigen Sätzen hatte Eppler das Auditorium auf seiner Seite. Mein Eindruck, dass er ein kluger, besonnener und ungemein gerechter Mann war, bestätigte sich aufs Neue. Niemals wurde sein Vortrag tendenziös, es war unmöglich, ihm zu entnehmen, ob er Newjatev für den Täter hielt oder nicht. Sein Auftreten vor Gericht nahm mich noch mehr für ihn ein, umso mehr bedauerte ich es, den Inspektor verärgert zu haben.

Was mich allerdings überraschte, war, dass er mir nur die halbe Wahrheit über die Ermittlungen im Fall Berwanger gesagt hatte. Mir gegenüber hatte er so getan, als gäbe es keinerlei Erkenntnisse, weder über den Täter noch über den Tathergang. Tatsächlich aber referierte Eppler jetzt ausführlich und detailliert, wie viel die Polizei herausgefunden hatte. Und das war eine Menge. Mit Hilfe neuester Methoden konnte Reinhard Eppler einen möglichen und sehr plausiblen Tathergang rekonstruieren. Ich hatte noch nie von dem neuartigen Fingerabdruckverfahren gehört oder gar von den Untersuchungen des Blutes, aber ich traute mich auch nicht, in der Verhandlungspause meine Kollegen danach zu fragen, die allesamt ganz kenntnisreich taten.

Die Erkenntnisse Epplers waren wie folgt:

Durch die Aufmerksamkeit eines Zeugen, der später am Verhandlungstag noch befragt werden würde, fand man die entkleidete Leiche der Rosa Berwanger am Morgen des 12. Dezember 1912. Der Zeuge verständigte von seinem Arbeitsplatz, dem Tierpark Hellabrunn, aus umgehend die Polizei. Diese schickte zwei Polizeibeamte in Bereitschaft sowie einen Arzt. Der Inspektor, sein Adjutant und der Staatsanwalt wurden benachrichtigt und trafen wenig später am Tatort ein. Sie wurden von einem Polizeifotografen, den Eppler anforderte, begleitet. Der Fundort der Leiche wurde augenblicklich abgesperrt, man fand nicht nur in weitem Umkreis verstreut Kleidungsstücke, die später der Rosa Berwanger zugeordnet werden konnten, sondern auch Spuren eines heftigen Kampfes. Reinhard Eppler beschrieb diese sehr genau, er hatte eine Skizze davon anfertigen lassen, nebst Fotografien.

Wir im Auditorium bekamen leider weder das eine noch das andere zu sehen, aber die Richter warfen lange und interessierte Blicke darauf. Dass die Polizei heutzutage die Fotografie zu Ermittlungszwecken nutzte, war mir neu, aber es schien sehr sinnvoll zu sein und beeindruckte mich tief. Sie konnten dadurch einen Status quo festhalten, der sich so nie wieder zeigen würde, denn alles war der Veränderung unterworfen. Die Leiche wurde bewegt, durch Wettereinflüsse gingen Spuren verloren, und zu guter Letzt: Die eigene Erinnerung, auch die der besten Polizeibeamten, war stets getrübt.

Aus den Spuren lasen Eppler und seine Beamten heraus, dass Rosa mit einem Begleiter entweder direkt von der Thalkirchner Brücke kam oder nördlich aus Richtung des Flaucherstegs. Es musste zu einem plötzlichen Streit gekommen sein, möglicherweise wurde die Begleitung übergriffig, und Rosa setzte sich zur Wehr. Jedenfalls kamen die Polizisten zu dem Schluss, dass dem Mädchen ein Teil der Wunden bereits vor ihrem Tod zugefügt worden war. Der Arzt erklärte das später mit dem Zustand der Blutergüsse. Sie musste sich sehr heftig gewehrt haben, ihr Peiniger hatte sie gewürgt und geschlagen. Die Absatzspuren, die ihr zuzuordnen waren, hatten sich tief in die Erde eingegraben, sie musste sich mit aller Kraft dagegen gewehrt haben, dass der Mann sie ins Gebüsch zerrte. Dass es ein Mann war, darüber waren sich aufgrund der angewendeten Gewalt und der nötigen Kraft alle einig. Äste waren abgebrochen und abgerissen, aller Wahrscheinlichkeit nach hatte Rosa sich daran festgehalten. Aber es half alles nichts: Der Mörder brachte sie unter Anwendung schlimmster Gewalt vom Weg ab, riss ihr dabei die Kleidungsstücke vom Leib, und schließlich, da war sie laut Eppler vielleicht schon bewusstlos, schändete er das junge Mädchen.

Zuletzt hatte ihr der Täter die Kehle durchgeschnitten.

Auf die Frage des vorsitzenden Richters, ob es möglich sei, dass sie vor der Vergewaltigung getötet wurde, antwortete Eppler mit »Nein«. Er schien das tief zu bedauern und mit ihm das gesamte Auditorium. Eppler erklärte seine Meinung mit den Blutspuren am Tatort. Den Schnitt durch die Kehle hatte der Täter erst ausgeführt, als er mit dem wehrlosen Mädchen fertig war, sonst wäre das Blut überall verteilt gewesen. Der Kriminalinspektor vermutete, der Täter wollte verhindern, dass sein Opfer redete.

Ich konzentrierte mich ganz auf meine Notizen, unfähig, in die Gesichter der anderen zu blicken. Zu genau wusste ich, dass ich mich sonst würde übergeben müssen. Einmal nur sah ich kurz vom meinem Block auf, als Eppler Rosas Martyrium vor ihrem Tod schilderte. Ich versuchte, einen Blick auf den Angeklagten zu werfen, aber Newjatev saß mit dem Rücken zu mir. Er hatte sich vollständig zusammengekrümmt, seinen Kopf in den Händen vergraben. Ich bohrte meine Blicke in seinen Rücken, als könnte ich ihn dazu bewegen, sich zu mir umzudrehen und zu nicken: Ja, ich habe es getan! Ja, ich war es, ich habe sie auf dem Gewissen, Rosa, meine Geliebte.

Aber natürlich geschah nichts dergleichen.

Stattdessen sprach Reinhard Eppler, nur selten unterbrochen von Fragen der Richter, weiter. Er redete nun schon hochkonzentriert seit über einer Stunde und zeigte keinerlei Zeichen von Ermattung. Allen Anwesenden wurde deutlich, dass hier ein Mensch sprach, der genau wusste, wovon er redete. Der im höchsten Maß professionell war, der alles daransetzte, Verbrechen – ein so grausames zumal – aufzuklären. Und der hier vor Gericht Rede und Antwort stehen würde, solange es notwendig war. Und der, davon war ich nun vollkommen überzeugt, ebenso engagiert an der Aufklärung des Mordes an Rosa arbeiten würde, bis der Täter feststand. Sollte Rudolf Newjatev schuldig im Sinne der Anklage sein, dann wäre es allein Eppler zu verdanken, wenn er verurteilt würde.

Es ging nun um den weiteren Verlauf der Ermittlungen. Der Kriminalinspektor schilderte, ebenso wie andere Polizisten nach ihm, wie die zunächst unbekannte Tote identifiziert werden konnte, wie alsdann Rudolf Newjatev als Erster vernommen, wie der Verlauf des letzten Lebenstages von Rosa rekonstruiert wurde und wie weitere Zeugen, die mit Rosa zu tun hatten, befragt wurden.

Alles in allem dauerte dieser erste Verhandlungstag bis

zwei Uhr am Nachmittag. Eine Reihe von Zeugen trat vor Gericht auf und trug mehr oder weniger Erhellendes zum Fall bei. Einiges, was vorgetragen wurde, war mir bekannt, anderes hörte ich zum ersten Mal. Aber ich war in all den Stunden so angestrengt damit beschäftigt, dass mir nichts, aber auch nicht das kleinste Detail entgehen möge, dass ich unterschiedslos alles aufschrieb. Von der Verhandlung taumelte ich direkt in die Redaktion, den kurzen Weg vom Justizpalast zum Altheimer Eck ging ich zu Fuß, um meinen übervollen Kopf ein wenig auszulüften und die darin Karussell fahrenden Gedanken zu sortieren. Da die Kollegen nach dem Prozess sofort alle in ihre Redaktionen ausgeschwärmt waren, ging ich allein. Es war deutlich wärmer als am Morgen, der Schneematsch hatte riesige Pfützen gebildet. Am Karlstor sprang ich in letzter Sekunde zur Seite, weil die Automobile rücksichtslos mit hoher Geschwindigkeit über die schlecht befestigte Straße bretterten und aus den Schlaglöchern die dunkelgraue Brühe hoch aufspritzte.

In der Redaktion der *Münchener Post* angekommen, kochte ich mir zunächst einen Kaffee, rauchte meine obligatorische Zigarette und sah meine Notizen durch. Fast den ganzen Block hatte ich vollgeschrieben! Wie sollte ich die Fülle an Informationen sortieren, bewerten und entscheiden, was wichtig und was weniger wichtig war? Vor allem aber: Wie viel Platz würde ich dafür bekommen?

»Zwanzig Zeilen«, brummte Anlauf.

Fassungslos starrte ich ihn an. Ich hatte Material für fünf ganze Zeitungsseiten! Aber noch bevor ich wortreich protestieren konnte, redete er schon weiter. »Solange der

Kerl nicht verurteilt wurde, Fräulein Gensheim, ist das kein Thema für uns. Guter Journalismus lebt von der Reduktion. Wenn der Prozess zu Ende ist, red' ma weiter.« Damit nickte er unmissverständlich zur Tür hin.

Für diese zwanzig Zeilen, die mir so viel bedeuteten, brauchte ich über zwei Stunden. Ich tippte – und verwarf. Setzte den Schwerpunkt neu – riss das Blatt aus der Maschine. Beschränkte mich auf die Fakten – und warf die Meldung in den Papierkorb. Wie stolz ich gewesen war, als man mir einen Platz in einer der Redaktionsstuben zugeteilt hatte, zumindest für die zwei Prozesstage. Und wie peinigend war es nun, unter den Augen der Kollegen so grandios zu scheitern! Niemand sagte etwas, aber es stand mir auch keiner der Herren zur Seite. Wie sehr hätte ich Hilfe benötigt! Aber ich war zu stolz, darum zu bitten. Schließlich hatte ich noch vor Redaktionsschluss der Morgenausgabe meine kleine Meldung fertig. Ich hatte mich ganz auf den Kriminalinspektor konzentriert und lobte den guten Mann über den Klee. So hoffte ich, bei Eppler wieder ein wenig punkten zu können. Newjatev und seine Reaktion auf den Verlauf des Prozesses ließ ich noch unerwähnt, lediglich die Anwesenheit seiner Eltern streifte ich in einem Nebensatz. Der morgige Tag würde sich um die Vernehmung des Angeklagten drehen, außerdem würde das Urteil verkündet werden, ich wollte also mein Pulver nicht schon jetzt verschießen. Ich war mir sicher, dass es hochdramatisch zu Ende gehen würde, Newjatev hatte ich kennengelernt als Mann der großen Gesten, und sollte er verurteilt werden – wovon ich ausging –, dann würde uns Reportern und Zuschauern etwas überaus Berichtenswertes geboten werden.

Den Fragen meiner Familie wich ich am Abend, so gut es ging, aus und legte mich mit starken Kopfschmerzen früh zu Bett. Paul und Ludmilla warteten auf dem Wäscheboden auf mich, aber ich hatte keine Lust, die beiden zu sehen und alles wiederzukäuen.

Außerdem hatte ich mich über meinen Bruder geärgert. Seine Frage, warum ich so unbedingt wolle, dass Rudolf Newjatev der Täter war, hatte mich gekränkt. Ich wollte es nicht. Jedenfalls nicht, dass unbedingt er es war. Aber ich wollte Sühne und Gerechtigkeit für Rosa. Ihr Geliebter war nun mal der Verdächtige Nummer eins, das sah doch jeder so und nicht nur ich!

Und noch etwas trieb mich um: meine Zukunft bei der Zeitung. Ich hatte nur eine Chance, und das war dieser Prozess. Würde ich es nicht schaffen, mich mit einem gloriosen Artikel nach vorne zu schreiben, würde ich für den Rest meines Lebens im Stenotypistenkabuff versauern. Oder müsste mir eine neue Profession suchen. Dafür allerdings war es jetzt zu spät. Ich hatte Blut geleckt.

Er gestand alles ein. Rudolf Newjatev erzählte freimütig davon, wie sein Zusammenleben mit Rosa gewesen war. Ihre Liebe, übergroß und nicht enden wollend – für ihn. Er sprach davon, dass Rosa ihm alles bedeutet hatte. Sein Leben war vollständig auf sie ausgerichtet gewesen. Er hatte seit August auch in seiner Kunst nur ein Motiv gekannt: Rosa.

Als der junge Mann an diesem zweiten Verhandlungstag anfing zu sprechen, war seine Stimme noch wacklig, er war fahrig und unkonzentriert. Aber im Verlauf seiner Erzählung fand er zu sich, wurde selbstsicherer, seine Trauer schien der Erinnerung an seine Geliebte zu weichen. Newjatev sprach von dem Feuer, das Rosa in ihm entfacht hatte, und dass er nur durch sie die Gewissheit erlangt hatte, ein großer Künstler werden zu können.

Dann wurden seine Werke gezeigt. Die Verteidigung hatte dafür gesorgt, dass fünf ausgewählte Gemälde im Gerichtssaal präsentiert wurden. Der Anwalt Newjatevs wollte damit die Leidenschaft, die Maler und Muse verband, bildlich machen. Und noch etwas wollte er zeigen: dass der junge Maler sich in den drei Monaten künstlerisch ungewöhnlich weiterentwickelt, zu großem Ausdruck und zur Reife gefunden hatte. Warum, so seine These, sollte Newjatev also den Menschen töten, den er nicht nur über alles liebte, sondern dem er auch eine enorme Entwicklung in seiner Kunst zu verdanken hatte?

»So ein Dreck«, sagte einer der Reporter neben mir angesichts der Werke. Ich ignorierte ihn. Ich, die ich nie einen Hang zu moderner Kunst gehabt, die ich meine Mutter verlacht hatte, als sie die Kubisten und Expressionisten pries, und mich über die gelben Pferde und andere Sonderlichkeiten des Blauen Reiter mokiert hatte, ausgerechnet mir stockte der Atem.

Ich sah SIE!

Rosa in ihrer Schönheit, unverstellt, natürlich, ihre kraftvolle Ausstrahlung, die auch mich in ihren Bann gezogen hatte, all das war so überdeutlich in den Gemälden Rudolfs widergespiegelt, wie ich es nicht für möglich gehalten hatte. Vielleicht hätte ich nicht so empfunden, wenn ich die Dargestellte nicht gekannt, sie und den Schöpfer der Werke nicht zusammen gesehen hätte. Denn es waren ja Gemälde, die keineswegs realistisch waren. Sie waren nicht nach der Natur gemalt, sondern verzerrten sie auf grobe Weise. Dennoch, so empfand ich es in dem Moment vor Gericht, sprach aus den Bildern eine größere Wahrheit; es schien mir, als habe sich die Essenz des Charakters von Rosa oder das Wesentliche ihrer Beziehung zu dem jungen Maler darin manifestiert.

Die Bilder waren voller Sinnlichkeit und Leben. Das Feuer, von dem Newjatev gesprochen hatte, brannte und übertrug sich auf den Betrachter.

Besonders eines der Bilder hatte es mir angetan. *Mon amour* hieß es und war das kleinformatigste der Werke. Rosa hatte darauf schwarze Haare, dennoch war es unmissverständlich sie. Ihr Blick war auf den Betrachter oder eben den Schöpfer des Werkes gerichtet, sie lächelte verheißungsvoll. Sie trug eine weiße Bluse, wie ich sie oft an Rosa gesehen hatte, hier auf dem Bild war sie ihr über eine Schulter gerutscht. Alles an ihr war Verführung und Sinnlichkeit.

Ich starrte auf das Bild, die Tränen sammelten sich in meinen Augenwinkeln. Nachdem es gestern den ganzen Verhandlungstag darum gegangen war, wie schrecklich Rosas letzte Minuten waren, wie fürchterlich ihr Angreifer über sie hergefallen war und wie grausam ihr Körper zugerichtet wurde, war ich dankbar, sie auf diesem Bild als lebendig zu empfinden. Und als glücklich. Hier war eine liebende junge Frau in der Blüte ihres Lebens. Ich wusste, dieses Bild würde ich niemals vergessen.

Nicht jedem in diesem Saal ging es wie mir, aber die wenigsten hatten Rosa ja auch zu Lebzeiten gekannt. Interessiert beobachtete ich den Vater von Rudolf, Ezequiel Newjatev, der den Blick von den Bildern abgewandt hatte.

Wollte er das Mädchen nicht sehen? Oder mochte er die Kunst, der sein Sohn verpflichtet war, nicht? Jetzt erst fiel mir auf, dass ich keinen der Künstlerfreunde von Rudolf im Saal entdeckt hatte. Weder gestern noch heute. Hatten sie ihn alle fallenlassen? Fast hätte ich Mitleid empfunden, wenn ich mir nicht wieder vergegenwärtigt hätte, dass Rudolf aller Wahrscheinlichkeit nach der Mörder Rosas war.

Es gab eine Verhandlungspause, in der ich mich aber nicht zu meinen Kollegen gesellte, ich musste allein sein. Ihre Kommentare über die Bilder wollte ich nicht hören, also lief ich ein wenig im Justizpalast herum, bis ich ein offenes Fenster fand, an dem ich eine Zigarette rauchen konnte. Menschen eilten durch den Gang, sie beachteten mich nicht, und ich konnte in Ruhe meine Gedanken sortieren. An diesem Tag war ich schon nicht mehr so verkrampft, ich hatte mir erlaubt, weniger zu stenografieren, dafür mehr von der Atmosphäre in mich aufzusaugen.

Die Stimmung schien mir allgemein sehr gegen den Angeklagten gerichtet zu sein. Rudolf Newjatev hatte in seinem ganzen Wesen nichts Einnehmendes. Auch wenn meine Freundin Elli nach wie vor behauptete, er sei ein schöner Mann, erschien er doch seltsam verschroben und durchgeistigt. Und wie er von seiner großen Liebe erzählte, wirkte auf die Zuhörer vielleicht anrührend, war aber gleichzeitig nicht von dieser Welt. Es war manisch.

Ich sah auf meine Uhr. Fünf Minuten noch bis zum Ende der Pause. Es war Zeit, wieder in den Saal zu gehen. Als ich mich umdrehte, bemerkte ich, dass ein paar Meter weiter weg der junge Staatsanwalt stand. Er drückte soeben seine Zigarette aus und ging dann vor mir her in Richtung Gerichtssaal. Kurt Schuster hieß er, und ich hatte mich bei seinem Anblick sehr gewundert, wie es möglich war, dass ein so junger Mensch bei einem derart aufsehenerregenden Prozess als Staatsanwalt fungierte. Er war nicht älter als dreißig. Nicht hochgewachsen, vielleicht so groß wie ich, um die eins siebzig und auf den ersten Blick durch und durch unauffällig. Dunkelblondes, gescheiteltes Haar, akkurat geschnitten, ein ovales Gesicht, das man schnell wieder hätte vergessen können, wären da nicht die Augen gewesen. Klug und wach waren sie, und manchmal, wenn ich ihn vom meinem Platz auf der Zuschauertribüne beobachtete, bemerkte ich, wie sie blitzten und er alles aufmerksam registrierte, was während der Verhandlung geschah. Ich hielt ihn für klug, strebsam, aber für nicht besonders durchsetzungsfähig. Sowohl die Richter als auch Newjatevs Verteidiger hatten die fünfzig bereits überschritten und waren alte Hasen in ihren Berufen. Sie ignorierten die Einwürfe des Staatsanwalts, sie schnitten ihm das Wort ab, sie lächelten herablassend, wenn er sich äußerte. Kurz: Er hatte keinen guten Stand bei dieser Verhandlung. Ich hoffte, dass dies der Durchschlagskraft des Urteils keinen Abbruch tat.

Während ich hinter ihm herging, empfand ich ihn als zögerlich, seine Schultern hingen, und es wirkte, als wolle er nicht mehr in den Saal zurückkehren. Was ihn wohl so niederdrückte? Dass die anderen ihm keinen Respekt zollten? War es der Verhandlungsgegenstand an sich, der ihm so widerstrebte? Oder war er gar selbst von der Schuld des Angeklagten nicht mehr überzeugt?

Kurt Schuster nahm einen anderen Zugang zum Gerichtssaal als ich. Ich schob mich wieder auf meinen Platz und sah der restlichen Verhandlung gespannt entgegen.

Freundinnen von Rosa, ein Kollege von Rudolf, die Zimmerwirtin des Ateliers, das der Maler in der Giselastraße gemietet hatte, und weitere Personen, die mit dem Paar in unterschiedlicher Beziehung standen, sagten aus. Das, was sie zu sagen hatten, deckte sich im Großen und Ganzen und war nicht eben schmeichelhaft für den Angeklagten. Ja, es sei die große Liebe gewesen zwischen dem Kunstmaler und seinem Modell. Aber es habe einen Punkt gegeben, an dem Zwietracht einzog, weil Rosa, die Blut geleckt hatte an dem freien und aufregenden Leben, sich Freiheiten herausgenommen hatte. Sie habe sich mit anderen Männern getroffen, sie habe in Gegenwart des Malers anderen schöne Augen gemacht und ihn darüber hinaus mit seiner Eifersucht aufgezogen. Jede dieser Aussagen untermauerte, dass Rudolf Newjatev ein Motiv gehabt hatte, seine Geliebte zu töten. Allerdings hatte der junge Mann dies alles selbst zugegeben. Er hatte nichts beschönigt oder geleugnet.

Alles gestand er ein, nicht jedoch den Mord.

Er beharrte darauf, dass er sich mit ihr gestritten hatte, danach habe er sie gesucht, um sich mit ihr zu versöhnen. Er war durch die einschlägigen Lokale gezogen, ja sogar auf der Polizeistation hatte er sich gemeldet. Aber Rosa blieb verschwunden, und so war er in den frühen Morgenstunden in sein Atelier gegangen, um sich dort, schwer alkoholisiert, zum Schlafen zu legen. Dafür gab es keine Zeugen.

Aber auch über Rosas weiteren Verbleib gab es keine gesicherten Erkenntnisse. Bis ungefähr zweiundzwanzig, dreiundzwanzig Uhr (darüber machten die Befragten ungenaue Angaben) war sie mit Bekannten im Café Noris gewesen, bevor sie von dort alleine weitergezogen war. Hier verlor sich ihre Spur.

Obwohl ich das Hin und Her zwischen Richter und Zeugen interessiert verfolgte, fand ich doch, dass der Fall auf der Hand lag. Wer sonst hätte ein so starkes Motiv gehabt, Rosa zu töten? Für mich war der Ausgang des Prozesses ausgemachte Sache.

Bevor sich das Gericht zur Urteilsfindung zurückzog, erfolgten die Plädoyers. Das des Verteidigers Justizrat Dr. Oefelein fiel kurz und arrogant aus. Er verwies schlichtweg auf die ehrbare Herkunft des jungen Malers, wobei er nicht versäumte, in jedem dritten Satz die Stellung des Vaters als Ministerialrat zu erwähnen. Als sei dies allein schon Beweis genug für die Ehrbarkeit des Angeklagten. Sein Plädoyer zielte selbstverständlich ganz und gar darauf ab, dass Rudolf Newjatev nichts mit dem Mord an Rosa Berwanger zu tun habe, sondern diese Opfer ihrer Lebensumstände geworden sei. Dass sein Mandant die Getötete über alles geliebt habe, sei hinreichend in dem Prozess bewiesen. Und warum, so die simple Feststellung des Justizrats, sollte man töten, was man liebte? Damit begnügte er sich, setzte sich selbstzufrieden hin, nicht ohne Ezequiel Newjatev beruhigend zuzunicken. Dieser deutete eine kleine Verbeugung an, ansonsten zeigte er, wie schon den gesamten Prozess über, keine Gefühlsregung.

Ich war mir sicher, dass Justizrat Dr. Oefelein und der Ministerrat Newjatev sehr gut miteinander bekannt waren und die Übernahme der Verteidigung für den Sohn des einen dem anderen eine selbstverständliche Gefälligkeit war.

Nun erhob sich Kurt Schuster und begann mit seinem Plädoyer. Er las nichts ab, er hielt es frei und sprach nicht allein die Richter damit an, sondern wandte sich auch von Mal zu Mal an die Zuhörer. Seine Begründung, warum der Angeklagte schuldig des Totschlags, nicht des Mordes, sein sollte, war weitaus subtiler als die entgegengesetzte Begründung seines Vorredners. Dabei ging der Staatsanwalt von der gleichen Prämisse aus: dass Rudolf Newjatev seine Muse durch und durch wahrhaftig geliebt habe. Aber er führte, für mich absolut nachvollziehbar, aus, dass dies zu einem Besitzverhältnis geführt habe. Der Angeklagte habe das junge Mädchen ganz als sein Eigentum betrachtet, als etwas, das mit Haut und Haaren ihm gehörte. Zumal die junge Frau keinerlei anderweitige Verpflichtungen hatte. Sie war von ihrer Familie getrennt, ging keiner Arbeit nach und fühlte sich niemandem zugehörig als Newjatev. Da der Maler Rosa als sein Eigen betrachtete, habe er auch nicht ertragen können, dass die junge Frau angefangen habe, ein Eigenleben zu entwickeln. Eifersüchtig habe er seinen Besitz wahren wollen. Als er begriffen hatte, dass sie sich auch anderen zuwandte, hatte er sie vor Wut, Verzweiflung und Ratlosigkeit im Affekt getötet.

Kurt Schuster hatte so nüchtern gesprochen, so klar und rational, dass ich glaubte, jedermann im Gerichtssaal müsse nun auf seiner Seite sein, die Argumente waren stichhaltig. Wie er die Psyche des Angeklagten und dessen Verhältnis zu dem ehemaligen Dienstmädchen geschildert hatte, so schien es auch der Realität zu entsprechen.

Ich war vollkommen eingenommen von dem jungen Staatsanwalt und der Klarheit seiner Analyse.

Umso überraschter war ich, als die Kollegen ganz unterschiedlicher Meinung zu sein schienen. Wir hatten uns alle in einem kleinen Lichthof versammelt und fachsimpelten, während sich das Gericht zur Urteilsfindung zurückgezogen hatte. Es gab beinahe ebenso viele Verfechter der Auffassung, dass Newjatev unschuldig sei, wie Gegner. Einig jedoch waren sich alle in einem Punkt: dass der junge Maler ein seltsamer, ja nachgerade unsympathischer Mensch war. Ich war überzeugt davon, dass auch die Richter diese Auffassung teilten, aber natürlich reichte dies nicht für eine Verurteilung. Ich hielt eisern an der Überzeugung fest, dass Newjatev unzweifelhaft der Täter sein musste, aber nach der Stunde, in der wir heiß diskutierten, war ich nicht mehr so überzeugt davon, dass er schuldig gesprochen würde, wie ich es gewesen war, als ich aus dem Gerichtssaal ging.

Er wurde freigesprochen.

Der vorsitzende Richter verkündete das Urteil, welches die Richter einstimmig getroffen hatten, mit großer Gleichgültigkeit. In der Urteilsbegründung folgte das Gericht über weite Strecken dem Staatsanwalt, nicht jedoch seinem Schluss, der Angeklagte habe Rosa Berwanger getötet. Dafür gäbe es, so die Richter, keinerlei stichhaltige Beweise. An der Leiche seien keine fremden Blutspuren festgestellt worden, Fingerabdrücke könne man nicht vom menschlichen Körper abnehmen, Tatwaffe sei keine gefunden worden. Die Tatsache, dass der Angeklagte ein starkes Motiv und kein Alibi habe, genüge allein nicht zu einer Verurteilung. Es gäbe lediglich Indizien. Man könne Rudolf Newjatev nicht dafür verurteilen, dass er ein potenzieller Täter sein könnte.

Direkt nach der Urteilsverkündung schrie die Mutter von Newjatev kurz auf, dann weinte sie und betete und machte ihrer Erleichterung so laut Luft, dass der vorsitzende Richter sie ermahnen musste.

Newjatev selbst begann ebenfalls hemmungslos zu schluchzen, er gab ein noch beklagenswerteres Bild ab als bei der Eröffnung seines Prozesses. Der Justizrat Oefelein schüttelte die Hand des Vaters und legte dann seinem Mandanten beruhigend die Hand auf die Schulter. Der junge Maler schien das kaum zu bemerken. Er hatte die Arme auf den Tisch gelegt und sein Gesicht darin vergraben. Die Mutter kam zu ihm und streichelte ihm über das Haar, während sie unablässig in sein Ohr flüsterte.

Von meinem Platz starrte ich auf die beiden hinunter. Während die Richter den Saal bereits verlassen hatten, der Staatsanwalt Kurt Schuster mit Reinhard Eppler sprach und meine Kollegen einer nach dem anderen hinauseilten, um ihre Berichte in den Redaktionen abzuliefern, saß ich wie angewurzelt auf meinem Platz, unfähig, aufzustehen. Rudolf Newjatev dagegen würde sich erheben und diesen Saal als freier Mann verlassen. Ich war wie gelähmt. Unschuldig! In meinen Augen war er schuldig, durch und durch. Er hatte ein junges Mädchen verführt, ihm den Kopf verdreht, dafür gesorgt, dass es alle Brücken hinter sich abbrach, sie als seinen Besitz beansprucht, sie glauben gemacht, dass sie ein Leben an seiner Seite in Schwabinger Künstlerkreisen führen könnte – das allein war in meinen Augen schon Grund genug, Newjatev nicht gehen zu lassen.

Und darüber hinaus: Wer sonst hatte Rosa auf dem Gewissen? Würde sich Reinhard Eppler weiterhin auf die

Suche nach ihrem Mörder machen? Oder war der Fall damit erledigt? Gab es keine Sühne, keine Gerechtigkeit?

Jemand legte mir die Hand auf die Schulter. Ich blickte hoch und sah in das Gesicht des Adjutanten Danzer.

»Es tut mir leid. Ein grässliches Fehlurteil.« Er flüsterte. Wollte er mich schonen, oder sollte sein Chef ihn nicht hören? »Dabei haben Sie alles darangesetzt, ihn zu Fall zu bringen«, fuhr er fort. Dieses Flüstern verursachte bei mir Gänsehaut. Dieser Mensch stellte dadurch ein stilles Einverständnis zwischen uns her, das ich ganz und gar nicht eingehen wollte.

»Ich wollte Ihnen immer sagen, wie ich Sie bewundert habe. Ihren Brief. Es ist richtig, diesem degenerierten Menschen nichts durchgehen zu lassen.« Seine hellen Augen fixierten mich, der Blick war mir ebenso unangenehm wie sein Flüstern und die Hand, die noch immer auf meiner Schulter ruhte. »Diesem Semiten.« Der schreckliche Mensch spie das Wort aus, Speichel traf mich im Gesicht. Das war genug. Ich stand auf und flüchtete, ohne auf den Adjutanten zu reagieren, aus dem Saal.

Durch die Gänge rannte ich, die Treppe hinab bis ins Freie. Nur weg von diesem Danzer, seinen Worten, dem Bund, den er versucht hatte, zwischen uns herzustellen, und weg von dem Urteil, das auch in meinen Augen ein grauenvolles Fehlurteil war.

Kaum erreichte ich das Freie, wurde mir ein wenig schwindelig. Ich entfernte mich ein paar Schritte vom Ausgang und hielt mich an einem Mauervorsprung fest. Eine Wange legte ich an den kalten Stein, lehnte mich mit der Schulter an und schloss die Augen. Ich war enttäuscht. Im Geiste hatte ich mir meinen Artikel heute Nacht schon vorgesagt, mir überlegt, wie ich den Sieg der Gerechtigkeit feiern und den Täter Rudolf Newjatev in Grund und Boden schreiben würde. Nun aber würde ich damit leben müssen, dass er wenige Meter von meiner Wohnung entfernt schlafen und arbeiten, ein und aus gehen, atmen und weiterleben würde.

Und Rosa würde in Vergessenheit geraten.

Ich hatte mich mit meinem anonymen Brief so weit vorgewagt, hatte den Kriminalinspektor damit gegen mich aufgebracht, mir stattdessen falsche Allianzen geschaffen. Jetzt hatte ich das Gefühl, nicht genug getan zu haben. Von dem Seidenschal beispielsweise, den ich für einen wichtigen Beweis gehalten hatte, war vor Gericht nicht die Rede gewesen. Eppler hatte ihn mit keinem Wort erwähnt. Ich hätte nicht mit vagen Vermutungen und Spekulationen zur Polizei gehen, sondern selbst für mehr Stichhaltigkeit meiner Anschuldigungen sorgen sollen. Aber nun war es zu spät.

Lange stand ich an die Mauer des Justizpalastes gelehnt und rauchte. Die Kälte spürte ich nicht. Zwar hatte ich nur ungefütterte Stiefeletten an und trug einen leichten Mantel über meinem Kostüm, aber es spielte für mich keine Rolle, ob ich fror oder nicht. Es ging gegen drei am Nachmittag, der Himmel drückte schwer auf das Treiben am nahen Karlsplatz, wo sich Trambahnen, Droschken und Automobile aneinander vorbeischoben, verdrängten, überholten, ausbremsten. Nichts stand still, niemand hielt die Luft an, allein für mich fühlte es sich an, als ende hier mein Leben.

Es begann zu schneien. Federleichte Kristalle zunächst, dann dichter und immer dichter, bis ich kaum noch bis zum Karlstor blicken konnte. Der Schnee legte sich auf den ungestümen Verkehr wie ein dickes Tuch, erstickte die Kakophonie, die seine Geräusche bildeten.

Und er tröstete mich. Sein leuchtendes Weiß, Stille und Reinheit kamen mir wie ein Zeichen vor. Ich legte den Kopf in den Nacken und ließ die Flocken auf meinem Gesicht schmelzen. Lange stand ich da, unbeweglich, ohne Ziel.

Als ich mich genug gesammelt hatte, um aufzubrechen, sah ich durch das dichte Schneegestöber, wie der junge Staatsanwalt Schuster das Gebäude verließ. Er trug einen langen Wintermantel und Hut, aber ich erkannte ihn unzweifelhaft an seinem Gang. Ohne darüber nachzudenken, lief ich ihm nach und hielt ihn auf.

»Herr Schuster? Anneli Gensheim, Reporterin von der *Münchener Post.*«

Er sah mich an, als sei er soeben aufgewacht. Überrascht, ein bisschen erschrocken. Aber er fasste sich schnell und zog kurz seinen Hut. »Erfreut. Was kann ich für Sie tun?«

»Ich hätte gerne Ihre Einschätzung. Zu dem Urteil im Fall Berwanger.«

Er nickte und wollte etwas sagen, aber dann stutzte er. »Fräulein … Sie sind ja vollkommen durchgefroren! Und pitschnass. Haben Sie die ganze Zeit draußen auf mich gewartet?«

Jetzt erst spürte ich die Eiseskälte in meinen Gliedern. Ich schlotterte am ganzen Körper, und sogar meine Zähne begannen zu klappern. Ohne meine Antwort abzuwarten, zog mich Schuster am Arm mit sich, wir überquerten die Straße, gingen wenige Meter in die Löwengrube, bevor er mich ein paar Stufen hinunterführte und mir die Tür zu einer Gastwirtschaft öffnete. Eine Welle von warmer Luft, dem Geruch nach deftigem Essen und Zigarrenrauch sowie herbe Männerstimmen schlugen mir entgegen. Kurt Schuster hielt eine der Bedienungen auf, die mit dem Kinn in eine Ecke wies, wo sich ein freier Tisch befand. Er nahm mir den nassen Mantel ab und hängte ihn in der Nähe eines großen Kachelofens auf, der den Raum erwärmte. Ich sah mich um. Wir waren in einer gemütlichen bayerischen Wirtschaft im Souterrain, die bis auf die Kellnerinnen von Männern bevölkert war. Einige Polizisten in Uniform, Männer im Anzug und sogar ein Herr in Robe.

»Polizei und Justiz«, erklärte Schuster mir mit einem Lächeln. »Jemand anders findet hier nicht her. Ach ja, Reporter zuweilen.« Dann schob er mir die Speisekarte hinüber. »Essen Sie was G'scheites. Wenn Sie eine Unterkühlung bekommen, will ich nicht schuld sein.«

Beim Blick in die Karte begann mein Magen unweigerlich zu grummeln. Noch nie war ich in einer so urtümlichen Schankwirtschaft gewesen. Mit meinen Eltern gingen wir in Restaurants, im Sommer in den Biergarten oder zum Starkbieranstich auf den Nockherberg. Aber dies hier war etwas anderes. Es gab unzählige dieser einfachen Bierlokale in der Stadt, jetzt schämte ich mich fast ein bisschen dafür, dass ich keines jemals besucht hatte.

»Leberknödelsuppe und Helles für uns beide«, bestellte Kurt Schuster und sah mich auffordernd an. Ich bestellte Wammerl für mich, er wählte den Schweinsbraten. Deftige Hausmannskost, das gab es manchmal auch zu Hause, doch meine Mutter legte mehr und mehr Wert auf eine gesündere Ernährung – zum Verdruss meines Vaters –, so dass allzu Fettes von der Speisekarte verschwunden war. »Reformkost« nannte sie es. Köchin Magdalena verdrehte dann geringschätzig die Augen.

Jetzt aber und hier gab es nichts, was besser für mich gewesen wäre. Die angeregte Atmosphäre, bullernde Wärme und abgestandene Luft, dazu ein herzhaftes Essen im Magen, nichts schien mir verlockender. Ich war Kurt Schuster zutiefst dankbar, dass er mich hierher geführt hatte. Vor wenigen Minuten, draußen in der Kälte vor dem Justizpalast, war mein Herz schwer, meine Verzweiflung tief gewesen. Aber nun, an dem Tisch mit der karierten Decke und einem Glas Bier vor meiner Nase, breitete sich plötzlich Zufriedenheit in mir aus. Ich spürte, wie ich ruhiger wurde.

Schuster prostete mir zu. Wir tranken beide, er wischte sich den Schaum von der Oberlippe und nickte mir zu. »Fragen Sie.«

Der Alkohol fuhr mir sofort in die Glieder. Nie trank ich Bier und schon gar nicht am Nachmittag, aber das Helle schmeckte mir auf Anhieb. Es prickelte auf der Zunge, und obwohl es so kalt war, dass sich außen am Glas Tropfen gesammelt hatten, war mir, als wärmte es mich innerlich. Ich zog meine Zigaretten aus der Tasche, steckte eine in meine neue silberne Spitze und ließ mir von Schuster Feuer geben. Dann erzählte ich. Die gesamte Zigarettenlänge über sprach ich, auch während wir die heiße Leberknödelsuppe schlürften und sogar noch, als mein Wammerl vor mir stand. Eine imposante Portion, ein Stück Fleisch so groß wie ein kleines Ferkel.

Der junge Staatsanwalt hatte mir aufmerksam zugehört. Selten unterbrach er mit einer Frage, manchmal lächelte er fein. Ob er sich über mich und meine jugendliche Naivität amüsierte oder sich schlicht an seinem Essen freute, offenbarte er mir nicht, aber ich war so in Fahrt, dass es mich auch nicht kümmerte. Schließlich endete ich mit der Frage, ob er nicht auch enttäuscht sei über den Ausgang des Prozesses.

»Nein.« Sorgfältig sezierte der junge Staatsanwalt seinen Schweinebraten und trennte die krachende Kruste vom zarten Fleisch. Mir fiel auf, wie schön seine Hände waren. Nicht zartgliedrig und fein wie die eines Pianisten. Auch nicht grob und zupackend wie die eines Arbeiters. Nein, es war gerade das richtige Maß an Kraft und Zartheit, das mich in dem Moment anrührte. Auf den ersten Blick war alles an Schuster durchschnittlich. Aber lag es am Bier oder daran, dass in der warmen Wirtschaft wieder Blut in meinen Adern pulsierte anstelle von Eis, dass ich nun gerade dieses Mittelmaß als perfekt und beruhigend empfand? Er schien mir von so ausgleichender Natur zu sein, völlig im Gegensatz zu mir, die ich aufbrausend und leicht zu erschüttern war. Auch mein Äußeres war alles andere als Durchschnitt. Ich war blass, um nicht zu sagen käseweiß, viel zu dünn und groß gewachsen. Im Gesicht saß ein langer Zinken statt einer zierlichen Stupsnase, und ich konnte mir noch so viel Mühe geben, meine abstehenden Ohren unter den Haaren zu verbergen, es gelang mir nicht. Kurzum, ich war eine im schlechten Sinn recht auffällige und sperrige Erscheinung, während mein Gegenüber mit gefälliger Durchschnittlichkeit glänzte.

»Im Gegenteil, ich habe das Urteil erwartet und bin nun keineswegs enttäuscht. Es hätte nicht anders ausfallen dürfen.«

Ich hörte auf zu kauen und starrte ihn an.

»Es ist einfach ein Faktum«, sprach Schuster ungerührt weiter, »dass die Beweise nicht ausreichend sind. Das war sowohl mir als auch Herrn Eppler vollkommen bewusst. Unsere Hoffnung war einzig, dass im Prozess noch etwas Unverhofftes zutage käme. Etwas, das unumstößlich die Schuld des Angeklagten bewiesen hätte. Aber so war es nicht. Und damit ist das Urteil vollkommen zu Recht so ausgefallen.«

»Aber halten Sie Newjatev für den Mörder? Glaubt Eppler, dass er es war?«

»Für Herrn Eppler zu sprechen maße ich mir nicht an. Und das, was ich *glaube,* ist irrelevant. In meinem Beruf geht es darum, was Recht ist. Und dem Recht wurde Genüge getan.«

Stumm aß ich weiter. Natürlich war es richtig, was er sagte. Aber den Zorn, den ich tief in meiner Seele auf Newjatev hegte, besänftigte er so nicht.

Der Staatsanwalt musste in mir lesen können wie in einem Buch. »Rudolf Newjatev aufgrund seines Lebenswandels zu verurteilen hätte vielen gefallen, Fräulein Gensheim. Oder aufgrund seiner Religion …«

»Dass er Jude ist, ist mir gleich«, beeilte ich mich zu sagen. Um keinen Preis wollte ich mit Menschen wie diesem Danzer in einen Topf geworfen werden.

»Ihnen. Für viele andere spielt es eine Rolle.« Schuster legte Messer und Gabel über seinen Teller und tupfte sich mit der Serviette den Mund ab. »Darf ich Sie fragen, ob Sie verwandt sind mit Dr. Hermann Gensheim?«

»Das ist mein Vater, ja. Kennen Sie sich?«

»Aus der Partei.«

»Sie sind Sozialist, viel zu jung und dürfen dann einen solchen Prozess als Staatsanwalt vertreten?«

»Sie sind weiblich, noch viel jünger und dürfen für eine große Zeitung aus dem Gericht berichten?«

Jetzt war es an mir, zu lächeln. »Patt.«

»Mitnichten. Schachmatt.«

Eine Viertelstunde später, Kurt Schuster hatte mich eingeladen, krabbelten wir aus der warmen Wirtschaft wieder in die Kälte des winterlichen München. Ich hatte es nun eilig, in die Redaktion zu kommen, mir blieb gerade noch eine knappe Stunde, um den Artikel, der den Grundstein meiner Karriere legen sollte, zu verfassen. Ein Stück begleitete mich der Staatsanwalt noch auf dem Weg, dann trennten wir uns. Er nahm meine Hand und hielt sie zum Abschied lange fest. Ich sah ihm in die Augen, dann rasch zu Boden. Mein Herz drückte gegen die Brust, als sei es plötzlich zu groß geworden, und als Kurt Schuster mit wehendem Mantel seiner Tram hinterherrannte, um dann mit einem sportlichen Satz auf die hintere Plattform zu springen, wusste ich, dass ich mich unsterblich verliebt hatte.

Auf den Tag genau ein halbes Jahr später, am 3. August 1913, heirateten wir. Es sollte das unbeschwerteste, schönste und erfolgreichste Jahr meines Lebens werden. Ein Jahr, das ich nie vergessen werde. Ein Jahr, in dem ich die Liebe dieses wunderbaren Mannes erleben durfte, die Geburt unseres Sohnes und meinen Erfolg als Gerichtsreporterin bei der *Münchener Post.* Denn mit der Kriegserklärung Deutschlands gegen Russland, wiederum ein Jahr darauf, war alles schlagartig vorbei.

München-Schwabing,
Feilitzschstraße, August 1914

Ich hielt Julius, der fest in ein Tuch gewickelt war, im Arm und sah auf die Straße hinab. Wir wohnten bei meinen Eltern; Kurts Wohnung, in die wir nach der Heirat gezogen waren, war zu klein, als der Nachwuchs kam. Etwas Eigenes hatten wir noch nicht gefunden, und da mein Bruder Paul mittlerweile ein Internat besuchte und nur mehr am manchen Wochenenden zu Hause war, waren sowohl sein als auch mein altes Zimmer frei geworden. Außerdem hatte ich auf diese Weise Hilfe bei der Kinderbetreuung.

Meine Mutter war verrückt nach ihrem Enkelchen. Ihre eigene Nachzüglerin Oda war mittlerweile vier Jahre alt und benahm sich wie ein Ziegenbock. Ludmilla war noch immer als Kindermädchen bei meinen Eltern angestellt, sie durfte ihre kleine Tochter, die sie mit dem Chauffeur der Newjatevs bekommen hatte, mitbringen. Auf diese Weise unterhielten wir in der Feilitzschstraße einen kleinen Kindergarten, der es mir erlaubte, weiterhin berufstätig zu sein.

Mein Aufstieg bei der Zeitung war so vielversprechend, dass ich nicht bereit gewesen war, die neue Stelle als Reporterin wegen Julius aufzugeben. Ich hielt eisern daran fest, denn ich hatte mir im zurückliegenden Jahr etwas erkämpft, was es vor mir noch nicht gegeben hatte: Ich war Deutschlands erste Gerichtsreporterin geworden.

Alles hatte mit dem Artikel über Newjatevs Freispruch

begonnen. Martin Anlauf hatte mich sehr gelobt, ich hatte eine halbe Seite bekommen und diese gut genutzt. Danach war es Schlag auf Schlag gegangen, beinahe jede Woche berichtete ich aus dem Justizpalast. Ich bekam sogar eine eigene Kolumne. Thema waren weniger die großen, spektakulären Prozesse, auch interessierte mich alles, was mit Finanzen oder Betrug zu tun hatte, herzlich wenig. Was mich bewegte, war das Schicksal des kleinen Mannes. Ganz im Sinn meines sozialdemokratischen Auftraggebers geißelte ich die Blindheit der Justiz, die allzu oft Verbrecher laufenließ, wenn diese nur über gute Verbindungen und noch bessere Anwälte verfügten. Gegen die Armen aber, die weder über Mittel noch Worte verfügten, um sich selbst zu verteidigen, wurden oftmals harte Urteile gefällt. Meine Arbeit brachte es mit sich, dass ich dem Staatsanwalt Kurt Schuster fast täglich begegnete, und auch wenn wir uns die Köpfe heißdiskutierten, entbrannten wir sehr schnell füreinander. Er war, neben meinem Vater, Martin Anlauf und Reinhard Eppler, einer der klügsten Menschen, denen ich je begegnet war. Ich genoss es, an ihm das Messer meines Intellekts zu wetzen, und ihm erging es ebenso. Als mir der Herr Staatsanwalt einen Antrag machte, war ich nicht überrascht. Ich nahm an, ohne viel Aufhebens darum zu machen. Wir passten zueinander, warum also lange zögern? Meinen Eltern war der Schwiegersohn mehr als angenehm. Er verfügte über Charme, Intellekt, einen angesehenen Beruf und das richtige Parteibuch. Außerdem nahm er ihnen die widerspenstige Tochter ab. Für Kurts Familie, die aus dem Arbeitermilieu stammte, war es weniger leicht, sich mit mir und meiner Familie anzufreunden, aber das kümmerte mich kaum. Hochzeit, Schwangerschaft, Geburt, alles verlief ohne Drama, ganz nach Plan.

Selbst als Kurt mir eröffnete, dass auch er bereit sei, das Vaterland zu verteidigen, ja einer der Ersten sein wollte, die in den Krieg zogen, war ich nicht überrascht. In unserer Zeitung, aber auch in den anderen Blättern, sogar im *Simplicissimus,* herrschte darüber große Euphorie. Mein Vater und Kurt hatten seit Monaten jeden Abend die politische Lage diskutiert. Zuerst waren sie ganz und gar gegen die Kriegstreiber in der Regierung gewesen, aber entsprechend der Parteilinie – die SPD billigte schließlich sogar die Kriegskredite – änderte sich ihre Haltung. Nun waren sie sich vollkommen einig: Deutschland musste eingreifen, und sei es nur, um den Krieg rasch zu beenden.

Als die Kriegserklärung gegen Russland publik wurde, ließ mein Vater eine Flasche Champagner öffnen, und mit glänzenden Augen stießen die beiden Männer auf ihren bevorstehenden Einsatz und kommende Heldentaten an. Vater hatte sich als Doktor zum Dienst gemeldet und würde Kommandant eines Lazaretts werden, Kurt ging an die Westfront. Sie waren überzeugt, dass sie schon wenige Wochen später wieder unversehrt zu Hause sein würden. Mama lächelte. Später hörte ich sie im Schlafzimmer weinen. Es gelang meinem Vater nicht, sie zu beruhigen, ihr Schluchzen begleitete uns die ganze Nacht hindurch.

Auch ich tat vor Angst und Sorge kein Auge zu. Zwar war ich durchaus der Meinung von Hugo Haase, SPD-Parteichef und überzeugter Pazifist, der erklärte: »Wir lassen in der Stunde der Gefahr das Vaterland nicht im Stich«, aber ich hatte Angst vor dem Unerwarteten. Ich kannte keinen Krieg. Woher sollte ich wissen, wie es werden würde an der Front? Was würde Kurt dort erwarten? Ich hatte keine Vorstellung davon, und das ließ mich das Schlimmste befürchten.

Deshalb brachte ich es auch nicht fertig, Kurt zum Sammelplatz zu begleiten. Meine Mutter ging mit, sie wollte jede Sekunde an der Seite meines Vaters sein. Dieser musste natürlich nicht marschieren, er trug zunächst auch keine Uniform, dennoch ließ er es sich nicht nehmen, mit seiner Limousine an der Parade, mit der die frischgebackenen Soldaten zum Hauptbahnhof zogen, teilzunehmen.

Die Schwabinger auf der Seite des Englischen Gartens sammelten sich in der Biedersteiner Straße. Ich hörte die Blaskapelle, die dem Zug voranmarschierte, bevor ich sie sah. Menschen säumten die Feilitzschstraße, sie jubelten und warfen Blumen. Dann folgten die Rekruten der Musik. Irgendein Oberst marschierte zackig voran und gab den Takt vor, die jungen Männer versuchten, es ihm gleichzutun, aber der Stechschritt wollte noch nicht gelingen. Alle trugen diese hässliche graue Uniform, unförmige Pickelhauben, einen kleinen Tornister und ein Gewehr über der Schulter, das Bajonett am Gürtel. Sie sahen alle gleich aus, ich befürchtete, dass ich Kurt nicht erkennen würde. Aber dann lachte jemand aus der Menge der Soldaten direkt zu uns am Fenster herauf und winkte, in der Hand den kleinen Blumenstrauß, den ich ihm mitgegeben hatte. Ich hielt Julius hoch und schickte Luftküsse, aber dann war mein Liebster schon vorübermarschiert.

Komm bald wieder, betete ich, bleib gesund. Ich liebe dich.

Julius begann zu schreien, gerade wollte ich mich vom Fenster abwenden, da erblickte ich eine weitere bekannte

Gestalt unter den Rekruten. Er war einen Kopf größer als die anderen, deshalb stach er hervor. Dürr und schlaksig. Er brauchte nicht hochzusehen, ich wusste, dass es Rudolf Newjatev war, den ich dort unten sah. Auch er hatte sich gemeldet, auch er zog in den Krieg.

Stirb, schoss es mir in den Kopf. Stirb und bekomme deine gerechte Strafe.

Sechzig Jahre alt,
Habe ich die Stadt besucht,
In der ich geboren war,
Ihren Namen
Vor mich hinflüsternd
Wie eine Liebkosung.
Alter Mann
In den Straßen Münchens,
Was suchst Du?
Die frühen Pfade:
Unauffindbar.
Deiner Träume
Niewiederkehr?
....
....
Eine Stadt,
Die versunken ist,
Überwachsen von einer anderen
Mit dem Wahrzeichen und Namen
Der Versunkenen ...
Aber nur die
Bezeichnungen gleichen einander
Nur sie: ...

Johannes R. Becher, 1952

München-Isarvorstadt,
Theresienwiese, 2. Oktober 2014

Die riesenhaften grauen Filzhüte schwankten vor ihrer Nase wie Bojen bei schwerem Seegang. Elsa wunderte sich, warum Männer, die sich als »gestandene Mannsbilder« bezeichneten, nicht davor zurückschreckten, Kopfbedeckungen zu tragen, die sie zum Affen machten. Alles konnte man auf dem Oktoberfest bestaunen. Ausgestopfte Brezen, blonde Zopfperücken oder eben ein Meter hohe Maßkrüge aus Stoff. Die Männer, die sie trugen, liefen vor ihnen, sie hatten sich untergehakt und wankten nebeneinanderher, so dass es kaum möglich war, sie zu überholen. Aber Frank, Elsas Kollege, packte seine Frau und Elsa entschlossen jede an einer Hand und zog die beiden resolut an der instabilen Viererkette vorbei.

Es war halb elf Uhr abends, sie hatten gerade die Oide Wiesn verlassen, wo die Versicherung ein paar Tische reserviert und die Belegschaft eingeladen hatte. Nun befanden sie sich auf dem Heimweg in Richtung Hackerbrücke. Eigentlich hätte Elsa zur U-Bahn gehen müssen, um nach Schwabing zu gelangen, aber ihr Kollege hatte darauf bestanden, dass sie nur in Begleitung die Festwiese verlassen dürfe. Eine Maß und noch ein bisschen mehr hatten Elsa gefügig gemacht, also lief sie brav an Franks Hand durch die Bierstraße. Es war eng, laut und roch streng. Genug Körperkontakt für den Rest des Jahres. Taumelnde Fremde, erhitzte Gesichter, Erbrochenes auf der Straße und verliebte Blicke. Alles und zu viel davon. Aber in diesem Jahr war es anders für Elsa, der es sonst vor dieser Art jährlicher Betriebsfeier, vor dieser Geisterbahn der menschlichen Abgründe gegraut hatte. Denn in diesem Jahr träumte Elsa sich in die Vergangenheit.

Früher, als Kind, wenn sie mit Julius und Regine die Wiesn besucht hatte, war alles eitel Freude gewesen. Im Hippodrom hatte sie stolz eine Runde auf den lahmen Ponys gedreht. Kettenkarussell, ein Besuch im Flohzirkus und an Opas Hand im Spiegelkabinett – alles war groß, war Spaß gewesen. Vor dem Löwenbräuzelt konnte sie lange stehen und dem Löwen zusehen, der den Bierkrug hochhob und dabei genüsslich den Namen des Bieres grollte. Mit den geschmückten Brauereirössern hatte Elsa Mitleid gehabt, wie sie stoisch in der Sonne standen; nur ab und an hob eines den Schweif und ließ Pferdeäpfel auf die Straße fallen.

Damals, vor über dreißig Jahren, war das Oktoberfest ein einziger großer Rummel gewesen, zu groß, um alles zu sehen und zu begreifen. Oktoberfest, das schmeckte nach der roten Zuckerkruste über dem kandierten Apfel, das klang nach der verzerrten Discomusik der Fahrgeschäfte, und es fühlte sich an wie die weißen Lochstrümpfe, die man alle paar Minuten hochziehen musste, weil sie so rutschten. Von Oma und Opa hatte Elsa einen ledernen Kofferanhänger ums Handgelenk bekommen, darin stand die Adresse in der Mandlstraße, falls sie verlorengehen sollte. Aber Elsa ging nicht verloren, Jahr für Jahr hatte sie sich fest an Omas und Opas Hände geklammert. Und als sie endlich alt genug war, die Wiesn alleine zu besuchen, ging sie nicht mehr hin. Es war das Fest der Falschen gewesen. Die Wiesn, das war in den achtziger und neunziger

Jahren etwas für die Traditionellen, die Konservativen, für engstirnige Brauchtumsbewahrer gewesen. Wer jung und unkonventionell war, oder sich zumindest so fühlte, der mied das Oktoberfest.

Dreißig Jahre Pause – jetzt ging man wieder hin, sogar Elsa. Sie feierten im Herzkasperlzelt auf der Oidn Wiesn, in Vintage-Dirndln, und klatschten im Takt zu neubayerischen Crossover-Bands. Dafür musste man sich nicht schämen und kam sich authentischer vor als die Massen, die halbnackt auf den Tischen der großen Zelte tanzten und Wiesnhits grölten, bis sie heiser waren. Oder bewusstlos unter die Bänke rutschten.

In diesem Jahr aber hatte Elsa nur einen Gedanken: Wie mag es damals gewesen sein? Damals, als ihre Urgroßmutter hier gelebt hatte? 1912. Hatte Anneli das Oktoberfest besucht? Oder Rosa? Rudolf? Wie hatte es dort ausgesehen vor über einhundert Jahren, wie gerochen, und welche Geräusche hatte man gehört? War es leiser, weniger ausgelassen gewesen? Das Bier und der Rausch, die Rösser und der Steckerlfisch, daran hatte sich wohl kaum etwas verändert im vergangenen Jahrhundert. Aber das Laute, Grelle, das hatte zugenommen, kein Zweifel. Wie auch sonst im Leben.

Seit Elsa herausgefunden hatte, dass die drei Menschen, die mit ihrem Bild – aber war es ihres? – *Mon amour* mehr oder weniger verbunden waren, in ihrer unmittelbaren Nähe, in Schwabing, gelebt hatten, sah sie ihre Umgebung mit anderen Augen. Das Damals war an sie herangerückt. Es war persönlich geworden, direkt mit ihrem Leben verbunden. Bei jedem Weg, den sie in Schwabing, in der Innenstadt zurücklegte, versuchte sie, sich vorzustellen, wie er damals ausgesehen habe könnte. Wo war die Tram gefahren? Stand das Gebäude schon hier? Welches Lokal oder Geschäft hatte es vielleicht gegeben? Sie puzzelte sich vor ihrem geistigen Auge das alte München zusammen und war erstaunt, wie ähnlich es in vielen Dingen dem heutigen war.

Natürlich hatte sie als Kunsthistorikerin schon immer einen Blick für die Vergangenheit gehabt, aber er war analytisch gewesen, während jetzt, seit sich alles verändert hatte, ihr Verständnis und Empfinden für die Stadt vor hundert Jahren ganz persönlich, durch und durch intim waren.

Elsa musste an Ricarda und ihren Reinkarnationsquatsch denken. War es das, was ihre Mutter fühlte, wenn sie etwas über ihre früheren Leben herausgefunden hatte? War das der Reiz am Zurückgehen, dass man intensiver mit der Geschichte verbunden war? Vielleicht, so dachte Elsa, sollte sie über ihren Schatten springen und mit ihrer Mutter das Gespräch suchen.

Auf der Hackerbrücke wurde der Menschenstrom von Polizisten gleichmäßig die Treppen zur S-Bahn hinuntergelenkt, dort empfingen Menschen in grellen Warnwesten die Menge und drückten sie in den nächstbesten Zug. Im Neonlicht wirkten alle müde und fahl, ein Grauschleier überzog die Gesichter der eben noch fröhlich Feiernden.

Frank entließ Elsa an der Station Marienplatz aus seinem Klammergriff, er fuhr mit seiner Frau noch ein paar Stationen weiter. Elsa musste ihm versichern, dass sie es schaffen würde, sicher zur U-Bahn und von dort nach Hause zu kommen, und fragte sich, ob ihr Kollege grundsätzlich überfürsorglich war oder ob sie einen so hilflosen Eindruck machte, dass man ihr, einer erwachsenen Frau, nicht zutraute, die kurze Strecke alleine zu bewältigen.

Die U-Bahn, die dann kam, war voll. Elsa quetschte sich noch hinein und stand eng an eine Frau gepresst, die sofort seufzend ihren Kopf auf Elsas Schulter legte. Die Frau, vielleicht Anfang sechzig, trug ein Dirndl. Im Dekolleté, über dem ein Lebkuchenherz mit der Aufschrift »Spatzl« baumelte, drückten sich weiche Brüste faltig nach oben. Sie vibrierten im Takt der ruckelnden Bahn, und Elsa, deren erster Impuls es gewesen war, die Fremde abzuschütteln, konnte den Blick nicht abwenden. Sie bemühte sich, der Frau, die sich an sie schmiegte, stattdessen auf den Scheitel zu sehen, grauer Ansatz unter dunkelbraunem Haar. Die Fremde seufzte tief und verzückt, dann begann sie leise ein Lied zu summen. In der einen Hand hielt sie drei bunte Plastikrosen, die sie mit der anderen zart streichelte. Sie war glücklich, ohne Zweifel. Elsa blieb und hielt die Nähe der Fremden aus. Ihre Vertraulichkeit. Es war, als würde die Frau ein bisschen Glückseligkeit an Elsa abgeben.

»Entschuldigen Sie, ich muss raus.« Elsa schob sich vorsichtig ein Stück weg, als sie zu ihrer Station kamen. Die Frau blickte auf und lächelte. Sie roch nach Alkohol, aber schenkte Elsa ein weiches Lächeln.

Ich rieche selbst nach Alkohol, dachte Elsa, als sie die Rolltreppe der Münchner Freiheit nach oben fuhr. Und ich bin nicht glücklich. Ich bin kein Spatzl, und niemand hat mir Rosen geschossen.

Den Blick fest nach unten gerichtet, um ein Stolpern zu verhindern, eilte Elsa nach Hause. Vier Stockwerke fielen ihr nicht leicht, das Bier machte sie dumpf und schwer. Aber sie hatte es eilig, sie wusste genau, was sie nun machen musste, ganz gleich ob sie zu viel getrunken hatte oder nicht. Bis Mitternacht konnte sie Hajo anrufen. Elsa war sicher, dass er noch ans Telefon gehen würde. Aber keine Minute später, da war er konsequent.

Außer Atem schloss sie ihre Wohnung auf, streifte die Schuhe von den Füßen, die rot und geschwollen waren, und riss den seitlichen Reißverschluss ihres Dirndls auf. Aus der Küche holte sie sich Wasser und trank gierig. Der nächste Tag war ein Feiertag, der dritte Oktober, Tag der Einheit. Elsa hatte nichts geplant und durfte ausschlafen – was sprach also gegen einen Kaffee? Sie drückte eine bunte Kapsel in die lächerlich kleine Maschine, tapste dann durch den Flur, um sich aus dem Arzneischrank im Bad ein Aspirin zu holen.

Vor dem Spiegel blieb Elsa stehen und betrachtete sich. Die halblangen Haare, die sie vor dem Fest sorgsam geglättet hatte, hingen strähnig herab. Unter den Augen lagen dunkle Schatten, die Wangen wirkten hohl, der breite Mund schmal und verkniffen. Schrecklich sah sie aus. Die letzten Wochen hatten Elsa nervlich ausgezehrt, und mit Beklemmung dachte sie daran, dass ihr Vierzigster bevorstand. So will ich nicht in die nächste Dekade gehen, dachte sie und erschrak. Machte die Einsamkeit sie hässlich? Hajo hatte ihr in guten Momenten immer gesagt, wie sehr sie ihm gefiel. Er liebte ihre »herbe Schönheit«, was immer das heißen mochte. Über die Bedeutung hatte Elsa nicht nachgedacht, sie hatte es vielmehr als Kompliment genommen und sich schön gefühlt. Jetzt sagte ihr niemand mehr so etwas, und sie kam sich verblüht vor. Die Haare sollte sie sich wieder färben, den Augenbrauen eine Form geben. Elsa kniff sich in die Wangen und lächelte in den Spiegel. Es half nicht.

Eine andere aber lächelte sie an. Die Frau auf der Fotografie. Elsa nahm den Karton in die Hand und betrachtete ihre Urgroßmutter. Das Foto der zwanzig Jahre alten Anneli Gensheim, aufgenommen kurz vor der Hochzeit, hatte sie sich an den Flurspiegel gestellt, nachdem sie die Kiste mit den Dokumenten mit Arto ausgepackt hatte.

Es stimmte: Sie sah ihr ähnlich. Und es stimmte auch, dass diese Anneli hier auf dem Bild nicht die bunte Frau sein konnte. Nichts passte. Auch wenn man berücksichtigte, dass *Mon amour* ein expressionistisches Gemälde war, fand Elsa nichts vom Ausdruck der Frau auf dem Bild im Gesicht ihrer Urgroßmutter wieder. Sie fragte sich, wie Rosa Berwanger wohl ausgesehen hatte. Die vergessene Muse. Immerhin hatte sie ihren Nachnamen zurück, so viel hatte Elsa schon erreicht, und sie war stolz auf sich.

Als sie Rosas Nachnamen herausgefunden hatte, hatte sie Dr. Manfred Lachmann, den Historiker, angerufen und ihm davon erzählt. Er war hocherfreut gewesen. Ob es möglich war, noch mehr über die junge Frau herauszufinden? Sie würde der Forschung einen Dienst erweisen, hatte er Elsa geködert. Sie versprach es ihm.

Im Augenwinkel bemerkte Elsa das Blinken des Anrufbeantworters. Beim Heimkommen war ihr das entgangen, jetzt drückte sie die Taste.

»Zwei Wochen sind vorbei, Elsa«, hörte sie Hajos Stimme. Zögerlich. Weder forsch noch altväterlich. Ein neuer Ton. »Deine letzte Nachricht war … Du warst wütend, schon klar.« Pause. Hajo schien nicht mehr weiterzuwissen. Hajo! »Lass uns das nicht so beenden, Elsa. Ich … morgen ist Tag der Einheit, also vielleicht … Ich bin zu Hause, muss arbeiten. Wenn du anrufst, würde ich mich freuen.«

Der Anruf war von kurz vor neun. Elsa sah auf die Uhr. Am liebsten hätte sie geweint – vor Erleichterung. Sie schwebte, der Druck der Unsicherheit, die Angst, dass es vorbei sein könnte, fielen von ihr ab.

Hajo.

Er hatte angerufen, noch bevor sie es tun konnte. Nein, sie wollte es nicht beenden, auf keinen Fall, nicht so, nicht jetzt. Sie riss das Telefon aus der Halterung, drückte die Taste, auf der Hajos Nummer gespeichert war, und während sie lauschte, wie das Signal nach Potsdam übertragen wurde, holte sie sich den Kaffee aus der Maschine. Nach zwei Mal Klingeln ging er dran.

»Ich bin's«, sagte Elsa. Und dann redeten sie.

»Was hast du bis jetzt?« Marion stellte Elsa einen Kaffee neben den Bildschirm und warf einen interessierten Blick auf den Schreibtisch.

Elsa schob die Lesebrille ins Haar und rückte ihre Unterlagen zu einem Stapel zusammen. Er war fast drei Zentimeter hoch. Drei Zentimeter DIN-A4-Blätter, Kopien von Archivauszügen, ausgedruckte Artikel, handschriftliche Notizen. Innerhalb einer Woche hatte Elsa umfangreiches Material zu Siegfried Schuster zusammengestellt, sie war bereit für eine Doktorarbeit zum Thema.

»Alles über Schuster.« Dankbar nahm Elsa einen Schluck von dem Kaffee. Es war seltsam für sie gewesen, alles über einen Menschen herauszufinden, mit dem sie, wenn auch weitläufig, verwandtschaftlich verbunden war. Der Bruder ihres Urgroßvaters. Der Schwager ihrer Urgroßmutter. Sie hatten gemeinsame Gene, sie und Siggi Schuster. Prüfend hatte sie auf den Schwarzweißbildern in sein Gesicht geblickt und nach Gemeinsamkeiten gesucht. Gab es da etwas? Eine Ähnlichkeit? Hatte sich über vier Generationen Schuster etwas von ihm in ihr erhalten?

Elsa meinte, hinter der Nickelbrille von Siegfried Schuster die Augen ihres Vaters zu erkennen. Hervorgewölbt, immer etwas glasig, die Augen eines Fisches. Sie war früher schon dankbar dafür gewesen, dass sie diese nicht geerbt hatte. Geschlagen genug war sie mit ihrer langen Nase und den abstehenden Ohren. Obwohl sie das, was sie an sich nicht mochte, plötzlich an ihrer Urgroßmutter außerordentlich attraktiv fand.

»Interessanter Charakter.« Elsa tippte auf ihre Notizen und referierte Marion in Kurzfassung, was es über ihren Verwandten gab. »Er war überall dabei und doch nicht zu fassen. Hat nach dem Ersten Weltkrieg Kunstgeschichte studiert und ist dann, nach einigen Jobs als Kurator, sehr schnell Museumsleiter geworden. Er hat sich einen Ruf damit gemacht, exzellente Werke moderner deutscher Kunst auszustellen. Gehabt hat er: Macke, Klee, Pechstein, Beckmann. Und zahlreiche andere mehr. Bekannte und Vergessene, wie Newjatev. Sicherlich weil er selbst mit den Künstlern bekannt war. Er war mit einigen eng befreundet.«

Marion sah sie aufmerksam an. Elsa wusste, dass alles, was sie ihrer Chefin jetzt vortrug, in deren Gehirn abgespeichert wurde und jederzeit abgerufen werden konnte. Ohne Abstriche, ohne Fehler. Sie dagegen musste sich ständig über alles und jeden Notizen machen. Ohne Spickzettel war sie verloren.

»Sie haben ihm vertraut, er hat die Künstler gefördert. Hat sie auch vermittelt, an Sammler, an andere Museen. Siegfried Schuster war Mitte, Ende der zwanziger Jahre ein wichtiger Mann im Kunstbetrieb.«

»Bis die Konservativen auf ihn aufmerksam wurden.« Marion schob sich einen Kaugummi in den Mund, Ersatz für die Zigaretten, die sie außerhalb des Büros ohne Unterlass rauchte.

»Ganz genau.« Der Kaffee war bald leer, Elsa nahm den letzten Schluck. »Mit dem Aufkommen der Nationalsozialisten wendet sich das Blatt für ihn. Zunächst. Er verliert den Job als Museumsdirektor und eröffnet in München ein Antiquariat. Offiziell handelt er mit Artefakten aller Art, Büchern, Münzen, Möbeln, aber auch mit wertvollen Gemälden. Allerdings nur mit alter Kunst, 17. bis 19. Jahrhundert. Mit allem, was gefahrlos ist.«

Dies war ein interessanter Punkt in ihrer Recherche gewesen. Elsa kannte diese Momente schon aus anderen Fällen, es war, als ob ein Signal ans Gehirn meldete, dass es noch etwas hinter den Fakten gab. Dass sie genauer hinschauen sollte. Wie immer, wenn das passierte, wurde sie von Euphorie erfasst. Von detektivischer Suchlust. Gestolpert war Elsa darüber, dass Schuster, der als Experte in Sachen moderner Kunst gegolten hatte, sich plötzlich nur noch mit alten Meistern befasste. Dass dies nur die halbe Wahrheit war, begriff auch Marion sofort, sie verschränkte die Arme und richtete sich noch gerader auf.

»Aber im Hinterzimmer …« Elsa ließ den Satz in der Luft hängen.

»… hat er noch mit ihnen gehandelt.« Marion war Profi. Sie wusste, wie das damals gewesen war, als die Nazis und andere Konservative anfingen, moderne Kunst zu verfemen. Die Künstler, die in den ersten zwanzig bis dreißig Jahren des Jahrhunderts alles auf den Kopf gestellt hatten, die einen Siegeszug bis nach Amerika angetreten hatten, wie auch Filmemacher, Schriftsteller und Musiker, hatten plötzlich keine Öffentlichkeit mehr. Was aber nicht hieß, dass sie nicht geliebt wurden. Heimlich. Und sich manche an ihnen bereicherten. Dass Siegfried Schuster im Hinterzimmer seines Antiquariats munter weiterhin Expressionisten und andere deutsche Künstler der Moderne verkaufte, war kein Einzelfall.

»Ich habe die Suchmaschinen heiß laufen lassen. Und tatsächlich. Es gibt Einträge in Journalen und Tagebüchern. Wenige, aber sie sind gesichert.« Elsa kramte in den Unterlagen, zog ein Blatt hervor und las. »›Heute bei Schuster gestöbert. Immer ein Vergnügen. Eine Mappe von Kirchner. Delikate Akte. Zögere noch, aber habe sie einstweilen reserviert.‹ Ein Jakob Rindermann, Sammler aus München. Und dergleichen mehr.«

»Okay. Hat er auch mit dem Newjatev gehandelt?«

»So weit bin ich noch nicht«, gab Elsa zu. »Ich weiß nur, wie es weiterging.«

Sie brauchte eine gute halbe Stunde, um Marion alles zu referieren, was sie über Schuster wusste. Es war die Biografie eines Mitläufers. Einer, der sich überall andiente und wie ein Chamäleon die passende Gesinnung annehmen konnte. Dass er den Posten des Museumsdirektors abgeben musste und nur ein kleines Antiquariat führte, schien seinem Geltungsdrang nicht zu entsprechen, diese

Existenz währte gerade mal zwei Jahre. Dann schien Schuster, einst von den Nazis verfemt, sich Freunde in Hitlers Umfeld gemacht zu haben. Er war plötzlich Mitglied in der Reichskunstkammer, beriet eine Kommission zur Ausstellung »Entartete Kunst« in München und wurde schließlich mit anderen Kunsthändlern vom Regime beauftragt, ebendiese Kunst ins Ausland zu verkaufen, um Devisen zu beschaffen.

Das war der schmutzigste Punkt in Schusters Biografie, hatte Elsa angewidert gedacht. Dass sich dieser Mann dazu hergegeben hatte, die Bilder, die größtenteils aus Enteignungen stammten, zu verkaufen, um das Hitler-Regime zu finanzieren.

Schuster selbst hatte das ganz anders gesehen. Elsa hatte sich Vernehmungsprotokolle von den Amerikanern verschafft, in denen festgestellt werden sollte, inwieweit Menschen wie Schuster mit der nationalsozialistischen Ideologie verbunden waren. Daraus ging hervor, dass der Kunsthändler sich kaum rechtfertigen musste, denn er hatte für seine unappetitliche Tätigkeit eine einfache Erklärung auf der Hand: Er sah sich als Beschützer der verfemten Künstler. Er hatte geholfen, ihre Werke ins Ausland zu verkaufen, um sie vor den Flammen zu retten. Dafür führte Schuster zahlreiche Namen deutscher Künstler an, mit denen er angeblich auch in schwierigen Zeiten verbunden geblieben war. Persönlich verbürgen konnte sich kaum einer für ihn – viele waren nicht mehr am Leben.

Aber Siegfried Schuster war das Kunststück gelungen, sich als Helden hinzustellen, als Doppelagenten im Auftrag der modernen Kunst. Ohne ihn, behauptete er, wären zahlreiche wichtige expressionistische Werke vernichtet worden.

Gleichzeitig hatte Siegfried Schuster aber geholfen, Hitlers geplantes Museum in Linz zu bestücken. Diese Tätigkeit konnte er offensichtlich ganz gut vor den Amerikanern verschleiern. Er behauptete, zur Kollaboration gezwungen worden zu sein. Für die Nazis sichtete er jedenfalls enteignete und geraubte Kunstwerke und sammelte ausgewählte Stücke ein, um sie dem Führer zu präsentieren und dessen umfangreicher Kunstsammlung einzuverleiben.

Die beiden nur auf den ersten Blick gegensätzlichen Tätigkeiten gingen oft Hand in Hand: Schuster reiste häufig nach Paris, wo er, mit einem anderen zwielichtigen Kunsthändler verbunden, deutsche Werke anbot und manchmal dafür im Tausch alte Meister erhielt. Diese stammten größtenteils aus den Privatsammlungen Verfolgter. Oder aus französischen Museen, die von den Nazis geplündert worden waren. Raubkunst gegen Raubkunst.

Die Amis glaubten ihm. Und das, Ironie des Schicksals, förderte seine Nachkriegskarriere.

»Lass mich raten.« Frank hatte sich mittlerweile auch in Elsas kleinem Büro eingefunden und zugehört. »Er hat nach dem Krieg nahtlos weitergemacht.«

»Was denkst du? Natürlich. Wie so viele.«

»In München?« Das war Marion.

Elsa schüttelte den Kopf. »Österreich. Wieder Museumsdirektor. Wieder Expressionisten. Er ist zu seinem alten Steckenpferd zurückgekehrt.«

»War unser Newjatev dabei?«

Als Antwort beugte sich Elsa unter ihren Schreibtisch.

Sie holte einen Stapel Bücher darunter hervor und stellte ihn vor ihren Computer. Es waren die Ausstellungskataloge des österreichischen Museums, das Schuster bis Ende der sechziger Jahre geleitet hatte. »Das sind natürlich nicht alle, nur das, was ich aus den Münchener Bibliotheken bekommen konnte. Weitere habe ich bestellt. Überall.«

»Kannst du nicht direkt über das Museum gehen?« Marion knibbelte nervös an ihrem Zigarettenetui herum. Es war höchste Zeit für sie, eine Rauchpause einzulegen. Elsa stand auf, und Marion verstand das Signal sofort. Sie ging in die kleine Teeküche, den einzigen Raum des Büros, in dem man rauchen durfte. Frank, der ihnen gefolgt war, öffnete das Fenster für seine Chefin, und sie setzten ihr Gespräch fort.

»Natürlich habe ich angefragt, was sie an Unterlagen über ihren ehemaligen Leiter haben. Aber noch habe ich keine Antwort bekommen.« Elsa musste nicht näher darauf eingehen. Es lag auf der Hand, dass niemand in dem besagten Museum daran interessiert war, dass sich auf dem Bild des allseits beliebten und anerkannten Museumsleiters schmutzige Flecken zeigten.

»Familie?« Frank fütterte die Kaffeemaschine mit Wasser und Espressopulver.

»Nein. Er hatte weder eine Frau noch Kinder. Auch keinen Lebensgefährten. Ein seltsam geschlechtsloser Mann. Es ging immer nur um Kunst bei ihm, es gibt, außer seinem Bruder, meinem Urgroßvater, keine familiären Verbindungen.«

Sie und Lutz waren die letzten lebenden Verwandten dieses eigenartigen Mannes, schoss es Elsa durch den

Kopf. In gewissem Sinne war das, was sie tat, dieses Wühlen in der Vergangenheit des Kunsthändlers und Museumsdirektors Siegfried Schuster, ihre Bürde. Ihr Erbe.

»Ich vergleiche jetzt alles, was ich an Transportlisten und Quittungen über An- und Verkäufe aus der Zeit ab 1933 habe, mit den Beständen des Museums. Es kommen auch immer wieder Dokumente rein, ich habe alle Archive und Sammlungen angefragt, die etwas haben könnten. Ich versuche herauszufinden, woher die Werke im Einzelnen stammen. Wenn Schuster, und davon können wir ausgehen, Raubkunst in die Sammlung des Museums eingebracht hat, dann finde ich vielleicht auch den Nachweis, wo und wie er *Mon amour* erworben hat. Hoffe ich jedenfalls.«

Eine Sisyphusarbeit. Ein Forschungsprojekt. Das konnte Jahre dauern, wie Elsa wusste. Aber es kam in dieser Sache nicht auf Schnelligkeit an, sondern darauf, wie gründlich sie war. Sie war bereit, alles an Zeit und Energie zu investieren, wenn sie nur ein bisschen vom dem Unrecht, das Siegfried Schuster angerichtet hatte, wiedergutmachen konnte. Elsas größte Hoffnung aber war, auf die Herkunft ihres Bildes zu stoßen. Ihre größte Angst, dass ein blinder Fleck bleiben würde. Trotz aller Anstrengungen.

»Übrigens kam vorhin eine Mail von den Belgiern«, fiel Frank ein, als Marion ihre Zigarette fertiggeraucht hatte und sie die Teeküche verließen. »Nichts Spektakuläres. Aber sie konnten einen der Diebe identifizieren.«

Es war eine nichtssagende Visage, in die Elsa blickte, als sie die Mail öffnete. Ein junger Lette mit rasiertem Schädel. Jewgeni Irgendwas. Mit einer durchschnittlichen Verbrecherbiografie. Er hatte einiges auf dem Kerbholz – Einbrüche, Betrug, leichte Körperverletzung. Eigentumsdelikte in frühen Jahren im osteuropäischen Raum, dann zunehmend in Westeuropa. Eine Zeitlang lebte er in Portugal. Im Moment war kein fester Wohnsitz registriert. Ein globaler Gangster. Junger Mann mit krimineller Energie, der seine Arbeit jedem zur Verfügung stellte, der ihn ausreichend bezahlte. Ein Allrounder, kein Profi. Früher oder später würde man ihn fassen, irgendwo in Europa, wegen irgendeiner Straftat. Der Typ war achtundzwanzig und hatte es bis jetzt nicht geschafft, mehr als zwei Jahre ohne Polizeikontakt zu bleiben. Das ließ Hoffnung aufkommen.

Mit dem Assistenten von Deinhard Manker hatte Elsa bereits telefoniert. Auch wenn sie den Sammler nicht mochte, hatte er ein Recht darauf, zu erfahren, an was sie gerade dran war. Dass er nicht mehr damit rechnete, die in Antwerpen gestohlenen Werke in absehbarer Zeit wiederzubekommen, wusste sie. Er erwartete die Ausschüttung der Versicherungssumme, aber das würde nicht passieren, bevor der Fall nicht abgeschlossen war. Und davon konnte im Moment keine Rede sein. Also referierte Elsa dem Assistenten am Telefon, was sie derzeit wusste und welche Schlüsse sie daraus zog.

»Es sieht alles danach aus, dass die Familie Newjatev, die *Mon amour* besessen hat, enteignet wurde. Oder aber unter Druck ihre Sammlung zu einem Schleuderpreis verkauft hat, wie das damals üblich war.« Als der Assistent keinerlei Reaktion zeigte, hatte Elsa nachgeschoben. »Restitutionsansprüche bestehen derzeit nicht, aber natürlich bedeutet das nicht, dass der Anspruch von Herrn Manker auf das Bild rechtmäßig ist. Die Versicherung behält sich eine juristische Prüfung vor.« Sie hatte Genugtuung dabei empfunden, den Satz auszusprechen. Schweigen war die Antwort am anderen Ende der Leitung gewesen.

»Ja, gut, ich gebe das Herrn Manker so weiter«, kam es schließlich zurück.

Kurz darauf erhielt Elsa eine E-Mail aus dem Büro des Sammlers. Es war nur ein Wort: »Kollateralschaden.«

Ja, dachte Elsa. Wenn du es so siehst.

Ricarda hatte den Kopf in den Nacken gelegt, die Arme weit ausgebreitet und drehte sich um ihre eigene Achse. Dazu gab sie einen seltsam tiefen Laut von sich. Sie standen auf einem Hügel hinter dem Gasthaus Berwanger und hatten einen großartigen Blick auf den See.

Vielleicht war es doch ein Fehler gewesen, mit ihr hierherzufahren, dachte Elsa und betrachtete ihre Mutter. Eine schöne Frau. Ricarda war dreiundsechzig und sah großartig aus. Dunkelrot gefärbte, lange, noch immer volle Haare. Schlank und trainiert, gute Haut, strahlende Augen. »Gutes Karma« war die Antwort ihrer Mutter, wenn man sich nach dem Geheimnis ihrer Jugendlichkeit erkundigte. Elsa fragte sich, ob gutes Karma in dem Fall bedeutete, hemmungslosen Egoismus zu leben. Aber sie sprach es nicht aus. In Moment genoss sie den fragilen Frieden mit Ricarda, der sie auch dazu verleitet hatte, diesen Sonntag mit ihr zu verbringen. Es war eine spontane Idee während des rituellen Telefonats gewesen. Draußen schien die Sonne, der Föhn drückte von der Alpenkette herüber, goldener Herbst. Klassisches Ausflugswetter. Elsa hatte, den Hörer zwischen Ohr und Schulter geklemmt, auf ihrem Balkon gestanden, an den vertrockneten Blüten herumgezupft und nur mit halbem Ohr ihrer Mutter zugehört.

»Wir könnten an den Schliersee fahren«, hatte sie Ricarda plötzlich unterbrochen. »Nach Neuhaus.«

»Was soll ich am Schliersee, wenn ich am Chiemsee wohne?«, gab Ricarda zurück, und Elsa wusste in dem Moment, dass es keine gute Idee war, mit ihrer Mutter einen Ausflug zu unternehmen. Dennoch hatte sie es geschafft, den Kommentar zu ignorieren, und zwei Stunden später mit einem Leihauto vor dem ehemaligen Sannyasin-Hof gehalten. Neben dem weißen Porsche von Jörg, der in der Mittagssonne glänzte wie eine auf Hochglanz polierte Suppenschüssel, die nur am Sonntag von der Mutter auf den Tisch gestellt wurde.

Bei laufendem Motor hatte Elsa auf Ricarda gewartet, nicht bereit, den Wagen zu verlassen und ins Haus zu gehen. Sie wusste, dass ihre Mutter dann umso schneller herauskommen würde.

Nach einem Schlagabtausch, in dem Ricarda Elsa vorwarf, mutwillig die Umwelt zu verpesten, und Elsa damit konterte, dass der Porsche des Furchtlosen auch nicht gerade ein Hybridauto sei, juckelten sie über die Dörfer. Das Voralpenland war ein Traum aus weichen Kurven, Hügeln, an die sich die Landstraße schmiegte, die Sonne strahlte wie ein Scheinwerfer auf die Bauernhäuser mit ihren Holzbalkonen, von denen in Kaskaden die Geranien herabhingen. Elsa schwieg und genoss. Ricarda hatte die Hände in den Schoß ihrer bunten Tunika gelegt und schwieg ebenfalls. Ob aus Trotz oder weil sie meditierte, vermochte Elsa nicht zu erkennen. Es war ihr auch egal. In Gedanken war sie abwechselnd bei Hajo und bei Rosa.

Den Professor würde sie am kommenden Wochenende in Potsdam besuchen. Sie würde bei ihm wohnen, darauf hatte sie bestanden, auch wenn es ihm nicht recht war. Arbeit, Kinder, die üblichen Argumente. Aber Elsa wollte es wissen. Sie hatte sich vorgenommen, Hajo festzunageln und selbst so ehrlich wie möglich zu sein, sich nichts vorzumachen. Wollte sie mit Hajo eine feste Beziehung? Eine, in der sie zusammenlebten, sich zueinander bekannten, miteinander teilten? Oder war ein Zusammenleben mit ihm nur möglich, wenn sie sich mit dem begnügte, was er bereit war zu geben? Das war nicht viel. Am Telefon hatte Elsa gespürt, dass Hajo sie nicht verstanden hatte. Nicht verstanden hatte, warum sie plötzlich, nach fünf Jahren Fernbeziehung, in denen sie ganz zufrieden zu sein schien, mehr wollte. »Ich möchte etwas riskieren«, hatte Elsa geantwortet. Er schwieg. Sie war ihm unheimlich.

Elsa setzte den Blinker und bog in die Zufahrt zum Gasthaus ein. »Berwanger« und »Neuhaus« hatte sie in die Suchmaschine eingegeben und den Eintrag des Gasthauses erhalten. Zunächst hatte Elsa anrufen und sich danach erkundigen wollen, ob dort jemand mit Rosa verwandt war, aber dann hatte sie entschieden, selbst hinzufahren. Und nun war die richtige Gelegenheit gekommen.

Der Biergarten war gut gefüllt, viele Fahrräder standen an die hölzerne Balustrade gelehnt, nicht nur sie und Ricarda waren auf die Ausflugsidee gekommen. Bei schönem Wetter, gleich ob sommers oder winters, war es unmöglich, im Münchener Umland einen einsamen Flecken zu finden.

Sie setzten sich zu einer Gruppe Seniorinnen an den Tisch und aßen – Elsa Schweinebraten, Ricarda vegan. Anschließend wanderten sie auf den Hügel hinter dem Gasthaus.

Elsa betrachtete ihre Mutter, die sich um ihre eigene Achse drehte und dabei »tönte«, so nannte sie es.

»Der Ort hat wahnsinnig viel Energie.«

Elsa blickte auf den See. »Schöne Aussicht.«

»Spürst du es nicht?« Ricarda schloss die Augen und atmete tief ein. »Ein Kraftort. Spirituell.«

Der gedrungene Kirchturm, weiß mit spitzem schwarzem Dach, war vom Hügel aus gut zu erkennen. Das musste die katholische Kirche sein. Noch kurz vor der Fahrt hatte Elsa im Internet danach gesucht. Dort war ein Friedhof und vielleicht ein Grab. Rosas Grab. Wenn es noch heute Berwangers in Neuhaus gab, ging sie davon aus, dass diese ein Familiengrab hatten oder zumindest die alten Familiengräber noch pflegten.

»Lass uns wieder runtergehen. Ich will mit den Wirtsleuten sprechen.«

»Du hast gar keinen Zugang dazu.« Ricarda ging neben ihr her. Mit federndem Gang. Ganz leicht. Gelassen und fröhlich. »Schade. Wirklich. Du solltest dich dem Spirituellen öffnen.«

»Mama. Ich bin Wissenschaftlerin. Das passt nicht zusammen.«

»Historikerin! Das ist doch keine Wissenschaft.«

Elsa ballte die Fäuste.

»Nein. Nie von ihr gehört.« Die Wirtsleute – er war der gebürtige Berwanger, sie seine Ehefrau – waren ungefähr in Elsas Alter und erinnerten sie an ihren Bruder Arto und dessen Frau Lisa. Traditionell, beide trugen moderate Tracht, was schlichtweg ihre Arbeitskleidung war, aber gleichzeitig modern. Er hatte einen goldenen Ring im Ohr, und unter seinem karierten Hemd blitzte ein Tattoo hervor, die Frau sah aus wie eine moderne Städterin, etwas rosiger und frischer vielleicht.

Als Elsa am Tresen nach dem Besitzer gefragt hatte, hatte sich der fröhliche Mann hinter dem Zapfhahn als selbiger vorgestellt. Elsa hatte den Grund ihres Kommens erläutert, woraufhin der Wirt, Maximilian Berwanger, sie an einen Tisch gebeten und seine Frau dazugeholt hatte. Beide waren überaus interessiert an der Geschichte, konnten Elsa aber nicht weiterhelfen. Von Rosa hatten sie noch nie etwas gehört. Auch über ihre Familie war nicht viel bekannt, es waren so arme Menschen gewesen, dass weder Habseligkeiten noch Dokumente erhalten waren. Die frühe Identität der Berwangers verschwamm im Dunkel der Besitzlosigkeit.

»Da gab es nichts, an was man sich erinnern könnte«, meinte der Wirt. Einer von Rosas Brüdern schien es jedoch nach dem Ersten Weltkrieg zu kleinem Wohlstand gebracht zu haben, er hatte in den zwanziger Jahren eine Gastwirtschaft gepachtet. Diese war nicht mehr erhalten, nach zehn Jahren wurde sie abgerissen und an ihrer Stelle das Gasthaus Berwanger errichtet, das seitdem in Familienbesitz war. Besitz fördert Erinnern, dachte Elsa. Erinnerung blieb in Dingen bewahrt. Fotos, Häuser, Kunstwerke, Geschirr, Spielzeug, Instrumente – vom Wert unabhängig, waren es vor allem anderen die Dinge, die das Vergessen verhinderten. Besitztümer, die von Generation zu Generation weitergereicht wurden. Die Berwangers jedenfalls schienen ein kollektives Familienerinnern, einen Stammbaum, erst zu haben, seit sie das Gasthaus besaßen. Sie identifizierten sich darüber, eine Wirtsfamilie zu sein. Die armen »Häusler« davor verschwanden im grauen Nebel der Zeit. Von der jungen Rosa Berwanger, Künstlermuse, Dienstmädchen und Mordopfer, war nichts geblieben.

Außer ein Bild.

Auch auf dem Friedhof wurden Elsa und Ricarda nicht fündig. Sie wanderten alle Reihen ab: vergeblich. Es gab hier überhaupt keine Gräber, die aus der Zeit vor dem Zweiten Weltkrieg stammten. Elsa suchte trotzdem Reihe um Reihe, Grabstein um Grabstein mit schnellem Blick nach dem Namen Berwanger ab. Ricarda aber wurde nicht müde, jede Grabinschrift laut zu lesen und sich Gedanken zu machen. Auch hier spürte sie angeblich die Energie, Kraftfelder. Sie glaubte sogar zu wissen, ob es sich um »ruhende« oder »wandelnde« Geister handelte.

Elsa bemühte sich, in einigem Abstand zu ihrer Mutter zu gehen. Ricarda war anstrengend und auch peinlich, aber wenigstens gab es keinen Streit. Ihre Mutter schien ihren Frieden mit Elsas Ablehnung gemacht zu haben, außerdem interessierte sie sich sehr für die Geschichte um das Bild. Sie unterstützte Elsa und kritisierte sie nicht, war einfach an ihrer Seite. Das war vollkommen neu für die Tochter, die, solange sie sich erinnern konnte, mit Ricarda gekämpft hatte. Sie fühlte sich von ihrer Mutter in allem und jedem kritisiert, ständig wurde hinterfragt. Egal was

Ricarda sagte, Elsa verstand es als Angriff. Jetzt war es plötzlich anders.

»Wir sind hier falsch.« Ricarda kam mit ihrer bunt wehenden Tunika zu ihrer Tochter. »Die Frau dahinten«, sie zeigte auf eine ältere Dame, die Wasser in eine Gießkanne füllte, »hat mir gesagt, dass es noch einen alten Friedhof in Fischhausen gibt. St. Leonhard.«

Die Frau mit der Gießkanne drehte sich zu ihnen um und winkte. Elsa winkte zurück. Die andere zeigte mit der Hand in eine Richtung, offenbar wollte sie andeuten, wo der alte Friedhof lag. Elsa nickte dankbar zum Zeichen, dass sie verstanden hatte. Ricarda warf der Frau eine Kusshand zu.

»Mama!«

»Ricarda. Seit wann nennst du mich Mama?« Elsas Mutter schüttelte sich.

»Wir sind keine Freundinnen. Ich fand das früher schon schlimm. Ich habe mich geschämt und hätte viel lieber Mama gesagt.«

»Das hört sich so alt an.«

»Nein. Erwachsen.«

Ricarda schmollte ein wenig. »Du weißt eben nicht, wie es ist, Mutter zu sein.«

»Du auch nicht.«

Im Auto schwiegen sie. Elsa fühlte sich schlecht. Ihre Mutter tat alles, um zwischen ihnen Frieden einkehren zu lassen, aber sie selbst war voller Wut. Sie konnte nicht vergeben. Ihre eigene Unversöhnlichkeit war ihr unangenehm. Sie hatte nicht vorgehabt, ihre Mutter zu verletzen, aber Elsa spürte, dass ihr die Tatsache, dass ihr als Kind eine funktionierende Familie vorenthalten worden war, mehr zu schaffen machte, als sie zugeben wollte. Über viele Jahre hatte sie das verdrängt.

Elsa hatte mit einer Suche angefangen. Sie wollte die Wahrheit über das Bild und damit die Wahrheit über ihre Familie herausfinden. Dass ihr diese Wahrheit nun so nahe kam, dass sie sich auf ihre Gegenwart auswirkte, war nicht Teil ihres Plans gewesen.

Vor der alten Kapelle parkte Elsa, zog die Handbremse an, aber sie stieg nicht aus. Sie starrte durch die Scheibe in die Sonne, unfähig, ihre Mutter anzusehen. Ricarda blieb ebenfalls sitzen. Sie schwiegen. Im Kopf formulierte Elsa alle Sätze, die sie ihrer Mutter hatte sagen wollen. Seit sie ein Kind war. Schuldzuweisungen. Frustrationen. Anklagen.

Ricarda nahm ihre Hand. Mama, dachte Elsa und erwiderte den sanften Druck.

Am tiefen Stand der Sonne ließ sich ablesen, dass es Herbst war. Der spitze Turm der Leonhardi-Kapelle warf einen langen Schatten auf den Friedhof. Der Himmel hatte die Farbe von Metall, das Blau war ein Schimmer auf grauem Grund. Kalt war es geworden, Elsa hatte wohlweislich ihre Lederjacke mitgenommen, Ricarda dagegen nur die luftige Tunika.

»Frierst du nicht?«

»Nie! Mein inneres Feuer wärmt mich.« Ricarda lachte und warf dabei den Kopf zurück. »Das findest du jetzt wieder doof.«

»Ich friere immer. Und am schlimmsten damals auf dem Hof. Ich schlafe seitdem mit dicken Socken. Sogar im Sommer.«

»Ihr Schreibtischmenschen.« Ricarda blieb stehen. In der Ecke des winzigen Friedhofs, unter den tiefen Ästen einer Kastanie, stand ein schmiedeeisernes Grabkreuz. Es war schlichter als die anderen, den kleinen Grabhügel davor zierten auch keine frischen Blumen. Efeu rankte sich an ihm hoch. Eine rote Grabkerze stand daneben. Elsa beugte sich vor und las, was auf der kleinen Emaille-Platte stand, die in dem Kreuz eingelassen war.

»Rosa. Mon amour«.

Sie richtete sich auf und bekam für eine Sekunde lang keine Luft. Damit hatte sie nicht mehr gerechnet. Dass es noch etwas gab, das an das junge Mädchen erinnerte. Und es war mehr als das. Dieses Grabkreuz konnte nur von Rudolf Newjatev, Rosas großer Liebe, hier aufgestellt worden sein.

»Das würde er doch nicht tun, wenn er sie getötet hätte.« Ricarda hatte die Inschrift ebenfalls gelesen.

Elsa schüttelte den Kopf. »Niemals. Nein.«

»Rosa Berwanger.« Der Mann auf der anderen Seite des Schreibtisches blickte in seinen Computer. Er scrollte mit der Maus, während er leicht den Kopf schüttelte. »Ich finde nichts. Allerdings …«

Er kniff die Augen zusammen. »Nein. Im registrierten Archiv habe ich nichts.« Jetzt drehte er sich zu Elsa. Sie saßen im Büro der Presseabteilung des Polizeipräsidiums in der Ettstraße. Ihre Geschichte hatte Elsa bereits vorgetragen, und der freundliche Herr hatte ihr jede Hilfe versprochen. »In den Untiefen des Präsidiums haben wir einiges gelagert«, sagte er nun und stand auf. »Wir sehen mal, was wir für Sie finden.« Dann kam er um den Schreibtisch herum. Beiläufig nahm er ein Blatt aus dem Drucker und reichte es Elsa.

»Die Abteilung Sittendelikte leitete damals ein Inspektor Eppler. Ich habe Ihnen ausgedruckt, was es über ihn gibt.«

Elsa sah auf das Blatt. Es waren nur wenige Zeilen.

»Die Zeit vor dem Ersten Weltkrieg ist noch nicht vollständig dokumentiert.« Der Pressesprecher ging vor ihr den Gang hinunter und hielt Elsa zuvorkommend die Türen auf, während er weitersprach. Schon nach kurzer Zeit, einigem Links- und Rechtsabbiegen, treppauf und treppab, hatte Elsa die Orientierung verloren.

»Sie müssen wissen, dass sich die bayerische Polizei 1919 neu strukturiert hat. Abteilungen, Zuständigkeiten, Rangbezeichnungen – alles hat sich geändert.«

Elsa nickte. Das interessierte sie nur beiläufig. Sie wollte die Akte zu den Mordermittlungen einsehen. Nachdem sie bereits bei der Staatsanwaltschaft erfolglos nach Unterlagen zum Prozess gegen Newjatev geforscht hatte, hoffte sie, bei der Polizei fündig zu werden. Grundsätzlich war es schwierig, an Unterlagen zu kommen, die zwei Weltkriege hatten überleben müssen, das kannte Elsa bereits hinlänglich aus ihrer Arbeit. Viele Archive waren zerstört worden, in dem einen oder dem anderen Krieg. Oder in beiden. Dass es über den Prozess an Rudolf Newjatev gar keine Unterlagen mehr gab, war dennoch seltsam. Denn in einem der vielen Archive, in denen sie gesucht hatte, fanden sich durchaus Prozessakten aus dem Jahr 1913. Vom Newjatev-Prozess jedoch war kein Blatt vorhanden. Keine Notiz. Alles, was Elsa darüber wusste und was auch schon Dr. Lachmann für seine Ausstellung über den Künstler gefunden hatte, stammte aus Zeitungsartikeln, die über den Prozess berichtet hatten.

Der Weg durch das Polizeipräsidium führte schließlich zu einem Archiv im Keller des Haues. Der Pressesprecher sperrte den Raum auf. Regale, zum Bersten voll mit Akten. Daneben Kartons mit Kladden und Ordnern.

Sie gingen an den Regalen entlang, bis ihr Begleiter auf einen Regalmeter zeigte. »Hier müssten Sie fündig werden, wenn es etwas gibt. 1912 und 1913.«

Dicht an dicht standen die Akten. Vergilbtes Papier, zum Teil so brüchig, dass es beim bloßen Anfassen in Staub zerfiel.

Es war allerdings nicht sehr viel, die aus den beiden Jahren verbliebenen Akten umfassten ungefähr die Spannweite ihrer Arme. Vorsichtig zog Elsa eine Kladde heraus. »Ziemlich dünn für eine Ermittlungsakte.«

»Das war üblich. Man hat ein paar Fakten festgehalten, das war's. Selbst bei großen Mordfällen umfassen die Akten vor dem Ersten Weltkrieg manchmal nur zwei, drei Seiten. Sie müssen bedenken, dass es viele Ermittlungsmethoden wie Fingerabdrücke oder Blutuntersuchungen entweder noch nicht gab oder gerade erst entwickelt wurden. Heute füllen die Laborberichte schon einen halben Ordner.«

Die Kladden waren säuberlich beschriftet, allerdings nicht systematisch nach den Namen der Opfer oder der Täter geordnet. »Toter Mann, Kleinhesseloher See« hieß es da beispielsweise und dann das Datum. Auch konnte Elsa nicht alles einfach entziffern, die Etiketten waren von Hand in Sütterlin beschriftet. Sie würde also alle Kladden nicht nur hervorholen, sondern auch öffnen und durchsehen müssen. Das konnte einige Zeit dauern.

»Ich schicke Ihnen einen Praktikanten herunter, der Ihnen hilft und danach zusperrt. Kaffee?«

»Gerne! Nur Milch, kein Zucker.« Der freundliche Pressemensch verabschiedete sich, Elsa blieb allein zurück.

Es dauerte zwei Stunden, bis sie mit dem Praktikanten, der ihr zur Unterstützung geschickt wurde, die beiden Jahrgänge komplett durchgesehen hatte. Vermutlich wären sie schneller gewesen, wenn sie die Akten einfach nur flüchtig angesehen und dann weggestellt hätten, aber schon nach kurzer Zeit waren beide, Elsa und der junge Mann, ein Jurastudent, so fasziniert von der Welt, die sich vor ihnen auftat, dass sie sich das, was sie entziffern konnten, gegenseitig vorlasen. Zum Teil waren den Akten bereits Fotos beigefügt, vereinzelt Fingerabdrücke. Sie blickten in eine fremde Welt, und doch waren die Verbrechen die gleichen.

Aber keine Spur von der Ermittlungsakte Rosa Berwanger.

»Dann ist der Fall vielleicht doch aufgeklärt worden«, mutmaßte der Pressesprecher, als Elsa wieder bei ihm im Büro stand, ihm dankte und über ihren Misserfolg berichtete.

»Soviel ich weiß, nicht. Es gab einen Prozess, der Angeklagte wurde freigesprochen, und ob danach weiter ermittelt wurde – keine Ahnung.«

»Dann kann ich Sie nur an die Staatskanzlei verweisen. Im Archiv dort werden Unterlagen zu aufgeklärten Fällen aufgehoben.« Der Mann schrieb etwas auf einen Zettel und reichte ihn Elsa. »Versuchen Sie es hier. Viel Glück.«

Wenn es das Grab nicht geben würde, hätte man glauben können, Rosa Berwanger sei ein Phantom. Sie tauchte im

Sommer 1912 auf und wurde vier Monate danach ermordet. Sie hatte keine Vergangenheit und keine Zukunft. Trotzdem war sie so etwas wie eine Berühmtheit geworden, weil sie den jungen Maler Newjatev inspiriert und zum Höhepunkt seines Schaffens geführt hatte. Rosa war für Elsa nicht greifbar. Sie würde für immer die bunte Frau auf dem Bild ihrer Kindheit bleiben. Anneli Gensheim dagegen und Siegfried Schuster gab es tatsächlich. Sie gehörten zu ihrer Familie und hatten Spuren hinterlassen.

Elsa wickelte sich den Schal enger um den Hals. Das Oktoberwetter war umgekippt. Düster war der Himmel, eisiger Wind trieb schwere Wolken über die Stadt, manchmal regnete es. Sie ging den kurzen Weg vom Polizeipräsidium zu ihrem Büro zu Fuß, durchquerte dabei die eleganten neuen Einkaufspassagen der Innenstadt. Am Odeonsplatz holte sie sich aus einem Coffee-Shop einen großen Becher Tee und fetten Kuchen. Süßer gewürzter Tee mit Milch tröstete und wärmte sie, und Elsa freute sich auf ihr Büro und die Kollegen. Den letzten Versuch mit der Staatskanzlei würde sie noch machen, aber wenn auch das nichts ergab, würde sie die Recherche zu Rosa auf sich beruhen lassen. Die Ergebnisse waren nicht relevant für sie. Sie hatte Rosa ihren Namen zurückgegeben, sie hatte sogar ihr Grab gefunden. Dass es eine frühe Verbindung zu ihrer Urgroßmutter gab, war anzunehmen, aber im Moment nicht belegbar. Allein schon weil die drei jungen Menschen Rosa, Rudolf und Anneli Nachbarn in der Feilitzschstraße gewesen waren, musste sie davon ausgehen, dass die drei miteinander bekannt waren, aber diese Annahme führte sie nicht weiter.

Trotzdem, so dachte Elsa, als sie ihren Computer hochfuhr, lag der Schlüssel zum Rätsel um das Bild *Mon amour* in der Verbindung von Anneli zu Siegfried Schuster. Ihre Urgroßmutter hatte dessen Bruder Kurt 1913 geheiratet. Damals musste sie Siggi kennengelernt haben. Was war dann passiert? *Mon amour* war bis in die späten zwanziger Jahre in diversen Ausstellungen zu sehen gewesen. Es gab Verzeichnisse, die auswiesen, dass es ursprünglich aus der Sammlung Ezequiel Newjatevs, des Vaters des Malers, stammte. Später, in den Kriegsjahren, tauchte es in Bestandslisten von Siegfried Schuster auf. Wann war er in den Besitz des Bildes gekommen? Schließlich hatte er es vor Kriegsende einem Sammler in Paris angeboten. Und die noch immer offene Kardinalfrage: Wie kam das Bild dann in das Zimmer in der Mandlstraße?

Im Moment hatte Elsa das Gefühl, viel zu wissen und trotzdem auf der Stelle zu treten.

Im Büro meldete sie sich bei Marion zurück, stellte Kaffee und Kuchen neben den PC und fuhr diesen hoch. Dann streifte sie die Stiefel von den Füßen. Sie war seit Tagen damit beschäftigt, das Werkverzeichnis, das Lachmann in seinem Katalog erstellt hatte, zu überprüfen. Sie forschte nach dem Verbleib jedes einzelnen Bildes. Der Ausstellungskatalog aus Murnau war über zehn Jahre alt, in der Zwischenzeit hatten einige der Newjatev-Werke die Besitzer gewechselt. Zum Glück war die Liste der Werke überschaubar. Der junge Maler hatte nach dem Ersten Weltkrieg, aus dem er verwundet und offenbar traumatisiert zurückgekehrt war, nie wieder gemalt. Einer von unzähligen jungen Männern, dem der Krieg das Genick gebrochen und unmöglich gemacht hatte, sich wieder in den Alltag zu integrieren.

Am Abend standen acht Namen auf Elsas Liste. Die Namen von acht Bildern, die beim derzeitigen Stand der Dinge nicht aufzufinden waren. Acht Bilder, deren Spur sich nach 1944, nach dem Versuch Schusters, die Bilder zu verkaufen, verlor.

Nur *Mon amour* war wieder aufgetaucht. Im Schlafzimmer ihrer Urgroßmutter.

Elsa löschte das Licht der Schreibtischlampe. Eine Zeitlang blieb sie in dem dunklen Raum sitzen und starrte aus dem Fenster. Im gegenüberliegenden Gebäude brannten vereinzelt noch Lichter. Schreibtischmenschen wie sie saßen dort und arbeiteten. Gab es so viele, auf die niemand wartete? Noch zwei Tage, dann würde sie nach Potsdam fahren. Zehn Tage waren seit dem Telefonat mit Hajo vergangen, und ihre anfängliche Euphorie darüber, dass er sie angerufen hatte, dass er die Beziehung nicht beenden, dass er sie treffen wollte, bei sich in Potsdam, war Ernüchterung gewichen. Jetzt erinnerte sie sich deutlicher an seine Ausflüchte. Sein Abwiegeln. Seine Hinhaltemanöver. Hajo, das sah Elsa nun, während sie die einsamen Arbeiter gegenüber betrachtete, wollte sein Leben nicht mit ihr verbringen. Er wollte nicht mit ihr zusammenziehen. Er würde sie niemals bitten, früher aus dem Büro zu kommen, damit sie Zeit miteinander verbringen konnten. Er liebte sie auf eine kalte, zweckgebundene Art. Seine Art.

Elsa riss sich zusammen und schob den Gedanken an Hajo beiseite. Sie verließ das Büro wieder als Letzte wie so oft, nickte dem dösenden Wachmann im Foyer zu und fuhr mit dem Fahrrad nach Hause. Unterwegs kaufte sie sich eine Pizza und eine Dose Cola. Direkt aus dem Karton würde sie die Pizza essen, vor dem Computer. Seit geraumer Zeit wurde das »Kalte-Cola-Gefühl« immer stärker bei Elsa, sie hatte das Bedürfnis, Dinge zu tun, die sie sonst nicht oder zu selten getan hatte.

Der Schlaf blieb fern. Elsa war aufgekratzt wie schon lange nicht. Sie hatte die Pizza mit vier Sorten Käse in zehn Minuten verschlungen, die Cola zum Aufräumen hinterhergekippt und sich nun einen Rotwein eingegossen. Eine teure Flasche Barolo, die Hajo mal »für einen besonderen Anlass« gekauft hatte. Der Anlass war jetzt. Hier und heute. Elsa fühlte sich leicht, federnd, frei.

Außerdem hatte sie einen Ansatz. Es war kurz vor halb zehn, aber sie war sicher, dass Dr. Manfred Lachmann noch nicht zu Bett gegangen war. Er war alt, und er war ein Arbeitstier. Elsa hätte sich nicht gewundert, wenn er um diese Zeit noch am Schreibtisch säße.

Bereits nach dem ersten Klingeln hob der Historiker ab. »Lachmann.«

»Hannapel. Guten Abend, Dr. Lachmann. Entschuldigen Sie die späte Störung.«

»Was ist schon spät? Sie haben sicher einen guten Grund.«

»Ich ... ja. Ich habe eine Frage. In Ihrem Werkverzeichnis von Newjatev tauchen acht Bilder auf, darunter *Mon amour*. Alle diese Bilder lassen sich heute nicht mehr nachverfolgen. Sie sind in keinem Museum, in keiner Liste, offiziell in keiner Sammlung. Die Bilder sind also entweder zerstört oder hängen in irgendwelchen Wohnzimmern, verstauben in Kellern, was weiß ich.«

»Da werde auch ich Ihnen nicht helfen können.«

»Darum geht es mir auch nicht. Mir geht es darum, wie diese Bilder in das Werkverzeichnis gekommen sind. Wie haben Sie davon erfahren, wo haben Sie etwas darüber gefunden? Sie haben sich die Bilder ja nicht ausgedacht.«

Schweigen am Ende der Leitung. Beredtes Schweigen. Sie hatte den Wissenschaftler angesteckt.

»Sagen Sie mir die Namen. Ich rufe Sie zurück.«

Es dauerte keine zwei Stunden. Dr. Lachmann musste gut organisiert sein.

»Es gibt eine Quittung«, sagte er. Elsa hielt den Atem an. »Siegfried Schuster hat dem Vater des Malers die Bilder abgekauft. 1934. Von dem Kaufvertrag hatte ich eine Kopie. Beziehungsweise die Kopie einer Kopie. Soll ich versuchen, sie Ihnen einzuscannen?«

Elsa gab ihm ihre private Mailadresse durch.

»Außerdem habe ich daraufhin noch mal ein bisschen gestöbert.« Er machte eine Pause. Elsa hielt die Luft an. »Einige der Bilder habe ich auf Fotografien wiedergefunden. Einmal aus der Galerie Thannhauser, da gab es 1912 die berühmte Ausstellung. Und aus dem Salon der Newjatevs. Die Bilder hingen dort.«

Jetzt erinnerte sich Elsa, dass sie ein solches Foto in Lachmanns Newjatev-Buch gesehen hatte. Sie bedankte sich, und während sie darauf wartete, dass sein Scan sie erreichte, blätterte sie noch einmal aufmerksam durch den Katalog. Natürlich hatte der Historiker darin bereits erwähnt, dass die Familie Newjatev unter Druck ihr Eigentum verkaufen musste, aber er blieb eher vage, und es gab nicht nur Siggi Schuster, der vom Elend dieser jüdischen Familien profitiert hatte. Ezequiel Newjatev hatte zum Beispiel von 1933 an mehrfach in einem Auktionshaus Wertsachen versteigern lassen und seine Kunstsammlung Stück für Stück an diverse Sammler und Händler verkauft. Nur diese acht Werke seines Sohnes waren an Schuster gegangen. Und nur diese waren für Elsa interessant.

Der Scan von der Quittung kam, Elsa vergrößerte das Bild und druckte es sich aus. Datiert war das Dokument auf den 10. Oktober 1934. Alle acht Bilder waren säuberlich notiert, darunter *Mon amour*. Siegfried Schuster hatte alle acht Werke zusammen für sechshundert Reichsmark bekommen.

Das war nicht einmal ein Schleuderpreis. Das war eine Ohrfeige in das Gesicht desjenigen, der fliehen musste. Der unter dem Eindruck brennender Synagogen, verfolgter jüdischer Mitbürger, verbrannter Bücher und geplünderter Geschäfte versuchte, ein kleines bisschen Kapital zu erwirtschaften, indem er das Kostbarste, was er besaß, verkaufte. Um die Flucht zu finanzieren. Um sein Leben zu retten.

Und Siegfried Schuster, Elsas Urgroßonkel, Nazikollaborateur, Mitläufer und Verräter, hatte nicht einen Funken Anstand besessen und dem armen Mann, Ezequiel Newjatev, einen halbwegs angemessenen Betrag ausgezahlt. Für Kunstwerke, die die Familie Newjatev bis zum Schluss behalten hatte, weil ihr Herz daran hing, die sie aber auf die letzte Reise, die sie antraten, nicht mitnehmen konnten.

Elsa schämte sich.

Spät in der Nacht telefonierte Elsa mit Arto. Sie hatte ihn geweckt, wie sie an seiner Stimme hörte, auch wenn ihr Bruder behauptete, nicht geschlafen zu haben.

»Hast du jemanden entlassen?«

»Deshalb rufst du mich an? Um … warte mal, kurz vor zwei?«

»Nein. Ich wollte nur nicht mit der Tür ins Haus fallen.«

»Wenn jemand um diese Zeit anruft, gehe ich davon aus, dass er nicht unbedingt gepflegte Konversation machen will.«

»Ich habe dir ein Teil meines Aktienpaketes überschrieben. Nein!« Arto hatte gewagt, tief Luft zu holen, aber Elsa duldete keine Widerrede. »Du kannst nicht mehr protestieren. Alles schon über die Bühne gegangen. Ich bin alleine und hab zu viel, ihr seid zu fünft.«

»Elsa …«

»Dafür brauche ich deinen Rat.«

»Okay. Aber ich fühl mich besser, wenn du mir das Geld leihst und nicht schenkst.«

Innerlich verdrehte Elsa die Augen, aber sie willigte ein, und dann erzählte sie. Sie stand barfuß auf ihrem Balkon und fror. In zwei Tagen war Vollmond, schon jetzt strahlte die milchige Kugel hell hinter rasch vorüberziehenden Wolken. Die eisige Luft tat Elsa gut, das machte ihren Kopf klar und schärfte die Gedanken. Noch während sie Arto erzählte, was ihre Untersuchungen ergeben hatten, wusste sie, was sie tun würde.

»Soll ich dich begleiten?«, fragte Arto.

Elsa schüttelte den Kopf. Diesen Weg würde sie alleine gehen müssen.

Am Rasthof Viamala machte Elsa das erste Mal halt. Ehrfürchtig sah sie auf die hohen Berge vor sich. Hier war die Schleuse in den Süden. Dunkel erinnerte sie sich, dass sie diese Strecke vor vielen Jahren mit Arto gefahren war. Er hatte einen Campingbus besessen, einen schrottigen VW-Bus, drei Surfbretter auf dem Dach, ungewaschenes Bettzeug im Fond. Sie hatten etwas geraucht, Elsa erinnerte sich an ihre nackten Füße auf dem Armaturenbrett und wie ihr Haar im Wind, der durch das heruntergekurbelte Fenster blies, zerzaust wurde. Der Bus war im Schneckentempo die steile Straße zum San-Bernardino-Pass hinaufgekrochen, ungeduldige Fahrer hinter ihnen versuchten waghalsige Überholmanöver. Arto und sie hatten sich darüber totgelacht. Oben auf dem Pass hatten sie angehalten, und eine lange Schlange Autos war an ihnen mit hohem Tempo vorbeigezogen. Hinter den Lenkrädern wütende Menschen auf dem Weg in die Ferien.

Elsa hatte die Strecke sehr gemocht. Die Haarnadelkurven, die dann hinunter in die Ebene führten, links und rechts der Strecke unzählige Wasserfälle. Die romantischen Seen, deren teure Ufer sie von der Autobahn aus bewunderten. Später die weichen Hügel Liguriens, die Tunnel an der Küstenstraße, weiße Kirchen in den Bergen, umgeben von steil an die Hänge gepressten Dörfern. Terrassierte Olivenhaine mit den typischen Steinmauern. Die Fleißarbeit vergangener Jahrhunderte. Große Gewächshäuser mit weißen Plastikplanen an der Blumenriviera – da waren sie schon zehn Stunden unterwegs. Schweigend hatten sie sich am Steuer abgelöst und spät in der Nacht vor Lutz' neuem Feriendomizil angehalten. Irgendwo in der Nähe von Aix-en-Provence.

Freude stand Elsas Vater nicht ins Gesicht geschrieben, als sie vor seiner Tür standen und »Überraschung!« brüllten.

Auch dieses Mal hatte Elsa sich nicht angekündigt. Aber es war ihr gleich, ob Lutz sich freute oder nicht. Und sie würde bestimmt nicht »Überraschung!« brüllen.

Obwohl es mitten unter der Woche war und keine Ferien, war der Parkplatz vor der Raststätte gut gefüllt. Elsa trank am Fenster mit Blick auf die Berge einen kleinen schwarzen Kaffee, der so war, wie er sein sollte, dazu einen frisch gepressten Orangensaft. Es war eben eine Schweizer Raststätte. Sie checkte ihre Mails. Die Staatskanzlei hatte bereits geantwortet. Vor ihrer Abfahrt hatte Elsa mit Marion alles besprochen, und diese hatte ihr zugesichert, sich darum zu kümmern. Tatsächlich gab es eine Akte zu Rosa Berwanger im dortigen Archiv! Ein Mitarbeiter schrieb, dass die Akte zu einem aufgeklärten Fall gehörte und zur Einsicht für Elsa bereitlag. Leider könne man keinerlei Angaben zum Inhalt der Unterlagen machen.

Es wunderte Elsa und machte sie neugierig, dass der Fall aufgeklärt sein sollte. Sie würde, sobald sie aus Frankreich zurück war, die Akten einsehen. Vielleicht, so hoffte sie, konnte sie doch ein wenig Licht ins Dunkel bringen, wenn es schon nicht gelang, das Bild wieder aufzutreiben.

Sie zahlte und deckte sich für die Fahrt ein. Ein frisches Sandwich, ein paar Tafeln wunderbare Schweizer Schokolade, Obst. Dann startete sie den Mietwagen und fuhr zügig die Passstraße nach oben. Es ging wesentlich schneller als mit dem Bulli, sie hatte auch nichts geraucht, aber der

Wind, der durch das geöffnete Fenster hereinwehte, zerzauste ihr wieder die Haare. Sie konnte das Gefühl von damals sofort abrufen. Und es fühlte sich gut an, denn sie wusste, dass das, was sie tat, richtig war. Der Entschluss war in der Nacht gefallen, im Gespräch mit Arto. Sie hatte vor Aufregung wenig geschlafen, aber müde war sie jetzt trotzdem nicht. Früh am Morgen hatte sie den Mietwagen bestellt, mit Marion gesprochen, die sie in allem, was sie vorhatte, bestärkte, und schließlich, schon im Auto auf der Autobahn nach Lindau, hatte sie Hajo angerufen. Und ihm abgesagt. Erstaunt hatte sie registriert, dass er es bedauerte, sie nicht zu sehen. Und sein Bedauern war echt. Es machte ihm etwas aus. Trotzdem sagte sie nicht, dass sie an einem anderen Wochenende käme. Sie sagte einfach nur »Tschüss«.

Das Navi im Wagen leitete sie fehlerlos bis zur Haustür. Es war kurz vor zehn und stockfinster. Elsa schaltete den Motor aus und blieb im Auto sitzen. Wollte ihre Gedanken sammeln, bevor sie ihrem Vater gegenübertrat. Es würde kein einfaches Treffen werden. Für sie beide nicht.

Lutz war natürlich überrascht, als er erkannte, wer da vor der Tür stand. Aber er machte nicht dieses angewiderte Gesicht, mit dem er vor vielen Jahren sie und Arto empfangen hatte. Er bat Elsa sofort herein.

»Mathilde ist nicht da.«

Elsa war an ihrem Vater vorbei in das große Wohnzimmer gegangen, in dem Chaos herrschte, und drehte sich nun amüsiert zu Lutz um. »Ich kenne deine Mathilde nicht. Also ist es mir auch wurscht, ob sie da ist oder nicht.«

»Entschuldige. Ich hatte vergessen, dass du so empfindlich bist.«

»Vielleicht, weil wir uns nie sehen.«

Lutz war ihr in das Zimmer gefolgt und räumte mit fahrigen Handgriffen ein paar Kleidungsstücke beiseite, die achtlos überall verstreut waren. Er verzichtete auf eine Antwort. Elsa sah ihm zu. Ihr Vater sah alt aus. Zuletzt hatte sie ihn vor drei Jahren gesehen, er war zu einem Symposium nach München gereist und hatte ihr großzügig eine Stunde Gesprächszeit in einem Café gewährt. Damals war er noch nicht so dünn gewesen. Hemd und Hose schlotterten jetzt um seinen Körper. Die Haut wirkte fahl und faltig.

»Geht's dir nicht gut?«

Überrascht sah er auf. »Wieso? Sehe ich so aus?«

»Wenn ich ehrlich bin, ja.«

Er schwieg und räumte weiter.

Elsa setzte sich an den Tisch. Es war ein großer alter Holztisch mit rauher Oberfläche, den Arto schon damals sehr bewundert hatte. Lutz hatte damit geprahlt, dass er ihn von einem Kloster erworben habe. Ein Refektoriumstisch. Elsa ließ die Hand über die jahrhundertealte Oberfläche gleiten. Auf dem Tisch standen ein Laptop, angeschaltet, ein paar Unterlagen und eine fast leere Flasche Rotwein. Der offene Kamin brannte nicht. Zeitungen und Bücher waren überall verstreut. Hier wohnte keine Mathilde. Jedenfalls keine, die sich um Sauberkeit, Haushalt und das Wohlergehen ihres Vaters kümmerte.

Der stand jetzt vor ihr am Tisch und wirkte verlegen mit dem Häufchen Kleider auf dem Arm.

»Kann ich dir was anbieten? Bleibst du über Nacht?«

Elsa musste lachen. »Zu beidem: Ja.«

Kochen konnte Lutz, das musste Elsa ihm lassen. Er hatte ihr ein Kaninchenragout aufgewärmt, das nach allen Kräutern des Südens schmeckte. Dazu gab es Baguette, Wein und Wasser, und sie hätte sich beinahe wohl gefühlt, wenn die Kälte nicht gewesen wäre. Die Kälte im Haus ebenso wie die, die von ihrem Vater ausging. Im Gegensatz zu Ricarda schien er im Alter nicht milder und sentimentaler zu werden, sondern abweisender. Er war ein zynischer alter Mann, der es nicht fertigbrachte, seine einzige Tochter zu umarmen, nachdem er sie lange Zeit nicht gesehen hatte.

»Also, was hast du?« Elsa betrachtete Lutz durch ihr Weinglas. So verschwommen hatte er tatsächlich Ähnlichkeit mit Siggi Schuster. Die hohe Stirn. Die Basedowschen Augen. Seinem Vater Julius ähnelte er nur wenig. Er kam eindeutig nach der Familie seines Großvaters.

»Was mit der Leber.« Lutz wollte nicht darüber reden.

»Kein Wunder.« Elsa musste lachen. »Ist sie deshalb weggelaufen?«

Ihr Vater sah sie an. »Wovon sprichst du?«

»Mathilde. Die ich letztens am Telefon hatte.« Elsa schwenkte das Glas in ihrer Hand einmal herum. »Hier wohnt keine Mathilde mehr.«

»Ach.« Lutz machte eine wegwerfende Handbewegung und spielte den Ball sofort zurück. »Warum bist du also gekommen?«

»Ich will reden. Über deine Familie. Vor allem über deine Oma. Anneli, die angeblich auf dem Bild ist. Was sie definitiv nicht ist.«

Er war ehrlich überrascht. »*Mon amour*? Aber das hat sie immer gesagt. Alle haben das immer gesagt.«

»Alle haben immer gelogen.« Elsa sagte das mit Nachdruck. Es war der Schlüsselsatz. Das, was sie über ihre Familie herausgefunden hatte. Deshalb wiederholte sie es. »Alle haben immer gelogen.«

Dass Lutz tatsächlich geglaubt hatte, dass seine Großmutter die bunte Frau war, stimmte sie ein wenig versöhnlicher, und deshalb erzählte sie ihm etwas über die Herkunft des Bildes. Nicht alles, aber das Wesentliche: dass es bis 1934 nicht im Besitz ihrer Familie gewesen war. Dass es den Newjatevs gehört und sich nach 1944 die Spur verloren hatte. Von Siggi Schuster sagte sie nichts und auch nichts von den anderen sieben verschollenen Bildern. Aber von Rosa Berwanger erzählte sie. Das interessierte ihren Vater aufrichtig.

»Was meinst du? Warum hat sie behauptet, dass sie es war auf dem Bild?«

Lutz' Augen glotzen verständnislos durch das Horngestell. »Ich bin davon ausgegangen, dass sie das Modell war, weil Julius und Regine es behaupteten. Aber das wäre ja nicht die erste Lüge.«

Dazu schwieg Elsa. Bei ihren Recherchen zu *Mon amour* war sie auf Dokumente gestoßen, die auch die »Mein Vater ist ein Nazi«-Legende von Lutz, auf der sein gesamtes Leben, beruflich wie privat, aufgebaut war, in ein anderes Licht rückten.

»Du hast Anneli doch kennengelernt. Wie war sie?«

Lutz goss ihnen von dem Côtes du Rhône nach und nahm sich Zeit für seine Antwort.

»Als ich von zu Hause auszog, haben wir noch in einem Reihenhaus in Ottobrunn gewohnt. Einmal im Jahr, nur an Weihnachten, kam die Oma zu uns. Als sie schon sehr gebrechlich war, haben wir dann bei ihr in der Wohnung gefeiert. Eben in der Mandlstraße, die du ja kennst.« Er machte eine Pause und überlegte. Noch nie hatte er ihr gegenüber von seiner Kindheit gesprochen. Elsa spürte, dass sie ihn nicht unterbrechen durfte. Lutz war bereit, zurückzugehen, einer der seltenen Momente von Offenheit. Vielleicht fiel es ihm so leicht, dachte Elsa, weil es nicht um ihn ging.

»Diese riesige Wohnung, die vielen leeren Zimmer, mir hat das Angst gemacht. Und Anneli war keine liebevolle Oma. Sie hat mit mir nichts anfangen können. Ich kann mich nicht erinnern, dass ich jemals bei ihr auf dem Schoß gesessen hätte. Mütterlich war sie wohl auch nicht. Sie hat nicht gekocht, dafür hatte sie eine Haushälterin.«

»Sie war ihr Leben lang berufstätig. Vielleicht deshalb.«

Lutz nickte. »Ja. Sie hat ein bisschen auf Rengine herabgeschaut, weil die immer nur Hausfrau war. Oma durfte ich auch nicht zu ihr sagen. Nur Anneli.«

Jetzt musste Elsa lachen. »Man könnte meinen, sie und Ricarda wären verwandt.«

»So der Typ Schwabinger Intellektuelle. Das war sie.« Lutz hing seinen eigenen Gedanken nach. Als hätte er Elsas Zwischenruf nicht gehört. »Immer gepflegt. Sehr belesen. Kulturell interessiert. Dabei zänkisch. Ich glaube, meine Mutter hat sehr unter ihr gelitten.«

Wie sich die Muster wiederholen, dachte Elsa. »Und du weißt nicht, woher sie das Bild hatte?«

»Das habe ich dir doch schon gesagt.« Unwillig stand Lutz auf und räumte das Geschirr vom Tisch. Das war seine Art, das Thema für beendet zu erklären. Aber Elsa wollte sich nicht abwimmeln lassen. Dafür war sie nicht tausend Kilometer gefahren. Sie half beim Abräumen des Tisches und folgte Lutz in die Küche.

»Das Bild hing in der Mandlstraße, solange ich denken kann.« Er räumte das Geschirr in die Maschine.

»Und als deine Eltern gestorben sind, hast du das Bild einfach mitgenommen. Ohne dir Gedanken zu machen, von wem es ist und was es wert ist …« Elsa ließ nicht locker.

»Natürlich! Es war ein Andenken.«

»Ich glaube dir kein Wort.«

Empört drehte sich ihr Vater, der ihr den Rücken zugewandt hatte, um. »Was soll das? Warum machst du das?«

Nie zuvor war Elsa ihrer Sache so sicher gewesen. Nie zuvor hatte sie Lutz die Stirn geboten. Nie zuvor hatte sie so klar gesehen, was ihr Vater wirklich war: ein schlechter Lügner.

»Du hast deinen Vater auf dem Altar der Lüge geopfert. Einfach, weil du dich interessant machen wolltest. Julius war in der Wehrmacht, aber …«

»Er war an der Westfront! Was, meinst du, haben die da gemacht? Däumchen gedreht?«, unterbrach Lutz sie. An seinem Hals zeigten sich rote Flecken. Kurz überlegte Elsa, ob sie ihn nicht doch schonen sollte. Er war dreiundsiebzig und offensichtlich krank. Sie entschied sich dagegen.

»Du weißt nicht, was er gemacht hat. Du hast behauptet, dass er an Massakern beteiligt war, und dein Vater hat nie dagegen protestiert. Vielleicht, weil er dich liebte. Er musste sich von seinem Sohn als Nazi vor die gesamte Welt zerren lassen, dabei ist Fakt: Du hast niemals etwas bewiesen!«

»Die Verbrechen der Wehrmacht …«, setzte ihr Vater an, aber Elsa wollte ihn nicht zu Wort kommen lassen.

»Er war bestimmt nicht unschuldig, aber darum geht es gar nicht. Vielleicht stimmt es, vielleicht aber auch nicht. Ich bin deine Tochter, und ich habe ein Recht darauf, die Wahrheit zu erfahren! Stattdessen hast du dein Leben lang an deiner eigenen Legende gestrickt, hast dich als aufrechten Kämpfer gegen den Faschismus und die ›Täter-Väter‹ hingestellt, einfach, um dich interessant zu machen. Dabei bin ich ganz sicher, dass du genau wusstest, dass das Bild, das du Deinhard Manker verkauft hast, jüdisches Eigentum war!« Elsa spürte, wie eine Hitzewelle sie ergriff, der Schweiß brach ihr überall aus. Sie hatte geschrien, ihre Stimme war schrill geworden.

»Du machst dich doch lächerlich.« Je mehr sie sich aufregte, desto kälter wurde Lutz, das war immer schon so gewesen. Elsa fühlte sich klein, aber sie musste dagegen ankämpfen, sie wollte ihn nicht so gehen lassen.

»Du hast es gewusst! Dass das Bild in unserer Familie war, ist eine Sauerei. Eine schmutzige Geschichte, aber das war dir scheißegal, stattdessen hast du deinen Vater hingehängt. Für das Bild dagegen gab es Geld, so viel, dass du gar nicht fragen wolltest, bloß weg damit. Damit hast du das hier finanziert.« Elsa holte weit mit dem Arm aus, dabei erwischte sie eine Weinflasche, die auf der Arbeitsplatte stand und nun auf den steinernen Boden fiel. Sie zerplatzte in viele winzige Glassplitter, eine dunkelrote Lache bildete sich auf dem Boden, Spritzer waren über die Küche verteilt und zierten unschön die weiß verputzte Wand.

Lutz rührte sich nicht. »Du fährst morgen ab. Bevor ich aufgestanden bin.« Er drehte sich um und verließ die Küche, ohne sich um die Scherben zu kümmern. In der Tür drehte er sich noch einmal um. »Und für das hier«, er blickte sich einmal im Raum um, »hätte ich *Mon amour* drei Mal verkaufen müssen.«

Damit ließ er Elsa stehen.

Sie wartete über eine Stunde. Die Bescherung in der Küche hatte sie beseitigt, die Spritzer an der Wand blieben. Dann goss sie sich noch ein Glas Wein ein und legte sich auf das Ledersofa vor dem Kamin. Sie horchte in die Dunkelheit, und als sie ganz sicher war, dass sie aus dem oberen Stockwerk länger kein Geräusch gehört hatte, machte sie sich auf die Suche.

Sie brauchte nicht lange. Er hatte sich keine Mühe gegeben, weil er sich hier, in seinem französischen Refugium, so sicher gefühlt hatte. In seinem Arbeitszimmer gab es einen kleinen Nebenraum, früher mochte das die Speisekammer gewesen sein. Das Haus von Lutz war ein mehrere Jahrhunderte altes Steinhaus, das er aufwendig hatte renovieren und umbauen lassen.

In dieser kleinen Kammer standen sie. Sieben Gemälde. Elsas Hand zitterte, als sie die Taschenlampe ihres Handys einschaltete, das erste Bild umdrehte und der helle Schein auf die Leinwand fiel. »R. Newjatev 1912« stand dort. Mit Bleistift geschrieben. So wie auf allen anderen sieben auch.

Jetzt fehlte nur noch *Mon amour*.

München-Altstadt,
10. März 1933

Schon der Weg in die Redaktion war eine Tortur. Kurt hatte mich nicht gehen lassen wollen, er war ganz und gar dagegen, dass sich eine Frau alleine durch die Straßen bewegte. Aber ich hatte es nicht ausgehalten, ich musste raus, musste in die Redaktion, nach meinen Freunden und Kollegen sehen.

In der vergangenen Nacht hatte niemand von uns ein Auge zugetan. Tagsüber war Kurt noch in seinem Büro gewesen und ich ziellos durch die Straßen gelaufen. Auf der Suche nach einer guten Geschichte.

Ich fand keine.

Die einzigen Geschichten, die ich hätte schreiben können, waren grausam und entsetzlich. Geschichten von Hass, Dummheit und Brutalität. Geschichten, die niemand lesen wollte.

Es war der Tag, an dem Hitler in München seine Muskeln spielen ließ und die Regierung in die Knie zwang. Überall sammelten sich die Braunhemden, sie grölten NSDAP-Parolen und schwenkten ihre Hakenkreuzstandarten. Plump und aggressiv zogen sie durch Münchens Straßen, nirgends war man vor ihnen sicher. Begegneten sie einem, war es das Vernünftigste, aus Selbstschutz den rechten Arm hochzureißen und mit »Heil Hitler!« zu grüßen. Aber dazu war ich nicht in der Lage. Eher hätte ich mir den Arm abgeschnitten, als mich mit diesen Rohlingen zu verbünden.

Aber sie hatten Verbündete. Tausende waren auf die Straße gegangen, um Hitler zu unterstützen. Sie hatten sich vor der Feldherrnhalle, wo Hitler und andere NSDAP-Größen sprachen, vor dem Rathaus und auf beinahe allen großen Plätzen versammelt, um den Marschierenden zuzuwinken und sie zu bejubeln. Menschen, die unsere Stadt, unser Land mit Terror und Schikanen überzogen!

Als am Abend Ritter von Epp zum Reichskommissar ausgerufen wurde, war ich nicht mehr in die Redaktionsräume der *Münchener Post* zurückgekehrt, sondern nach Hause geeilt. Ich wollte mit meinen Männern zusammen sein, wollte mich vergewissern, dass es ihnen gutging.

Erst vor wenigen Wochen war Kurt auf seinem Heimweg vom Justizpalast verprügelt worden. Ein paar vermummte Gestalten hatten auf ihn gewartet, ihm aufgelauert und ihn niedergeschlagen. Fünf Mann gegen einen, feige, wie sie waren. Zum Glück hörten zwei Polizisten sein Schreien, so dass die Angreifer von ihm abgelassen hatten. Es war Kurts offensive Mitgliedschaft in der SPD, die ihn zum Ziel solcher Attacken werden ließ. Aber er ließ sich ebenso wenig einschüchtern wie meine Kollegen bei der *Münchener Post,* seine Genossen. Allen voran Martin Anlauf, ein überzeugter Sozi. Ich war stolz darauf, für eine Zeitung zu arbeiten, die von Anfang an gegen diesen kleinen braunen Brandstifter angeschrieben hatte. Wir wurden nicht müde, vor ihm zu warnen, ihn lächerlich zu machen, ihn zu demontieren. Aber damit waren wir zunehmend allein auf weiter Flur, und Adolf Hitler führte mittlerweile einen privaten Feldzug gegen die *Münchener Post.*

Ich selbst hatte lange Zeit keine wirkliche Angst vor ihm und seinen Anhängern gehabt. Er erschien mir zu primitiv, zu sehr von unten, mit seiner Zuhälterfrisur, seinen groben Reden und seiner eckigen Gestik. Immer hatte ich geglaubt, dass es ein schlimmer Spuk war, der Deutschland heimsuchte. Eine Bewegung, die erstarkte, aber die auch wieder vergehen würde. Ein Sturm, der vorüberzog. Mein eigener Mann aber, ebenso meine Kollegen – alle hatten gewarnt, Hitler sei nicht zu unterschätzen.

Dann brannte der Reichstag. Und ich begriff. Ich begriff die Macht der Brutalität. Das Recht des Stärkeren setzte sich durch. Seitdem spielten die Nationalsozialisten ihre Macht aus, und wer immer noch nicht glauben wollte, dass sie ein ganzes Volk unterjochen konnten, der musste heute nur in München durch die Straßen gehen. Tausende jubelten und klatschten. Wer sich nicht einreihte, wurde von den marschierenden Stiefeln der SA-Leute zermalmt.

Als ich am späten Nachmittag des 9. März nach Hause geeilt war, konnte man schon spüren, dass Gewalt in der Luft lag. In der Nacht dann hatten Kurt, Julius und ich Feuerschein in den Straßen gesehen, wir hatten Menschen beobachtet, die durch die Straßen rannten – entweder flüchteten sie, weil sie verfolgt wurden, oder sie schwangen Knüppel und waren jemandem auf den Fersen. Mehr als einmal mussten Kurt und ich unseren Sohn davon abhalten, nach unten zu gehen und sich einzumischen.

Julius war neunzehn Jahre alt, frisch verlobt, ein Heißsporn und, wie ich in seinem Alter, Gerechtigkeitsfanatiker. Über Politik machte er sich kaum Gedanken, er verachtete die Nazis, aber mit der SPD konnte er sich ebenso wenig anfreunden. Julius war die Diskussionen in seinem Elternhaus über soziale Gerechtigkeit, Arbeitslosigkeit, die politische Lage Europas und dergleichen mehr einfach leid. Wie alle Kinder hegte er einen natürlichen Widerwillen gegen das, was seine Eltern ihm Tag für Tag einzutrichtern versuchten. Er wollte Ingenieur werden, die Welt neu erfinden und seine angebetete Regine heiraten.

Aber an dem Abend war auch ihm sonnenklar geworden, dass es nicht mehr möglich sein würde, keine Position zu beziehen. Vor der Politik die Augen zu verschließen. Wer nicht gegen Hitler und seinesgleichen war, der war für ihn.

Ich konnte sehen, wie es meinen Jungen zerriss. Wie er sich sorgte und es nicht aushielt, mit uns in der sicheren Wohnung zu sitzen, anstatt unten auf der Straße ritterlich für seine Werte einzustehen.

Seine Verlobte wusste er immerhin in Sicherheit. Mehrmals hatte er mit ihr telefoniert. Regine stammte aus kleinen Verhältnissen, sie lebte bei ihren Eltern und Geschwistern jenseits der Isar in Giesing. Ihren Vater, einen Hauswart, hielt ich für einen Mitläufer der Nazis. Selbstverständlich war ich gegen eine Heirat, aber je mehr ich gegen dieses unbedarfte junge Mädchen sagte, desto mehr flog Julius' Herz ihr zu. Als mir klarwurde, dass ihre Verbindung unweigerlich auf eine Ehe hinauslief, hatte ich vorgeschlagen, dass sie doch zu uns in die Mandlstraße ziehen könne. Davon hatte ich mir erhofft, sie dem Einfluss ihres Elternhauses zu entziehen. Aber bislang hatte sie sich noch nicht dazu durchringen können. »Sie fürchtet sich vor dir«, hatte mein lieber Mann gesagt und gelacht. »Völlig zu Recht.«

Nach dieser schrecklichen durchwachten Nacht also hetzte ich zuallererst in die Feilitzschstraße zu Oda und meiner Mutter. Bei ihnen war gottlob alles in Ordnung. Meine kleine Schwester hatte sich nicht auf die Straße getraut, und meine Mutter war ohnehin nicht dazu in der Lage. Oda pflegte sie aufopfernd, und ich bewunderte stets, wie sie die geistigen Verwirrungen meiner Mutter ertragen konnte. »Mach dir um uns keine Sorgen«, hatte sie gesagt, und so war ich weiter in Richtung Altstadt gelaufen. Das Milchgeschäft von Franz war schon seit ein paar Wochen geschlossen. Den Grund kannte ich nicht. Der Zigarrenladen in der Occamstraße – zerstört. Die Schaufenster eingeschlagen, die Auslagen geplündert, und was übrig war, in Stücke gehauen. Daneben immer wieder Menschen, die vor Freude glühten, freudig den rechten Arm zum Gruß in die Höhe rissen, die sich beglückwünschten und ihrer Hoffnung Ausdruck verliehen, dass Hitler endlich aufräumen würde.

Aufräumen? Ich sah nur Zerstörung, kaum Ordnung.

Eine erschütternde Szene beobachtete ich, als ich weiter ins Zentrum der Altstadt vordrang. Begleitet von den anfeuernden Rufen einiger Passanten, trieb eine Gruppe SS-Männer einen Mann vor sich her. Der Mann lief geduckt, er taumelte, konnte sich kaum aufrecht halten. Barfuß war er, trug weder Rock noch Hose, lediglich ein Hemd und zerrissene lange Unterhosen. Schützend hatte er die Arme über den Kopf erhoben. Als er sich einmal kurz umdrehte, erkannte ich ihn. Es war einer der angesehensten Anwälte der Stadt, Dr. Michael Siegel, ein Kollege meines Mannes. Ein Jude.

Mir entfuhr ein Schrei des Entsetzens, ich wollte eingreifen, wollte ihm zu Hilfe kommen. Aber die Meute hetzte ihn schon weiter, die Neuhauser Straße hinauf in Richtung Stachus. Zitternd blieb ich stehen und sah mich um. Niemand zeigte Mitgefühl. Und wer dennoch welches empfand, wusste es gut zu verbergen.

Die letzten Meter zur Redaktion rannte ich. Als ahnte ich, was mich dort erwartete.

Ich kam gar nicht bis zum Altheimer Eck. In einer Nebenstraße schon wurde ich gestoppt. SA und SS hatten das Haus der *Münchener Post* weiträumig abgesperrt. Mit finsteren Gesichtern, die Hände an ihren Koppeln, schienen die Männer zu allem bereit. Schaulustige drängten sich so wie ich bis an die Absperrung heran und versuchten zu erkennen, was dahinter geschehen war. Viel erblickte ich nicht, aber was ich sah, ließ mich erstarren. Alle Fenster der Redaktionsräume waren zerstört. Man konnte das Ausmaß der Verwüstung nur erahnen. Auf der Straße, verdeckt durch einige schwarze Limousinen der Nazis, lagen Teile der Einrichtung. Ich erkannte einen Tisch, eine Schreibmaschine. Vielleicht war es meine? Mit den Ellbogen versuchte ich, mir resolut einen Weg durch die Menge zu bahnen, am liebsten hätte ich die Nazischergen beiseitegestoßen, ich war außer mir – Angst, Sorge und Wut trieben mich gleichermaßen an.

Dann spürte ich, wie mich jemand von hinten an beiden Armen packte und festhielt. »Nicht!« Ich spürte den Atem des Fremden am Ohr und versuchte, mich loszureißen. Der Mann aber war stark, und ich hatte keine Chance.

»Kommen Sie, Frau Schuster …«

Er kannte mich! Ruckartig drehte ich mich zu ihm um und blickte in das Gesicht von Reinhard Eppler. In der

Sekunde, in der ich ihn erkannte, war ich wieder neunzehn, ein junges Mädchen und er der souveräne, Ehrfurcht einflößende Kriminalinspektor. Am liebsten hätte ich mich an ihn gelehnt und mich trösten lassen. Aber Eppler führte mich mit sich fort, heraus aus der Menschenmenge. In einem Hauseingang blieb er stehen und zog mich neben sich.

»Was ist geschehen?« Ich sah nicht ihn an, sondern blickte hinter uns, dahin, wo sich meine Arbeitsstelle befand. Befunden hatte.

»Sie sind heute Nacht gekommen. Haben alles kurz und klein geschlagen. Genauso im Gewerkschaftshaus. Alles ist zerstört. Und das ist erst der Anfang.«

Jetzt erst drehte ich mich zu ihm um. Er war in Zivil, aber heute trug er keinen dreiteiligen Anzug, wie sonst. Er, den ich immer picobello gekleidet in Erinnerung hatte, sah mitgenommen aus. Seine Kleidung war ordentlich, aber einfach. Mehrmals geflickt, wie ich am Hemdkragen erkannte. Sein Gesicht war grau, ebenso die Haare. Noch immer blickten seine Augen wach, aber gütig, seine Züge jedoch wirkten verbittert. Tiefe Falten hatten sich in den Mundwinkeln und zwischen den Augenbrauen eingegraben.

Ich war Reinhard Eppler über die Jahre immer wieder begegnet. Zum einen, weil er häufig mit Kurt zu tun hatte. Die beiden Männer verstanden sich gut, sie arbeiteten an vielen Fällen gemeinsam und waren überdies Genossen. Es hätte nicht viel gefehlt und Kurt hätte Eppler damals zu unserer Hochzeit eingeladen. Aber nicht nur deshalb waren wir uns in den vergangenen mehr als zwanzig Jahren immer wieder über den Weg gelaufen.

Ich war bei der *Münchener Post* als Gerichtsreporterin gut beschäftigt. Zwar war ich nie Redaktionsmitglied geworden, aber dennoch fester Bestandteil der Zeitung. Wann immer es in München, in der Region oder generell im Freistaat bedeutende Prozesse gab, berichtete ich darüber. In den letzten beiden Dekaden hatte ich mich in die vorderste Reporterriege geschrieben, Aufträge auch von anderen Tageszeitungen waren mir gewiss gewesen. Aber das war zunehmend schwerer geworden. Meine gesellschafts- und sozialkritischen Reportagen wurden nur noch in der *Münchener Post* abgedruckt. Diese allerdings hatte mit Repressalien so sehr zu kämpfen, dass sie immer dünner, die Redaktion immer kleiner und die Auflage beinahe bedeutungslos geworden war. Mehrfach schon war die Zeitung verboten worden. Martin Anlauf konnte mich nicht so oft beschäftigen, wie er gewollt hätte. Und nun schien Hitler der *Post* den Todesstoß versetzt zu haben.

»Die Kollegen?«

Epplers Blick wurde scharf. »Inhaftiert. Im Moment werden sie zum Teil noch im Präsidium vernommen, ein paar sind in Landshut. Anlauf sitzt in Stadelheim.«

»Warum sind Sie nicht im Präsidium? Werden Sie nicht gebraucht?« Mein Tonfall war unnötig scharf. Eppler zu unterstellen, er würde mit Röhms Leuten gemeinsame Sache machen wie viele Angehörige der Polizei, war absurd. Aber ich war so aufgebracht und verzweifelt, dass ich keinen Unterschied machen konnte zwischen der schlechten Nachricht und dem Boten, der sie überbrachte.

Eppler lachte. Es klang bitter. »Vorruhestand. Schon lange. Drei Mal dürfen Sie raten, wer mich ersetzt hat.«

»Ihr ehemaliger Adjutant?«

Der Kriminalinspektor a.D. nickte und wies mit dem Kinn hinüber zum Altheimer Eck. »Danzer, ganz genau. Er war von Anfang an ein glühender Faschist. Im Moment dürfte er dort drüben sein und die Zerstörung bewundern. Er hat es sehr schnell an die Spitze unserer Abteilung geschafft. Und ich muss Ihnen nicht sagen, dass er mit harter Hand durchgreift. Gegen das Gesindel. Zu dem natürlich an vorderster Stelle Kommunisten und Sozis zählen. Also Ihr Mann und ich.« Er machte eine kleine Pause. »Und Ihre Kollegen.«

Mir traten die Tränen in die Augen, Tränen der Hilflosigkeit. Wir wussten, was in den Kellern des Präsidiums passierte, wenn jemand »verhört« wurde. Wie oft hatten wir über Schikanen der sogenannten Schutzpolizei berichtet!

»Darf ich Sie auf einen Tee einladen?« Eppler nahm meinen Arm. »Ich wohne noch immer in der Nähe der ›Löwengrube‹. Und vielleicht wollen Sie ja Kurt anrufen, damit er sich keine Sorgen macht?«

Dankbar begleitete ich ihn. Ich hätte im Moment nicht gewusst, wohin mit mir.

Die Wohnung war klein, sauber und sehr gemütlich. Sie erinnerte mich sofort an das Dienstzimmer des ehemaligen Inspektors. Dort hatte ich mich gleich wohl gefühlt, ebenso wie hier. Es roch nach Epplers bevorzugtem Pfeifentabak und nach Büchern. Tatsächlich war die kleine Wohnung an jeder Ecke mit Regalen vollgestellt. Ein gemütlicher Ledersessel stand da, und ich stellte mir vor, wie der große Mann darin saß und seiner offensichtlichen Lieblingsbeschäftigung nachging. Nachdem ich zu Hause angerufen und Kurt beruhigt hatte, streifte ich an den Regalen entlang. Deutsche Klassiker fanden sich dort ebenso wie Gedichtbände von Baudelaire, wissenschaftliche Werke über medizinische Themen standen neben historischen Wälzern.

»Ich lese alles.« Eppler kam mit einem kleinen Tablett ins Zimmer und stellte es auf einen Beistelltisch.

»Und am liebsten?«

»Heinrich Heine. ›Wenn einst, was Gott verhüte, in der ganzen Welt die Freiheit verschwunden ist, so wird ein deutscher Träumer sie in seinen Träumen wieder entdecken.‹«

Ich schwieg. In dem Moment, als er Heinrich Heine, den großen deutschen Freiheitsdichter, zitiert hatte, war uns beiden wohl, als sei ein eisiger Hauch durchs Zimmer gefahren, der daran gemahnte, dass es nicht gut stand um die Freiheit in diesen Tagen.

Zwanzig Jahre hatte mich Reinhard Eppler freundlich, aber distanziert behandelt. Er hatte es nicht vergessen, dass ich mit meinem anonymen Brief die Verhaftung Newjatevs ausgelöst hatte. Zwanzig Jahre lang hatte ich mich im Recht gewähnt. Nun saßen wir hier beisammen, weil im Angesicht der Greueltaten eine vor zwei Jahrzehnten begangene Dummheit bedeutungslos schien.

»Mich wundert nicht, dass Danzer ein Nazi ist«, begann ich, den Faden wieder aufzunehmen. »Er hat mich damals für meinen Mut gelobt. Mein anonymer Brief, wegen dem Sie mich verachtet haben, hat seinen Applaus gefunden. Es war mir unangenehm, dass er mir beigepflichtet hat.«

»Weil Newjatev Jude und weil er Künstler war. Die falsche Art von Künstler in Danzers Augen.«

Die moderne Kunst, einstmals in aller Welt gefeiert, galt in den letzten Jahren als verfemt. Moderne Malerei, gleich welcher Stilrichtung, war nicht mehr gerne gesehen, wurde aus Museen verbannt und ihre Schöpfer als verwirrte Geister hingestellt.

»Dass Newjatev Jude ist, hat keine Rolle gespielt«, beharrte ich. »Ich mache mich diesbezüglich nicht gemein mit den Nazis.«

Eppler ließ seinen Blick auf mir ruhen. Ernst. Nachdenklich. »Und jetzt? Tut es Ihnen leid?«

Ich verstand nicht. »Warum sollte es?«

»Weil er unschuldig ist!« Eppler war erstaunt. »Er war es nicht.«

»War was nicht?«

»Er hat Rosa Berwanger nicht getötet!«

Ich konnte ihn nur ansehen, unfähig, zu reagieren. Meinte er den Freispruch? Aber der war damals schon eine Farce für mich gewesen. Darüber hatte ich immer wieder mit Kurt debattiert, der den Freispruch mit Zähnen und Klauen verteidigt hatte.

»Die Bestie aus der Au.« Eppler versuchte offenbar, mir auf die Sprünge zu helfen. Die Bestie aus der Au war ein kürzlich gefasster Frauenmörder. Es konnten ihm allein sieben Morde nachgewiesen werden, doch offenbar war er für einige weitere verantwortlich. Er hatte über viele Jahre hinweg Frauen und Mädchen vergewaltigt und anschließend getötet. Nach außen war er ein unbescholtener Ehemann und Vater gewesen.

»Nach dem derzeitigen Stand der Ermittlungen war sie seine Erste. Rosa Berwanger. Das erste Opfer. Er war damals so alt wie sie, siebzehn.«

Stumm schüttelte ich den Kopf. Das konnte nicht sein. Das durfte nicht sein! Newjatev konnte nicht unschuldig sein!

»Warum weiß man das nicht?«

Eppler rührte bedächtig in seinem Tee. »Diese Art Verbrechen wird von den Nazis gerne unterschlagen – dass es so etwas gibt unter den guten Deutschen. Ein deutscher Ehemann und Vater, ein Arier, Herrenrasse, der tut so etwas nicht. Deshalb hält Danzer auch die Arbeit daran unter Verschluss. Außerdem laufen die Ermittlungen noch immer.« Er schwieg. Ich war wie gelähmt. »Es kommt ständig mehr ans Licht. Die Bestie von der Au … der Name trifft leider vollständig zu.«

»Ist es bewiesen?«

Nun sah mich der Inspektor a.D. direkt an. »Ja. Er hat den Mord an Rosa Berwanger gestanden. Schon sehr früh. Er hat den Ablauf der Nacht genau geschildert. Es passt alles.«

Steif erhob ich mich. »Ich muss nach Hause.«

»Ich lasse Sie nicht alleine gehen. Nicht so.«

Aber es gelang mir, Eppler davon zu überzeugen, dass ich durchaus in der Lage war, mich alleine nach Schwabing durchzuschlagen.

Wie in Trance ging ich nach Hause, in Gedanken versunken, nahm ich kaum Notiz von meiner Umgebung. Bog bald hier ab, bald da. Die großen Straßen mied ich, wie ein Hase lief ich Haken schlagend durch die kleinen Gassen und Passagen. In der Amalienstraße machte ich in meinem Irrlauf kurz halt, dort, wo ehemals das Stefanie gewesen war. Dieses Künstlercafé gab es schon lange nicht mehr. Den magischen Ort, an dem alles begonnen hatte.

Vor dem Haus blieb ich stehen, blendete allen schrecklichen Trubel um mich herum aus und schloss die Augen. Ich konnte die beiden vor mir sehen, als wäre es gestern gewesen. Ihr goldenes Haar, seine schwarze Augen, ihren ersten Blickwechsel. Sie waren füreinander bestimmt gewesen, Rosa und Rudolf. Ihre Liebe. Für immer festgehalten in einem Bild. *Mon amour.*

Jetzt, mit dem schrecklichen Wissen, dass ich alles falsch gemacht, dass ich den jungen Mann mit meinem Fanatismus ins Verderben gestürzt hatte, sah ich es glasklar. Niemals hätte ich verhindern können, dass Rosa etwas zustoßen würde, was hatte ich eigentlich geglaubt? Mir angemaßt? Dass ich, ein neunzehn Jahre altes dummes Huhn, sie auf den Pfad der Tugend führen könnte? Rosa hatte auf einem Seil über dem Abgrund getanzt, und das hatte sie sehr bewusst getan. Ganz gleich was ich gesagt oder unternommen hätte – ich hätte nicht verhindern können, dass sie ihrem Schicksal begegnete. Der »Bestie aus der Au«, damals ein Junge noch.

Warum hatte ich Rudolf Newjatev mit meinem Hass verfolgt? Warum nicht das gerechte Urteil des Gerichts akzeptiert? Stattdessen hatte ich ihm den Tod gewünscht. Bekommen hatte er, hatte ich, Schlimmeres als das.

Lebenslanges Leid.

Während ich weiterlief, dachte ich an die Zeit nach dem Krieg zurück. Wie sie nach Hause gekommen waren, unsere Männer. Nicht nach wenigen Wochen, nicht als Sieger und schon gar nicht ruhmreich.

Vier Jahre hatte der Krieg gedauert. Schreckliche, einsame Jahre voller Todesgefahr, Verletzungen, Angst und Hunger.

Blickte ich zurück, so schien es mir, als sei der Moment, als ich am Fenster der elterlichen Wohnung gestanden und meinem Mann zugewinkt hatte, als er in den Krieg zog, der letzte hoffnungsfrohe meines Lebens gewesen. Ich hatte unseren neugeborenen Sohn Julius auf dem Arm, und mein Mann war ein Held. In wenigen Wochen, so glaubte ich damals, wäre er zurück, und ich freute mich auf das kommende Familienglück. Wie naiv war ich, waren wir alle gewesen! Seit mehr als dreißig Jahren hatte unser Land keinen Krieg mehr erlebt, sonst hätten wir gewusst, welches Leid und welche Greuel auf uns alle warteten. Stattdessen winkten wir unbekümmert den Soldaten zu und schmückten ihre Gewehre mit Blumen.

Wir waren zu siebt in der Feilitzschstraße zurückgeblieben: Magdalena, unsere Köchin. Ludmilla, die Kinderfrau, mit ihrer kleinen Tochter. Dazu meine Mutter mit Oda und ich mit dem neugeborenen Julius, dem einzigen männlichen Wesen. Sogar mein Bruder verließ uns, sobald er den achtzehnten Geburtstag erreicht hatte. Er zog in den Krieg wie die anderen Männer vor ihm: voller Emphase und Begeisterung. Er war auch der Erste, der zu uns zurückkam. Verwundet und traumatisiert. An die Westfront war er gekommen. Die frischen Soldaten hatten sie als Kanonenfutter ganz nach vorne gestellt. Paul hatte bei der Herbstschlacht in der Champagne 1915 einen Unterarm verloren und kehrte nach mehreren Lazarettaufenthalten heim.

Seit diesem Tag betete meine Mutter, die nie gläubig gewesen war, wieder und wieder darum, dass ihr Mann unversehrt nach Hause käme. Mein fröhlicher Bruder, unser Familienkasper, sprach kaum ein Wort mit uns Frauen. Er lag stumm im Bett und starrte aus dem Fenster. In dieser Zeit kamen sowohl von Kurt als auch von meinem Vater noch aufmunternde Feldpostkarten. Wir erfuhren so gut wie nichts über das Elend an der Front, stets hieß es nur »Es grüßt euch liebend aus dem Schützengraben …«.

Im Jahr darauf, drei Jahre nach meiner Hochzeit, zwei Jahre nach Kriegsbeginn, im August 1916, erreichte uns die Nachricht vom Tod meines Vaters. Er war in der Schlacht an der Somme gefallen – wir hatten ihn nur zwei Mal kurz gesehen, als er auf Fronturlaub war.

Der Splitter einer Granate hatte ihn getroffen, als er Verwundete im Feld behandelt hatte. Der Splitter hatte sich durch sein Herz gebohrt, sein Herz! Ein Bild, das mich nie mehr loslassen würde. Ich hatte meinen Vater angebetet. Er war klug, er war gütig, und er war voller Liebe gewesen. Zu uns Kindern und vor allem zu seiner Frau, meiner Mutter. Diese hatte sein Tod den Verstand gekostet.

Zu Hause hingegen beschäftigte uns der Hunger. Wir Frauen hatten viele hungrige Mäuler zu stopfen. Ludmilla und ich arbeiteten in der Fabrik von Krauss-Maffei, während Magdalena ihre Kontakte nutzte und Tag für Tag zu langen Fahrten aufs Land aufbrach, um Bettelzüge zu unternehmen. Trotzdem gab es nur Rüben und Brotsuppe.

Meine Mutter, die bereits erste Anzeichen von Umnachtung zeigte, blieb mit dem Versehrten und den kleinen Kindern im Haus. Schon damals schien es mir, als würde meine Schwester Oda die Verantwortung übernehmen. Sie war sechs Jahre alt, als ich hörte, dass sie zu Hause die Betten richtete und den Kleinkindern die Windeln wechselte. Der Geist meiner Mutter verdunkelte sich zunehmend, sie, die immer patent und beherzt gewesen war, zog sich nun gänzlich von allem zurück. Sie redete mit sich selbst, sang und malte – Kinderkritzeleien, von ihrem einstigen Talent war nichts geblieben – und erkannte uns nicht mehr.

Ich arbeitete wie eine Maschine. Tagsüber in der Fabrik, daneben hielt ich den Kontakt zu meiner Zeitung und Martin Anlauf. Manchmal übernahm ich Schreibarbeiten, die ich nachts zu Hause erledigte. Oder ich ging nach der Arbeit in der Fabrik noch in die Redaktion. Sogar kleine Artikel verfasste ich. Julius, meinen Sohn, sah ich kaum. Nachts kuschelte sich der Kleine an mich, und diese wenigen Stunden voll Nähe und Zärtlichkeit gaben mir die Kraft, die schlimmen Zeiten durchzustehen.

Außerdem schrieb ich Kurt beinahe täglich einen Brief. Und alle paar Wochen bekam ich einen von ihm zurück. Einmal im Jahr kam er auf Fronturlaub, viel zu kurz. Im Frühjahr 1917 schließlich kehrte er ganz zurück. Ohne Ankündigung. Es klingelte spätabends an der Tür, Magdalena öffnete. Wir hörten ihren Schrei, und ich stürzte durch den langen Flur zu ihr. Draußen im Flur stand ein Gespenst. Er war dürr, er war bleich, er musste sich auf eine Krücke stützen, aber es war mein Mann. Und er lächelte!

Kurt hatte die Ostfront mit einem Beinschuss überlebt. Zeit seines Lebens zog er das rechte Bein etwas nach, aber was war das gegen die Tatsache, dass er bei uns war?

Bis zum Kriegsende blieben wir alle gemeinsam in der Feilitzschstraße. Ludmilla verließ uns und gründete mit ihrem Mann einen eigenen Hausstand. Paul erholte sich zum Kriegsende immerhin so weit, dass er dank einer Prothese einer Hilfstätigkeit als Gärtner nachgehen konnte. Er arbeitete im Englischen Garten und war damit zufrieden. Mir brach es das Herz, vor dem Krieg war er ein kluger und gewitzter Junge gewesen, der es mit einem Studium weit hätte bringen können. Aber er war durch die Kriegserlebnisse trübsinnig geworden, nur die Arbeit in der Natur machte ihm Freude. Er blieb mit Oda und meiner verrückten Mutter zusammen. Keines meiner Geschwister fand je einen Partner. Eine bedrückende Situation, die verwirrte Mutter, mein völlig wesensveränderter Bruder und Oda, die sich für die beiden aufopferte. Ich war immer deprimiert, wenn ich die drei besuchte. Was war aus meiner heiteren und hoffnungsfrohen Familie geworden? Der Witz, die Liebe, alles Beschwingte und Glückliche war verflogen. Zurück blieb Düsternis.

Ja, ich hatte Rudolf Newjatev den Tod gewünscht, aber was ich dafür bekommen hatte, war ein Fluch, der über dem Leben meiner Familie lag.

Während ich mich an diesem 10. März 1933 durch die Straßen schlug, dachte ich daran, dass ich die Schuld gegenüber Newjatev niemals würde abtragen können.

Am Ende der Türkenstraße wurde ich erneut Zeuge einer verzweifelten Szene. SA-Männer hatten einen alten Mann auf die Straße gezerrt und zwangen ihn, ihre Stiefel zu küssen. Sie schubsten ihn auf dem Boden zwischen sich herum und traten nach ihm. Sie waren zu sechst und bildeten einen engen Kreis um den Mann. Seine Familie stand aufgelöst in der Tür des Geschäftes, das ich sehr gut kannte. Es war das Kurzwarengeschäft Simon Frieds. Wie oft war ich hier schon ein und aus gegangen! Zwei Passanten, junge Männer, fassten sich ein Herz und versuchten, die SA-Männer dazu zu bewegen, endlich innezuhalten und den alten Mann gehen zu lassen. Aber die Braunhemden antworteten mit ihren Knüppeln. Tränenblind stand ich abseits und begriff.

Im Grunde genommen unterschied ich mich nicht von diesem braunen Pack. Die Gefolgsleute Hitlers unterjochten alle, die ihnen nicht genehm waren. Kommunisten, Juden, Homosexuelle. Künstler, die nicht so malten oder komponierten, wie es ihnen gefiel. Ausländer. Zigeuner. Sie nahmen sich selbst als das Maß aller Dinge und zerstörten, was nicht war wie sie.

Nichts anderes hatte ich getan. Mir hatte es gefallen, Rosa unter meine Fittiche zu nehmen, ihr die Welt zu zeigen, so wie ich sie sah. Als sie sich von mir ab- und Rudolf zugewandt hatte, sah ich nur das Schlechte in ihrer Liebe. Den jungen Künstler empfand ich als gefährlichen Verführer und sie als unmündiges Wesen, das sich nicht zu wehren vermochte.

Aber das war allein mein Blick auf die Liebe des Paares gewesen. Ein eifersüchtiger Blick.

Als die Tragödie ihren Lauf genommen hatte, hatte ich versucht, Schicksal zu spielen. Und wie es aussah, hatte ich das geschafft.

Zwar war Rudolf damals freigesprochen worden, aber soviel ich wusste, war sein Leben mit dem Tod seiner Muse ohne Sinn und Freude gewesen. Ludmilla hatte gesagt, er sei in den Krieg gezogen, um den Tod zu suchen. Das war ihm nicht gelungen, er hatte den Krieg überlebt.

Wie oft hatte ich mir gewünscht, dass er an meines Vaters Stelle gefallen wäre. Dabei war er nur ein Schatten, der aus dem Krieg heimgekehrt war. Rudolf Newjatev, dieser große und schöne Mann, saß im Rollstuhl. Er war ein Krüppel, man hatte ihm beide Beine bis zu den Knien amputiert. Er lebte bei seiner Familie, ohne einem Beruf nachzugehen, sein Vater war ja vermögend.

Von Ludmilla wusste ich, dass er nie wieder gemalt oder gezeichnet hatte. Mit Rosas Tod war seine künstlerische Kraft erloschen.

Nun stand ich hier, sah den armen Simon Fried auf dem Boden rutschend, gedemütigt und gemartert. Ich wünschte, ich wäre an seiner Stelle, denn ich hatte es verdient.

Pasing,
15. September 1934

Kurts Hände zitterten, als ich ihm die Schüssel mit den Frikadellen reichte. Er bedankte sich und lächelte mich an. Mir blutete das Herz, doch ich erwiderte sein Lächeln. Dies sollte ein Tag der Freude werden, wir alle gaben uns größte Mühe, unbeschwert zu sein, aber es gelang nur schwerlich bis gar nicht.

Es war der Tag von Julius' Hochzeit mit Regine. Die Trauung war bereits vorüber, die beiden hatten sich auf dem Standesamt in Pasing das Jawort gegeben. Sie hatten hier seit wenigen Wochen eine kleine Wohnung an der Alten Allee gemietet. Da es sowohl Regines Familie als auch Kurt und mir finanziell nicht möglich war, eine große Feier auszurichten, waren wir auf die Idee mit dem Picknick gekommen. Regine kannte eine idyllische Stelle in der Nähe des kleinen Flüsschens Würm, wo einige Bänke standen. Wir legten Decken aus, Julius hatte mit Freunden Klapptische organisiert, die Getränke lagerten im Wasser, und auf zwei langen Bierbänken stand das Buffet.

Tagelang hatte ich in der Küche gestanden und Oda geholfen, Gerichte zuzubereiten, von denen ich keine Ahnung hatte. Ich war keine gute Hausfrau. Kurt ging lieber mit mir essen, als meine schlechte Hausmannskost hinunterwürgen zu müssen. Bratkartoffeln, Pellkartoffeln, Salzkartoffeln. Rührei, Spiegelei, Ei im Glas. Mehr hatte ich nicht zu bieten. Zu Hause hatte Magdalena uns bekocht, von wem hätte ich diese Fertigkeiten lernen sollen? Magdalena selbst war nicht mehr unter uns, sie war vor einiger Zeit im Alter von 78 Jahren friedlich eingeschlafen.

Natürlich hatten wir Hauswirtschaft in der Schule gehabt, aber mein Interesse für dieses Fach war gering gewesen. Meine Freundin Elli hatte mir stets unter die Arme gegriffen.

Ach, Elli … Meine schöne und lebenslustige Freundin war kurz nach dem Krieg an einer Lungenentzündung gestorben. Zuletzt war sie ein Schatten ihrer selbst gewesen, und es hatte mir das Herz gebrochen, meine immer heitere, propere Freundin so elend sterben zu sehen. Elli war mir in den Kriegsjahren noch enger ans Herz gewachsen, wir hatten uns immer unterstützt und einige Krisen zusammen gemeistert. Die Gespräche mit ihr, die tiefschürfenden, aber auch die oberflächlichen, heiteren, fehlten mir unendlich. Elli war einer der vielen unbegreiflichen Verluste der letzten Jahre.

Außer Oda kannte ich also niemanden mehr, der mir das Kochen hätte beibringen können – wenn ich denn gewollt hätte. Meine kleine Schwester allerdings war eine Meisterin der Kochkunst. Sie hatte unserer Köchin immer über die Schulter geschaut, und als diese nicht mehr war, hatte sie stillschweigend deren Arbeit übernommen. Mutter und Paul waren finanziell nicht so gut gestellt, dass sie sich eine neue Magdalena oder gar eine Haushaltshilfe hätten leisten können, das Vermögen meines Vaters reichte gerade so weit, dass sie ihren bescheidenen Lebensunterhalt finanzieren konnten, ohne arbeiten gehen zu müssen. Also übernahm Oda klaglos alle Arbeiten, die im Haushalt anfielen. Als ich ihr sagte, dass Julius seine

Hochzeit mit einem Picknick feiern würde, hatte sie begeistert in die Hände geklatscht und mir ihre Hilfe angeboten.

Tatsächlich war nicht mal ich ihr eine Hilfe, ich war ein besserer Handlanger und sah staunend zu, wie Oda kleine Köstlichkeiten zubereitete. Pasteten, winzige süße und salzige Küchlein, Blätterteiggebäck mit verschiedenen Füllungen, Geflügelsalat, Kartoffelsalat, Obstschiffchen, und schließlich zauberte sie sogar eine dreistöckige Hochzeitstorte.

Wie sehr wünschte ich, dass ich mich darüber hätte freuen und ihr diese Freude auch zeigen können. Stattdessen ging ich ihr wortlos zur Hand.

Zwei Wochen vor dem Hochzeitstermin war Kurt aus Dachau zurückgekehrt. Ganze zwei Monate hatten sie ihn dort festgehalten. Zusammen mit anderen Genossen, die sie, ebenso wie Kurt, während einer SPD-Versammlung verhaftet hatten. Ich hatte damals, Anfang Juli, die ganze Nacht wach gelegen und auf ihn gewartet. Als er nicht kam, wusste ich sofort, was geschehen war. Menschen verschwanden seit Hitlers Machtergreifung. Mit meinen Kollegen von der *Münchener Post* hatte es damals auch in meinem Umkreis angefangen, nun also hatte es Kurt erwischt. Wir hatten damit gerechnet. Jedes Mal, wenn es klingelte oder klopfte, waren wir zusammengezuckt. Sahen uns ängstlich um, wenn wir hinter uns eilige Schritte hörten. Kurt durfte nicht mehr arbeiten, also hatte er gemeinsam mit betroffenen Kollegen einen Arbeitskreis gegründet, in dem sie Menschen, die Rechtsbeistand suchten, gegen geringes Entgelt juristische Ratschläge gaben. Verließ er das Haus, zählte ich die Minuten bis zu seiner

Rückkehr. Wir hatten genau vereinbart, wen ich alles benachrichtigen musste, wenn er verschwand.

Als es dann tatsächlich so weit war, reagierte ich mechanisch. Ich rief als Erstes Kurts Anwalt an, einen engen Freund, dem Regime unverdächtig. Er begleitete mich zur nächsten Polizeiwache. Fünf Stunden ließen sie uns auf dem Gang sitzen, bis man mir schlecht gelaunt die Auskunft erteilte, dass mein Mann wegen kommunistischer Umtriebe nach Dachau in das neue Lager gebracht worden war. Dachau. Viel hatten wir darüber gehört. Im März war es geöffnet worden, eine ehemalige Munitionsfabrik, und seitdem rissen die Schreckensmeldungen im Zusammenhang mit den üblen Haftbedingungen dort nicht ab.

Als Kurt schließlich am 1. September zurückkam, konnte jeder ihm ansehen, dass er Grauenvolles durchgemacht hatte. SS-Leute prügelten die Inhaftierten bis zur Bewusstlosigkeit. Essens- und Schlafentzug waren an der Tagesordnung. Aber wer mit dem Leben davonkam, hatte es gut getroffen. Kurt erzählte mir Nacht für Nacht, was er erduldet hatte, und ich wusste, dass ich die Bilder nie mehr loswerden würde. Damals wusste ich noch nicht, dass dies nur der Anfang war.

Kaum war sein Vater wieder zu Hause, verkündete Julius den Termin für die Hochzeit mit Regine. Er musste es nicht aussprechen, Kurt und ich wussten beide, warum sich unser Sohn so überstürzt trauen lassen wollte: Wer wusste schon, wann Kurt das nächste Mal inhaftiert werden würde …

Nun saßen wir an diesem strahlend schönen Spätsommertag am Fluss, feierten unseren Sohn und seine Braut, ließen es uns so gut wie eben möglich gehen. Kurt nahm meine Hand, ich lehnte mich an seine Schulter und legte den Kopf darauf.

»Carpe diem.« Kurt strich mir sanft die Haare aus der Stirn. »Diesen Moment kann uns keiner nehmen, Gerte.« Das war sein Kosename für mich. Er bezog sich darauf, dass ich schnell mit meinem Mundwerk war und es wie eine Waffe einsetzte. Am Anfang unserer Beziehung hatte ich es beleidigend gefunden, mittlerweile verstand ich es so, wie er es meinte: als Auszeichnung. Aber jetzt blieb mir jedes Wort im Halse stecken. Die Trauer, die sich seit so langem in meinem Herzen ausbreitete, war in den hintersten Winkel meines Wesens gekrochen. Ich hatte verlernt, was Freude war. Wie Hoffnung ging. Was Glück bedeutete.

Allein die Angst kannte ich. Ich ließ den Blick über die Hochzeitsgesellschaft schweifen und überlegte bei jedem der Gäste, was die Zukunft wohl für ihn bereithielt.

Die Eltern von Regine: einfaches, ja stupides Volk. Der Vater trug eine Armbinde mit Hakenkreuz und grüßte uns stumpf mit »Heil Hitler«. Er war ein Mitläufer, einer, der nicht mitdachte, aber umso lieber mitmachte. Er und seine Frau würden ihren Platz finden in dieser neuen Weltordnung, und ich betete zu einem Gott, an den ich nicht glaubte, dass sich seine Mitgliedschaft in der NSDAP schützend für das Brautpaar auswirken möge.

Regine und Julius: zwei hoffnungsfrohe Menschen, die versuchten, sich durchzulavieren. Regine war unbedarft, ihre Sehnsucht galt Familie und Kindern. Sie wollte um jeden Preis einen Hausstand gründen, der es ihr erlaubte, ihr Dasein als Schuhverkäuferin aufzugeben. Sie war auf eine einfache Art sehr hübsch. Sie liebte Julius abgöttisch und würde ihm nie Steine in den Weg legen oder gar ihn kritisieren. Ich vermutete, dass sie, wenn Julius sein Gefühl für Gerechtigkeit zügeln konnte, irgendwie unauffällig und somit unbehelligt bleiben konnten. Ihre Freundesclique war ebenso wie sie, unpolitisch, gut gelaunt und mit Blindheit gegenüber den Vorgängen um sie herum geschlagen. Sie sprachen über Sport, Filme und Musik. Renate Müller, Willy Fritsch, Zarah Leander und Hans Albers, das waren die Helden ihrer einfältigen Jugend.

Aus Kurts Familie war lediglich sein Bruder anwesend, Siggi. Ein hässlicher Frosch mit einem Händedruck wie ein feuchter Waschlappen. Ich mochte ihn nicht, aber ich konnte auch nichts gegen ihn vorbringen, es war nur so ein Gefühl. »Gerte!«, sagte Kurt stets tadelnd zu mir, wenn ich über Siggi herzog. Tatsächlich bemühte sich Siggi sehr um meine Sympathie. Er hatte selbst weder Frau noch Kinder, und ich fragte mich immer noch, ob er nicht vom anderen Ufer war. Denn obwohl er sich stets bemühte, Frauen charmant zu umgarnen, hatte ich noch nie eine Frau an seiner Seite gesehen. Allerdings auch keinen Mann …

Siegfried Schuster unterstützte uns, wo er konnte, diese Feier beispielsweise wäre ohne seine Hilfe nicht möglich gewesen. Er hatte großzügig Geld gespendet und außerdem viele Köstlichkeiten, die Oda unbedingt für das Buffet brauchte, organisiert. Er hatte gute Kontakte – zu allen und in jeder Beziehung. Auch die Wohnung in der Mandlstraße hatte er nach dem Krieg für Kurt, Julius und mich gefunden. Anzüge, Autos, Lebensmittel, Tabak, Arbeit – alles, was gesucht und teuer war, konnte Siggi beschaffen.

Natürlich war er zumindest ein Mitläufer, wenn nicht mehr. Kurt gab es ungern zu, aber die Karriere seines Bruders sprach Bände. Er hatte ein Geschichtsstudium absolviert, soviel ich wusste. Während des Krieges hatte er sich im Ausland aufgehalten, und wenige Jahre nach seiner Rückkehr wurde er Museumsdirektor. Zwei Jahre später war es auch damit vorbei, und Siggi führte einen Kunsthandel nahe der Oper. Auch den gab er irgendwann auf, und welcher Tätigkeit er derzeit nachging, konnte ich nicht sagen, denn er sprach nicht explizit darüber. Im Kunstgeschäft war er allerdings geblieben. Nun sollte man meinen, dass mit dem häufigen Wechsel von Stellungen und Geschäften ein wirtschaftlicher Niedergang verbunden sei, jedoch nicht so bei Siggi. Während Deutschland darbte, lebte mein Schwager wie die Made im Speck. Er hatte Geld, Besitz und Ansehen. In den höchsten Regierungskreisen verkehrte er, obwohl er parteilos war. Offen machte er sich mit den Nazis nicht gemein, aber er lebte gut in ihrem Windschatten. Für mich war er eine Kanalratte, aber Kurt nahm seinen Bruder ständig in Schutz. Mittlerweile vermied ich es, ausfallend gegen Siggi zu werden, denn unsere Familie profitierte nicht unerheblich von seiner großzügigen Unterstützung.

Im Moment schäkerte der unansehnliche Mensch mit meiner süßen Oda. Ich sah es nicht gern, dass er ihr schöne Augen machte, aber Oda, die nicht häufig unter Leute kam, genoss seine Aufmerksamkeit.

Meine kleine Schwester war erst dreiundzwanzig, wirkte jedoch deutlich älter. Sie war ein schönes Kind, aber erst auf den zweiten Blick. Nichts Weltgewandtes, nichts Schickes oder gar Mondänes war an ihr, weil sie nichts auf

Äußerlichkeiten gab. Ihr Leben hatte sie der Betreuung von Mutter und Bruder gewidmet, und so war aus der jungen Frau eine graue Maus geworden.

Meine Mutter, eine verblühte Schönheit, saß neben Siggi und Oda und sang verträumt vor sich hin. Sie wirkte wie aus der Zeit gefallen. Wir hatten uns alle Mühe gegeben, sie für den heutigen Tag zurechtzumachen, aber der seidene Mantel, den sie trug, stammte ebenso wie das bestickte Kleid aus der Zeit vor dem Krieg. Die Haare, die Oda heute früh mühevoll frisiert hatte, waren zerzaust, weil Mama sich ständig mit beiden Händen darin herumfuhr. Sie glich einer leidlich attraktiven Vogelscheuche.

Als die Schusters, Kurt und Siggi, vor dem Krieg in unser Leben getreten waren, war meine Mutter Feuer und Flamme für meinen Schwager gewesen. Das lag natürlich an ihrer Kunstbegeisterung. Die beiden teilten die Leidenschaft für moderne Kunstströmungen, für die Fauvisten, den Expressionismus, die Künstler des Blauen Reiter. Gemeinsam besuchten sie Ausstellungen, Künstlertreffen und diskutierten mit befreundeten Malern nächtelang in unserem Salon. Auch der Name Rudolf Newjatev fiel damals oft, und die Malergemeinde betrauerte, dass sein hoffnungsvolles Schaffen nur von kurzer Dauer gewesen war.

Heute war all das vergessen. Ich bezweifelte, dass meine Mutter überhaupt noch wusste, dass sie einst in diesen Kreisen verkehrt hatte. Siggi hatte sich noch lange bemüht, mit ihr zu fachsimpeln, auch das musste ich ihm wohl oder übel hoch anrechnen, aber seit einigen Jahren hatte selbst er es aufgegeben.

Mein Bruder Paul stand mit gesenktem Kopf und hochgezogenen Schultern am Buffet und schaufelte Essen in sich hinein. Einst war er ein dürrer Hering gewesen, aber durch die körperliche Arbeit als Gärtner war er muskulös geworden, seine Jacke spannte am Rücken. Mich überkam ein zärtliches Gefühl, wenn ich den Nacken meines kleinen Bruders betrachtete, ich dachte daran, wie eng wir früher miteinander gewesen waren. Kurt, der sich neben mir auf der Decke lang ausgestreckt und die Augen geschlossen hatte, gab ich einen zarten Kuss und ging hinüber zu Paul.

»Zigarette?«

Paul nickte mit vollem Mund und sah mich kurz an. Er war siebenunddreißig, drei Jahre jünger als ich. Sein Gesicht wirkte wie das eines Jungen, aber er hatte die Augen eines Greises.

Wir stellten uns etwas abseits und rauchten erst stumm. Paul sprach nicht gern, und ich respektierte das. Schließlich fragte ich ihn, was er dem Brautpaar geschenkt hatte, und Paul wies auf ein Vogelhäuschen. Es war vielmehr eine Vogelvilla aus hübschem weißgesprenkeltem Birkenholz mit Schieferdach. Er hatte es selbst gebaut. Ich lobte seine Geschicklichkeit, die er trotz der Prothese an den Tag legte, und dann betrachteten wir gemeinsam den Gabentisch. Die meisten Freunde hatten etwas zum ersten gemeinsamen Hausstand des Paares beigesteuert. Geschirr, bestickte Tischdecken, sogar ein Kristallaschenbecher mit dem schiefen Turm von Pisa war darunter. Schließlich wies mich Paul auf ein Bild hin. Eine Miniatur in einem Goldrahmen. Es war die zarte Rötelzeichnung eines eng umschlungenen Paares, eine Skizze vielmehr. Das ohne Zweifel geschmackvolle Präsent von Siggi. Niemand sonst würde ein Kunstwerk schenken und ein so ausgesuchtes obendrein. Ein weiterer Pluspunkt für meinen Schwager, fast ärgerte ich mich darüber. Doch je länger ich das Werk betrachtete, desto deutlicher formte sich in meinem Kopf eine Idee.

Überrascht dreht sich Siegfried zu mir um. »Anneli. Wie schön …«

»Du hast das Bild geschenkt?« Jetzt, wo ich genau wusste, was ich von ihm wollte, hatte ich keine Nerven für Plauderei.

Siggi nickte und setzte zu einem Vortrag über den Künstler, einen Meister aus dem 19. Jahrhundert an, aber erneut unterbrach ich ihn.

»Du kennst doch Rudolf Newjatev?«

Seltsam, wie mein Schwager sich instinktiv umsah, als würde uns jemand belauschen, und sich dann nervös die Lippen leckte. »Natürlich. Aber das ist Vergangenheit.«

»Meine Vergangenheit.«

Er konnte nicht verstehen, wovon ich sprach. Außer mit Kurt hatte ich nie mit jemandem darüber geredet, was passiert war. Niemand wusste, wie schuldig ich mich fühlte, seit ich von Eppler erfahren hatte, dass Newjatev nicht der Mörder Rosas war. Im vergangenen halben Jahr hatte ich ständig darüber nachgedacht, was ich tun konnte, um meine Schuld wenigstens ein Stück weit abzutragen. Sah ich Newjatev, wie er sich auf seinem Rollstuhl mühsam durch die Straßen bewegte, wäre ich am liebsten hingelaufen und vor ihm auf die Knie gefallen. Aber erstens wusste er nicht, dass ich an seiner Verhaftung schuld gewesen war, und zweitens hätte es nichts an seinem traurigen Dasein geändert.

Auch begegnete ich von Zeit zu Zeit seiner Mutter oder einer der Schwestern beim Einkaufen auf dem Markt. Traurig war es anzuschauen, dass die einstmals so wohlhabenden und angesehenen Menschen nun wie gehetzte Bittsteller auftreten mussten. Juden hatten es schwerer denn je, sie wurden verspottet, verfolgt, misshandelt, grundlos verhaftet. Die Newjatevs hatten nicht nur große Teile ihres Vermögens, sondern gleichzeitig Einfluss und Freunde verloren. Dass ausgerechnet ich, die als höchstes Gut Gerechtigkeit schätzte, diese Familie mit meinem Hass verfolgt und Rudolf grundlos beschuldigt hatte, war mir angesichts der Repressalien, die unsere jüdischen Mitbürger zu erleiden hatten, unerträglich.

Jetzt glaubte ich aber, einen Weg gefunden zu haben, wie ich der Familie Newjatev unter die Arme greifen konnte.

»Aber Newjatev ist doch ein angesehener Künstler gewesen, oder nicht?«

»Angesehen und begabt. Aber diese Zeiten sind vorbei, Anneli. Du weißt, wie es im Moment um moderne Kunst steht.«

Ja, das wusste ich. Verfemt und aus der Öffentlichkeit verbannt. »Aber deshalb ist er nicht weniger gut.«

»Das nicht.« Siggi musterte mich mit scheelem Blick. Er hatte noch nicht verstanden, worauf ich hinauswollte. »Aber diese Art von Kunst ist nichts mehr wert. Die Bilder müssen verschwinden, unserer Regierung wäre es am liebsten, es gäbe sie gar nicht.«

»Deshalb möchte ich, dass du Newjatev kaufst.«

Er zog seine hellen Augenbrauen hoch, die glasigen Augen stierten mich an. »Warum?«

»Du musst die Bilder retten. Die, die es noch gibt. Obendrein können die Newjatevs bestimmt Kapital gebrauchen.« Ich spürte, wie skeptisch er war. Deshalb überwand ich mich, etwas zu tun, was ich unter anderen Umständen nie getan hätte: Ich flehte ihn an. »Frag nicht. Tu es, Siggi. Tu's für mich.«

München-Schwabing,
Mandlstraße, Anfang November 1937

Kurt setzte die Nadel behutsam auf die rotierende Schellackplatte. Es knirschte ein wenig, dann ertönte das 1. Klavierkonzert e-Moll von Chopin. Andächtig lauschten wir den ersten Tönen. Draußen dämmerte es, obwohl es erst kurz vor vier am Nachmittag war. Der Englische Garten lag verlassen da, sanfte Nebel zogen auf. Vereinzelte Spaziergänger huschten durch den dunklen Park.

Manchmal saß ich stundenlang am Fenster und sah hinaus. Beobachtete die Eichhörnchen, wie sie von Baum zu Baum sprangen. Krähen, die mit ihren schwarzen Mänteln wirkten wie eine Ansammlung von Pfaffen, die ihre Köpfe zusammensteckten. Manchmal wagte sich verstohlen ein Fuchs aus dem Gebüsch hervor. Der Englische Garten war zum Zufluchtsort geworden, wenn meine trüben Gedanken zu sehr Besitz von mir ergriffen.

»Wollt ihr euch nicht etwas Modernes zulegen?« Julius wies mit dem Kopf auf das Grammophon.

»Etwa einen Volksempfänger?« Kurt verzog angewidert den Mund. »Außerdem haben wir einen Radioapparat. Und warum sollten wir Geld, das wir nicht haben, für einen neuen Plattenspieler ausgeben? Die alte Kiste tut's doch noch«.

Mein Grammophon. Es war heutzutage fast schon eine Antiquität. Wie genau ich mich daran erinnern konnte, wie mein Vater mir damit das Einverständnis erkauft hatte, mein Zimmer für die kleine Oda und ihr Kindermädchen Ludmilla zu räumen. Wie gern dachte ich an diese Zeit zurück. Mein Vater, Paul und ihr Harem, wie sie es nannten. Zu siebt mit Mopsdame Rose hatten wir damals in der alten Wohnung gewohnt, es war immer fröhlich zugegangen und laut. Nun bewohnten Kurt und ich acht Räume, nur zu zweit. Still war mein Leben geworden und traurig.

In der Herzgegend zog es schmerzhaft. War ich sentimental geworden?

»Wie sieht es mit Arbeit aus?«, brachte ich ein neues Thema auf.

Julius und Regine warfen sich einen schnellen Blick zu. Sie waren zum sonntäglichen Kaffee bei uns, eine Angewohnheit, die zur Tradition geworden war. Manchmal kam Oda noch dazu oder sogar Paul. Es tröstete uns, bei Kaffee und Kuchen zusammenzusitzen und über alltägliche Sorgen, manchmal auch Freuden, zu reden. In diesen Zeiten mussten wir als Familie zusammenrücken. In den letzten Wochen waren die Sonntage allerdings eingetrübt. Julius fand keine Arbeit. Er war Ingenieur, fertig mit der Ausbildung, aber wo immer er sich bewarb, er bekam letztendlich keine Anstellung. Wir wussten, dass es weder an seiner Qualifikation noch an seinem Wesen lag. Aber wer linientreu war und eine Parteizugehörigkeit nachweisen konnte, hatte es leichter, eine Stelle zu finden, auch wenn er schlechter qualifiziert war.

»Ich arbeite auf dem Bau. Am Nordbad.« Er senkte den Kopf und nahm sich rasch ein Stück Kuchen. Er wollte nicht darüber sprechen. Ich öffnete den Mund, um meine Meinung darüber kundzutun, dass mein großartiger und über die Maßen begabter und fleißiger Sohn in dieser Gesellschaft keine Chance bekommen sollte, eine Familie zu ernähren, obgleich doch unser großmäuliger Reichskanzler Adolf Hitler den Mund voll genommen und Arbeit für alle versprochen hatte – aber ein scharfer Blick von Kurt ließ mich schweigen.

»Das ist doch gut«, sagte mein grandios diplomatischer Ehemann. »Du kommst unter Leute und verdienst ein bisschen was. Allemal besser, als die Hände in den Schoß zu legen.«

Regine sah Kurt dankbar an. »Vielleicht kann er ja auch sein Talent unter Beweis stellen.«

»Ja.« Kurt tätschelte liebevoll ihre Hand. »So ist es. Manchmal hat man Glück. Vielleicht erwächst daraus ja noch mehr.«

Meine beschränkte Schwiegertochter lächelte. Was für ein Schaf. Wenigstens konnte sie kochen und backen, um Julius' leibliches Wohl musste ich mir keine Sorgen machen, da hatte er es bei seinem Frauchen besser als bei mir. Heute hatte Regine einen köstlichen Nusskuchen mitgebracht. Ich fragte mich, wie sie ständig Eier und gute Butter kaufen konnte, denn diese Zutaten waren teuer, und die beiden hatten nur wenig Geld. Sogar Vanille meinte ich herauszuschmecken. Vermutlich war ihr Nazivater gut darin, Lebensmittel zu »organisieren«. Ich fragte nicht nach. Über Regines Familie sprachen wir selten, und ich vermutete, dass es sich umgekehrt ebenso verhielt. Eine Zeitlang aßen wir stumm, rührten in unseren Kaffeetassen und lauschten dem Klavierkonzert. Im Geiste kramte ich nach möglichen Gesprächsthemen, aber alles war gleichermaßen unerfreulich. Julius erkundigte sich bei Kurt nach dessen Tätigkeiten, aber auch das war vermintes Terrain. Mein Mann gab noch immer juristischen Rat, aber er tat es nach wie vor im Geheimen. Manchmal schrieb er für andere Anwälte Gutachten, das war seine offizielle Einnahmequelle, ebenso wie ich Schreibarbeiten und Übersetzungen aus dem Englischen übernahm. Seit 1933 war es Kurt per Gesetz verboten, zu arbeiten, weil er sich »im kommunistischen Sinn betätigt hatte«. Zwar hätte er das sogenannte Frontkämpferprivileg geltend machen können, aber er verzichtete freiwillig darauf.

»Besser ist es, wenn du nicht genauer Bescheid weißt«, antwortete Kurt unserem Sohn. »Ich tu nichts Unrechtes, aber trotzdem … Du weißt. Sie haben uns im Visier.«

»Warum trittst du dann nicht in die NSDAP ein?« Regine, dieses Lämmchen.

»Aus Prinzip. Wir können uns nicht alle krümmen, wer die Kraft hat, musst aufrecht stehen bleiben.« Kurts Antwort war deutlich auf Regines Vater gemünzt. »Und es ist an sich nicht gefährlich, noch in der SPD zu sein. Noch nicht. Offiziell gibt es die Partei nicht mehr, also auch nicht ihre Mitglieder. Es wird nur brenzlig, wenn sie dich für einen Kommunisten halten.«

»Aber das tun sie!« Julius war aufgebracht. »Tag für Tag verhaften sie Leute, die angeblich Kommunisten sind.«

»Und Juden. Und Homosexuelle. Und Gläubige. Und Aufwiegler. Und, und, und. Es bleibt ja nichts mehr übrig, als ein Nazi zu sein.« Kurt lachte trotz des ernsten Themas. Uns anderen war nicht nach Lachen zumute.

Die beiden blieben noch eine Stunde, dann brachen sie auf. Julius hatte mich zuvor noch in der Küche beiseitegenommen und mir erzählt, dass er sich Sorgen um Regine mache. Drei Jahre waren sie nun schon verheiratet, und mit dem Nachwuchs hatte es noch immer nicht geklappt. Stattdessen zwei Fehlgeburten. Ob ich Rat wisse? Dazu wollte und konnte ich nichts sagen. Ich selbst war heilfroh, dass ich nur ein Kind bekommen hatte, mehr Mutterschaft hätte ich geistig und seelisch nicht verkraftet. Regine dagegen wünschte sich einen Stall voll Kinder. Mir blieb nichts übrig, als ihnen Glück zu wünschen.

Als die Kinder aus der Tür waren, nahm Kurt mich liebevoll in den Arm. »Wie gut wir's doch haben.« Er küsste mich. Aber ich vergrub meinen Kopf in seiner Halsbeuge, schloss die Augen und hielt ihn ganz fest. »Findest du?«

»Sicher doch.« Kurt erwiderte den Druck. Ich fühlte mich geborgen in der Umarmung. In dem Moment wünschte ich, wir könnten so sterben. Eng umschlungen, untrennbar miteinander verbunden. Wie das Paar auf der Rötelzeichnung, dem Hochzeitsgeschenk von Siggi an Julius und Regine.

Kurt war mein Fels in der Brandung. »Wir haben ein Dach über dem Kopf, ein Auskommen, einen wunderbaren Sohn – und wir haben uns«, sagte er. Ich wusste, dass er recht hatte. Was er nicht sagte, war: »Wie lange noch?«

Wenige Tage später kam ich vom Einkaufen, als ich in der Feilitzschstraße einen Menschenauflauf bemerkte. Unter den Leuten, die sich zusammengerottet hatten, war auch Franz, der ehemals das Milchgeschäft in der Straße geführt hatte. Neugierig drängelte ich mich neben ihn und erkundigte mich nach dem Grund der Ansammlung.

»Es hat sich einer aus dem Fenster gestürzt.« Franz zeigte mit dem Finger zum zweiten Stock des Wohnhauses. Jetzt erst verstand ich, dass es sich um das Haus handelte, in welchem die Familie Newjatev lebte.

»Doch nicht …« Ahnungsvoll sah ich ihn an.

Franz nickte. »Der Maler. Genau der.«

»Aber wie …? Er sitzt im Rollstuhl!« Ich wollte es nicht glauben. Natürlich wusste ich um die verzweifelte Lage Rudolfs. Seine Geschwister hatte ich schon lange nicht mehr gesehen, ich hoffte, dass sie das Land verlassen hatten. Als Siggi im vergangenen Jahr Kontakt zu Ezequiel Newjatev aufgenommen hatte, um auf meine Bitte hin die Bilder von Rudolf zu erwerben, wusste er zu berichten, dass die jungen Newjatevs planten, Deutschland den Rücken zu kehren. Und dafür brauchten sie Geld. Sehr viel Geld. Der Vater verkaufte die Wertsachen der Familie Stück für Stück. Eine umfangreiche Gemäldesammlung, Skulpturen, Pelze und Schmuck seiner Frau. Seitdem achtete ich darauf, was die Aktionshäuser annoncierten, und las häufig Newjatevs Namen. Täglich hatte ich mich gefragt, wann sie mit dem Geld endlich emigrieren würden. Es wurde Tag für Tag unerträglicher und gefährlicher für Juden. Nun war es für Rudolf endgültig zu spät.

»Die SS war heute Morgen bei ihnen. Rollkommando. Angeblich hat er Flugblätter verfasst.« Franz flüsterte. Es war schon gewagt, so etwas über andere zu erzählen. Angst bestimmte unseren Alltag, Misstrauen gegen alle und jeden war geboten. »Als sie vorne durch die Tür sind, hat er sich aus dem Fenster gestürzt.«

»Flugblätter? Das glaube ich im Leben nicht.« Ich hatte meine Stimme erhoben, eine Frau vor mir drehte sich um und musterte mich misstrauisch. Es war mir ganz gleich.

Ich war schockiert und fassungslos, dass Rudolf Newjatev sich das Leben genommen hatte, dass jede Hilfe für ihn vergebens gewesen war. Was für ein Leben hatte der arme Mensch die letzten Jahre geführt? Und einstmals hatte es so großartig begonnen. Unweigerlich hatte ich die Bilder der fröhlich feiernden Künstler vor mir, wie sie im Café Luitpold oder im Stefanie gesessen hatten. Um die Werefkin geschart, die nun schon lange nicht mehr in Deutschland lebte. Rosa auf Rudolfs Schoß. Jetzt waren sie beide tot. Franz Marc, der im Krieg gefallen war, ebenso wie August Macke. Der unansehnliche Jawlensky mit der Werefkin emigriert. Kandinsky zurückgekehrt nach Russland. Ein versprengtes Häuflein ihrer Adepten war hier geblieben, aber keiner trat mehr in Erscheinung. Einer von ihnen hatte sich nun auf grausamste Weise davongemacht.

Während ich von Trauer erfüllt in der Menschenmenge stand, trug ein Mann den Rollstuhl des Malers aus dem Haus. Das war zu viel für mich, ich lief nach Hause und ließ, was nicht mehr häufig vorkam, den Tränen freien Lauf. Ich war in einer ähnlichen Verfassung wie damals, im Dezember 1912, als ich von der Ermordung Rosas erfahren hatte. So viele Jahre hatte ich Rudolf Newjatev den Tod gewünscht, und nun, da er eingetreten war, gab es für mich nichts, was grausamer hätte sein können. Ich empfand seinen Tod als persönliche Strafe für mich. Der Gedanke daran, dass wenigstens seine Bilder in unserer Familie waren, dass Ezequiel Newjatev sie niemand Fremdem verkaufen musste und die acht Werke gottlob zusammenblieben, tröstete mich ein kleines bisschen.

Allerdings hatte ich mir damals auch erhofft, mit dem

Betrag für die Bilder dazu beizutragen, dass sich die Newjatevs anderswo ein neues Leben aufbauen konnten. Aber sie hatten die Chance nicht genutzt. Welche Summe Siggi für die Werke Newjatevs bezahlt hatte, wusste ich nicht. Ich ging davon aus, dass er anständig war, schließlich war Newjatev ein Künstler, der zum Blauen Reiter gerechnet wurde, und wenngleich die Werke in Deutschland verfemt waren, so galten sie doch draußen in der Welt noch etwas und erzielten im Ausland gute Preise. Ohne es dezidiert mit meinem Schwager zu besprechen, ging ich ebenfalls davon aus, dass wir die Bilder behielten, sie waren unsere und besaßen für mich einen nicht unerheblichen ideellen Wert, zumal auf fünf der Bilder eindeutig Rosa abgebildet war. Unter anderem auf dem kleinen Bild, das damals auch vor Gericht gezeigt worden war, *Mon amour*. Ich wollte es mir in die Wohnung hängen, aber Siggi riet dringend davon ab, ihm war wohler, wenn vorerst niemand die Bilder zu sehen bekam.

Vier Tage nach Rudolfs Selbstmord war ich immer noch krank vor Kummer. Ich lag im Bett und wollte um keinen Preis aufstehen. Am fünften Tag drehte ich an Kurts Arm kleine Runden durch den Park. Nach einer Woche war ich körperlich so weit wieder hergestellt, aber meine Stimmung war noch immer düster.

Meine Freundin Clara, mit der ich zwischenzeitlich telefoniert hatte, wollte mich auf andere Gedanken bringen und lud mich ein, mit ihr eine Ausstellung zu besuchen. Sie schlug die »Große Deutsche Kunstausstellung« vor. Ich war strikt dagegen, mein erster Besuch dort hatte mir gereicht.

Neugierig hatte ich mir persönlich ansehen wollen, was Hitler unter »wahrer und ewiger deutscher Kunst« verstand, wie er es so vollmundig in seiner großen Rede zur Eröffnung des Hauses der Kunst formuliert hatte.

Schon der neu errichtete Museumsbau war ein Schock. Ein überdimensionierter Kasten, dem jegliche Eleganz abging. Der Säulengang wurde von den Münchnern zu Recht »Bratwürstelgalerie« genannt. Ein Protzbau, ganz nach dem Geschmack der Nationalsozialisten. Drinnen ging es ebenso weiter. Hohe Hallen, sehr hell, fast sakral, in den Räumen nur wenige Ausstellungsstücke. Die Werke wurden zelebriert, jedem sollte deutlich werden: Dies ist die hohe deutsche Kunst. Die Werke selbst – ach ja. Riesenhafte grobe Bronzestatuen, in den Proportionen ebenso ungeschlacht wie das Haus der Kunst selbst. Porträts von Hitler und anderen Nazigrößen im Stil der alten Meister. Muskulöse Bauern bei der Feldarbeit im Sonnenuntergang, realistisch wie Fotografien. Und erst die deutsche Frau. Nackt war sie, kraftvoll und blond. Und vollkommen charakterfrei. Nachdem ich eine Stunde die Hallen in schnellem Schritt durchwandert hatte – nur selten hatte mein Blick sich festgehakt –, hatte ich diese pompöse Kunstschau mit flauem Gefühl in der Magengegend verlassen. Diese Kunst war nicht erhaben und inspiriert, sie war gewöhnlich und konzipiert.

Also überredete ich Clara, mit mir die Ausstellung »Entartete Kunst« in den Hofgartenarkaden anzusehen. Ich hoffte, einige mir ans Herz gewachsene Bekannte wiederzutreffen, die ich nirgendwo mehr bewundern konnte.

Als junge Frau hatte ich nicht verstanden, was meine Mutter zu moderner Kunst hingezogen hatte. Aber seit ich mich mit dem Blauen Reiter beschäftigt hatte und als ich dann Kurt und seinen Bruder Siggi kennenlernte, die beide ebenfalls aus einem kunstinteressierten, weltoffenen Haushalt stammten, begab ich mich mehr und mehr in die Welt der Avantgardekünstler. Der Erste Weltkrieg mit seinen Greueln, die uns aller Gewissheiten beraubt hatten, hatte in mir Verständnis dafür geweckt, dass unsere Welt heute ganz anders abgebildet werden musste. Ich empfand die Verzerrungen und Abstraktionen als viel treffender, die Leuchtkraft und Intensität vieler Bilder als lebendiger und leidenschaftlicher, als es der Realismus zu leisten vermochte. Ich liebte die düster strahlenden Landschaften Emil Noldes ebenso wie die abstrakten Köpfe Jawlenskys, die zarten Spinnereien von Paul Klee und die atemlose Urbanität Kirchners. Siggi Schuster war ein ausgemachter Kenner der modernen Szene und mit dem Großteil der deutschen Expressionisten persönlich bekannt. In den zwanziger Jahren hatten Kurt und ich an zahlreichen inspirierenden Soireen teilgenommen. Auch wir hatten angefangen, Kunst zu sammeln. Sehr bescheiden, unserem Budget entsprechend, aber jedes kleine Stück in unserer Sammlung erzählte eine Geschichte.

Über die »Entartete Kunst«-Ausstellung hatte ich nur schlimme Dinge gehört. Liebhaber der Moderne waren entsetzt und angewidert von der Frevelhaftigkeit der Nazis, die vor keiner Verunglimpfung zurückschreckten. Menschen, die moderner Kunst noch nie zuvor bewusst begegnet waren, erzählten dagegen belustigt, wie lächerlich die dort ausgestellten Kunstwerke auf sie gewirkt hatten, wie von Kindern oder Geisteskranken geschaffen. Dennoch glaubte ich, dass keine Ausstellung der Welt so schlimm sein konnte, dass man die präsentierten Werke nicht genießen könnte.

Ich hatte mich getäuscht.

Schon die Räumlichkeiten, in welchen die Ausstellung stattfand, waren überaus deprimierend. Enge, klaustrophobische Gänge, niedrige Decken und eine chaotische Hängung mussten in jedem Besucher das Gefühl hervorrufen, in einem Absurditätenkabinett gelandet zu sein. Ähnlich gut besucht wie ein solches auf dem Oktoberfest war auch diese Ausstellung. Die Besucher benahmen sich entsprechend, im Gegensatz zu der »Großen Kunstausstellung« nebenan wurde laut gelacht und geredet, mit dem Finger auf die Werke gezeigt und in widerlichster Weise darüber hergezogen. Die Ausstellungsmacher hatten die Werke nicht nur ungeordnet und viel zu eng beieinandergehängt beziehungsweise -gestellt, sie hatten sich auch nicht entblödet, handgeschriebene Plakate und Banner hinzuzufügen, die sowohl die Künstler als auch die Kunst beleidigten und verhöhnten.

Fassungslos ließ ich mich neben Clara durch die Gänge und Stockwerke schieben. Alle waren sie da. Große Werke, große Kunst. Die besten Künstler unseres Jahrhunderts. Geschunden, geschlagen, mit Füßen getreten. Niemals zuvor hatte ich Werke der bildenden Kunst so sehr als seelenvolle Wesen empfunden – denn hier wirkten sie leidend, sterbend, ihrer Strahlkraft beraubt. Ich konnte kaum aushalten, was ich sah. Es war die Fortsetzung der Schikanen, denen wir täglich auf den Straßen begegneten. Die Nationalsozialisten misshandelten Menschen, aber auch ihre Werke. Bücher, Musik, Theaterstücke, Filme – alles wurde zensiert, verboten, verbrannt.

»Es tut mir so leid«, flüsterte Clara, die wohl spürte, wie ich mich fühlte. »Lass uns schnell gehen.«

Sie fasste mich am Arm und zog mich durch die pöbelnden Menschen in Richtung Ausgang. Ich ließ es geschehen, hier konnte ich keine Minute länger verweilen. Im vorletzten Raum dann sah ich es: *Mon amour.*

Rosa lächelte mich an, ihre grünen Augen strahlten, obwohl das Bild schlecht ausgeleuchtet war. Es hing auf einer Stellwand, umgeben von anderen Frauenporträts. Ich kann mich nicht mehr entsinnen, welche Bilder es waren, ich hatte nur Augen für mein Bild. Mein Bild! Das war es doch, ich hatte es gerettet, retten lassen, und nun musste ich erkennen, dass Siggi mich verraten hatte. Rudolf Newjatev verraten, zum wiederholten Mal. Rosa war dem Gespött des Pöbels preisgegeben, es war mir, als würde ihr Körper erneut geschändet.

Ich machte einige Schritte auf die Stellwand zu, streckte meine Hand aus und berührte sanft den Rahmen. Kein Wärter hinderte mich daran, keine Sicherung – ich hätte das geliebte Gemälde einfach abhängen und mitnehmen können, niemand hätte sich daran gestört. Hätte Clara mich nicht weggeführt, vielleicht hätte ich *Mon amour* tatsächlich in meine Obhut genommen.

Draußen packte mich rasende Wut. Auf die Nazis, auf Adolf Hitler, auf die Ausstellungsmacher, aber vor allen anderen: auf Siegfried Schuster. Von Clara verabschiedete ich mich nur flüchtig, ließ sie einfach an einer Tramhaltestelle stehen, während ich mich auf den Weg nach Schwabing machte. Siegfried bewohnte gleich bei uns um die Ecke eine hübsche kleine Villa, ein modernes Haus mit allen Schikanen, ganz für sich allein. Kunsthandel machte wohl vermögend, und Siggi war offensichtlich bestens im Geschäft.

Als ich klingelte, öffnete er mir im Morgenrock. Überrascht war er und nicht sehr erfreut. Dennoch ließ er mich widerspruchslos eintreten, und ich ging schnurstracks in seinen Salon. Auf dem Tisch stand Frühstücksgeschirr, eine Zeitung war aufgeschlagen, und eine brennende Zigarette lag im Aschenbecher. Seine Haushälterin wollte mir den Mantel abnehmen, aber ich schüttelte ungnädig den Kopf, woraufhin sie rasch in die Küche verschwand. Quer durch den Englischen Garten war ich gelaufen, Beschimpfungen und Anklagen formulierend, aber nun kam ich hier an, außer Atem und leider auch ohne Worte. Es dauerte ein paar Minuten, bis ich mich gesammelt hatte. Den Tee, den Siggi mir anbot, ignorierte ich.

»Ich komme aus dieser widerlichen Ausstellung.«

Immerhin: Ich musste nichts erläutern, mein Schwager wusste in der Sekunde, wovon ich sprach und warum ich hier war.

»Ich kann es erklären. Bitte setz dich doch.« Er schob mir einen Stuhl zurecht, aber ich wollte nicht. Ich war zu bewegt.

»Nein. Das kannst du nicht. Du kannst es nicht erklären. Das nicht.« Jetzt nahm ich mir ungefragt eine Zigarette aus seinem goldenen Etui. »Fang nicht mit deinen Ausflüchten an: ›Sie haben mich gezwungen, ich musste es tun …‹«

Er hob hilflos beide Arme, was mir als Zeichen galt, dass es genau das war, was er als Entschuldigung vorgebracht hätte. Seit Jahren hörten Kurt und ich nichts anderes, wenn es darum ging, wie nahtlos Siggi sich ins System gefügt hatte. Eigentlich wollte er nichts, wusste es nicht besser und hatte gar keine Wahl. Diese Ausflüchte hatte ich so satt. »Du hast zugelassen, dass das Bild dort hängt. Dass man es verlacht, bespuckt, mit dem Finger darauf zeigt.« Ein paar Züge aus der Zigarette, und ich kam richtig in Fahrt. »Du hast mich nicht gefragt und du hast es mir verschwiegen. Weil du wusstest, ich hätte dich daran gehindert.«

»*Mon amour* gehört mir. Ich habe es gekauft.«

»Du hast eine Sorgfaltspflicht, Siegfried. Aber das kümmert dich nicht. Hauptsache, du kommst durch.« Ich wies einmal mit der Hand durch den prächtig ausgestalteten Salon. »Und das klappt ja ganz gut. Aber du hast alles verraten, Siegfried. Deine Ideale, die Künstler, die du einmal so verehrt hast. Deine Familie, mich.«

Er stand auf und zupfte am Revers seines Morgenmantels. »Ich möchte mich nicht rechtfertigen, Anneli. Ich sehe ja, in welcher Verfassung du bist. Aber du sollst wissen, dass ich gezwungen war, ein Opfer zu bringen.«

Seine Verlogenheit widerte mich an. Er wollte mich nicht verstehen, oder er konnte es nicht.

»Ich möchte dir etwas zeigen. Danach bitte ich dich, mein Haus zu verlassen.« Er wandte sich um und ging vor mir her in die Diele. Ich folgte ihm voller Misstrauen und Verachtung. Im Treppenhaus stieg er in den Keller hinunter, ohne mir die Tür aufzuhalten oder sich darum zu kümmern, ob ich ihm folgte. Der Keller des Hauses war warm und trocken. Gefliest und nicht, wie ich es kannte, mit nacktem Erdboden. In diesen Räumen, die Siggi als Werkstatt, Weinkeller und Aufbewahrungsort dienten, hätten zwei Familien hausen können. Einer der Kellerräume war nur mit einer hölzernen Lattentür verschlossen, die mein Schwager nun öffnete. Er machte Licht an und blieb in der geöffneten Tür stehen.

Ich hielt den Atem an. Der Raum war nicht groß, aber er war so vollgestopft, dass man sich darin kaum um die eigene Achse drehen konnte. Bilder. Großformatige, kleine. In Rahmen, aber auch gerollt oder in Mappen. Dies hier war die Kunstsammlung meines Schwagers. Ich schätzte auf den ersten Blick, dass hier annähernd zweihundert Werke versammelt waren, und soweit ich es beim schnellen Darübergucken sehen konnte, war es »verbotene« Kunst. Es waren die gleichen Künstler, die er einst in seinem Museum ausgestellt hatte, die er persönlich kannte und die nun in der grässlichen Ausstellung niedergemacht wurden, die ich gerade besichtigt hatte.

»Ich bin von der Regierung beauftragt, Kunst zusammenzutragen, die sich mit der ›gesunden‹ Kunstauffassung nicht verträgt.« Er hatte einen spöttischen Unterton, versuchte immer noch, sich von seinen Auftraggebern zu distanzieren. »Ich suche die Werke zusammen, weil man mir zutraut, ein Kenner zu sein. Einen kleinen Teil der Werke muss ich ihnen opfern …«

»… den Rest behältst du für dich.« Ich verstand. Ein Dieb war er obendrein.

Siggis Augen glänzten, während er sich in dem Raum umsah. »Ich rette sie, das musst du verstehen, Anneli. *Mon amour* war ein Opfer.«

»Wo sind die anderen?«

»Newjatevs? Alle hier. Alle in Sicherheit.«

Ich wandte mich ab. Er war nicht bei Trost. Ein einsamer Mensch, der auf seinem Schatz saß wie der Drache auf dem Nibelungenhort. »Bring mir das Bild zurück, Siggi. Das verlange ich von dir. Bring mir *Mon amour,* dann wird Kurt nichts davon erfahren.«

So ließ ich ihn stehen. Ohne einen Blick zurück verließ ich den Keller, das Haus, das Grundstück. Immer entlang des Englischen Gartens führte mich mein Weg, aber heute hatte ich keinen Blick für die Tiere, die ich sonst so gerne beobachtete. Die anderen Passanten nahm ich ebenfalls nicht wahr. Meine Füße fanden den Weg von allein. In der Mandlstraße angekommen, beschleunigte ich meine Schritte, alles, was ich wollte, war, in die Arme meines Mannes fliegen, die Tür hinter uns schließen und gemeinsam in unserem kleinen Refugium sein. Ohne die Welt dort draußen.

Als ich auf dem ersten Treppensatz anlangte, öffnete sich die Tür der Wohnung unter der unsrigen. Frau Neugebauer steckte den Kopf aus der Tür und machte mir ein Zeichen. »Es tut mir so leid«, flüsterte sie. Ich verstand nicht sofort. Aber als ich den verzweifelten Ausdruck in ihrem Gesicht länger ansah, wusste ich, was geschehen war. Die letzten beiden Treppenabsätze nahm ich mit wenigen Schritten. Unsere Haustür war eingeschlagen. Starr blieb ich stehen, sah das zerborstene Holz, die aus den Angeln getretene Tür, das Loch, durch welches man in unseren Flur blicken konnte. Sie waren wieder gekommen.

»Die SS hat ihn mitgenommen«, hörte ich die Nachbarin hinter mir.

Kurt.

München-Schwabing,
in der Nacht vom 29. auf den 30. April 1945

Seit Stunden hörten wir Radio. Oda und ich klebten an dem Apparat, aus dem ununterbrochen Nachrichten über das Vorrücken der Amerikaner drangen. Meine Finger zitterten vor Hunger und vor Kälte, während ich immer wieder an dem kleinen Rädchen drehte, um den Empfang zu verbessern. Sie waren hier! Die US Army war bis zur Isar vorgerückt, unsere Befreier standen vor den Toren Münchens! Wir weinten beide, Oda und ich. Von draußen drangen noch wenige vereinzelte Schüsse oder Gewehrsalven versprengter SS-Männer zu uns herein, aber wir scherten uns nicht darum. Diese Geräuschkulisse gehörte seit Wochen zu unserem Leben, unterbrochen von den Bombeneinschlägen. Die Pappe an den Fenstern hielt die Kälte und den Lärm nur notdürftig ab, aber ich war froh, dass ich überhaupt so viel Karton hatte organisieren können, dass wir alle Fenster verschließen konnten. Von unseren Fensterscheiben war keine einzige mehr heil. Die Holzplatten, die wir zuerst vor die Fenster genagelt hatten, waren längst verheizt. Brennmaterial war knapp. Von unserer Wohnung aus hatte ich beobachten müssen, wie Bänke aus dem Englischen Garten entfernt wurden, frierende Menschen trugen sie ungehindert aus dem Park, um sie zu Kleinholz zu machen. Ebenso war kein Baum, der klein genug war, um ihn von Hand zu fällen, mehr sicher. Es war ein Frevel, aber ich hatte Verständnis, obgleich es mir in der Seele weh tat, den Park bluten zu sehen.

Oda und ich bewohnten nur ein Zimmer, wir konnten nicht alle acht Räume heizen. Aber nun kam der Frühling; es war ein so mächtiges Zeichen des Neubeginns und der damit verbundenen Hoffnung, dass ausgerechnet jetzt die Amis kamen. »Alles neu macht der Mai«, wie oft hatten wir uns diese banale Zeile in den vergangenen Tagen vorgesagt!

Ich hatte Oda und Paul damals zu mir genommen, als das Haus in der Feilitzschstraße von einer Fliegerbombe zerstört worden war. Mutter hatte da schon nicht mehr gelebt. Sie hatte irgendwann aufgehört zu essen. Geistig war sie bereits völlig weggetreten gewesen, ihr Körper nur eine Hülle. Sie war aggressiv geworden; wenn Oda sie füttern wollte, schlug meine Mutter um sich und schrie. So zwang meine Schwester sie nur noch zu trinken, und eines Tages, als ich nach den beiden sah, machte Oda mir mit Tränen in den Augen die Tür auf. »Sie hat es geschafft.«

Ich war in das Schlafzimmer gegangen, wo meine Mutter im Bett lag. Eine schmale, durchscheinende Person. Sie war schon kalt und steif, die Wangen eingesunken, ich legte meinen Kopf auf die Decke und weinte still. Meine wunderschöne Mutter würde in meiner Erinnerung immer die vitale Frau sein, die sie vor dem ersten Krieg gewesen war. Sinnlich und stark, phantasievoll und voller Lust am Leben. Mit ihr war auch ein Teil meines Lebens gegangen, ein schöner Teil. Eine andere Zeit, eine Ära, die mit dem Ausbruch des ersten Krieges jäh beendet worden war.

Bei der Bestattung auf dem Nordfriedhof waren wir nur zu dritt gewesen: Oda, Paul und ich. Kurt war noch immer inhaftiert. Ich wusste, dass er vom Lager in Dachau nach Sachsenhausen transportiert worden war, aber seitdem hatte ich kein Lebenszeichen mehr von ihm erhalten. Trotzdem hatte ich die Hoffnung nicht aufgegeben.

Julius war sofort bei Kriegsbeginn eingezogen worden. Auch von ihm hatte ich nichts mehr gehört. Er war mit der Wehrmacht in den Westen gezogen und schrieb nur seiner Frau. Regine kam ab und zu bei mir vorbei, aus Höflichkeit. Sie erzählte mir dann stets, dass Julius ihr eine Feldpostkarte geschickt hatte, und sagte, es gehe ihm gut. Sie tat es aus Pflichtgefühl, ein braves Mädchen. Dabei wusste ich, dass sie sich nur mit Mühe überwinden konnte, mich zu besuchen. Solange Kurt noch bei uns gewesen war, war er es gewesen, der sich freundlich um den Familienfrieden bemüht hatte, aber ich konnte nicht verhehlen, dass ich Regine für dämlich und ihre Eltern für primitiv hielt.

Julius war auf mein Betreiben noch 1938 in die NSDAP eingetreten, sein Schwiegervater hatte sich für ihn eingesetzt. Ich hatte so gehofft, dass ihn die Parteizugehörigkeit davor schützen würde, das gleiche Schicksal zu erleiden wie sein Vater. Ich hasste die Nazis, ich hasste die Partei, aber ich wollte unbedingt glauben, dass meinem Sohn als Mitläufer nichts passieren konnte. Nachdem sie Kurt geholt hatten, wollte ich Julius um jeden Preis davor bewahren.

Aber dann kam die Pogromnacht. Und sie zwangen Julius, mit ihnen auf die Straße zu gehen. Er war dabei, er machte mit. Obwohl es gegen seine Überzeugung war, aber hätte er sich gewehrt, er hätte sein Leben gelassen und das seiner Frau gefährdet. Seit der Nacht des neunten November 1938 sprach er nicht mehr mit mir. Und wie schämte ich mich, dass ich ihn gedrängt hatte, den Weg des geringsten Widerstands zu gehen – gegen meine, gegen seine Überzeugung! Kurz nach Kriegsbeginn erfuhr ich dann von Regine, dass mein Sohn eingezogen worden war.

Im März 1944 erwischte es schließlich auch Paul. Obwohl er ein Kriegsversehrter war, kam der Marschbefehl. Ich werde nicht vergessen, wie er den Schrieb anstarrte. Schließlich zerknüllte er ihn, warf das Papier lachend ins Feuer, küsste Oda und mich und ging. Seitdem hatten wir nie wieder etwas von ihm gehört.

Und nun, in den hoffentlich letzten Kriegstagen 1945, waren nur noch wir Schwestern übrig geblieben. Gegen 17.00 Uhr hieß es im Radio, dass die SS-Männer aus der Stadt flüchteten, die Bevölkerung wurde davor gewarnt, sich an Plünderungen zu beteiligen. Oda und ich sahen uns an. Plünderungen? Das war das Signal für uns. Wir schlüpften in die Wintermäntel, ich trug den aus Kamelhaar von Kurt, Oda einen von Paul, der ihr viel zu groß war. Sie setzte sich den großen Rucksack auf den Rücken, dann brachen wir auf. Im Hof nahm ich den kleinen Leiterwagen der Neugebauers – wer zuerst kam, mahlte zuerst.

In den Straßen herrschte blanke Anarchie. Noch vor zwei Tagen hatten die Männer der Freiheitsaktion Bayern zum Widerstand gegen die »Goldfasane«, wie die obersten Parteifunktionäre im Volksmund genannt wurden, aufgerufen, aber schon einen Tag darauf waren die meisten der Widerstandskämpfer am Feilitzschplatz gehängt worden. Ihre toten Körper hingen dort noch, als Oda und ich nun den Platz überquerten, auf der Suche nach Geschäften, in die wir eindringen konnten. Wir waren nicht die Einzigen. Marodierende Horden hungriger Münchner zogen durch die Straßen, zu allem bereit. Menschen streiften wie Wölfe durch die Trümmer der zerstörten Stadt, von ihnen ging ebenso Gefahr aus wie von vereinzelten Schusswechseln. Nicht immer war eindeutig, wer sich da beschoss – waren es SS-Männer, die nicht aufgeben wollten, oder Widerständler? Die ersten Amerikaner vielleicht?

In der Türkenstraße kam uns ein altes Pärchen entgegen, das einen großen Käselaib durch die Straße rollte. Wir hatten bis jetzt nur ein wenig Brot in einer gestürmten Bäckerei erbeutet – dass es in diesen Tagen noch irgendwo einen so großen Laib Käse gab, hätte ich nicht für möglich gehalten, es war, als träumte ich. Die beiden sahen unsere erstaunten Blicke und deuteten hinter sich. »Im Haus des Führers! Schnell, alle sind weg!« Was immer »Alle sind weg« bedeutete, es war uns gleich. Es gab einen Ort, wo es Lebensmittel gab, nichts anderes zählte.

Aus der Dämmerung war Dunkelheit geworden, mangels Straßenbeleuchtung war es stockfinster, ab und zu erhellten Gewehrfeuer und Feuerschein von den zahlreichen Bränden unseren Weg. Niemals wären wir in den letzten Wochen zu dieser Zeit noch auf den Straßen unterwegs gewesen, aber die Hoffnung, dass die Naziherrschaft endlich zu Ende war und wir die Lücke, bevor die Befreier kamen, ausnutzen und uns holen konnten, was wir seit Jahren vermissten, war eine zu große Versuchung.

Oda rannte vor mir her in Richtung Königsplatz, ich fixierte nur den großen Rucksack, der im Rhythmus ihrer

Schritte hin und her schlug. Der Leiterwagen klapperte und sprang über das Pflaster, Trümmer säumten unseren Weg.

Rund um den Königsplatz, das Braune Haus und das Haus des Führers waren die Granitplatten mit Tarnplanen bedeckt, als Schutz gegen die Luftangriffe, die Amerikaner sollten das logistische Zentrum der Nationalsozialisten nicht so ohne weiteres identifizieren können. Mittlerweile waren die Planen zerrissen, wir stolperten über die Fetzen. Schon von weitem sahen wir, wie Menschen in den Führerbau und wieder herausstürmten. Die, die von innen kamen, trugen alle irgendetwas im Arm, keiner kam mit leeren Händen. Diejenigen, die wie wir versuchten, ins Innere des Gebäudes zu gelangen, hatten ebenfalls Rucksäcke, Koffer und Taschen dabei, die sie hofften füllen zu können. Es schien tatsächlich, als hätten die strengen Bewacher des bis dato so »heiligen« Hauses das sinkende Schiff verlassen, denn niemand der Plünderer ließ noch Vorsicht walten, keiner sah sich ängstlich um oder versuchte, ungesehen zu bleiben.

An der Freitreppe hielt ich inne. Mit dem Leiterwagen konnte ich keinesfalls hinein, der Wagen würde mich nur behindern. Oda war bereits auf dem Weg in den ersten Stock, aber ich rief ihr nach, dass ich versuchen musste, den Wagen zu verstecken. Sie winkte mir nur zu zum Zeichen, dass sie verstanden hatte, und verschwand. Stehenlassen konnte ich den Wagen nicht, die Menschen waren wie von Sinnen, sie rafften an sich, was sie in die Finger bekommen konnten, der Wagen wäre im Nu gestohlen worden. Also kehrte ich um und versuchte, irgendwo in dem Quartier ein Versteck zu finden.

Ich musste die Brienner Straße fast bis zum Odeonsplatz hochlaufen, bis ich eine Hofeinfahrt fand, die zwar mit einem Tor verschlossen, aber nicht zugesperrt war. Im Innenhof schob ich den Leiterwagen auf eine Kellertreppe und hoffte, dass niemand ihn entdeckte. So schnell ich konnte, rannte ich zurück und versuchte, meine Schwester wiederzufinden.

Ein hoffnungsloses Unterfangen.

Die Menschen drängten in die Räume, wer etwas zu fassen bekam, trachtete danach, schnell wieder aus dem Gebäude zu kommen. Ich fand das Gebaren seltsam. So viele Jahre hatte das Volk seinen Führer verehrt, und nun war von Ehrfurcht in seinen heiligen Hallen keine Spur mehr. Ich beobachtete zwei junge Frauen, die mit aller Gewalt versuchten, schwere Brokatvorhänge herunterzureißen. Ein Mann plünderte alles, was sich auf und in einem Schreibtisch befand, auch Unterlagen. Es gab hysterische Menschen, die sich weinend an Lebensmittel klammerten und ihre Beute mit Zähnen und Klauen verteidigten.

Obwohl ich auf dem Weg hierher nur im Sinn gehabt hatte, möglichst viele Lebensmittel oder Brennholz zu ergattern, vergaß ich dieses Unterfangen angesichts der absurden Situation. Einmal, weil ich mir Sorgen um Oda machte. Die Stimmung hier konnte jederzeit umkippen, und meine Schwester war der einzige Mensch, der mir noch geblieben war. Zum anderen kam die Reporterin in mir durch. Ich betrachtete die Vorgänge um mich herum, die Gier, die Gewalt, das hemmungslose Plündern mit Erstaunen, aber auch mit Abscheu. Es war eine Tragödie, dass die Mehrheit der Deutschen, so auch ich, das Terrorregime Hitlers so viele Jahre nicht nur toleriert, auch gestützt hatte. Dass so wenige von uns aufgestanden waren und sich schützend vor unsere verfolgten Mitbürger gestellt hatten. Aber diese »Treue bis in den Tod« hielt nicht einmal wenige Stunden nach der Flucht der Befehlshaber. Um mich herum Menschen, die wie die Geier über den Besitz derer herfielen, denen sie eben noch bedingungslos gefolgt waren. In München wurden die Hakenkreuzflaggen nahtlos gegen weiße Stofffetzen getauscht. Jetzt galt es nur noch, die eigene Haut zu retten, und da wurde der Mensch zum Tier.

Ich ging durch die Räume, bestaunte deren prunkvolle Ausstattung, die binnen weniger Stunden von der Gewalt, welche die Gier freisetzte, zerstört wurde, und besah mir meine Artgenossen, die sich wie Wilde benahmen. Es gab herrschaftliche Salons, Bibliotheken, einen eigenen Kinosaal. Die Räume waren allesamt sehr hoch, großzügig bemessen, es dominierten Säulen, so wie in der riesigen Halle und dem umlaufenden Gang im ersten Stock. Die Einrichtung war geschmacklos. In manchen Zimmern herrschten verspielte Barockelemente und florale Muster vor, die in seltsamem Widerspruch zur brutalen Herrschaftsarchitektur standen.

Im Erdgeschoss entdeckte ich eine Tür, hinter der eine Treppe in die Kellerräume führte. Dieses Untergeschoss wirkte wie der Bauch eines gigantischen Ozeandampfers. Kühlräume für Lebensmittel, Weinkeller und Versorgungsräume für Elektrizität, Telefonanlagen und vieles mehr verbarg sich hier. Noch hatten wenige Plünderer den Weg in dieses Geschoss gefunden, dabei versteckten sich hier die Dinge, deren Diebstahl sich am meisten lohnte. Ich warf ehrfürchtig einen Blick in den Weinkeller, wo sich zwei Männer über die dort gelagerten Flaschen beugten. Einer der beiden hielt eine geöffnete Flasche Champagner in der Hand und reichte sie mir. »Auf das Ende!«, rief er mit schwerer Zunge. Gerne nahm ich die Flasche und trank gierig. Der Champagner war herrlich, eisgekühlt, wie lange hatte ich so etwas Köstliches nicht mehr geschmeckt! Ich wollte die Flasche zurückgeben, aber der Kerl lachte nur. »Nimm mit! Hier ist noch genug davon.« Zum Dank drückte ich ihm einen übermütigen Kuss auf den Mund. Der Champagner ließ mich schweben, ich fühlte Leichtigkeit und Lebensmut. Jetzt musste ich Oda wiederfinden, dann würden wir uns die Taschen vollstopfen und zu Hause prassen, dass uns die Bäuche platzten!

Ich hatte vorgehabt, wieder nach oben zu gehen, schien mich aber im Wirrwarr des unterirdischen Labyrinths verlaufen zu haben. In einem langen, fast menschenleeren Gang nahm ich hektische Betriebsamkeit wahr. Einige Männer trugen Holzkisten aus einem Raum und brachten sie durch einen Hinterausgang nach draußen. Ich wollte sehen, was sich in dem Raum, der so eifrig geleert wurde, befand, und näherte mich. Wie auch die anderen Plünderer kümmerten diese sich nicht um mich. Schon beim Näherkommen wusste ich, um was es sich bei der Beute handelte. Diese Art von gezimmerten Kisten kannte ich noch von Siggi. Sie dienten zum Transport von Gemälden. Auf einer Kiste stand von Hand »Bad Aussee« geschrieben. Diese Räume hier waren die Lager für das von Hitler geplante Museum in Linz! Wer die Zeitungen aufmerksam las, wusste, dass Hitler seit einigen Jahren von überallher Gemälde und Skulpturen dafür zusammentrug. Die Nazis brüsteten sich damit – spätestens seit dem Anschluss Österreichs –, dass sie die weltgrößte und natürlich bedeutendste Kunstsammlung zusammentragen würden. Zusammentragen hieß in dem Fall auch rauben, plündern, beschlagnahmen.

Zwei Männern, die schwer an einer Kiste schleppten, folgte ich die Treppe nach oben ins Freie. Hier stand ein Lastwagen, die Ladefläche von einer Plane bedeckt. Ein Mann mit Unterlagen in der Hand koordinierte offenbar den generalstabsmäßig organisierten Transport. Er hakte die Nummer der Kiste auf einer Liste ab und gab den Männern dann Anweisung, den Deckel der Kiste aufzustemmen, bevor diese verladen wurde. Er sah mich nicht, war mit Feuereifer bei der Sache. Ich hatte mich etwas abseits in den Schatten des Lastwagens gestellt. Das Treiben des Mannes interessierte mich, ich wollte genau wissen, was er mit den Kunstwerken anzustellen gedachte. Brachte er sie vor den Amerikanern in Sicherheit? Stahl er sie? Rettete er die Werke vor den Nazis oder für sie? Seine Beweggründe waren unlauter, dessen war ich mir sicher. Denn ich kannte den Mann. Kannte seine Brille und die glasigen Augen dahinter, die nun fiebrig in die Kiste starrten, deren Deckel entfernt worden war. Er bückte sich, zog mit beiden Händen an einem Rahmen und holte ein Gemälde hervor. Ich konnte von dem Bild nur die Hinterseite sehen, dafür blickte ich in das Gesicht des Mannes. Siegfried Schuster. Mein Schwager. Kunsthändler und Dieb. Sein Gesicht wurde vom flackernden Schein einer Fackel erhellt und wirkte verzerrt. Sein Blick war lüstern, als betrachte er den nackten Körper einer Frau. Dann schob er das Gemälde zurück, nickte seinen Handlangern zu und richtete sich wieder auf. Dabei fiel sein Blick auf mich. Er klappte den Mund auf und zu wie ein Fisch und machte einen Schritt auf mich zu. Einen Moment lang zögerte ich, ich hatte so viele Fragen im Kopf, aber gleichzeitig wusste ich glasklar, dass ich niemals eine ehrliche Antwort bekommen würde. Auf keine meiner Fragen. Stattdessen sah ich Siggi, und ich sah meine Chance, zu retten, was zu retten war. Falls er sie noch nicht zu Geld gemacht hatte, würde ich jetzt die Bilder Newjatevs aus seinen gierigen Klauen reißen können. Sogar die Sorge um Oda wischte ich beiseite, ich rannte einfach davon. Zweiundfünfzig Jahre, geschwächt, übermüdet, ausgehungert – alles war jetzt vergessen. Stattdessen rannte ich, so schnell ich es in den dicken Militärstiefeln vermochte. Rannte in die Brienner Straße, zerrte den Leiterwagen hervor und lief mit dem hinter mir herspringenden Wagen die Ludwigstraße hinunter in Richtung Siegestor. Es war gefährlich, Männer in SS-Uniform verschanzten sich noch vereinzelt in Gebäuden und lieferten sich Gefechte mit Gott weiß wem. Es war mir gleich. Ich bekam kaum noch Luft, fühlte Stiche in der Brust, meine Beine zitterten, aber ich lief, lief.

Das Gartentor seiner Villa war nicht verschlossen. Kurz hatte ich befürchtet, den Lastwagen hier wieder anzutreffen; als ich meinen Plan gefasst hatte, hatte ich nicht in Betracht gezogen, dass er die Bilder aus der Arcisstraße vielleicht zu sich bringen lassen würde, der Gedanke war mir erst kurz vorher gekommen. Aber es war niemand hier, die Straße war stockdunkel, die Villa ebenso. Entweder waren alle Bewohner der Straße geflüchtet oder zitterten in ihren Kellern. Kein Mensch war hier unterwegs, nur ich mit dem Leiterwagen, dessen Räder auf dem Pflaster einen Höllenlärm veranstalteten.

Im Garten angekommen, holte ich Luft und versuchte, mich ein wenig zu sammeln. Mein Vater hatte mich stets ermahnt, erst den Kopf zu gebrauchen und dann die Hände, an seine Worte erinnerte ich mich nun plötzlich wieder. Mein Kopf befahl mir, im Gartenschuppen geeignetes Werkzeug zu suchen. Lange suchen musste ich nicht, hinter der Tür stand ein Kuhfuß, das ideale Werkzeug für meine Zwecke. Die Haustür, die Tür zum Kellergeschoss und schließlich das Schloss an der Lattentür des Kellerraumes mit den Bildern – sie alle hatte ich ohne große Mühe aufgebrochen. Siggi hatte wohl nie ernsthaft damit gerechnet, beraubt zu werden.

Schwieriger war es, die Bilder zu finden. In den Jahren seit unserem letzten Treffen 1937 hatte sich die Bildersammlung meines Schwagers noch vergrößert. Es war kaum möglich, sich in dem niedrigen Raum um die eigene Achse zu drehen, so viele Kunstwerke waren hier untergebracht. Den Anfang machte ich mit dem Stapel links neben der Tür. Manche der Bilder waren in Sackleinen verpackt, manche in Papier, manche standen nackt und bloß herum. Fieberhaft riss ich Löcher in die Verpackungen, um zu sehen, um was es sich handelte.

Ich würde ewig brauchen. Egal wohin Siggi mit den Bildern aus dem Führerbau fahren wollte, ich würde noch im Morgengrauen hier sitzen und meine Bilder suchen. Nachdem ich ungefähr zwanzig Gemälde gesichtet hatte, sah ich ein, dass es so keinen Sinn hatte. Wie war es damals im Keller gewesen? Hatte Siggi nicht vage in eine bestimmte Richtung gezeigt, als ich nach den Newjatevs gefragt hatte? Noch während ich versuchte, mir seine Geste wieder in Erinnerung zu rufen, erkannte ich, dass es viel simpler war. Was hatte ich bis jetzt gesehen? Adler, Barlach, Beckmann … natürlich! Mein Schwager hatte das simpelste System der Welt, er hatte die Künstler alphabetisch geordnet! Ich taxierte den Raum, um abzuschätzen, wo sich die Werke, deren Schöpfer mit N begannen, befinden konnten. Nachdem ich drei vergebliche Versuche gemacht hatte, landete ich in der richtigen Reihe. Ich hatte sie gefunden. Sieben Werke Newjatevs. Sieben Bilder, die Siggi auf meine Bitte hatte retten sollen. Ich zerrte die gerahmten Bilder heraus, als mir ein kleinformatiges, sorgfältig verpacktes Bild, das direkt hinter den anderen sieben stand, auffiel. Ich wusste anhand des Formats sofort, dass sie es war. Rosa. Er hatte Wort gehalten. Hatte *Mon amour* nicht den Nazis überlassen.

Etwa eine Viertelstunde später hatte ich alle acht Bilder auf den Leiterwagen geladen und lief nach Hause. Ständig sah ich mich um, weil ich befürchtete, dass Siggi mich doch finden und aufhalten könnte. Kurz bevor ich an unserem Haus in der Mandlstraße war, hörte ich Gewehrsalven aus dem Park. Ich begann erneut zu rennen, obwohl ich schon längst keine Kraft mehr hatte. Die Bilder waren alle recht groß und schwer, beim Tragen hatten meine Armmuskeln unkontrolliert gezittert, und der Schweiß war mir in Bächen das Gesicht heruntergelaufen. Plötzlich, kurz vor der rettenden Haustür, tat es einen Schlag, es fühlte sich an, als habe mir jemand den rechten Arm ausgerissen. Mir wurde heiß, der Arm brannte wie Feuer, aber ich rannte mit letzter Kraft auf die Haustür zu und schmiss mich dagegen. Es wurde weiter geschossen, aber nun hörte ich das Feuergefecht nur noch gedämpft, ich war in Sicherheit. Das Licht in der Durchfahrt und im Treppenhaus funktionierte schon seit langem nicht mehr, gespannt horchte ich in die Dunkelheit, aber hier drinnen blieb alles ruhig. Der rechte Arm schmerzte furchtbar, ich konnte ihn kaum bewegen, aber irgendwie gelang es mir, die Bilder alle in den zweiten Stock zu schleppen. Den Leiterwagen ließ ich einfach stehen, als ich mir das letzte Bild auf die Schulter lud und unter unglaublichen Mühen mit der rechten Hand festhielt.

Erschöpft sank ich in unserem Flur zusammen. Die Tür stieß ich hinter mir mit dem Fuß zu, dann krabbelte ich auf allen vieren in das Zimmer, das Oda und ich beheizten. Die Talgkerze fand ich blind und zündete sie an. Ich tastete nach dem rechten Arm und hielt ihn in das flackernde Licht. Der Mantelstoff war zerfetzt, überall klebte frisches rotes Blut. Ein Querschläger musste mich getroffen haben. Es gab Schlimmeres.

Dann robbte ich mit der Kerze zurück in den Flur, wo die Bilder lagen. Die Kerze, die mehr rußte, als dass sie Licht spendete, stellte ich ab und griff nach dem kleinsten Paket. Hastig riss ich den Rupfen herunter. Die grünen Augen sah ich zuerst. Dann die gelben und roten Flecke auf den Wangen. Die nackte Schulter, das weiße Hemd.

Rosa blickte mich an.

Ich war zu Tode erschöpft. Aber ich hatte das Bild.

Mein Bild.

~ Epilog ~

München-Schwabing,
Feilitzschstraße, 10. November, 11.00 Uhr vormittags

Die goldenen Messingplatten glänzten. Behutsam glitten Elsas Finger darüber. Sie hatte sich für drei Steine entschieden, einen für Rudolf, zwei für seine Eltern. Aber dabei würde es nicht bleiben, die Geschwister sollten auch jeder einen Stein bekommen, einen Gedenkstein. »Von der SS in den Tod getrieben« stand auf dem einen, dem mit Rudolf Newjatevs Namen und Daten. »Gestorben in Theresienstadt« auf den beiden anderen, denen seiner Eltern. Sie waren in das Pflaster im Hof des ehemaligen Wohnhauses der Newjatevs in der Feilitzschstraße eingelassen.[1] Grau war der Tag, schmutzig das Pflaster, aber die Stolpersteine strahlten golden. Würdig, so empfand es Elsa. Ein letztes Mal noch zeichneten ihre Finger die in das Messing getriebenen Buchstaben nach, dann stand sie auf. Ein paar Schritte trat sie zurück und reihte sich wieder ein unter die anderen, die heute gekommen waren. Einige Minuten schwiegen sie und gedachten der Toten.

Elsas Mutter trat schließlich noch einmal zu den Steinen und legte eine Rose darauf.

»Gut gemacht.« Arto legte seinen Arm um Elsas Schultern.

1 Zum Zeitpunkt, an dem ich das Buch geschrieben habe, durften in München keine Stolpersteine auf öffentlichem Grund verlegt werden. Ich bedauere das sehr und hoffe, dass ich diese Passage eines Tages ändern kann. Dann werden Elsas Stolpersteine in den Gehweg vor dem Haus eingelassen.

Sie schmiegte sich kurz an ihn. »Schön, dass du dir die Zeit genommen hast.«

Elsa wusste, dass sie Arto vermissen würde. Aber auch ihren Job. Und die Wohnung. Jetzt war es zu spät, um einen Rückzieher zu machen. Ein Blick auf die Steine genügte, um zu wissen, wie richtig dieser Entschluss gewesen war.

Ihr Bruder konnte nicht mehr mitkommen in das kleine Café, in das Elsa ihre Leute eingeladen hatte. Er arbeitete an einem wichtigen Projekt in Rosenheim und hatte sich extra ein paar Stunden losgeeist. Auch Frank und Marion verabschiedeten sich, sie mussten zurück ins Büro. Elsa umarmte sie fest. »Lass mich wissen, wenn es was Neues gibt, ja?«

In ein paar Stunden ging ihr Flug, das Gepäck stand in der Agnesstraße bereit. Frank hatte den Antwerpener Kunstraub für sie übernommen. Vor wenigen Wochen waren die drei Bilder, zusammen mit noch anderen, ebenfalls gestohlenen Werken, einem Händler in Trento angeboten worden. Dieser hatte umgehend die Polizei verständigt. Zwar war es nicht zu einem Zugriff gekommen – die Diebe waren nicht mehr aufgetaucht, bevor man ihrer habhaft werden konnte –, aber nun war es nur eine Frage der Zeit, bis sie ihre Beute dem Nächsten zum Kauf anboten. Die Diebe waren, wie es die Identifizierung des jungen Letten bereits nahelegte, Dilettanten. Elsa hatte diese Nachricht froh gemacht, sie verließ München in der festen Überzeugung, *Mon amour* schon bald wiederzufinden. Um es dann zurückgeben zu können. Nicht an Deinhard Manker. Sondern an die Menschen, denen die bunte Frau ebenso wie die sieben anderen Bilder, die sie bei Lutz gefunden hatte, gehörten.

»Du hättest nicht gleich kündigen müssen«, sagte Marion, während sie sie umarmte. Elsa spürte die knochigen Schulterblätter ihrer ehemaligen Chefin durch deren Wintermantel hindurch und drückte gleich etwas weniger fest. »Eine Auszeit hätte es doch auch getan.«

Elsa schüttelte den Kopf. »Nein. Das wäre nicht dasselbe. Ich muss gehen mit dem Gefühl, dass ich vielleicht nicht mehr zurückkomme.«

Marion zog die dünnen Augenbrauen weit nach oben. »Wenn du es dir anders überlegst – ich nehme dich jederzeit wieder.«

Sie hakte Frank unter, und Elsa folgte den beiden mit dem Blick, bis die Treppe zur U-Bahn Münchner Freiheit ihre Kollegen verschluckte. Ihre Freunde.

»Glaubst du im Ernst, er rückt sie raus?« Ricarda umfasste die Tasse mit dem grünen Tee mit beiden Händen und sah Elsa über den Rand hinweg an.

Es waren nur noch sie beide übrig geblieben, eine Stunde später. Da es mitten unter der Woche war, mussten alle anderen arbeiten. Elsa jedoch hatte Zeit, bis sie zum Flughafen aufbrach, und die sie nicht in ihrer Wohnung verbringen wollte. Sie hatte ihre persönlichsten Dinge ausgeräumt und im Keller verstaut, solange sie untervermietet hatte. Ein halbes Jahr mit der Option auf Verlängerung. So lange würde sie ungefähr unterwegs sein. Vielleicht würde sie schon früher zurückkommen, vielleicht gar nicht.

»Keine Ahnung.« Elsa erinnerte sich an das Gespräch mit ihrem Vater über die Bilder. Es war weniger ein Gespräch als ein Streit gewesen. Selbstverständlich betrachtete er sie als sein Eigentum. Lutz pochte darauf, dass er die Bilder Newjatevs von seinen Eltern rechtmäßig geerbt hatte. Woher hätte er wissen sollen, dass sein Großonkel die Werke den ursprünglichen Besitzern abgepresst hatte?

Das mangelnde Schuldbewusstsein ihres Vaters hatte Elsa schockiert. Er war krank, er war ein alter Mann, warum klammerte er sich an diese Bilder, die er nicht einmal aufgehängt hatte, sondern die im Dunkeln einer Kammer verstaubten? Für jemanden, der sich von seinem angeblichen Nazivater distanziert hatte und sich sein Leben lang auf der Seite der Guten, der moralisch Einwandfreien gewähnt hatte, war Lutz beachtenswert ignorant gegenüber den möglichen Ansprüchen der Familie Newjatev. Aber Elsa hatte nicht weiter mit ihm diskutiert, weil sie um die Vergeblichkeit wusste.

Sie hatte Zeit. Sie wollte Nachkommen finden, wenn es sie denn gab. Die Nachforschungen, die sie und auch der Historiker Dr. Manfred Lachmann angestellt hatten, waren nicht lückenlos. Elsa wollte versuchen, doch noch mögliche Erben der Geschwister Rudolfs aufzutreiben. Auch Rudolfs Eltern Ezequiel und Marianne hatten Geschwister gehabt, wo waren diese geblieben?

Der erste Flug führte Elsa nach Tel Aviv. Sie hatte Kontakt mit einigen Institutionen, die sich mit den Opfern, aber auch den Überlebenden des Holocaust beschäftigen. Alle waren sehr zuvorkommend gewesen und hatten ihr volle Unterstützung zugesagt.

Später wollte sie nach Washington, dann nach New York. Und offen sein für alles, was kam. Vielleicht würde sie Spuren finden, vielleicht Menschen, die sich erinnerten. Ihr Geld reichte für ein paar Monate. Weiter dachte

Elsa nicht. Und sie fühlte sich gut dabei. Frei. Trotz der Verantwortung, die sie sich selber aufgebürdet hatte.

»Soll ich noch zum Flughafen mitkommen?«

»Danke, Mama.« Ricarda zog die Augenbrauen hoch, und Elsa korrigierte sich. »Ricarda. Nein, musst du nicht. Ich bin dann ganz gerne allein.« Bei aller Liebe, dachte Elsa, es ist gut, wie es ist. Noch länger halte ich sie nicht aus.

»Hast du dein Ticket? Und denk dran: Gang ist besser als Fenster. Da kannst du die Füße ausstrecken.«

»Tschüss.« Elsa umarmte ihre Mutter. »Ich bin bald vierzig. Und ich fliege nicht zum ersten Mal.«

»Ruf mich an.« Erstaunt sah Elsa die Besorgnis in Ricardas Augen. Die hatte sie früher nie wahrgenommen. Früher, als sie jung gewesen war und sich gewünscht hatte, dass ihre Mutter sich sorgte.

»Ach, warte. Ich kann auch Skype.«

»Okay. Dann Skype.«

Ricarda legte die Handflächen aneinander und verneigte sich ganz leicht. »Namaste.«

Dann drehte sich Ricarda um und flatterte wie ein bunter Vogel durch die Tür des Cafés auf die grauen Straßen Schwabings.

»Namaste, Mama.« Elsa lächelte.

Ihr Handy klingelte, als sie sich gerade in die schwarzen Kunstlederpolster des Wartebereichs sinken ließ.

»Hast du alles gut hinter dich gebracht?« Dr. Hajo Siebert hatte sich gemerkt, wann ihr Flug ging, registrierte Elsa überrascht. Er wäre sogar zur Stolpersteinlegung gekommen, aber sie hatte es nicht gewollt.

»Ja.« Sie schwieg. Er ebenso.

»Sehen wir uns wieder?«

Die Anzeigentafel zeigte ihren Flug an. *Boarding.*

»Ich weiß es nicht, Hajo.« Elsa wartete ein paar Sekunden, dann legte sie auf. Sie nahm ihre Tasche und stellte sich in die Reihe vor dem Schalter.

Israel, dachte sie. Eine Reise. Mon amour.

Nachwort

Als die Staatsanwaltschaft Augsburg im Frühjahr 2012 mehr als 1200 Gemälde in der Schwabinger Wohnung von Cornelius Gurlitt beschlagnahmte, wusste ich, dass ich das Buch endlich schreiben musste. Ein Kreis hatte sich geschlossen. Zwanzig Jahre zuvor, im April 1992, war ich, Studentin der Kunstwissenschaft in Berlin, in einer Ausstellung gewesen: »Entartete Kunst – Das Schicksal der Avantgarde im Nazi-Deutschland«. Nie zuvor hatte mich eine Ausstellung so tief berührt, nie zuvor hatte ich mir Gedanken über die sehr lebendige Seele von Kunstwerken gemacht. All diese von den Nazis als verfemt geächteten Bilder waren ihrer Wurzeln beraubt worden. Woher kamen sie? Was war ihre Geschichte? Und was war mit ihnen passiert, nachdem sie angeklagt und der Lächerlichkeit preisgegeben wurden? Hier war ein Thema, das mich lange Jahre beschäftigen würde.

Beutekunst, Enteignung, Restitution, Kunstraub – und letztlich die Frage von Schuld. Für mich fokussiert in dieser Ausstellung.

Geschichten entstanden. Sie variierten über Jahre, aber sie haben mich nie verlassen. Eine Form fand ich dafür nicht. Ich musste erst Autorin werden. Und selbst dann dauerte es, bis ich eine Geschichte über Bilder, über diese heimatlosen Bilder als Roman denken konnte.

Einige Menschen haben früh an die Geschichte geglaubt: mein Mann, meine Eltern, meine Agentin Rebekka

Göpfert. Realisieren konnte ich die Idee schließlich, nachdem ich Christine Steffen-Reimann traf, die sich sofort dafür begeisterte.

Sehr inspiriert hat mich ein Besuch im Zentralinstitut für Kunstgeschichte, wo Dr. Stefan Klingen mit seinen Kollegen Dr. Meike Hopp und Dr. Christian Fuhrmeister an einem Forschungsprojekt arbeitet: Rekonstruktion des Führerbaudiebstahls Ende April 1945. Meine ursprüngliche Geschichte haben sie zwar mit klugen Einwänden torpediert, aber nur so konnte etwas Neues entstehen.

Dirk Heinrich von der Axa Art Versicherung verdanke ich die Erkenntnis, dass die Darstellung von Kunstdetektiven, wie man sie aus Hollywood kennt, eher weniger dem Alltag der Angestellten bei einer Kunstversicherung entspricht. Meine Elsa ist nun doch nicht die Lara Croft der Kunstszene geworden, und vermutlich ist das besser so.

Herr Werner Kraus von der Pressestelle des Polizeipräsidiums München hat mir erneut sehr schnell und sehr kompetent Einblicke in die Geschichte der Polizeiarbeit gewährt, auch dafür bin ich zu großem Dank verpflichtet.

Nicht immer habe ich mich an alle fachlichen Ratschläge gehalten, manchmal geht eine gute Geschichte einfach vor.

Ich habe dieses Buch für meinen Vater geschrieben, der leider nur noch die ersten Seiten lesen konnte. Er war begeistert, wie er von fast allem begeistert war, was ich geschrieben habe. Dafür und für vieles mehr werde ich ihn immer lieben.

München, Januar 2015

»Sie sagen, ich soll sterben. Sie sagen, ich hätte Männern den Atem gestohlen und jetzt müssten sie mir den meinen stehlen.«

HANNAH KENT

Das Seelenhaus

ROMAN

Island 1828. Agnes ist eine selbstbewusste und verschlossene Frau. Sie wird als hart arbeitende Magd respektiert, was sie denkt und fühlt, behält sie für sich. Als sie des Mordes an zwei Männern angeklagt wird, ist sie allein. Die Zeit bis zur Hinrichtung soll sie auf dem Hof eines Beamten verbringen. Die Familie ist außer sich, eine Mörderin beherbergen zu müssen – bis Agnes Stück um Stück die Geschichte ihres Lebens preisgibt.